BASTEI
LÜBBE
TASCHENBUCH

Weitere Titel der Autorin:

Wolkenbruch im siebten Himmel
Männer in Freilandhaltung
Der Kater der Braut

Über die Autorin:

Michaela Thewes, geboren 1972, lebt mit ihrem Mann und ihren zwei Söhnen in der Nähe von Düsseldorf. Nach verschiedenen Tätigkeiten in der Verlags- und Werbebranche ist die gelernte Verlagsbuchhändlerin seit mehreren Jahren selbstständig. Sie arbeitet als freie Werbetexterin und Autorin.

Besuchen Sie Michaela Thewes auch auf ihrer Website:
www.michaela-thewes.de

Michaela Thewes

BRAUT UND RÜBEN

Roman

BASTEI LÜBBE TASCHENBUCH

BASTEI LÜBBE TASCHENBUCH
Band 17 456

Dieser Titel ist auch als E-Book erschienen

MIX
Papier aus verantwortungsvollen Quellen
FSC® C083411

Originalausgabe

Dieses Werk wurde vermittelt durch die
Michael Meller Literary Agency GmbH, München.

Lektorat: Daniela Jarzynka
Titelillustration: © getty-images/Michelle McMahon;
© getty-images/Moritz Wolf; © FinePic®, München
Umschlaggestaltung: ZERO Werbeagentur, München
Satz: Urban SatzKonzept, Düsseldorf
Gesetzt aus der Goudy
Druck und Verarbeitung: CPI books GmbH, Leck – Germany
Printed in Germany
ISBN 978-3-404-17456-0

5 4 3 2 1

Kapitel 1

Oh mein Gott, diese Schuhe bringen mich noch um, dachte ich sorgenvoll, während ich vor dem Altar stand und mein Gewicht so unauffällig wie möglich von einem Fuß auf den anderen verlagerte. Dabei war es sofort Liebe auf den ersten Blick gewesen! Zumindest bei den weißen Riemchenpumps. Mein Bräutigam hatte wesentlich länger gebraucht, um mein Herz zu erobern.

Ich schielte zu Alexander, der mit feierlicher Miene und kerzengeradem Rücken neben mir stand. Während er wie die Ruhe selbst wirkte, war ich das reinste Nervenbündel, und meine höllisch schmerzenden Füße trugen auch nicht gerade zu meiner Entspannung bei. Probehalber wackelte ich mit den Zehen und versuchte, sie ein bisschen anzuziehen. Ja, so ging es besser.

Dann konzentrierte ich mich wieder auf Alexander, der in seinem schicken dunklen Anzug einfach wahnsinnig gut aussah. Souverän und weltmännisch. Mit seiner hohen Denkerstirn und seinen aristokratischen Gesichtszügen hätte er statt eines Dorfarztes ebenso gut ein international bedeutender Politiker oder ein weltberühmter Operntenor sein können.

Zum Glück würde er vor mir vom Pastor ins Kreuzverhör genommen werden. Obwohl man das natürlich wie beim Elfmeterschießen so oder so sehen konnte. War es besser vorzulegen oder nachzuziehen? Da »Ladies first« in der katholischen Kirche nicht besonders populär war, erledigte sich diese Frage jedoch von selbst.

»Alexander«, richtete Pastor Roth das Wort an meinen zukünftigen Ehemann, »ich frage dich: Bist du hierhergekommen, um nach reiflicher Überlegung und aus freiem Entschluss mit deiner Braut Lizzie den Bund der Ehe zu schließen?«

Alexander lächelte mich liebevoll an. Dann antwortete er mit fester Stimme: »Ja.«

Bravo! Souverän versenkt.

Was auch passierte, Alexander ließ sich einfach nicht aus der Ruhe bringen. Das war eine der Eigenschaften, die nicht nur ich, sondern auch seine Patienten so an ihm liebten.

Nach einem kurzen Moment der Stille fuhr der Pastor fort: »Willst du deine Frau lieben und achten und ...«

Plötzlich breitete sich Unruhe unter den Hochzeitsgästen aus. Ich wandte den Kopf leicht zur Seite und sah aus dem Augenwinkel, dass ungefähr ein halbes Dutzend Männer aufgesprungen war und hastig auf den Ausgang zustrebte. Ein ohrenbetäubendes Quietschen deutete darauf hin, dass sie die Kirche gerade verließen. Man munkelte, dass Pastor Roth die Kirchentür absichtlich nicht ölen ließ, damit seine Schäfchen pünktlich zum Gottesdienst erschienen. Auch das vorzeitige Verlassen einer Messe blieb dank des lauten Quietschens nie unbemerkt. Da die Männer geradezu fluchtartig aus dem Gotteshaus gestürzt waren, hätte es in diesem Fall allerdings keines zusätzlichen akustischen Signals bedurft, um die allgemeine Aufmerksamkeit zu erregen.

Was war bloß los? Da mein Liebesleben in der Vergangenheit nicht besonders turbulent gewesen war, schied eine Protestbewegung abgelegter Liebhaber, die ihren Unmut über meine Trauung zum Ausdruck bringen wollten, mit an Sicherheit grenzender Wahrscheinlichkeit aus.

Viel Zeit, weiter über den merkwürdigen Vorfall nachzudenken, blieb mir jedoch nicht, denn Pastor Roth fuhr nach einem kurzen Hüsteln an Alexander gewandt fort: »Willst du deine Frau lieben und achten und ihr die Treue halten alle Tage ihres Lebens?«

»Ja.«

Oh Gott, gleich war ich an der Reihe! Hoffentlich würde ich außer einem heiseren Krächzen überhaupt einen Ton hervorbringen. Ich warf meiner Freundin Hannah, die als meine Trauzeugin neben mir stand, einen hilfesuchenden Blick zu. Hannahs aufmunterndes Lächeln, das mir schon oft in schwierigen Situationen geholfen hatte, schien zu sagen: Du schaffst das!

Jawohl, ich schaff das! Nein zu sagen war schließlich viel schwerer. Das wusste niemand besser als ich selbst. Galt es mal wieder, einen Wohltätigkeitsbasar zu organisieren, oder wurde ein Dummer gesucht, der bei der Klassenpflegschaftssitzung Protokoll führte, schaffte ich es auch nie, Nein zu sagen. Ein Ja war für mich dagegen ein Kinderspiel. Ich straffte die Schultern und sah Pastor Roth fest in die Augen.

»Lizzie, ich frage dich: Bist du hierhergekommen, um nach reiflicher Überlegung und aus freiem Entschluss mit ...«

Erneut ertönte das Quietschen der Kirchentür, dieses Mal jedoch gefolgt von lauten, polternden Schritten, die sich den Gang entlang rasch dem Altar näherten. Erschrocken fuhr ich herum. Hinter uns stand Kurti, der mit seiner grünen Latzhose und seinen dreckigen Gummistiefeln in der festlich geschmückten Kirche reichlich deplatziert wirkte. Er sah aus, als käme er geradewegs aus dem Kuhstall. Was vermutlich auch stimmte, denn Kurti und seine Viecher waren unzertrennlich. Kein Wunder, dass der ambitionierte Jungbauer bislang noch keine Frau gefunden hatte.

»Ein Unfall«, keuchte er und rang, die Hände in die Hüfte gestemmt, schwer atmend nach Luft. Offenbar war er gerannt. »Ein schlimmer Unfall. Schnell, wir brauchen einen Arzt!«

Obwohl ich genau wusste, was das zu bedeuten hatte, weigerte ich mich zu glauben, was hier gerade passierte.

Alexander beugte sich zu mir herab und drückte mir einen flüchtigen Kuss auf die Lippen. »Entschuldigung, Schatz.« Dann drehte er sich um und hastete mit weit ausholenden Schritten den Gang hinunter. Kurz bevor er den Ausgang erreichte, drehte er sich noch einmal um. »Merken Sie sich die Stelle, Herr Pastor, es wird bestimmt nicht lange dauern.«

Kurz darauf quietschte es wieder, und einen Moment später fiel die Kirchentür mit einem lauten Knall hinter Alexander und Kurti ins Schloss.

Das war genau der Moment, in dem ich eigentlich hätte aufwachen müssen, um erleichtert festzustellen, dass alles nur ein böser Traum gewesen war. Einer von vielen Albträumen, die ich in den vergangenen Wochen gehabt hatte. Es gab kaum ein Horrorszenario, das ich im Schlaf nicht durchgespielt hatte: Mal war es ein heimtückischer Magen-Darm-Virus gewesen, der mich ein paar Minuten vor Beginn des Traugottesdienstes außer Gefecht gesetzt hatte, ein anderes Mal stolperte ich auf meinen hohen Schuhen und fiel beim feierlichen Einzug in die Kirche der Länge nach hin. Sogar Tobias, der leibliche Vater meines sechsjährigen Sohns Finn, der mich noch vor der Geburt verlassen hatte, war in einem dieser Träume aufgetaucht und hatte versucht, die Hochzeit in letzter Sekunde zu verhindern. Der Albtraum, den ich jetzt live und in Farbe erlebte, war jedoch neu. Dass Alexander mich einfach vor dem Altar stehen lassen könnte, hatte wohl selbst die Vorstellungskraft meines Unterbewusstseins überstiegen.

Nachdem Pastor Roth seine Brille zurechtgerückt hatte, räusperte er sich vernehmlich. »Ich würde sagen, wir machen eine kurze Pause, besinnen uns und bitten den Herrgott, den Opfern und natürlich auch den Helfern des Unfalls beizustehen.« Er gab dem Organisten oben auf der Empore ein Zeichen.

Kurz darauf erfüllte leise, unaufdringliche Orgelmusik die Kirche, die der Hintergrundberieselung in einem Kaufhaus nicht unähnlich war.

»Kein Grund zur Sorge, Lizzie.« Pastor Roth, der mich bereits getauft hatte, tätschelte meine Hand, die vor Aufregung eiskalt war. »Ich hab jede Menge Zeit. Sobald Alexander wieder da ist, setzen wir die Trauung fort. So eine kleine Pause ist doch nicht weiter tragisch.«

»Haben Sie denn schon häufiger eine Trauung unterbrechen müssen, Herr Pastor Roth?«, fragte ich beinahe hoffnungsvoll.

Nicht, dass es die Sache besser gemacht hätte, aber irgendwie wäre es ganz tröstlich gewesen zu hören, dass ich nicht die Einzige war, der so etwas passierte.

»Ein Mal ist das tatsächlich schon vorgekommen. Die Braut verspürte plötzlich ein menschliches Bedürfnis.« Er zwinkerte mir hinter seinen kleinen runden Brillengläsern verschmitzt zu.

»Harndrang oder Freiheitsdrang?«, flachste mein Bruder Philipp, der den letzten Satz des Pastors wohl aufgeschnappt hatte und sich nun zu uns gesellte.

»Ach, Philipp, wie geht es dir? Schön, dass du dich auch mal wieder hierher verirrst.« Pastor Roth nutzte die seltene Gelegenheit, um den verlorenen Sohn im Schoße der Kirche willkommen zu heißen.

Während Philipp dem Pastor Rede und Antwort stand, nutzte ich die Chance, um mich zurückzuziehen und meinen unkomfortablen Steh- gegen einen Sitzplatz einzutauschen.

»Na, mein Großer, darf ich euch Gesellschaft leisten?«, fragte ich und ließ mich mit einem Seufzer der Erleichterung zwischen meinem Sohn und meiner Mutter in der ersten Reihe nieder.

»Du, Mama, Kurti hat ganz schön große Füße.« Finn zeigte auf die lehmigen Fußspuren, die Kurtis Gummistiefel auf dem Kirchenboden hinterlassen hatten.

»Stimmt, du hast recht.« Zärtlich strich ich über Finns blonden Haarschopf, der zur Feier des Tages heute ausnahmsweise mal halbwegs ordentlich gekämmt war.

»Oma meint, dass ich bestimmt auch mal so große Füße kriege«, erklärte mein Sohn mit ernster Miene und präsentierte stolz seine schwarzen Sneakers, die für einen fast Siebenjährigen in der Tat schon eine beachtliche Größe aufwiesen.

»Na, wenn Oma das meint, wird es wohl stimmen.« Über seinen Kopf hinweg wechselte ich mit meiner Mutter einen amüsierten Blick.

»Die Männer von der freiwilligen Feuerwehr haben alle eine Nachricht auf ihr Handy bekommen«, plapperte Finn scheinbar zusammenhanglos weiter.

Ach, daher der überstürzte Aufbruch! Ich war froh, dass das Gespräch eine neue Richtung nahm, denn das Thema Füße stand bei mir derzeit nicht besonders hoch im Kurs. Diese vermaledeiten Schuhe drückten so doll, dass ich meine Zehen kaum noch spürte.

Mit wichtiger Miene fuhr Finn fort: »Robert hat mir das mal erklärt, als ich ihn auf der Feuerwache besucht habe.«

Als Hannah, die ganz in unserer Nähe gestanden hatte, den Namen ihres Mannes hörte, kam sie zu uns. Erst jetzt fiel mir auf, dass ihre bessere Hälfte ebenfalls durch Abwesenheit glänzte. Was aber im Gegensatz zu Alexanders Fehlen nicht weiter tragisch war, denn Hannah und Robert waren bereits seit über zehn Jahren verheiratet und hatten gemeinsam zwei wunderbare Töchter, die in diesem Moment brav auf den Stufen zum Altarraum kauerten und sich gegenseitig die Haare flochten.

»Mal wieder Strohwitwe?«, versuchte ich mit einem schiefen Grinsen zu spaßen.

»Tja, mit so etwas muss man halt rechnen, wenn man einen Mann heiratet, der bei der freiwilligen Feuerwehr ist.« Meine Freundin zuckte gleichmütig mit den Schultern. »Lukas ist auch zum Unfallort gerufen worden.«

Was mich nicht weiter überraschte, denn Lukas war nicht nur unser ranghöchster, sondern auch unser einziger Dorfpolizist, der immer sofort zur Stelle war, wenn es irgendwo Probleme gab.

»Du müsstest eigentlich daran gewöhnt sein, dass Alexander plötzlich verschwindet«, sagte Hannah halb im Spaß, halb im Ernst. »Zugegeben, das Timing ist lausig. Aber wenn ihr erst einmal verheiratet seid, werdet ihr bestimmt über diesen Zwischenfall lachen.«

»Ja wenn ...«, murmelte ich düster. »Dafür müssten wir die Trauung erst einmal über die Bühne bringen.«

»Kommt Alexander denn wieder?«, fragte Finn mit großen Augen.

»Selbstverständlich, mein Schätzchen«, kam meine Mutter mir mit der Antwort zuvor. »Schließlich muss er deine Mami noch fertig heiraten.«

Klar, was man einmal begonnen hatte, musste man auch zu Ende bringen. Das klang ganz nach meiner Mutter. Davon mal abgesehen, war sie nicht nur ein glühender Befürworter dieser Ehe, sondern auch Alexanders größter Fan. Nicht zuletzt weil er, der angesehene Herr Doktor, mich von meinem schmachvollen Dasein als alleinerziehende Mutter erlösen würde. Natürlich war auch bei uns auf dem Land die Zeit nicht stehen geblieben, doch während wir politisch, musikalisch und modisch stark aufgeholt hatten, hinkten wir moralisch immer noch mächtig hinterher.

»Darf ich hoch zur Orgel gehen?«, fragte Finn mich.

Ich nickte. »Sicher, mein Süßer, geh nur.«

Meine Mutter, die, wie ich wusste, eine heimliche Schwäche für unseren Organisten hegte, folgte Finn die Wendeltreppe hinauf zur Orgel.

Ich war froh, als die beiden außer Sichtweite waren und ich mich nicht länger zusammenreißen musste. Mit einem gequälten Stöhnen vergrub ich mein Gesicht in den Handflächen und stieß ein paar trockene Schluchzer aus. Ich wusste nicht, ob ich lachen oder weinen sollte. Hoffentlich würde ich nur einen kleinen hysterischen Anfall und keinen ausgewachsenen Nervenzusammenbruch bekommen!

Hannah fächelte mir mit einem der hübsch gebundenen Liederheftchen, deren Erstellung mich mindestens zwei freie Abende gekostet hatte, Luft zu. »Atmen, Lizzie, schön ruhig atmen.«

»Scheiße, Scheiße, Scheiße.« Ich blinzelte hektisch und versuchte mit aller Macht, die aufsteigenden Tränen zu unterdrücken. »Das gibt's doch gar nicht.«

Alexanders Oma, die neben meiner Mutter in der Kirchenbank gesessen hatte und nun aufgerückt war, musterte mich anklagend.

»'tschuldigung«, murmelte ich halb an Oma Grete, halb an das Kreuz über dem Altar gerichtet.

Natürlich war mir klar, dass Schimpfwörter in der Kirche normalerweise absolut tabu waren. Aber normalerweise wurde man ja auch nicht von seinem Noch-nicht-ganz-Ehemann während der Trauungszeremonie stehen gelassen.

Ich versuchte, ruhig und gleichmäßig zu atmen, wie Hannah es mir befohlen hatte, und meine Nerven in Schach zu halten. Dass Oma Grete währenddessen begonnen hatte, halblaut ein *Gegrüßet seist du, Maria* nach dem anderen vor sich hin zu murmeln, war dabei nicht unbedingt hilfreich. Nun warf *ich ihr* einen vorwurfsvollen Blick zu. Immerhin hatte sie uns diesen ganzen Schlamassel eingebrockt. Gut, das war ein wenig übertrieben, aber zumindest war sie dafür verantwortlich, dass es keine »Generalprobe« auf dem Standesamt gegeben hatte.

Alexanders Oma zuliebe, die bald neunzig wurde und felsenfest davon überzeugt war, diesen Geburtstag nicht mehr zu erleben, hatten wir uns dazu entschlossen, die kirchliche Hochzeit bereits jetzt im kleinen Rahmen zu feiern und *vor* der standesamtlichen Trauung stattfinden zu lassen. Seit ein paar Jahren war das in Einzelfällen möglich, und Alexander hatte Himmel und Hölle in

Bewegung gesetzt, um in den Genuss dieser Regelung zu kommen. Dass Oma Grete streng katholisch war und die Kirche bereits vor Jahren als Alleinerbin ihres nicht ganz unbeträchtlichen Vermögens eingesetzt hatte, mochte die Sache ein wenig vereinfacht haben.

Mir war die Reihenfolge egal. Ehrlich gesagt wusste ich nicht, warum wir überhaupt heiraten mussten. Es lief auch ohne Trauschein gut. Alexander und ich waren seit drei Jahren ein Paar, und wir hatten uns in dieser Zeit nicht ein einziges Mal gestritten. Natürlich gab es hin und wieder kleine Zankereien oder Kabbeleien, aber nichts, was ernsthaft von Belang war. Warum sollte man an diesem paradiesischen Zustand irgendetwas ändern? Ein Trauschein war auch keine Gewähr dafür, dass eine Beziehung nicht in die Brüche ging.

»Warum ist dieser Unfall ausgerechnet während meiner Trauung passiert?«, überlegte ich gerade so laut, dass Hannah mich verstand, aber Oma Grete nichts von unserem Gespräch mitbekam. »Meinst du, das ist ein Zeichen?«

»Ein Zeichen?« Hannah runzelte die Stirn. »Wofür?«

»Na, dass Alexander und ich lieber nicht heiraten sollten. Denk nur an die ganzen Albträume, die ich in letzter Zeit hatte.«

»Lizzie, es ist völlig normal, dass man vor dem großen Tag nervös ist«, sagte Hannah beruhigend. »Glaub mir, ich habe vor meiner Hochzeit auch kalte Füße bekommen.«

»Wenn sie wenigstens nur kalt wären.« Unter Oma Gretes vorwurfsvollem Blick schlüpfte ich aus meinen Riemchenpumps.

Meine Zehen sahen aus, als wären sie mit einem Brandeisen malträtiert worden.

»Wie viele Zeichen brauchst du noch?«, schluchzte ich. »Die Schuhe passen mir nicht.«

Um Hannahs Mundwinkel herum zuckte es verdächtig. Wie ich meine Freundin kannte, hätte sie am liebsten laut losgelacht, aus Rücksicht auf Oma Grete beherrschte sie sich jedoch und kicherte stattdessen nur leise.

»Dann bist du wohl doch nicht Aschenputtel, sondern nur eine der bösen Stiefschwestern.«

»Mach dich ruhig über mich lustig«, schmollte ich. Aber wenigstens hatte ich jetzt nicht mehr das Gefühl, jeden Moment in Tränen ausbrechen zu müssen. »Mensch, Hannah, ich will die ganze Sache endlich hinter mich bringen. Du weißt doch, wie ich es hasse, im Mittelpunkt zu stehen. Schlimm genug, dass ich diesen ganzen Zirkus überhaupt über mich ergehen lassen muss, aber diese Warterei macht mich echt fertig.« Mit einem tiefen Seufzer strich ich den zarten Stoff meines Kleides glatt. »Außerdem möchte ich endlich wieder ohne schlechtes Gewissen Schokolade essen dürfen. Bei jedem Stück, das ich mir in den Mund stecke, spüre ich, wie meine Mutter mich mit vorwurfsvollen Blicken durchbohrt, selbst dann, wenn sie überhaupt nicht im Raum ist.«

»Das ist eben der Preis für ein so atemberaubend enges Kleid, meine Liebe. Du siehst fantastisch aus. Und wärst du nicht meine beste Freundin, dann wäre ich verdammt neidisch.«

In diesem Moment betrat der Küster durch die Sakristei den Altarraum. Nach einer kurzen geflüsterten Unterredung mit Pastor Roth wandte dieser sich an die Hochzeitsgäste, die zum Teil noch in den Bänken saßen oder in Grüppchen herumstanden. »Uns hat soeben die Nachricht erreicht, dass es wohl noch eine Weile dauern wird, bis wir den Bräutigam zurückerwarten dürfen. Ein Auto ist mit überhöhter Geschwindigkeit in Kurtis Kuhstall gefahren. Offenbar hat die Feuerwehr Probleme, den Unfallfahrer aus dem Autowrack zu bergen.«

Ein Tuscheln ging durch die Reihen, dann herrschte ratlose Stille. Die Situation war, gelinde gesagt, ein wenig ungewöhnlich, und ich hatte nicht den Hauch einer Ahnung, was in einem solchen Fall zu tun war, geschweige denn, was von mir als Braut ohne Bräutigam erwartet wurde. Normalerweise lief ich in Krisensituationen zur Höchstform auf, denn das war gewissermaßen mein Job. Nach dem Tod meines Vaters hatte ich vor vier Jahren die Leitung unseres familieneigenen Gasthofs übernommen. Seither hatten wir sogar noch expandiert und unterhielten mittlerweile zwanzig Fremdenzimmer. Kleine und große Katastrophen waren da an der Tagesordnung. Sie zu beheben war mein täglich Brot, aber heute herrschte in meinem Kopf einfach nur ein heilloses Chaos.

Während ich noch damit beschäftigt war, meine Gedanken in Aschenputtel-Manier zu sortieren – die guten ins Töpfchen, die schlechten ins Kröpfchen –, verschaffte sich meine Mutter oben auf der Empore mit einem lauten Händeklatschen Gehör und erklärte dann munter: »Gut, dann würde ich sagen, ihr kommt erst einmal alle mit zum Sonnenhof. Wenn wir uns mit Kaffee und Kuchen gestärkt haben, werden wir schon sehen, wie es weitergeht.«

Kapitel 2

Gut eine halbe Stunde nach dem vorläufigen Abbruch der Trauung hatte die ganze Hochzeitsgesellschaft an der festlich gedeckten Kaffeetafel im Garten des Sonnenhofs Platz genommen.

Da von Alexander immer noch jede Spur fehlte, durfte Finn mir unter den teils amüsierten, teils mitleidigen Blicken der Gäste helfen, die wunderschön dekorierte Hochzeitstorte anzuschneiden. Dass ich dabei keine Schuhe trug, war vermutlich noch das Normalste an der Situation.

Im Gegensatz zu mir genoss Finn es sichtlich, im Mittelpunkt zu stehen. Während er angesichts der dreistöckigen Schokoladentorte vor Begeisterung über alle vier Backen strahlte, war die Stimmung beim Rest der Hochzeitsgesellschaft eher gedämpft.

»Meine Güte, warum ziehen denn alle so lange Gesichter?« Philipp, der neben mir saß, gab mir einen aufmunternden Klaps auf den Rücken. »Schwesterchen, mach dich mal locker! Das ist doch hier keine Beerdigung!«

»Kein Wunder, dass niemandem nach Feiern zumute ist.« Hannah schob sich lustlos einen winzigen Bissen Kuchen in den Mund.

An der Qualität der Schokoladentorte lag es sicher nicht, denn die war meiner Mutter hervorragend gelungen. Dank Mamas Back- und Kochkünsten war der Sonnenhof nicht nur in unserem Dorf, sondern auch in den umliegenden Regionen der Eifel für seine gute Küche bekannt. Ein Umstand, dem wir viele treue Stammgäste, aber auch ständig neue Besucher verdankten.

»Seien wir doch mal ehrlich«, fuhr Hannah, nachdem sie den Kuchen runtergeschluckt hatte, fort, »hier fehlt einfach was.«

»Du hast recht«, stimmte Philipp meiner Freundin zu. »Was ist schon eine Hochzeit ohne Alkohol?«

»Eigentlich hatte ich mehr an den Bräutigam gedacht«, gluckste Hannah und faltete, wohl zum Zeichen, dass sie nichts mehr herunterbekam, lachend ihre weiße Stoffserviette zusammen. »Aber ein Schnaps wäre tatsächlich gar nicht so verkehrt. Ich glaube, wir können nach der Aufregung alle einen Schluck vertragen.«

»Ich werde Maribelle und Betti Bescheid sagen, dass sie sich darum kümmern sollen.«

Als ich aufstehen wollte, drückte Philipp mich mit sanfter Gewalt auf meinen Platz zurück. »Lass mal, Schwesterherz. Gönn deinem Personal ruhig 'ne kleine Pause. Ich mach das schon. Glaub mir, mit euren Spirituosen kenne ich mich aus.«

»Dann geht die Flasche Whisky, die Mama neulich gesucht hat, wohl auf dein Konto.« Ich bemühte mich um einen strengen Tonfall.

»Whisky? Welcher Whisky?«

Philipp machte ein so treuherziges Gesicht, dass ich für einen Moment geneigt war, an seine Unschuld zu glauben.

»Ich würde mich niemals trauen, eine zwanzig Jahre alte Flasche Single Malt einfach ohne Mamas Erlaubnis mit nach Hause zu nehmen. Auch wenn es natürlich eine Todsünde wäre, sie einfach so verstauben zu lassen ...«

Gespielt ärgerlich drohte ich Philipp mit dem Zeigefinger. »Wenn du jemanden um Erlaubnis bitten musst, dann ja wohl mich.«

»Jawohl, Chefin!« Philipp salutierte, dann ließ ich ihn abtreten, damit er für alkoholische Getränke sorgen konnte.

Ein unbeteiligter Beobachter hätte das wohl für keine gute

Idee gehalten, denn als mein Bruder nun den Garten durchquerte, sah es so aus, als wäre er bereits sternhagelvoll. Das schleppende Tempo lag jedoch daran, dass Freunde und Verwandte versuchten, ihn im Vorübergehen in ein Gespräch zu verwickeln, die Schlangenlinien wiederum gingen auf das Konto etlicher Wangen kneifender Tanten, die Philipp weiträumig umrundete. Kurz bevor er das Haus erreichte, drehte er sich noch einmal in Hannahs und meine Richtung um und reckte zum Zeichen seines Erfolgs die Faust nach oben.

»Ich glaube, er wird nie erwachsen.« Lachend schüttelte ich den Kopf. »Ein echter Kindskopf, aber ein verdammt liebenswerter.«

Hannah, die einen großen Teil ihrer Kindheit und Jugend gemeinsam mit Philipp und mir auf dem Sonnenhof verbracht hatte, kicherte. »Weißt du noch, wie er als kleiner Junge versucht hat, deiner Mutter weiszumachen, dass nicht wir, sondern der Weihnachtsmann die Zimtsterne für seine Rentiere aus der Vorratskammer stibitzt hat? Ich schwöre dir, deine Mutter war kurz davor, selbst wieder an den Weihnachtsmann zu glauben.«

»Ja, wenn Philipp will, kann er ausgesprochen überzeugend sein.« Grinsend spielte ich mit meinem Kaffeelöffel herum und schob damit ein paar versprengte Zuckerkörner auf dem Tischtuch zusammen. »Davon können auch seine zahlreichen Damenbekanntschaften ein Lied singen.«

Mit Anfang vierzig war mein Bruder immer noch unverheiratet, und es machte auch nicht den Anschein, als ob sich in naher Zukunft daran etwas ändern würde. Wenn meine Mutter ihn darauf ansprach – und das tat sie häufig –, sagte er immer nur, dass er die Richtige noch nicht gefunden habe. Und bis es so weit war, vergnügte er sich eben mit den Falschen. Meistens dauerten seine Beziehungen nicht länger als 'ne Ampelphase.

»Meinst du, er hat es je bereut, hier weggegangen zu sein?«, fragte Hannah nachdenklich.

»Philipp? Ganz bestimmt nicht. Der fühlt sich in der Stadt sauwohl.«

Mein Bruder hatte das Dorf zum Studieren verlassen und war danach nicht mehr zurückgekehrt. Derzeit arbeitete er als selbstständiger Personal Trainer und Fitness-Coach in Bonn. Allerdings kam er häufig auf eine Stippvisite vorbei, um Finn irgendwelchen Blödsinn beizubringen und sich mit Mamas guter Küche verwöhnen zu lassen.

»Hast du dich nie gefragt, wie dein Leben wohl verlaufen wäre, wenn du nach der Schule hier weggegangen wärst?«, fragte Hannah, ohne mich dabei anzusehen, und zerpflückte eine weiße Rose, die sie aus einem der liebevoll arrangierten Tischgestecke gezupft hatte.

»Nein«, sagte ich ehrlich. »Du etwa?«

»Na ja, wenn ich mir Philipp so ansehe ...«

»Blödsinn.« Ich tippte mir vielsagend gegen die Stirn. »Es ist nicht alles Gold, was glänzt. Meinst du nicht, Philipp sehnt sich tief in seinem Inneren nach einer festen Beziehung, nach Kindern und allem, was dazugehört? Du hast hier Robert und deine beiden süßen Mädels.« Ich zeigte zu Lea und Julia hinüber, die mit Finn und einigen anderen Kindern im hinteren Teil des Gartens kreischend und lachend *Zombieball* spielten. »Das ist es doch, worauf es ankommt.«

»Wahrscheinlich hast du recht.«

Aber irgendwie klang Hannah nicht restlos überzeugt.

Leider konnten wir das Thema nicht weiter vertiefen, denn in diesem Augenblick kehrte Philipp mit einem breiten Angebot an Spirituosen in den Garten zurück und wurde mit großem Hallo empfangen. Der ernste Moment war verflogen, der nachdenkliche Ausdruck auf Hannahs Gesicht auch. Nun lachte sie wieder. Bislang war ich fest davon ausgegangen, dass meine Freundin glücklich war und das Leben führte, das sie sich immer erträumt hatte. Allerdings hatte das eben ein wenig anders geklungen. Ich nahm mir fest vor, Hannah bei nächster Gelegenheit noch mal darauf anzusprechen. Doch nun musste ich mich erst mal um meine anderen Gäste kümmern.

Also drehte ich artig im Garten meine Runde, machte hier ein bisschen Smalltalk und ließ mich dort ein wenig ausfragen oder wegen der abgebrochenen Trauungszeremonie bemitleiden. Im Gegensatz zu meinem Bruder blieben mir dabei auch die Wangen kneifenden Tanten und Hintern tätschelnden Onkel nicht erspart, und weil Alexander nicht da war, musste ich mich um seinen Teil der Verwandtschaft auch noch kümmern.

Als ich eine gefühlte Ewigkeit später wieder an meinen Platz zurückkehrte, unterhielten Philipp und Hannah sich angeregt, brachen ihr Gespräch aber sogleich ab, als sie mich bemerkten.

»Und, wie war's?«, wollte mein Bruder mit einem schadenfrohen Grinsen wissen.

Anstelle einer Antwort verdrehte ich nur genervt die Augen. »Schnell, ich brauche einen Schnaps!«

Ausnahmsweise gehorchte mein Bruder mal anstandslos und griff sofort nach einer Schnapsflasche und einem frischen Glas.

»Das hält man im Kopf nicht aus«, stöhnte ich. »Tante Marlies hat ununterbrochen von ihren Krampfadern und Tante Gisela von ihren Katzen geredet, und Onkel Reinhard wollte partout nicht begreifen, warum Alexander und ich erst im November standesamtlich heiraten.«

»Ich finde, das war eine gute Idee«, sagte Hannah, während ich das Schnapsglas, das mein Bruder mir reichte, ohne abzusetzen leerte.

Das Zeug brannte wie Feuer in der Kehle, kurz darauf durchströmte eine angenehme Wärme meinen Körper.

»Wenn die Saison vorbei ist und du hier im Sonnenhof nicht mehr so eingespannt bist, kannst du die Hochzeit viel mehr genießen«, bestärkte Hannah mich noch einmal in meiner Entscheidung, am heutigen Tag nur ein Kaffeetrinken und die eigentliche Feier erst im Herbst auszurichten.

»Apropos Hochzeit: Tante Rita hat an die zehn Mal wiederholt, was für ein schönes Ehepaar ihr doch abgebt.« Feixend zeigte ich erst auf Philipp und dann auf Hannah, die so entsetzt schaute, als hätte Tante Rita ihr den Glöckner von Notre Dame und nicht meinen – wie ich leider zugeben musste – sehr attraktiven Bruder als Ehemann angedichtet.

»Philipp und ich?«, ächzte sie. »Wie kommt sie denn darauf?«

»Keine Ahnung«, antwortete ich und zuckte gleichmütig mit den Schultern. »Aber sie ist fest davon überzeugt, dass sie euch zu eurer Hochzeit eine Miele-Küchenmaschine geschenkt hat.«

»Völlig ausgeschlossen.« Philipp schüttelte nachdrücklich den Kopf. »Dafür ist Tante Rita viel zu geizig.« Er legte Hannah den Arm um die Schultern und drückte ihr einen flüchtigen Kuss auf die Wange. »Oder weißt du etwas von einer Küchenmaschine, Schatz?«

War Hannah wirklich gerade rot geworden?

Sicher lag es am Alkohol, dass ihre Wangen so glühten, denn sie ging ganz locker auf Philipps Spiel ein: »Unfassbar! Männer sind ja so was von vergesslich. Natürlich hat Tante Rita uns keine Küchenmaschine, sondern ein Bügeleisen geschenkt.«

»Im Gegensatz zu euch Frauen merken wir uns eben nur die wichtigen Dinge.« Philipp, dessen Arm immer noch auf Hannahs Schulter ruhte, lehnte sich entspannt auf seinem Stuhl zurück.

»Aber Tante Rita hat recht. Rein optisch gebt ihr wirklich ein hübsches Paar ab.« Angelegentlich sah ich von einem zum anderen. Während Philipp den blonden, breitschultrigen Hünen verkörperte, war Hannah klein, zierlich und dunkelhaarig. »Gab es denn in all den Jahren nie einen Moment, in dem ihr daran gedacht habt, etwas miteinander anzufangen?«

»Für mich war Philipp immer wie ein Bruder«, antwortete Hannah wie aus der Pistole geschossen.

»Ich fand Hannah schon immer sehr süß«, erklärte Philipp, wobei er meiner Freundin übertrieben schmachtende Blicke zuwarf, »aber sie hat es ja leider vorgezogen, mir die Luft aus den Fahrradreifen zu lassen.«

»Was sich neckt, das liebt sich«, scherzte ich, wofür ich von Hannah prompt einen giftigen Blick erntete.

Meine Güte, die war aber heute empfindlich!

In diesem Moment erscholl lautes Kindergeschrei, das sich rasch näherte. Eine Horde durstiger *Zombieball*-Spieler verlangte nach Getränken.

»Dürfen wir auch was davon haben?«, fragte Finn, dessen Haare mittlerweile wieder völlig zerzaust waren, und zeigte mit ausgestrecktem Finger auf die Schnapsflasche.

»Na klar dürft ihr was davon haben«, antwortete Philipp, ohne mit der Wimper zu zucken. Bevor ich empört einschreiten konnte – meinem Bruder traute ich so ziemlich alles zu – fügte er noch hinzu: »... in ungefähr zehn Jahren.«

»Was für ein Tag«, seufzte Hannah, nachdem die Rasselbande mit Apfelschorle versorgt und wieder abgezogen war.

»Das kannst du aber laut sagen.« Ich betrachtete meine nackten Füße, auf denen immer noch die Abdrücke der Schuhe zu erkennen waren. »Irgendwie kommt mir das alles so unwirklich vor. Erst die Kirche, dann der Unfall ...«

»Tja, so kann's gehen. Cheers, meine Damen!« Philipp hob sein Glas und prostete damit erst Hannah und dann mir zu. »Wenn ihr mich fragt, war das Rettung in letzter Sekunde.«

»Noch weiß man doch gar nichts Genaues«, widersprach ich, bevor ich mein Schnapsglas, das mein Bruder frisch gefüllt hatte, zum Mund führte. »Ich wünschte, Alexander oder Robert hätten sich mal gemeldet. Hoffen wir einfach das Beste.«

»Ich meinte auch gar nicht den Unfall, sondern deine Hochzeit«, erklärte Philipp mit einem verschlagenen Grinsen.

Ich schnitt meinem Bruder eine Grimasse. »Du konntest Alexander ja noch nie besonders gut leiden.«

»Och«, Philipp feixte, »wenn ihm mal jemand den Stock aus dem Hintern ziehen würde, wäre er bestimmt ein netter Kerl.«

Irgendwie stimmte mich der Schnaps friedfertig, daher unterließ ich es, Philipp darauf hinzuweisen, dass er so nicht über meinen zukünftigen Ehemann sprechen durfte. Ich wusste ohnehin, dass die beiden sich nicht riechen konnten.

Der Grundstein für diese Antipathie war bereits zu Schulzeiten gelegt worden, denn Philipp und Alexander waren gemeinsam in eine Klasse gegangen. Während Alexander in der Schule ein Überflieger gewesen war, hatte Philipp immer geradeso mit Ach und Krach die Versetzung geschafft. Am Ende der neunten Klasse, als Philipp in die Nachprüfung musste, hatte er Alexander irgendwie dazu gebracht, ihm auf der Toilette beim Pfuschen zu helfen – und war mit Pauken und Trompeten durchgerasselt. Mein Bruder schwor Stein und Bein, dass Alexander ihm absichtlich die falschen Ergebnisse zugesteckt hatte, was sich unter den Schülern natürlich schnell herumsprach und Alexanders Beliebtheit tiefer sinken ließ, als ein Pottwal tauchen kann.

Aber das waren doch nun wirklich uralte Kamellen, und ich hoffte inständig, dass die beiden das Kriegsbeil anlässlich der Hochzeit endlich begraben würden.

Plötzlich tönten aufgeregte Rufe durch den Garten.

»Sie kommen!«

»Lizzie, dein verlorener Bräutigam kehrt zurück!«

»Sie sind endlich da!«

Vom Parkplatz waren das Aufspritzen von Kies sowie das kurze Aufheulen eines Martinshorns zu hören. Vermutlich war der Tross von Männern, die kurze Zeit später auf das Gartentor zustapften, mit dem Feuerwehrauto vom Unfallort hierhergefahren.

Als Alexander, Robert und die übrigen Helfer den Garten betraten, wurden sie sofort umringt und mit Fragen bestürmt.

Bis meine Mutter schließlich ein Machtwort sprach: »Jetzt lasst die armen Jungs doch erst einmal in Ruhe ankommen.« Sie drückte allen Neuankömmlingen ein Schnapsglas in die Hand, was diese dankbar entgegennahmen.

Nachdem ich Finn und seine Spielgefährten losgeschickt hatte, sich ein Eis zu holen – ich war mir nicht sicher, ob das, was die Männer vom Unfallort zu berichten hatten, für Kinderohren geeignet war –, begann Alexander schließlich zu erzählen.

»Es war furchtbar. Ihr könnt euch das echt nicht vorstellen. Als ich in den Kuhstall reingekommen bin, habe ich zuerst nur Blut gesehen. Blut, Blut, überall nur Blut.« Alexander schloss einen Moment die Augen, und als er sie wieder öffnete, schüttelte er, wie um die grauenvolle Erinnerung loszuwerden, den Kopf. Dann setzte er dumpf hinzu: »Sie muss sofort tot gewesen sein.«

»Oh nein, wie schrecklich!« Schockiert biss ich mir auf die Unterlippe und starrte auf die roten Sprenkel, mit denen Alexanders weißes Hemd übersät war. Unwillkürlich rückte ich ein Stück von ihm ab. »Sie? Dann war der Fahrer also eine Frau?«

»Nein, nein, der Fahrer war ein Mann. Ich hab von Molli geredet. Dass es ausgerechnet sie erwischen musste, ist wirklich tragisch. So eine gute Milchkuh bekommt Kurti nicht so schnell wieder.«

Alle Umstehenden nickten betroffen. Abgesehen davon, dass manche Ehefrau sich glücklich schätzen könnte, wenn ihr Mann sie so liebevoll umsorgen würde wie Kurti seine Kühe, war Molli sein bestes Tier im Stall, mit dem er bereits mehrere Preise und Auszeichnungen eingeheimst hatte.

»Und der Fahrer? Was ist mit dem Fahrer?«, drängte Hannah. »Hat er den Unfall überlebt?«

»Ja«, knurrte Alexander barsch. Dem Tonfall nach zu urteilen, hätte man fast meinen können, dass ihm das leidtat. »Er ist mit einigen Prellungen und Schürfwunden, die ich am Unfallort versorgt habe, davongekommen. Ich habe ihn ins Krankenhaus bringen lassen, wo er noch mal gründlich durchgecheckt wird und die Nacht zur Beobachtung verbringen muss. Alles Weitere entscheiden die Kollegen dann vor Ort.«

»Mehr Glück als Verstand. Unglaublich, was der Kerl für Dusel gehabt hat«, ergänzte Robert kopfschüttelnd.

»Die Frage ist nur, ob dieser Vollidiot das genauso sieht«, polterte Alexander, während er sich von meiner Mutter noch einen Schnaps einschenken ließ, mit ärgerlicher Miene.

»Wie meinst du das?«

»Das kann Lukas euch besser erklären«, gab Alexander die Frage mit einer knappen Kopfbewegung an unseren Dorfpolizisten weiter, der im schicken dunklen Anzug und ohne die gewohnte Uniform seltsam fremd aussah.

»Nun ja, der Porsche muss ganz schön schnell gefahren sein, bevor er in den Stall gebrettert ist«, begann Lukas, uns die Details des Unfallhergangs zu erläutern.

»Der Porsche, phh, wenn ich das schon höre. Das ist ja mal wieder typisch«, kommentierte jemand hinter mir abfällig.

»Jetzt lass Lukas doch weiterreden«, schimpfte ein anderer.

»Ich schätz mal hundert, hundertzwanzig Sachen wird der Wagen schon draufgehabt haben«, fuhr Lukas fort, »vielleicht sogar noch mehr. Sonst hätte er die Mauer nicht durchbrochen. Was mir an der ganzen Sache gleich von Anfang an so merkwürdig vorgekommen ist: Es waren keine Bremsspuren am Unfallort zu finden …« Mit vielsagendem Gesichtsausdruck sah er in die Runde.

»Du meinst, er wollte ...«

»Du glaubst also, er hat versucht ...«

Lukas, der die allgemeine Aufmerksamkeit sichtlich genoss, nickte theatralisch. »Ich glaube es nicht nur, ich weiß es.«

»Wie kannst du dir da so sicher sein, Lukas?«, fragte Philipp mit lauter Stimme, um das Getuschel, das eingesetzt hatte, zu übertönen. »Vielleicht ist er von einer Biene gestochen worden oder war durch irgendwas anderes so abgelenkt, dass er das Bremsen vergessen hat. Oder die Technik hat versagt.«

Lukas schüttelte mit ernster Miene den Kopf.

»Hat er zugegeben, dass ... dass es kein Unfall gewesen ist?«, hakte ich nach, obwohl ich mir gar nicht sicher war, ob ich es wirklich wissen wollte. Ich umschlang mit den Armen meinen Oberkörper, denn trotz der sommerlichen Temperaturen fröstelte ich plötzlich.

»Ja.« Lukas straffte die Schultern und machte ein so wichtiges Gesicht, als hätte er einem Schwerverbrecher ein Geständnis entlockt. »Natürlich nicht sofort, aber ihr kennt mich ja. Mir kann man so leicht nichts vormachen. Ich rieche es zehn Kilometer gegen den Wind, wenn irgendwo was faul ist – und dieser Unfall«, Lukas malte mit den Fingern Anführungszeichen in die Luft, »dieser Unfall, so viel kann ich euch sagen, der stank ganz gewaltig. Also habe ich nicht lockergelassen – bis der Mann schließlich zugegeben hat, dass er sich das Leben nehmen wollte.«

»Wie schrecklich«, hauchte Hannah neben mir leise.

Sie war ganz blass im Gesicht.

Obwohl Alexander im Gegensatz zu meiner Freundin am Ort des Geschehens gewesen war, schien ihm die Sache längst nicht so an die Nieren zu gehen wie ihr.

Er schnaubte ärgerlich. »Hätte der Idiot nicht einfach ein paar Tabletten einwerfen können, wie das andere Menschen, die sich umbringen wollen, auch tun?«

»Alexander!«, rügte meine Mutter ihren Schwiegersohn in spe milde.

Hätten Philipp oder ich eine solche Bemerkung vom Stapel gelassen, hätte sie uns bestimmt Stubenarrest gegeben oder damit gedroht, uns zu enterben.

»Sei froh, dass Pastor Roth dich nicht gehört hat. Der hätte dir garantiert ein paar *Vaterunser* extra aufgebrummt«, ulkte Philipp gehässig.

»Apropos, wo ist Pastor Roth eigentlich?«, fragte meine Mutter und sah sich suchend um. »Schließlich muss er gleich noch seines Amtes walten.«

»So leid es mir tut, aber ich glaube, aus der Trauung wird heute nichts mehr.« Hannah zuckte bedauernd mit den Schultern. »Das letzte Mal, als ich Pastor Roth gesehen habe, war vor zirka einer Stunde. Da hat er in der Gartenlaube ein kleines Nickerchen gemacht. Er ist eben auch nicht mehr der Jüngste. Und dann die Wärme und die ganze Aufregung ...«

»... und die vielen Schnäpse«, ergänzte Philipp mit einem Augenzwinkern.

Die Vorstellung, von einem angeschickerten Pastor getraut zu werden, war mir fast genauso zuwider wie der Gedanke, meine schmerzenden Füße heute noch einmal in diese furchtbaren Folterinstrumente hineinzwängen zu müssen. Bei aller Liebe: Das ging gar nicht! Außerdem hatten einige Gäste älteren Semesters bereits die Segel gestrichen und das Fest verlassen, unter ihnen auch Oma Grete.

»Deine Oma war müde und wollte nicht länger warten. Dein Vater hat sie nach Hause gefahren«, berichtete ich Alexander.

»Na dann ...«, mein Beinahe-Ehemann nickte bedächtig und warf mir einen Verständnis heischenden Blick zu, »... dann sollten wir die Trauung vielleicht lieber verschieben.«

Allen Widrigkeiten zum Trotz war es letzten Endes dennoch eine schöne Feier geworden. Der halbwegs glimpfliche Ausgang des Unglücks – immerhin gab es außer Molli keine weiteren Opfer zu beklagen – sowie der Alkohol, der entgegen der ursprünglichen Planung in Strömen geflossen war, hatten das Ihrige dazu beigetragen, die Laune der Hochzeitsgesellschaft zu heben. Es war viel gelacht und getanzt worden, und alle hatten sich augenscheinlich prächtig amüsiert. Wenn man von dem kleinen Schönheitsfehler, dass Alexander und ich immer noch nicht verheiratet waren, einmal absah, konnten wir mit unserer Hochzeitsfeier zufrieden sein.

Dennoch war ich heilfroh, als alle Gäste endlich gegangen waren. Feierabend! Gott sei Dank!

Alexander, der nach dem Einsatz im Kuhstall ziemlich groggy gewesen war, hatte es vorgezogen, bei sich zu Hause zu schlafen. Unsere Hochzeitsnacht würden wir – genau wie die Hochzeit selbst – zu einem späteren Zeitpunkt nachholen.

Auch wenn ich mich ein wenig für den Gedanken schämte, musste ich insgeheim zugeben, dass es durchaus auch Vorteile hatte, dass wir noch getrennt lebten. So würde ich heute ungestört einschlafen können, ohne dabei von Börsenkursen oder Nachrichten berieselt zu werden. Alexander schaltete vor dem Zubettgehen immer den Fernseher ein. Ich hasste das! Und es würde nicht leicht werden, Alexander dazu zu bringen, in Zukunft auf diese blöde Angewohnheit zu verzichten.

Da der Umzug bislang aus den unterschiedlichsten Gründen immer wieder verschoben worden war, hatten wir der Einfachheit halber beschlossen, nach der Hochzeit zusammenzuziehen. Wer hatte auch ahnen können, dass sich selbst dieser Termin verzögern würde …

Auf nackten Füßen tappte ich die Treppe hoch und steckte meinen Kopf zu Finns Zimmertür hinein. Auf den ersten Blick war von dem kleinen Racker nichts zu sehen, aber unter der Bettdecke zeichneten sich deutlich die Konturen seines schmalen Körpers ab.

»Finn!? Finn, wo bist du denn?«, ging ich, um ihm eine Freude zu bereiten, auf sein Spiel ein und unterdrückte dabei nur mit Mühe ein herzhaftes Gähnen.

Doch während Finn sonst gewöhnlich so lange in seinem Versteck ausharrte, dass ich mir Sorgen machte, er könnte dort verhungern, ließ er seine Tarnung dieses Mal durch wildes Strampeln mit den Beinen erstaunlich schnell auffliegen.

»Ach, da bist du ja«, tat ich überrascht und setzte mich neben ihn auf die Bettkante. »Soll ich dir noch eine Gutenachtgeschichte vorlesen, oder bist du dafür zu müde?«

Anstelle einer Antwort drang unter der Bettdecke nur ein herzzerreißendes Schluchzen hervor. Oje, das klang nach großem Kummer! Behutsam zog ich die Decke zur Seite und fand darunter einen tränenüberströmten Finn vor.

Obwohl es mir in der Seele wehtat, ihn leiden zu sehen, war ich gleichzeitig gerührt, dass mein Sohn sich die geplatzte Hochzeit so zu Herzen nahm. Auch Alexander würde das sicher sehr freuen, denn bislang war es ihm irgendwie noch nicht gelungen, ein wirklich inniges Verhältnis zu Finn aufzubauen. Er verhielt sich ihm gegenüber freundlich und geduldig, fast, als wäre Finn ein Patient, der zur Behandlung in seine Praxis kam. Lediglich der obligatorische Griff in die Bonbondose am Ende eines Besuches fehlte ... Umso mehr überraschte es mich, dass die ausgefallene Trauung meinem Sohn so zusetzte.

Ich zog ihn liebevoll an mich. »Nicht traurig sein, mein Schatz.« Während ich mein Gesicht in seinen blonden Haaren vergrub, sog ich tief den vertrauten Duft ein und murmelte tröstend: »Die Hochzeit wird nachgeholt. Versprochen.«

Das Schluchzen verstummte schlagartig. Beinahe ruppig wand

Finn sich aus meiner Umarmung, seine blauen Augen funkelten empört.

»Aber ich wein doch gar nicht wegen der Hochzeit!«

»Oh, okay. Ich dachte ja bloß ...« Zärtlich strich ich ihm eine widerspenstige Haarsträhne aus der Stirn. »Hast du vielleicht Bauchweh?«

Verwunderlich wäre das nicht. So oft, wie Finn im Laufe des Nachmittags mit einem vollbeladenen Teller an mir vorbeigeflitzt war, musste er die dreistöckige Hochzeitstorte fast allein verputzt haben. Und dann auch noch das Eis ...

Finn schüttelte den Kopf und wischte sich unwirsch ein paar Tränchen von der Wange. »Ich hab kein Bauchweh.«

»Kein Bauchweh. Das ist doch schon mal gut.«

Es war schrecklich, dass er so traurig war, aber solange ich nicht wusste, was ihn quälte, konnte ich ihm auch nicht helfen.

»Möchtest du mir denn nicht sagen, warum du weinst?«

Mit einem vorwurfsvollen Blick gab mir mein Sohn zu verstehen, dass ich als gute Mutter wissen müsste, was mit ihm los war. Leider tappte ich jedoch nach wie vor völlig im Dunkeln und zuckte darum auch nur ratlos mit den Schultern.

»Na wegen Molli natürlich«, klärte Finn mich endlich auf, verzog nachdenklich sein kleines Gesicht und schob, da er zum Glück nicht nachtragend war, seine Hand vertrauensvoll in meine. »Du Mama, weißt du, ob Kühe auch in den Himmel kommen?«

Ich dachte fieberhaft nach. In Indien galten Kühe als heilig, was sicherlich so eine Art Freifahrtschein in den Himmel war. Wie es sich allerdings mit deutschen Milchkühen – und seien sie noch so oft prämiert – verhielt, entzog sich meiner Kenntnis.

Da ich meinen Sohn jedoch nicht schon wieder enttäuschen und mich als schlechte Mutter outen wollte, versicherte ich ihm im Brustton der Überzeugung: »Mach dir keine Sorgen, mein

Schatz. Brave Kühe wie Molli kommen ganz bestimmt in den Himmel.«

Leider würde ich wohl nie erfahren, ob ich damit recht hatte. Denn selbst wenn es Molli tatsächlich gelungen war, ein Plätzchen im Himmel zu ergattern, würden wir uns dort wohl niemals über den Weg laufen. Bei all meiner mütterlichen Flunkerei würde ich nach meinem Tod garantiert in der Hölle schmoren …

Kapitel 3

Am Morgen nach der geplatzten Hochzeit saß ich vor einem Berg Papierkram in meinem Büro und versuchte, mich auf meine Arbeit zu konzentrieren. Aber ich war einfach nicht richtig bei der Sache, denn die Ereignisse des vergangenen Tages spukten ununterbrochen in meinem Kopf herum.

Vielleicht war es wirklich nur ein saublöder Zufall gewesen, dass das Auto just zum Zeitpunkt meiner Trauung in Kurtis Stall gerast war. Aber was, wenn hinter alldem doch ein tieferer Sinn steckte? Vielleicht wollte irgendeine höhere Macht Alexander und mir die Chance geben, unsere Hochzeitspläne noch mal zu überdenken. Möglicherweise waren wir für eine Ehe einfach zu verschieden. Andererseits hieß es schließlich nicht umsonst, dass Gegensätze sich anziehen. Alexander war mein Fels in der Brandung. Mein Ruhepol, wenn mein Temperament mal wieder mit mir durchging. Er der Kopfmensch, ich der Bauchmensch. Zwischen uns war es nie die knisternde, wild lodernde, alles verzehrende Liebe gewesen, unsere Beziehung war eher wie ein behagliches warmes Herdfeuer. Aber war das im Alltag nicht viel wichtiger? Mit einem tiefen Seufzer versuchte ich, die Gedanken beiseitezuschieben und meine Aufmerksamkeit auf die Arbeit zu richten.

Als ich zum x-ten Mal das Schreiben des Fremdenverkehrsvereins zur Hand nahm und zu lesen begann, steckte Hannah den Kopf in mein Büro.

»Darf ich dich kurz stören?«

»Klar.« Dankbar über die Ablenkung winkte ich meine Freundin herein. »Was gibt's?«

Hannah war gelernte Hotelfachfrau und hatte schon bei uns gearbeitet, als mein Vater noch den Sonnenhof geführt hatte. Obwohl es auf Roberts Weingut sicher auch jede Menge für sie zu tun gegeben hätte, bestand Hannah darauf, beruflich ihr eigenes Ding zu machen, und ich würde einen Teufel tun, ihr das auszureden, denn auf diese Weise bekamen wir uns bei der Arbeit fast täglich zu Gesicht.

»Unten ist ein Gast, der ein Zimmer haben möchte«, erklärte Hannah und sah mich abwartend an.

»Und? Dann hätte er rechtzeitig reservieren müssen. Wir sind ausgebucht.«

Hannah, die heute in ihrem hellblauen Sommerkleid beneidenswert frisch aussah, nickte.

»Das habe ich ihm auch gesagt. Aber er will sich partout nicht abwimmeln lassen.«

»Wir haben Hochsaison! Denkt dieser Mensch, ich könnte mir ein freies Zimmer aus den Rippen schneiden oder wir würden ihm zuliebe Stammgäste auf die Straße setzen? Oder möchte er vielleicht auf meiner Wohnzimmercouch campieren?«

»Wenn du schon so fragst … Zu deiner Wohnzimmercouch würde er bestimmt nicht Nein sagen, aber er wäre auch mit dem Wohnklo zufrieden.«

Dann musste dieser Gast ziemlich verzweifelt sein und bereits alle Pensionen und Gasthöfe im Umkreis abgeklappert haben, denn das Wohnklo, wie wir das Zimmerchen in der ersten Etage scherzhaft getauft hatten, war kaum größer als eine Besenkammer. Es bot gerade mal genug Platz für einen Schrank, ein Bett, ein Waschbecken, eine viel zu enge Dusche sowie eine Toilette, die sich in einer winzigen Nische befand. Wer es schaffte, das Zimmer zu durchqueren, ohne sich dabei am Bett das Schienbein zu stoßen oder sonst irgendwo anzuecken, musste schon über viel akrobatisches Geschick verfügen.

»Ich hatte vor, das Wohnklo neu zu streichen und danach als Abstellkammer zu nutzen«, erklärte ich Hannah, »damit Christine mit dem ganzen Putzkram nicht mehr so viel hin und her rennen muss. Die Bettwäsche könnten wir auch dort deponieren.«

»Oh, sorry, das wusste ich nicht.«

»Kein Problem, mein Fehler. Ich hätte mit dir darüber reden müssen, du kannst ja schließlich nicht hellsehen. Na, wie auch immer, jedenfalls möchte ich das Zimmer in dieser Saison nicht vermieten.«

Hannah machte ein sorgenvolles Gesicht. »Darüber wird Herr Wilke aber nicht sehr erfreut sein.«

»Herr Wilke?« Ich musterte meine Freundin irritiert.

Sie hatte doch sonst kein Problem damit, Gäste abzuweisen, warum tat sie sich in diesem Fall so schwer?

»Lass mal, ich kümmere mich schon darum.« Aufseufzend legte ich das Schreiben, dessen Inhalt sich mir auch nach dem dritten Mal Lesen immer noch nicht erschlossen hatte, zur Seite. »Ich kann mich ohnehin nicht richtig konzentrieren.«

Während Hannah wieder an der Rezeption Stellung bezog, betrat ich den Gastraum, wo ein Mann, der eine dunkle Sonnenbrille trug, lässig an der Theke lehnte.

Als er mich sah, kam er mir so freudestrahlend entgegen, als wären wir gute alte Bekannte. Er reichte mir die Hand.

»Hallo, ich bin Daniel Wilke«, stellte der Fremde sich vor und lächelte noch eine Spur breiter.

Ich entdeckte ein kleines Grübchen auf seiner Wange. Und plötzlich hatte ich so eine Ahnung, warum es Hannah nicht gelungen war, den hartnäckigen Gast abzuwimmeln. Daniel Wilke verströmte einen lausbubenhaften Charme, der in Kombination mit seinem guten Aussehen seine Wirkung beim anderen Geschlecht sicher nicht verfehlte. Möglicherweise wäre auch ich dafür empfänglich gewesen, wenn er nicht gleichzeitig etwas

Schnöseliges an sich gehabt hätte. Sein ganzes Auftreten schien zu sagen: Seht her, ich bin cool, ich bin erfolgreich, ich hab Kohle ... Auch ohne die dezenten Label auf seiner Kleidung genauer zu studieren, konnte man auf den ersten Blick erkennen, dass er von Kopf bis Fuß teure Designerklamotten trug. Der Autoschlüssel in seiner linken Hand, auf dem gut sichtbar ein großer silberner Mercedesstern prangte, rundete das Bild ab.

Hatte er sich verlaufen? Was wollte so ein Typ in unserem Gasthof?

»Nett, dass Sie sich Zeit für mich nehmen«, bedankte Daniel Wilke sich bei mir.

Höflich war er also auch. Und dennoch ... Obwohl man sein Auftreten nicht direkt arrogant nennen konnte, verströmte dieser Mann die Selbstsicherheit eines Menschen, der immer genau das bekommt, was er will. Und so etwas war mir aus tiefstem Herzen zuwider. Dass ich hinter den dunklen Brillengläsern seine Augen nicht erkennen konnte, machte mich zusätzlich misstrauisch.

»Lizzie Wagner«, stellte ich mich nun meinerseits leicht reserviert vor. »Meine Mitarbeiterin hat mir gesagt, dass Sie händeringend ein Zimmer suchen.«

»Ja, so ist es. Sie sind gewissermaßen meine letzte Hoffnung.«

Da er über gute Umgangsformen zu verfügen schien, sollte er eigentlich wissen, dass man die Sonnenbrille abnimmt, wenn man sich mit jemandem unterhält, dachte ich. Aber vielleicht hatte er gestern einfach zu tief ins Glas geschaut, oder seine Augen vertrugen aus irgendeinem anderen Grund kein helles Licht.

»Eigentlich sind wir ausgebucht«, erklärte ich und spürte zu meinem eigenen Entsetzen, wie mein Widerstand – warum auch immer – erlahmte.

An dem blöden Grübchen lag es sicher nicht. Vielleicht war ich nach dem gestrigen Tag einfach nicht richtig auf der Höhe.

Scheinbar verzweifelt fuhr Daniel Wilke sich durch seine dunklen Haare, die genauso zerzaust aussahen wie die meines Sohnes. Während Finns Strubbellook jedoch auf sein wildes Naturell zurückzuführen war, hatte Herr Wilke bestimmt mit Gel nachgeholfen.

»Ich weiß, es ist Hauptsaison«, sagte dieser nun mit schuldbewusster Miene, »ich hätte mich schon vor Wochen um eine Unterkunft kümmern sollen. Ich bin wirklich ein Esel.«

Wie wahr! Aber Selbsterkenntnis ist ja bekanntlich der erste Schritt zur Besserung, dachte ich ironisch.

»Wie Sie ja bereits wissen, haben wir nur noch ein behelfsmäßiges, sehr, sehr kleines Zimmer frei, das ich eigentlich bereits anderweitig verplant habe. Ich müsste Ihnen daher den ganz normalen Zimmerpreis berechnen.«

»Klingt fair.« Daniel Wilke nickte zustimmend. »Angebot und Nachfrage regeln die Preise.«

»Hinzu käme noch der Aufschlag für die Halbpension.«

Normalerweise hatten unsere Gäste die freie Wahl zwischen Übernachtung mit Frühstück oder Halbpension, aber in diesem speziellen Fall fand ich es durchaus legitim, das Angebot einzugrenzen.

»Kurtaxe? Vergnügungssteuer? Parkplatzgebühren?«, fragte Daniel Wilke mit leicht schräg geneigtem Kopf und einem spitzbübischen Lächeln. »Mich kann so leicht nichts schocken.«

»Das merke ich«, sagte ich und hatte Mühe, ernst zu bleiben.

»Okay, dann sind wir uns einig.« Um unseren Deal zu besiegeln, streckte er mir die Hand entgegen. »Ich nehme das Zimmer.«

Anstatt einzuschlagen, versuchte ich, ihn in seiner Begeisterung zu bremsen. »Wollen Sie sich das Zimmer nicht lieber vorher anschauen? Vielleicht überlegen Sie es sich dann noch mal.«

»Na schön, warum nicht«, willigte er schließlich mit einem

Schulterzucken ein. »Aber ich glaube nicht, dass das etwas an meiner Entscheidung ändern wird.«

An der Rezeption ließ ich mir von Hannah den Schlüssel geben und führte Daniel Wilke die Treppe in den ersten Stock hinauf. Nachdem ich das Wohnklo aufgeschlossen hatte, öffnete ich einladend die Tür und ließ ihn eintreten. Ich selbst blieb lieber draußen auf dem Gang stehen, denn wenn man sich zu zweit in dem kleinen Raum aufhielt, wurde die Luft sehr schnell dünn.

»Wie Sie sehen, kann man hier kaum treten«, wies ich Herrn Wilke, der mit zwei Schritten das Zimmer durchquert hatte, auf das Offensichtliche hin.

Nicht, dass ich kein Geld verdienen wollte – wie's aussah, traf es ja auch keinen Armen –, aber zufriedene Gäste waren für mich das A und O. Und Daniel Wilke war sicherlich einen völlig anderen Standard gewohnt. Er würde sich in diesem Kämmerchen ganz bestimmt nicht wohlfühlen.

»Oh, ich bin ein Fan kurzer Wege.« Daniel Wilke strahlte, als hätte ich ihm eine weitläufige Luxussuite mit vergoldeten Wasserhähnen und Jacuzzi präsentiert. »Und dass das Bett gleich neben dem Waschbecken steht, ist superpraktisch. Wo, bitte schön, kann man sich morgens vom Bett aus die Zähne putzen, ohne aufstehen zu müssen?«

Wollte er mich auf den Arm nehmen?! Bestimmt würde er gleich in schallendes Gelächter ausbrechen und schnellstmöglich das Weite suchen.

»Toll! Ich nehme das Zimmer«, erklärte er jedoch zu meiner großen Verwunderung.

»Der Schrank ist auch ziemlich klein«, machte ich einen erneuten Versuch, ihm die Sache auszureden.

Während uns Frauen der Kleiderschrank gar nicht groß genug sein konnte, träumten die meisten Männer, die ich kannte, eher von einem begehbaren Kühlschrank, in dem sie ihre Biervorräte lagern konnten. Aber Daniel Wilkes Klamotten ließen vermuten, dass ihm die Größe des Kleiderschranks garantiert nicht egal war.

»Gott, ja, der Schrank ist nicht besonders groß«, sagte er, nachdem er die Schranktür geöffnet und einen flüchtigen Blick hineingeworfen hatte, »aber ich reise ohnehin lieber mit leichtem Gepäck.«

Auch das verwunderte mich. Ich hätte meinen Hintern darauf verwettet, dass sich in seinem Auto ein komplettes Set schwarzer Luxus-Reisekoffer befand.

Bevor ich ihn auch noch auf die viel zu enge Duschkabine hinweisen konnte, deren Anblick klaustrophobisch veranlagten Menschen bestimmt den Schweiß auf die Stirn trieb, kam er mir auch schon zuvor.

»Wenn man in der Dusche mal ausrutscht, kann man wenigstens nicht hinfallen.«

»Sicher wird es Ihnen auch gelingen, der Toilettennische etwas Positives abzugewinnen.«

Sinnend legte Daniel Wilke seinen Zeigefinger an die Nasenspitze. Dann schüttelte er den Kopf. »Nein, bedaure, da muss ich leider passen. Obwohl – wenn ich so darüber nachdenke – man kann nicht vergessen, die Toilettentür abzuschließen. Das ist doch was!«

Nun konnte ich mir ein Grinsen beim besten Willen nicht länger verkneifen. Hätte das Wohnklo keine Zimmerdecke, würde er bestimmt die ökologische Regenwasserdusche und das fantastische Sternenpanorama loben.

»Sie arbeiten nicht zufällig in der Werbebranche? Irgendwie habe ich das Gefühl, dass Sie selbst den größten Ladenhüter zum Verkaufsschlager machen könnten.«

Daniel Wilke machte eine wegwerfende Handbewegung. »Positives Denken, weiter nichts. Das kann jeder, glauben Sie mir. Hätten Sie vielleicht Zeit und Lust, mir auch noch den Rest des Hauses zu zeigen?«

»Warum nicht.« Ich zuckte mit den Schultern. Da ich nicht die geringste Lust verspürte, wieder an meinen Schreibtisch zurückzukehren, konnte ich ebenso gut eine kleine Führung veranstalten. »Was wollen Sie denn sehen?«, fragte ich, als er zu mir hinaus auf den Gang trat.

»Dürfte ich vielleicht mal einen Blick in ein normales Zimmer werfen?«

»Sie haben Glück, die Drei steht gerade leer. Ihre zukünftigen Nachbarn reisen erst heute Abend an.« Ich öffnete die Tür, die unverschlossen war, und ließ ihn eintreten.

Im Gegensatz zu seiner spärlich möblierten Kammer war dieses Zimmer hell und freundlich und mit viel Liebe zum Detail eingerichtet.

»Sehr geschmackvoll«, bemerkte Daniel Wilke anerkennend, während er sich genau umsah und auch einen Blick ins Badezimmer warf.

»Angefangen bei der Deckenbeleuchtung bis zu den Fußleisten habe ich alle Zimmer komplett selbst eingerichtet.«

Einerseits ärgerte es mich, dass ich mich ausgerechnet über das Lob eines solchen Schickimicki-Typs so freute, andererseits musste ich mit einem Blick auf sein äußeres Erscheinungsbild zugeben, dass er in puncto Stil offenbar ein gutes Händchen hatte.

»Den Gastraum kennen Sie ja schon«, sagte ich, als wir uns bereits wieder auf dem Weg nach unten befanden. »Frühstück gibt's von acht bis zehn und Abendessen von neunzehn bis zweiundzwanzig Uhr. Bei schönem Wetter können Sie die Mahlzeiten auch gerne draußen einnehmen.«

Ich öffnete eine hohe Glastür und führte Daniel Wilke auf die weitläufige Terrasse hinaus, die sich, da das Haus in den Hang gebaut war, oberhalb des Gartens befand. Von hier aus hatte man einen atemberaubenden Blick in die Weinberge.

Daniel Wilke sah sich beeindruckt um. »Perfekt.«

Da waren wir einer Meinung, denn die Terrasse war wirklich das Prunkstück unseres Hauses.

»Der Garten ist riesig. Wofür nutzen Sie ihn?«

»Was halt gerade so ansteht. Grillfeste, Familienfeiern ...«

»Fußballspiele«, ergänzte Daniel Wilke grinsend. »Groß genug wäre er ja.«

»Nein, dafür gibt es im Dorf einen Fußballplatz. Wir veranstalten übrigens regelmäßig ein Dorf-gegen-Gäste-Fußballspiel. Sollten Sie Interesse haben, schaue ich gerne nach, wann das nächste stattfindet.«

»Ich überlege es mir.«

Auch wenn Daniel Wilke nicht unsportlich aussah, konnte ich ihn mir beim besten Willen nicht auf einem Fußballplatz vorstellen. Segeln, Golfen oder Tennis waren bestimmt mehr seine Kragenweite.

Er zeigte nach Osten, wo unsere Scheune stand. »Und das Gebäude dort hinten? Gehört das auch noch zum Sonnenhof?«

Ich nickte.

»Wozu dient es?«

»Sie wollen aber auch wirklich alles ganz genau wissen.«

Der neue Gast hatte nicht nur die gleiche Frisur wie mein Sohn, er stellte auch genauso viele Fragen.

»Früher wurde in der Scheune das Futter für die Tiere gelagert«, erklärte ich geduldig.

»Dann haben Sie wohl jetzt keine Tiere mehr?«

»Nein, abgesehen von ein paar Hühnern, die dafür sorgen, dass unsere Gäste jeden Morgen ein frisches Frühstücksei bekommen, haben wir keine mehr.«

»Vergessen Sie die Esel nicht«, Daniel Wilke grinste von einem

Ohr zum anderen, »die sich gelegentlich als Gäste in Ihr Haus verirren.« Und mit einer Kopfbewegung in Richtung Scheune schickte er noch hinterher: »Schon mal daran gedacht, das Ding abzureißen? Wenn es sowieso keinen Zweck erfüllt, könnte man den Platz doch wunderbar anderweitig nutzen.«

Ich verschränkte die Arme vor der Brust und schüttelte nachdrücklich den Kopf. »Oh nein, auf gar keinen Fall. Eher bekäme ich von meinem Sohn die Erlaubnis, sein Kinderzimmer an Touristen zu vermieten. Sollte ich die Scheune abreißen lassen, würde mir Finn das nie verzeihen. Er und seine Freunde lieben es, im Heu herumzutoben. Außerdem habe ich Pläne für die Scheune, aber die sind noch nicht ganz spruchreif.« Ich wies auf eine schmale weiße Steintreppe, die von der Terrasse nach unten führte. »Da geht's lang.«

Ich ließ Daniel Wilke den Vortritt und bemerkte, als ich hinter ihm die Stufen hinabstieg, dass ihm sein rechtes Bein Probleme bereitete. Aufgrund einer Verletzung oder einer Behinderung schien das Knie ein wenig steif zu sein, was mir bislang nicht aufgefallen war, weil ich die meiste Zeit vor ihm her gegangen war.

Nachdem wir um die Hausecke gebogen waren, kamen wir zu einem gepflasterten Platz, der von einer mit Wein überwucherten Pergola eingesäumt wurde.

»Hier befindet sich, wie Sie sehen, unsere Tischtennisplatte. Schläger erhalten Sie auf Wunsch an der Rezeption. Aber bitte das Zurückbringen nicht vergessen«, betete ich routinemäßig mein Gäste-Sprüchlein herunter.

»Keine Sorge, Ihre Schläger sind bei mir in guten Händen.« Und nach einer kleinen Pause fügte er mit einem Grinsen hinzu: »Ich klaue nur Kleiderbügel.«

Da Duschvorleger und Kleiderbügel bei manchen Gästen tatsächlich ein sehr beliebtes »Souvenir« waren, erwiderte ich darauf lieber nichts, sondern ermahnte ihn nur streng: »Ich möchte

Sie bitten, die Mittagsruhe einzuhalten und auch nach einundzwanzig Uhr kein Tischtennis mehr zu spielen.«

»Natürlich. Kein Tischtennis in der Mittagszeit und nach einundzwanzig Uhr. Werde ich mir merken, nur für den Fall, dass ich mal abends allein Rundlauf spielen möchte.«

Auch wenn diese Heißa-hier-bin-ich-Masche nicht so ganz mein Fall war, eins musste man ihm lassen: Humor hatte er.

»Ach ja, links vom Haus gibt es noch einen kleinen Spielplatz. Falls es Ihnen mal langweilig werden sollte«, erklärte ich belustigt und strich mir eine Haarsträhne hinters Ohr. »Apropos Langeweile: Werfen Sie am besten hin und wieder mal einen Blick auf die Magnetwand neben der Rezeption, dort sind die Veranstaltungen angeschlagen. Alle zwei Wochen findet im Sonnenhof beispielsweise eine Weinprobe statt, die ich Ihnen wärmstens empfehlen kann.«

»Frau Westermann hat erwähnt, dass es im Haus auch eine Sauna gibt.«

Dass er sich Hannahs Nachnamen gemerkt hatte, fand ich einerseits sehr nett, andererseits konnte ich mich des Eindrucks nicht erwehren, dass hinter seiner Aufmerksamkeit und Freundlichkeit Kalkül steckte. Der Mann wusste mit Sicherheit sehr genau, wie er Menschen für sich einnehmen und manipulieren konnte. Aber es gab Gäste mit weitaus schlimmeren Marotten.

»Ja, richtig. Die Sauna ist unten im Keller«, beantwortete ich seine unausgesprochene Frage. »Neben dem Eingang zum Gastraum die Treppe runter, dann können Sie sie gar nicht verfehlen. Aber von hier draußen gibt es auch einen Zugang, der allerdings normalerweise nicht für unsere Gäste gedacht ist. Warten Sie, ich gehe vor.« Nachdem wir den Kellerabgang erreicht hatten und ich die Tür aufgeschlossen hatte, drehte ich mich zu ihm um. »Vielleicht sollten Sie besser die Sonnenbrille absetzen. Die Treppe ist ziemlich steil und die Beleuchtung nicht die allerbeste.«

Daniel Wilke zögerte einen Moment, bevor er die Brille abnahm. Als die dunklen Gläser verschwunden waren, verstand ich, warum er sie nicht schon früher abgesetzt hatte. Sein rechtes Auge zierte ein bunt schillerndes Veilchen, das jedem Preisboxer zur Ehre gereicht hätte.

»Oh«, kommentierte ich trocken, »Schlägerei?«

»Sie sollten mal den anderen sehen«, erwiderte er lakonisch. Offenbar war ihm das Thema unangenehm, denn bevor ich weiter nachhaken konnte, kam er mir mit seiner nächsten Frage zuvor: »Wird die Sauna häufig benutzt?«

»So ein, zwei Mal würde ich sagen.«

»Pro Tag?«

»Nein«, ich lachte, »pro Monat.«

Wir stiegen die Stufen hinab. Im Keller angekommen, ließ er es sich nicht nehmen, auch einen Blick in die Waschküche, den Weinkeller und den Vorratsraum zu werfen. Wir hatten auf dem Sonnenhof nichts zu verbergen, aber ein bisschen merkwürdig fand ich seine Neugier schon.

»So, da sind wir. Hier ist also unsere Sauna.« Schwungvoll öffnete ich die vertäfelte Tür.

Die Sauna bot Platz für maximal sechs Personen und wurde eigentlich nur bei absolutem Sauwetter angeschmissen, denn die meisten unserer Gäste hielten sich ohnehin am liebsten im Freien auf.

»Hübsch und – wie soll ich sagen? – . . . kuschelig. Nun ja, verlaufen kann man sich hier sicher nicht«, stellte Daniel Wilke, der sich suchend umsah, trocken fest. »Und mehr Wellness gibt es nicht?«

»Was schwebt Ihnen denn da so vor?« Mit verschränkten Armen lehnte ich mich gegen den Türrahmen. »Gleich nebenan ist ein Bauernhof, da können Sie gerne ein Schlammbad nehmen. Vorausgesetzt, es hat genug geregnet.«

»Toll, ich sehe, wir verstehen uns.« Er feixte. »Nein, ich hatte mehr an Massagen, vielleicht Ayurveda und Kosmetik gedacht. So das Übliche halt.«

»Ah ja. Das Übliche halt ... Obwohl ich zugeben muss, dass Ihnen ein bisschen Kosmetik tatsächlich nicht schaden würde.« Bedeutungsvoll ließ ich meinen Blick auf seinem lädierten Auge ruhen.

»Geben Sie es zu: Jetzt haben Sie mich absichtlich missverstanden.« Daniel Wilke zog eine Schnute, die mich erneut an meinen Sohn erinnerte. »Mit ›das Übliche halt‹ meinte ich nicht, dass ich all diese Dinge gewöhnlich nutze – obwohl ich eine Massage hin und wieder ganz angenehm finde –, sondern ich habe lediglich auf das Angebot angespielt, das in den meisten Häusern mittlerweile gang und gäbe ist.«

»Dann werden Sie in diesem Urlaub wohl etwas kürzertreten müssen«, erwiderte ich spitz. »Apropos treten ... Um Ihrer nächsten Frage gleich zuvorzukommen: Einen Fitnessraum haben wir auch nicht. Dafür jedoch jede Menge mehr oder weniger unberührter Natur gleich vor der Haustür. Spazierengehen oder Wandern soll bekanntlich auch sehr gesund sein.« Als ich sah, wie Daniel Wilke seine linke Augenbraue nach oben zog – die rechte rührte sich wohl aufgrund des geschwollenen Auges nicht von der Stelle –, fügte ich noch spöttisch hinzu: »Für Sie würde ich sogar extra auf dem Dachboden nachschauen, da müsste eigentlich noch ein altes Paar Skistöcke herumliegen. Dann können Sie auch gerne walken.« Möglicherweise war diese Bemerkung etwas taktlos gewesen, denn mit seinem steifen Knie konnte er vermutlich gar keinen Sport treiben, und so versuchte ich, meinen Fauxpas durch einen Scherz zu überspielen: »Allerdings bin ich mir nicht sicher, ob das für Sie, als Fan kurzer Wege, so das Richtige ist.«

»Das käme auf einen Versuch an. Man soll neuen Dingen gegenüber schließlich immer aufgeschlossen sein, nicht wahr?«

Er strahlte mich treuherzig an, und mir fiel es zunehmend schwer, ihn nicht zu mögen.

Irgendwie hatte der kleine verbale Schlagabtausch mit ihm richtig Spaß gemacht.

Ich beendete die Führung an der Rezeption, an der Hannah gerade mit Herrn Hildebrandt, einem langjährigen Stammgast, über die diesjährige Weinernte plauderte. Als Frau eines Winzers war sie auf diesem Gebiet fast so etwas wie eine Expertin.

»So, Herr Wilke, jetzt haben Sie wirklich alles gesehen.« Ich schaute ihm fest in die Augen. »Es sei denn, Sie möchten auch noch die Besenkammer besichtigen.«

»Ich dachte, mein Zimmer wäre die Besenkammer! Wenn ich gewusst hätte, dass es noch eine Alternative gibt, die Sie mir vorenthalten haben ...«

Hannah, die ihr Pläuschchen beendet hatte, gesellte sich zu uns. Das triumphierende Funkeln in ihren Augen übersah ich geflissentlich. Na schön, auch mir war es nicht gelungen, den hartnäckigen Gast loszuwerden, aber dafür würden wir an ihm nicht schlecht verdienen.

»Lässt du Herrn Wilke bitte das Anmeldeformular ausfüllen. Er nimmt die Fünf und bleibt bis ...« Ich wandte mich an unseren neuen Gast. »Ja, wie lange wollen Sie eigentlich bleiben?«

»Ich denke, zwei Wochen sollten reichen.«

Der bleibt nie im Leben zwei Wochen, wahrscheinlich nicht mal eine, dachte ich und sagte, als ich ihm seinen Schlüssel aushändigte, laut: »Dann wünsche ich Ihnen einen angenehmen Aufenthalt.«

»Das sollte kein Problem sein«, er strahlte Hannah und mich an, »bei der schönen Aussicht.«

Nachdem ich Daniel Wilke Hannahs Obhut übergeben hatte, machte ich mich auf die Suche nach Christine, um ihr zu sagen, dass sich das Thema Abstellkammer fürs Erste erledigt hatte. Sie würde das ganze Putzzeug weiter von einer Etage in die andere schleppen müssen. Zum Glück nahm sie diese Nachricht gelassen auf – das ständige treppauf und treppab sei gut für die Figur.

»Dann sollte ich dir den Beitrag fürs Fitnesscenter, den du auf diese Weise sparst, vielleicht vom Gehalt abziehen«, neckte ich sie.

Als ich wieder nach unten kam, entdeckte ich Alexander, der neben der Eingangstür stand und mir erwartungsvoll entgegensah.

»Das ist ja mal 'ne nette Überraschung.« Ich umarmte ihn und gab ihm einen Kuss, der dank Postbote Timo, der in diesem Moment fröhlich pfeifend den Sonnenhof betrat, nicht ganz so innig ausfiel, wie ich es mir gewünscht hätte. »Solltest du um diese Zeit nicht in der Praxis sein?«

»Stimmt, aber zwei Patienten haben ihren Termin abgesagt, da wollte ich mich persönlich davon überzeugen, dass es dir nach dem gestrigen Hochzeitsdebakel gut geht.«

»Alles bestens, Herr Doktor«, versicherte ich. »Sogar meine Füße haben sich abgesehen von einer kleinen Blase wieder vollständig regeneriert.«

»Sehr gut. Ich glaube nicht, dass wir mit Spätfolgen rechnen müssen«, scherzte Alexander, nachdem er mich prüfend von oben bis unten gemustert hatte. Dann verfinsterte sich seine Miene. »Apropos Spätfolgen: Was hatte denn der Lackaffe hier zu suchen? Wollte er sich bei dir entschuldigen?«

»Welcher Lackaffe?« Irgendwie konnte ich Alexander nicht so ganz folgen. »Und wieso entschuldigen?«

Alexander schnaubte abfällig. »Eine Entschuldigung wäre ja wohl das Mindeste, nachdem dieser Blödmann unsere Hochzeit ruiniert hat. Ich frage mich, warum Lukas nach allem, was vorgefallen ist, nicht gleich seinen Führerschein einkassiert hat. Meiner Meinung nach dürfte der Typ nicht einmal mit einem Dreirad unterwegs sein, geschweige denn mit einem Mercedes Cabrio. Damit ist er mir nämlich gerade in der Zufahrt entgegengekommen.«

»Haaalt, Moment mal.«

Das ging mir jetzt echt zu schnell. Wie ein Schutzmann, der den Verkehr stoppt, hob ich meine rechte Hand.

»Bitte noch mal ganz langsam. Du meinst, dir ist der Mann, der gestern in Kurtis Kuhstall gefahren ist, eben auf *unserer* Zufahrt entgegengekommen? Da musst du dich täuschen.«

»Ich täusche mich ganz sicher nicht.«

»Also, hier war er jedenfalls nicht«, erklärte ich kategorisch. »Es sei denn ... Ein Mercedes, sagst du?«

Plötzlich tauchte vor meinem geistigen Auge der Stern auf, den ich an Daniel Wilkes Autoschlüssel gesehen hatte. Nicht zu vergessen das Veilchen und sein verletztes Knie ...

Schnell lief ich zur Rezeption, wo Hannah gerade damit beschäftigt war, Buchungsanfragen per E-Mail zu beantworten.

»Sag mal, hast du zufällig Herrn Wilke gesehen?«, fragte ich sie.

»Er hat vorhin das Haus verlassen und ist Richtung Parkplatz gegangen. Soll ich versuchen, ihn noch zu erwischen?«

»Nein, nein, schon gut.« Ich ging zurück zu Alexander. »Ich glaube, du hattest tatsächlich recht. Allerdings wollte Herr Wilke sich nicht bei mir entschuldigen.«

»Sondern?«

»Er wollte ein Zimmer haben.«

Aufgebracht schüttelte Alexander den Kopf. »Zum Glück seid ihr ausgebucht. Sonst müsstest du dich womöglich bald noch mit einer Leiche herumschlagen. Glaub mir: Wer einmal probiert, sich das Leben zu nehmen, wird es wieder versuchen.«

»Ich habe ihm unser Wohnklo vermietet«, gab ich kleinlaut zu.

»Dann sieh zu, dass du ihn schnell wieder loswirst. Der Mann macht nichts als Ärger, das kann ich förmlich riechen.«

»Und wie stellst du dir das bitte schön vor? Ich kann ihn doch wohl schlecht vor die Tür setzen, weil er möglicherweise Suizidgedanken hat.«

»Ein Buchungsfehler, ein Wasserrohrbruch – keine Ahnung. Dir wird schon was einfallen.«

»Also ich weiß nicht …«

Mal ganz davon abgesehen, dass es nicht dem Stil unseres Hauses entsprach, zahlende Gäste, die sich nichts zuschulden kommen lassen hatten, rauszuschmeißen, fühlte es sich falsch an, einen Menschen, der offenbar so verzweifelt war, dass er nicht mehr leben wollte, vor die Tür zu setzen. Wobei Daniel Wilke auf mich ganz und gar keinen verzweifelten Eindruck gemacht hatte. Im Gegenteil: Er hatte ausgesprochen fröhlich und ausgeglichen gewirkt.

»Morgen Abend kommt übrigens Pastor Roth, um einen neuen Termin für die Trauung zu vereinbaren«, wechselte Alexander das Thema. »Heute Abend hat er keine Zeit, da ist Bibelkreis.«

Mit einem tiefen Seufzer massierte ich meine Schläfen, hinter denen es unangenehm pochte. »Im Moment weiß ich kaum, wo mir der Kopf steht. Hätten wir das nicht auch telefonisch klären können?«

»Natürlich. Aber du weißt doch, wie gerne Pastor Roth den Schweinebraten deiner Mutter isst.« Nach einem raschen Blick auf seine Armbanduhr gab er mir schon halb im Gehen einen Kuss. »So, ich muss wieder los. Ich will meine Patienten nicht warten lassen.«

»Denkst du daran, dass du Finn versprochen hast, in den Ferien mit ihm ein Baumhaus zu bauen?«, erinnerte ich Alexander, bevor er mir entwischen konnte.

Er nickte mit langem Gesicht. Begeisterung sah irgendwie anders aus.

Dann brummte er: »Wenn du im Moment keine anderen Sorgen hast …«

Andere Sorgen hatte ich mehr als genug. Abgesehen von der defekten Dusche auf Zimmer zehn, die partout nicht warm werden wollte, bereitete mir insbesondere ein Ehepaar aus Bochum, das sich streng vegan ernährte, reichlich Kopfzerbrechen. Vegetarier hatten wir schon des Öfteren bewirtet, aber ganz auf tierische Produkte zu verzichten war eine echte Herausforderung. Erschwerend kam hinzu, dass meine Mutter sich offenbar in ihrer Ehre als Köchin gekränkt fühlte und so beleidigt tat, als hätte sie die verschmähten Frühstückseier selbst gelegt. Während ich mich im Internet schlaumachte und aus dem Staunen kaum rauskam – wer hätte gedacht, dass man Hefeflocken als Ersatz für Parmesan verwenden konnte?–, ertönte hinter dem Haus ein gellender Schrei.

Oh Gott, was mochte da passiert sein?!

Mein erster Gedanke galt Finn. Heute war sein erster Ferientag. Vor lauter Freude über die neu gewonnene Freiheit war er völlig aus dem Häuschen und hatte noch mehr PS in der Buxe als sonst. Hoffentlich hatte er sich beim Toben nicht verletzt!

Panisch rannte ich nach unten, doch zum Glück entpuppte sich die Sache als harmlos: Unserer Aushilfe war beim Brombeerenpflücken eine Maus über den Weg gelaufen. Oje, die Arme! So, wie Betti geschrien hatte, musste die Maus sich furchtbar erschreckt haben …

Nach diesem kleinen Zwischenfall kam endlich der Klempner,

um die Dusche zu reparieren, was er vermutlich auch getan hätte, wenn ihm dazu nicht ein ganz spezielles Ersatzteil gefehlt hätte.

Und in diesem Stil ging es weiter. Ich war den ganzen Tag auf den Beinen und kam kaum zum Luftholen. Als ich gegen Mitternacht endlich ins Bett fiel, ließ ich den Tag noch einmal im Schnelldurchlauf Revue passieren.

An der Stelle, an der Daniel Wilke ins Spiel kam, schaltete ich kurz auf Pause. Dass ausgerechnet ein Mensch wie er, der auf den ersten Blick alles zu haben schien, was man sich wünschen konnte, versucht haben sollte, sich umzubringen, schien mir fast so etwas wie ein makabrer Scherz zu sein. Andererseits bestätigte es mal wieder, was ich eh schon längst wusste: Geld allein macht nicht glücklich. Und selbst wenn man gutes Aussehen noch als Gratiszugabe obendrauf bekam, war das noch lange kein Garantieschein für das große Glück. Was mochte passiert sein, dass Daniel Wilke bereit gewesen war, freiwillig seinem Leben ein Ende zu bereiten? Ein schlimmer Schicksalsschlag? Depressionen? Eine unheilbare Krankheit? Unwillkürlich fragte ich mich, ob die Fahrt in den Kuhstall eine Kurzschlussreaktion oder eine geplante Verzweiflungstat gewesen war. Ein kalter Schauer lief mir den Rücken hinunter, denn beide Optionen waren gleichermaßen schrecklich.

Nun, da ich wusste, mit wem ich es zu tun hatte, fand ich es sogar noch eigenartiger, dass er sich ausgerechnet bei uns einquartiert hatte. Auf jeden Fall konnte es nicht schaden, den neuen Gast im Auge zu behalten.

Ich hatte diesen guten Vorsatz noch nicht ganz zu Ende gedacht, da fuhr mir der Schreck in die Glieder: Daniel Wilke war nicht zum Abendessen erschienen! Vor lauter Stress und Hektik hatte ich das bislang überhaupt nicht bemerkt. Was, wenn Alexander recht behielt, und er noch einmal versucht hatte, sich etwas anzutun? Auch wenn ich weiß Gott kein Autoexperte war, hätte ich wetten können, dass man sich mit einem Mercedes ebenso gut umbringen konnte wie mit einem Porsche.

Panisch sprang ich aus dem Bett, warf mir meinen alten blauen Frotteebademantel über und tappte auf nackten Füßen nach unten. Als ich an der Haustür nach dem Schlüssel griff, hielt ich kurz inne und sah skeptisch an mir herunter. Mein Aufzug war alles andere als repräsentabel. Zwar befand sich unsere Wohnung in einem Nebengebäude des Gasthofs, aber es war nicht auszuschließen, dass mir auf dem Weg zum Parkplatz Gäste über den Weg laufen würden.

Ach was, zu so später Stunde lagen bestimmt schon alle in ihren Betten und schlummerten friedlich. Frische Luft und gutes Essen machten müde.

Ich hastete los, dabei bohrten sich die spitzen Steinchen des Kieswegs tief in meine nackten Füße. Autsch, tat das weh! Aber die Angst, dass unser neuer Gast womöglich beim zweiten Versuch, seinem Leben ein Ende zu bereiten, mehr Erfolg gehabt haben könnte, hielt mich davon ab, umzukehren und Schuhe zu holen. Vielleicht war er dieses Mal mit seinem Auto vor einen Baum gerast oder hatte sich selbst mitsamt seinem Luxusschlitten im nahe gelegenen Baggersee versenkt.

Völlig außer Atem erreichte ich endlich den Parkplatz. Gott sei Dank! Ich erkannte Daniel Wilkes Auto auf den ersten Blick, denn das schwarze Mercedes Cabriolet stach zwischen den Rentnerfahrzeugen und Familienkutschen sofort ins Auge. Der dunkle Lack schien im hellen Mondschein zu zerfließen, er schimmerte wie flüssige Zartbitterschokolade, und die Chromteile funkelten und blitzten, als wären sie aus Silber. Ich trat ein paar Schritte näher an das Cabrio heran und beäugte es kritisch. Allem Anschein nach war dieses Fahrzeug nicht nur völlig unversehrt, sondern auch nigelnagelneu!

»Angeberschlitten! Na ja, wer's braucht ...«, murmelte ich, drehte dem Auto den Rücken zu und machte mich wieder auf den Weg in mein Bett.

Kapitel 4

Am nächsten Morgen war ich bereits in aller Herrgottsfrühe wach. Ich hatte schlecht geschlafen, denn irgendwie wurde ich das unangenehme Gefühl nicht los, dass ich etwas Entscheidendes vergessen oder übersehen hatte. Bloß wollte mir beim besten Willen nicht einfallen, was es war. Hatte ich womöglich versäumt, eine Rechnung zu bezahlen oder jemandem zum Geburtstag zu gratulieren? Oder war mir Finns Termin beim Kieferorthopäden durchgeflutscht? Nein, der war erst nächsten Monat, stellte ich mit einem raschen Blick in den Kalender erleichtert fest.

Als ich kurz darauf unter der Dusche stand und den Rasierer so unkonzentriert an meinem Bein entlanggleiten ließ, dass sich die Klinge oberhalb meines Knöchels schmerzhaft in die Haut grub, dämmerte mir plötzlich, während ich einen Blutstropfen beobachtete, der langsam aus der kleinen Schnittverletzung hervorquoll, was ich übersehen hatte: Es gab unzählige Möglichkeiten, sich umzubringen! Wie war ich bloß darauf gekommen, dass Daniel Wilke erneut sein Auto benutzen würde?! Zumal der erste Versuch ja nun wirklich nicht besonders erfolgreich gewesen war. Aus Erfahrung klug hatte er sich beim zweiten Mal möglicherweise geschickter angestellt und lag längst tot in seinem Bett!

Plötzlich begannen meine Hände so stark zu zittern, dass ich den Rasierer lieber beiseitelegte. Da eines meiner Beine immer noch viel Ähnlichkeit mit einem stoppeligen Getreidefeld aufwies, würde ich trotz des schönen Wetters wohl oder übel eine lange Hose anziehen müssen.

Bevor ich, wie sonst jeden Morgen, in den Gastraum ging, um meiner Mutter und unserer Servicekraft Maribelle beim Anrichten des Frühstücksbüfetts zu helfen, schlich ich auf leisen Sohlen in den ersten Stock. Für den Fall, dass mir jemand begegnen und neugierige Fragen stellen sollte, schnappte ich mir einen Stapel Handtücher als Alibi und steuerte damit zielstrebig auf die Zimmertür mit der goldenen Fünf zu, vor der hübsch ordentlich ein Paar schwarzer Lederschuhe stand.

Beim Anblick der Schuhe, die ein wenig staubig, aber ansonsten tipptopp gepflegt aussahen, vergaß ich für einen Moment meine Sorge und schnappte ungläubig nach Luft. Da es bis zum 6. Dezember noch ein Weilchen hin war, erwartete Daniel Wilke wohl kaum, dass ich ihm einen Schokonikolaus in den Schuh steckte. Dachte er wirklich allen Ernstes, es gäbe im Sonnenhof einen Schuhputzservice? Offenbar hatte sein Kopf bei dem Aufprall im Kuhstall doch mehr abbekommen, als Alexander und die Ärzte im Krankenhaus hatten feststellen können. Wir waren schließlich nicht das Ritz oder Hilton! Das würde ich ihm unmissverständlich zu verstehen geben – sofern ich ihn noch einmal lebend zu Gesicht bekam …

Bei diesem Gedanken verpuffte mein Ärger ebenso schnell, wie er gekommen war. Stattdessen spürte ich erneut eine Scheißangst in mir aufsteigen. Bitte lieber Gott, lass ihn noch am Leben sein, betete ich und warf einen nervösen Blick auf meine Armbanduhr. Es war gerade erst halb acht. Da ich zu dieser frühen Stunde ohne einen triftigen Grund wohl schlecht bei unserem Gast klopfen konnte – »Hallöchen, ich wollte nur mal eben nachschauen, ob Sie noch leben …« –, legte ich mein Ohr an die Zimmertür und hoffte, von drinnen irgendein Geräusch zu vernehmen. Das Rauschen der Toilettenspülung, ein Radio, das Klappern der Schranktür, von mir aus auch ein lautes Rülpsen – für jedes Lebenszeichen wäre ich dankbar gewesen. Doch Fehlanzeige. Außer meinem eigenen Herzschlag, der wie ein Presslufthammer in meinen Ohren dröhnte, hörte ich nichts!

Absolute Stille.

Oh, oh, das verhieß bestimmt nichts Gutes. Unwillkürlich brach mir der Schweiß aus, was sicher nicht nur an meiner langen Hose lag.

Okay, kein Grund zur Panik, versuchte ich mich selbst zu beruhigen. Möglicherweise schläft er noch.

Aber hätte man dann nicht erst recht etwas hören müssen? Vielleicht schnarchte nicht jeder Mann so laut wie Alexander, dessen Grunzgeräusche vermutlich alle Wildschweine im Umkreis von drei Kilometern ganz wuschig machten, aber dass man nicht einen Mucks hörte, schien mir mehr als verdächtig.

Nachdem ich mich kurz bei meiner Mutter in der Küche hatte blicken lassen, betrat ich den Gastraum, wo Maribelle bereits fleißig bei der Arbeit war. Ich versuchte, mir nicht anmerken zu lassen, wie aufgewühlt ich war, und wünschte ihr gespielt munter einen guten Morgen.

»Dir auch einen wunderschönen guten Morgen«, erwiderte Maribelle. »Ist das nicht ein Bombenwetter? Hoffentlich gibt es heute Abend kein Wärmegewitter, wie der Wetterbericht vorhergesagt hat.« Sie sah kurz von ihrer Arbeit auf. »Wohin willst du denn mit den Handtüchern? Stimmt etwas nicht damit?«, fragte sie, während sie mit flinken Fingern Brötchen, Croissants und Laugengebäck in einem Brotkorb arrangierte.

»Nein, nein, alles bestens. Hat sich erledigt«, erklärte ich hastig und legte die Handtücher beiseite.

»Na, dann ist es ja gut.«

»Hast du gestern Abend zufällig noch unseren neuen Gast gesehen?«, wollte ich von Maribelle wissen, ohne sie dabei anzusehen, und ertappte mich dabei, wie ich eine Serviette nervös auseinander- und dann wieder zusammenfaltete.

»Ach, Herrn Wilke? Ja, ich habe kurz mit ihm gesprochen.«

»Und? Kam dir irgendwas an ihm komisch vor?«, fragte ich im lockeren Plauderton.

Es reichte schon, dass ich mir Sorgen machte. Ich wollte nicht gleich die ganze Mannschaft verrückt machen.

»Nein, er scheint sehr nett zu sein.«

»Ich meine, wirkte er auf dich irgendwie missgelaunt ...«, ich suchte nach dem passenden Wort, »... oder sagen wir niedergeschlagen?«

»Überhaupt nicht«, antwortete Maribelle, die mit den Brotkörben fertig war und nun die Zuckertöpfchen auffüllte. »Im Gegenteil: Er wirkte bestens gelaunt.«

»Das ist schön.« Erleichtert atmete ich auf. Wahrscheinlich hatte ich mich völlig umsonst kirre gemacht. »Schließlich möchten wir, dass sich unsere Gäste bei uns wohlfühlen.«

Maribelle nickte zustimmend. »Wir haben kurz gequatscht, dann hat er sich eine Flasche Rotwein und ein Glas von mir geben lassen und ist damit in seinem Zimmer verschwunden.«

»Du hast ihm eine Flasche Rotwein mit auf sein Zimmer gegeben?«, fragte ich und merkte selbst, dass meine Stimme dabei unangenehm schrill klang.

»War das etwa falsch? Ich weiß, Rotwein gibt so fiese Flecken, aber ich konnte ihn ja wohl schlecht überreden, lieber einen Weißwein zu trinken. Oder hätte ich das tun sollen?«

»Nein, alles okay«, beruhigte ich Maribelle schnell, »du hast alles richtig gemacht. Weißt du zufällig, ob Christine schon da ist?«

»Ich hab sie heute noch nicht gesehen.«

Das hatte ich schon fast befürchtet. Da sich immer auch ein paar Langschläfer unter unseren Gästen befanden, fing Christine in der Regel nie vor zehn damit an, die Zimmer zu säubern.

»Dann schick bitte Betti zu mir«, entschied ich kurzentschlossen.

Während Maribelle im Haus unterwegs war, um Betti zu suchen, goss ich mir einen Schluck Kaffee ein und versuchte, tief durchzuatmen und mich zu beruhigen. Zum ersten Mal in meinem Leben bedauerte ich, dass ich nicht rauchte. Was machten eigentlich andere Nichtraucher in Stresssituationen?

Als Maribelle den Wein erwähnt hatte, waren mir sofort Alexanders Worte in den Sinn gekommen: »Hätte der Idiot nicht einfach ein paar Tabletten einwerfen können, wie das andere Menschen, die sich umbringen wollen, auch tun?!« Zum Glück verfügte ich über keinerlei Erfahrung auf diesem Gebiet, und vielleicht handelte es sich ja auch nur um ein blödes Klischee – nicht jeder Rotweintrinker war automatisch ein potenzieller Selbstmörder. Schließlich konnte man Tabletten ebenso gut mit Kamillentee oder Orangensaft hinunterspülen. Andererseits musste man auch Daniel Wilkes Vorgeschichte berücksichtigen, und die sprach eindeutig gegen einen harmlosen Schlummertrunk.

Kurze Zeit später erschien Maribelle mit unserer siebzehnjährigen Aushilfe im Schlepptau wieder im Gastraum.

»Betti, ich möchte, dass du im ersten Stock den Gang saugst«, erklärte ich ohne langes Vorgeplänkel. »Vor allem auf der rechten Seite. Also eigentlich nur auf der rechten Seite«, präzisierte ich meine Arbeitsanweisung, »besonders vor Zimmer Nummer fünf.«

Betti riss überrascht die Augen auf. »Aber Chefin, unser Staubsauger ist ziemlich laut.«

»Ganz genau«, bestätigte ich.

»Sie haben doch gesagt, dass ich vor zehn keinen Lärm machen darf, der die Gäste wecken könnte. Und es ist nicht einmal acht.«

»Gut aufgepasst, Betti. Die Hotelfachschule wird für dich bestimmt ein Klacks.« Abwesend tätschelte ich ihre Schulter. »Aber das ist eine Ausnahme.«

»Okay, wenn Sie das so möchten.« Betti zuckte ergeben mit den Schultern und trollte sich.

Kurz darauf war in der ersten Etage das sonore Brummen des Staubsaugers zu vernehmen.

Also wenn Daniel Wilke das nicht aus dem Schlaf riss, dann … Über das »dann« wollte ich lieber nicht weiter nachdenken. Während ich im Gastraum wie ein eingesperrter Tiger umherlief, versuchte ich abzuschätzen, wie lange Herr Wilke – sofern er bei Bewusstsein war – wohl brauchte, bis er zum Frühstück erscheinen würde. Da er das Zähneputzen vom Bett aus erledigen konnte, müsste das eigentlich schnell gehen. Danach noch kurz unter die Dusche …

»Du hast Angst, dass er es noch mal versucht haben könnte, stimmt's?«, fragte Hannah, die unbemerkt neben mich getreten war, leise.

»Du weißt, wer er ist?«

Hannah verdrehte die Augen. »Lizzie, wir leben auf dem Land. Da ist es leichter, einen ausgewachsenen Elefanten zu verstecken, als eine Neuigkeit für sich zu behalten. Das ganze Dorf zerreißt sich schon das Maul, und es gibt die wildesten Spekulationen, warum Herr Wilke ausgerechnet im Sonnenhof ein Zimmer gemietet hat.« Als ich nichts erwiderte, fügte meine Freundin noch erklärend hinzu: »Robert war gestern Nachmittag wegen seines Hautausschlags endlich bei Alexander in der Praxis, da haben sie wohl darüber gesprochen.«

Ich schnitt eine Grimasse. »Hab ich's doch gewusst: Männer sind die schlimmsten Tratschweiber.«

Während ein Gast nach dem anderen zum Frühstück erschien und die Terrasse sich peu à peu füllte, fehlte von Daniel Wilke immer noch jede Spur. Ich wünschte fröhlich einen guten Morgen, räumte Geschirr ab und füllte das Büfett nach, aber mit einem Auge beobachtete ich ununterbrochen den großen Zeiger meiner Armbanduhr. Um zwanzig vor zehn hielt ich es nicht länger aus.

»Ich gehe da jetzt rauf und klopfe«, sagte ich zu Maribelle, als diese mir mit einer leeren Aufschnittplatte in der einen und einem Stapel benutzter Teller in der anderen Hand entgegenkam.

Hannah und ich hatten sie und Betti mittlerweile ins Vertrauen gezogen, denn wir hielten es für besser, wenn sie im Fall der Fälle vorgewarnt waren.

»Toi, toi, toi«, wünschte mir Maribelle.

Kurze Zeit später stand ich bereits zum zweiten Mal an diesem Morgen vor Zimmer Numero fünf und klopfte behutsam an die Tür. »Herr Wilke!«

Doch drinnen rührte sich nichts.

Also klopfte ich etwas lauter. »Herr Wilke, es ist Viertel vor zehn. Falls Sie frühstücken möchten, sollten Sie jetzt runterkommen.«

Das dritte Mal war schon eher ein Hämmern als ein Klopfen. »Herr Wilke?! Frühstück!!«

Die Reaktion ließ nicht lange auf sich warten. Kein Wunder bei der Lautstärke. Bedauerlicherweise war es jedoch nicht Daniel Wilke, sondern der Gast aus dem gegenüberliegenden Zimmer, der gähnend auf den Flur hinaustrat.

»Is' 'n was passiert? Brennt's?«, nuschelte er verschlafen und rieb sich die Augen.

»Alles bestens, Herr Lindemann«, beruhigte ich den Gast. »Der Weckservice ist selbstverständlich im Preis inklusive.«

Als ich wieder in den Gastraum zurückkehrte, sahen Hannah, Maribelle, Betti und Christine, die nun auch dazugestoßen war, mir erwartungsvoll entgegen.

»Nein, nichts«, beantwortete ich ihre unausgesprochene Frage.

»Selbst als ich gegen die Zimmertür gehämmert habe, kam keine Reaktion.«

»Scheiße«, fasste Maribelle die Situation ziemlich treffend zusammen. »Was ist, wenn er tot ist?«

»Oder sich umgebracht hat?« Betti war völlig von der Rolle. »Oder beides?«

»Hat jemand eine brauchbare Idee?«, fragte ich in die Runde.

Betti klammerte ich dabei gedanklich schon mal aus.

Nachdem wir eine Weile dumpf vor uns hingebrütet hatten, meldete Hannah sich mit einem leisen Hüsteln zu Wort.

»Wenn er nicht zu uns rauskommt, müssen wir eben zu ihm rein.« Sie wies mit einem Löffel auf Christine. »Du hast doch einen Schlüssel.«

Unser Zimmermädchen, das mit einem Mal ganz blass um die Nase geworden war, hob abwehrend die Hände. »Ne, Leute, das könnt ihr vergessen. Dafür habe ich viel zu schwache Nerven. Wenn in Krimis die Leiche gefunden wird, schalte ich auch immer weg.«

»Dann gehen wir halt zusammen«, bestimmte ich und hoffte, dass meine Stimme dabei nicht zitterte.

Kurze Zeit später postierten wir uns wie eine Spezialeinheit kurz vor dem Zugriff vor Zimmer fünf. Als Christine den Schlüssel zückte und ihn mit zitternden Fingern Richtung Türschloss bewegte, hielten wir kollektiv den Atem an. Mein Herz klopfte bis zum Hals. An den Gesichtern der vier anderen Frauen konnte ich ablesen, dass sie sich – genau wie ich – auf das Schlimmste gefasst machten.

»Ne, geht nicht«, erklärte Christine, nachdem sie eine Weile mit dem Schlüssel im Schloss herumgestochert hatte, mit unüberhörbarer Erleichterung in der Stimme. »Er hat seinen Schlüssel von innen stecken lassen.«

»So ein Mist«, murmelte ich, obwohl ich insgeheim eigentlich auch ganz froh darüber war, dass uns der Zutritt zum Zimmer verwehrt geblieben war.

Wir bezogen erneut Stellung an der Theke im Gastraum. Bis auf Herrn Wilke und Herrn Lindemann, der vermutlich gerade probierte, noch etwas Schlaf nachzuholen, hatten alle Gäste bereits gefrühstückt. Schließlich war es schon nach zehn.

»Wir müssen Lukas anrufen«, sagte ich, das Gesicht in den Händen vergraben. »Oder ist die Polizei gar nicht für so etwas zuständig? Vielleicht die Feuerwehr? Hannah, du müsstest das doch wissen, dein Mann ist schließlich bei der freiwilligen Feuerwehr. Hannah?!«

Erst als Hannah nicht antwortete, bemerkte ich, dass alle außer mir zur Tür des Gastraums starrten, durch die soeben ein frisch geduschter sowie beneidenswert gut gelaunter Daniel Wilke getreten war.

»Guten Morgen, die Damen!«

»Herr Wilke – wie schön«, seufzte ich erleichtert.

»Guten Morgen, Herr Wilke!«, antworteten Hannah, Maribelle, Betti und Christine wie Grundschüler, die ihren Lehrer begrüßen, im Chor.

»Besser kann der Tag doch gar nicht beginnen.« Daniel Wilke ließ seinen Blick zufrieden über das Empfangskomitee gleiten. »Aber warum starren Sie mich denn alle so an, als wäre ich ein Geist?«

»Ganz genau, hier wird nicht gestarrt.« Ich warf den vieren einen durchdringenden Blick zu und klatschte in die Hände. »Warum steht ihr hier überhaupt noch rum? Habt ihr nichts zu tun? Husch, husch, an die Arbeit!«

Wie aufgescheuchte Hühner stoben die Mädels auseinander.

Nachdem die erste Erleichterung verflogen war, spürte ich Ärger in mir aufsteigen. Verdammt, so tief konnte man überhaupt nicht schlafen! Es sei denn, man lag im Koma. Er musste doch etwas gehört haben. Fand er es vielleicht komisch, uns zum Narren zu halten, und machte sich insgeheim über uns lustig?

»Schön, dass Sie sich auch mal blicken lassen«, blaffte ich und funkelte ihn böse an. »Das Frühstück ist bereits vorbei. Ich habe sogar extra geklopft, um Ihnen das mitzuteilen.«

Daniel Wilke schüttelte tadelnd den Kopf. »Sie wollten mich wecken, um mir zu sagen, dass ich kein Frühstück mehr bekomme? Das finde ich aber nicht besonders nett von Ihnen.«

»Nein, natürlich nicht«, stotterte ich, leicht aus der Fassung gebracht. »Ich habe *vor* zehn bei Ihnen geklopft, um Sie darauf hinzuweisen, dass das Frühstücksbüfett bald abgeräumt wird. Ich dachte, Sie hätten vielleicht Hunger. Schließlich haben Sie gestern schon das Abendessen ausfallen lassen.«

»Wirklich rührend, wie besorgt Sie um mich sind. Aber Ihr Klopfen muss ich wohl überhört haben. Was vermutlich daran lag, dass ich mir Ohropax in die Ohren gesteckt hatte, weil irgendein wild gewordenes Zimmermädchen mitten in der Nacht vor meiner Tür gesaugt hat.«

»Oh, na so was.«

Jetzt bloß keine Schuldgefühle einreden lassen, ermahnte ich mich. Wenn er ein bisschen kooperativer gewesen wäre und ein paar Grunzlaute im Schlaf von sich gegeben hätte, wäre es nicht nötig gewesen, solch drastische Maßnahmen zu ergreifen.

»Ich möchte Sie übrigens bitten, Ihre Schuhe nicht mehr auf dem Gang stehen zu lassen. Womöglich stolpert noch jemand darüber und verletzt sich. Das wollen wir schließlich nicht.«

»Nein, das wollen wir nicht«, echote Herr Wilke mit unbewegter Miene und sah sich dabei im Gastraum um.

Ich nahm an, dass er das Büfett suchte, das meine Mutter längst abgeräumt hatte.

»Wie gesagt: Das Frühstück ist vorbei.«

»Das ist nicht tragisch.« Daniel Wilke machte eine abwinkende Handbewegung. »Ein Coffee to go reicht mir vollkommen.«

»Ein Coffee to go?«, wiederholte ich spitz.

»Wenn es Ihnen nicht zu viele Umstände bereitet ...«

»Keineswegs.« Ich verschwand in der Küche, füllte eine Porzellantasse mit Kaffee und knallte sie vor Daniel Wilke auf die Theke. »Wohl bekomm's. Ihr Coffee to go. Bitte sorgen Sie dafür, dass die Tasse nicht nur geht, sondern auch wiederkommt.«

»Normalerweise trinke ich meinen Kaffee mit Milch und Zucker«, begann er und fügte, als er meinen drohenden Blick bemerkte, rasch hinzu: »Aber heute werde ich ihn wohl mal schwarz trinken.«

Ich nickte zustimmend, während er nach einer Papierserviette griff und eine Pfütze Kaffee wegwischte, die über den Tassenrand geschwappt war.

Dann fuhr er im Plauderton fort: »Apropos schwarz: Kann es sein, dass Sie heute auch einen schwarzen Tag haben? Wie mir scheint, sind Sie mit dem falschen Fuß zuerst aufgestanden. Sind Sie heute zu allen Gästen so freundlich oder zu mir ganz besonders?«

»Das fragen Sie noch?!« Ich nahm an, dass bereits kleine Rauchwölkchen aus meinen Nasenlöchern hervorquollen.

»Wieso? Habe ich Ihnen was getan?«

»Sie meinen, abgesehen davon, dass Sie meine Hochzeit sabotiert haben?«

»Ach, dann sind Sie also die Zukünftige des Docs.«

Wohl um zu zeigen, wo dieser Geistesblitz herkam, tippte Daniel Wilke sich mit dem Zeigefinger an den Kopf.

»Fein kombiniert!«

»Dann kann ich auch verstehen, warum der Mann gestern so sauer war. Also, ich hätte eine Frau wie Sie ja nicht einfach so vor dem Altar stehen lassen.«

»Alexander hätte Sie lieber in Ihrer Karre …«

Oh Gott! Ich biss mir auf die Lippe. Sensibel wie eine Dampfwalze. Was hatte ich da bloß beinahe gesagt?! Ich nahm mir vor, Herrn Wilke von jetzt an mit Samthandschuhen anzufassen. Am besten fing ich gleich damit an.

»Wie fühlen Sie sich denn heute?«, flötete ich mit sanfter Stimme.

Daniel Wilke, der von diesem Stimmungsumschwung offenbar ein wenig überfordert war, blinzelte überrascht. »Reden Sie gerade mit mir?«, fragte er, nachdem er einmal prüfend über seine rechte Schulter geschaut hatte. »Also, wenn Sie es tatsächlich wissen wollen: Die Rippen tun noch ein bisschen weh und das Bein auch. Und was mein rechtes Auge betrifft …«

»Ich meinte eigentlich mehr psychisch«, unterbrach ich ihn schnell, da ich von Alexander wusste, dass Männer ihre Krankengeschichte gerne in epischer Breite erzählten und dabei zu der einen oder anderen Übertreibung neigten, um bemitleidet zu werden.

»Ah, Sie meinen, ob mir der Crash noch in den Knochen steckt.« Nachdenklich ließ Daniel Wilke seinen Blick umherschweifen, doch nach einem kurzen Schulterzucken sah er mir fest in die Augen. »Ich müsste lügen, wenn ich behaupten würde, dass mir der Unfall nicht zugesetzt hat. Aber am besten macht man da weiter, wo man aufgehört hat.«

»Wie meinen Sie das?«, fragte ich alarmiert.

»Na, Sie wissen schon: Am besten gleich wieder aufs Pferd steigen.«

Nun war ich gänzlich durcheinander. »Sie reiten?«

»Sehe ich so aus?« Daniel Wilke lachte, wobei sich erneut das kleine Grübchen auf seiner Wange zeigte. »Ich meinte, gleich wieder hinters Steuer setzen. Apropos, war nett mit Ihnen zu plaudern, und danke für den Kaffee, aber ich muss jetzt wirklich los.«

»Sie wollen Auto fahren? Warum?«

»Weil ich das bereits seit meinem sechzehnten Lebensjahr mache. Aber das bleibt bitte unter uns. Ach ja, und weil ich faul bin, aber das haben Sie ja mittlerweile auch schon mitbekommen.«

»Ein Fan kurzer Wege, ich weiß, ich weiß.«

Ich heftete mich an Daniel Wilkes Fersen, der nun den Gastraum verließ und an der Rezeption vorbei auf die Eingangstür zusteuerte.

»Außerdem kann ich das, was ich vorhabe, zu Fuß nicht erledigen«, erklärte er knapp, als wir uns bereits draußen im Freien befanden und den Kiesweg Richtung Parkplatz entlangliefen.

War das womöglich ein versteckter Hilferuf gewesen? Ich hatte mal irgendwo gelesen, dass viele suizidgefährdete Menschen ihre Pläne ankündigten und tief in ihrem Inneren hofften, dass man sie davon abhielt.

Ich trat ihm in den Weg und machte mit der Hand eine weit ausholende Bewegung. »Sehen Sie nur: Die Sonne lacht, und die Vögel zwitschern. Das Leben hat so viel Schönes zu bieten.«

Daniel Wilke blieb einen Moment stehen und musterte mich skeptisch. »Und Sie sind sich sicher, dass es *Ihnen* gut geht? Mit einer posttraumatischen Belastungsstörung ist wirklich nicht zu spaßen.«

Sprach er da womöglich aus eigener Erfahrung?

»Wissen Sie, dass ich Ihre Hochzeit vermasselt habe, tut mir wirklich leid«, fuhr Daniel Wilke fort. »Aber das lässt sich doch bestimmt wieder geradebiegen, oder?«

»Machen Sie sich um mich mal keine Sorgen.«

Das fehlte noch, dass er womöglich meinetwegen Schuldgefühle bekam.

Inzwischen hatten wir den Parkplatz erreicht. Ich stellte fest, dass wir nun nicht mehr allein waren. Neben dem Mercedes stand Finn. Seine Augen glänzten mit dem schwarzen Cabriolet um die Wette.

»Ist das dein Auto?«, fragte mein Sohn mit unverhohlener Begeisterung in der Stimme.

»Ja. Gefällt's dir?«

»Und ob!«

Daniel Wilke öffnete die Fahrertür und ließ das Verdeck zurückfahren. »Wenn du magst, kannst du bei Gelegenheit gerne mal 'ne Runde mitfahren.«

»Nein!«, entfuhr es mir.

Sowohl Finn als auch Herr Wilke zuckten erschrocken zusammen. Offenbar war mein entsetzter Ausruf alles andere als leise ausgefallen.

»Finn, du musst doch bestimmt noch Hausaufgaben machen, oder?«, fragte ich mit gedrosselter Lautstärke.

»Mama, wir haben Ferien!«, protestierte mein Sohn.

»Na und? Dann musst du doch bestimmt noch was für die Schule üben. Das Einmaleins zum Beispiel.«

Finn vergrub die Hände in den Hosentaschen, wippte auf den Fersen und verdrehte die Augen. »Das machen wir doch erst nächstes Jahr.«

»Ein Jahr ist rum wie nichts.« Um meinen Worten mehr Nachdruck zu verleihen, schnippte ich mit den Fingern. »Man kann gar nicht früh genug anfangen zu lernen.«

»Auch wenn ich dieses Gespräch ausgesprochen amüsant finde und gerne wüsste, wie es ausgeht, muss ich jetzt wirklich fahren.« Daniel Wilke schwang sich auf den Fahrersitz. »Tschüss, Kumpel!«

Er winkte Finn, dessen Augen nach wie vor wie Saugnäpfe an dem schwarzen Lack klebten, mit der linken Hand lässig zu und nickte in meine Richtung.

»Sind Sie denn heute wenigstens rechtzeitig zum Abendessen

wieder da?«, fragte ich, während Daniel Wilke bereits den Motor anließ und den Gang einlegte.

»Nachdem ich das Frühstück schon geschwänzt habe, sollte ich mich wohl besser nicht noch einmal mit der Chefin anlegen. Ich werde pünktlich um neunzehn Uhr da sein. Versprochen.«

Finn, der es offenbar lustig fand, dass zur Abwechslung mal jemand anders als er selbst von seiner Mama dazu angehalten wurde, pünktlich zum Essen zu erscheinen, kicherte.

»Schwöre mit Möhre.«

Daniel hob die Hand. »Ich schwöre mit Möhre.«

Noch ein letztes Winken, und weg war er. Finn und ich sahen dem davonfahrenden Auto so lange hinterher, bis es auf der kurvenreichen Landstraße aus unserem Blickfeld verschwand. Wenn mein Sohn einen solchen Schwur leistete, konnte ich mich darauf verlassen, dass er sein Versprechen auch hielt. Na ja, meistens zumindest. Hoffentlich war auf Daniel Wilke genauso viel Verlass. Andererseits brachte mich das nicht wirklich weiter. Denn selbst wenn er heute Abend wohlbehalten zum Abendessen erscheinen sollte, war die Gefahr damit längst nicht gebannt.

Mit sorgenvoll gerunzelter Stirn folgte ich Finn, der wie ein Flummi Richtung Gasthof zurückhüpfte. Ich beneidete ihn um seine Unbeschwertheit. Verdammt, das war unfair! Irgendwie hatte ich das Gefühl, als ob der liebe Gott oder ein anderer Witzbold die ganze Verantwortung für Daniel Wilkes Überleben auf meinen Schultern abgeladen hatte. Das hielt ich nie und nimmer zwei Wochen aus. Da musste ein Profi ran! Aber leider gab es in unserem Dorf weder einen Psychiater noch einen Therapeuten, obwohl grob geschätzt jeder dritte Dorfbewohner meiner Meinung nach ganz dringend einen gebraucht hätte. Was da an Neurosen, Phobien und Ticks zusammenkam, ging wirklich auf keine Kuhhaut.

Wer kannte sich, abgesehen von einem Psychiater oder einem Therapeuten, mit diesem ganzen Psychokram denn sonst noch aus?

Als Alexander wenig später bei mir anrief, war mir immer noch niemand eingefallen, der prädestiniert dafür wäre, Daniel Wilke unter seine Fittiche zu nehmen. Und anstatt mich zu unterstützen, brummte mir mein Ehemann in spe sogar noch mehr lästige Dinge auf.

»Ich werde es heute Abend nicht zu dem Treffen mit Pastor Roth schaffen«, erklärte Alexander bedauernd. »Macht es dir was aus, den neuen Hochzeitstermin allein mit ihm abzukaspern?«

»Wenn es sein muss.«

Meine Begeisterung hielt sich in Grenzen. Erst fädelte Alexander dieses Treffen ein, und dann ließ er mich hängen.

»Gibt es irgendeinen besonderen Grund, warum du heute Abend keine Zeit hast?«

»Die Handwerker brauchen für die Reparatur des Treppengeländers länger, als ich gedacht habe. Und anschließend will ich noch mal nach Frau Schneiders neuem Hüftgelenk sehen.«

»Ich verstehe nicht, warum du noch so viel Geld in das Haus steckst«, murrte ich. »Du glaubst doch nicht, dass du dadurch beim Verkauf auch nur einen müden Cent mehr bekommst.«

»Das lass mal meine Sorge sein.«

Wenn Alexander diesen oberlehrerhaften Tonfall anschlug, diskutierte man besser nicht mit ihm. Also hielt ich den Mund. Schließlich war es sein Haus. Und vielleicht war es gar nicht mal schlecht, wenn ich heute Abend die Möglichkeit hatte, allein mit dem Pastor zu reden. Denn während des Telefonats war mir plötzlich eine Idee gekommen, die Alexander wahrscheinlich nicht gefallen würde …

Wie's aussah, konnte Pastor Roth es kaum erwarten, in den Genuss von Mamas Schweinebraten zu kommen, denn er erschien bereits zwanzig Minuten vor der verabredeten Zeit im Sonnenhof. Da die Tische in der Gaststube noch nicht fertig eingedeckt waren, setzten wir uns in den Garten.

»So, dann wollen wir doch mal sehen, wann wir eure Trauung über die Bühne bringen können«, sagte Pastor Roth, während er in seinem Kalender herumblätterte. »Wie wäre es gleich nächstes Wochenende?«

Ich schüttelte den Kopf. »Sonntag hat Finn Geburtstag, und zwei Feiern direkt hintereinander ... lieber nicht. Außerdem wäre mir das ehrlich gesagt ein bisschen *zu* kurzfristig. Schließlich müssen unsere Gäste ja auch noch informiert werden.«

»Verstehe. Das darauffolgende Wochenende fällt flach. Da ist Pfarrfest.«

Schließlich einigten wir uns darauf, die Hochzeit um vier Wochen zu verschieben. Für mich war das völlig okay. So blieb Alexander und mir wenigstens genügend Zeit für die Vorbereitungen, denn auch wenn es sich um eine Wiederholung der Feierlichkeiten handelte, gab es noch allerhand zu erledigen. Und was Oma Grete betraf: Die war zäh! Was waren schon vier Wochen im Vergleich zu neunzig Jahren?! So lange würde sie auch noch durchhalten – hoffentlich.

»Auf mich hat Alexanders Großmutter ausgesprochen fidel und rüstig gewirkt«, sagte Pastor Roth, der meine Gedanken offenbar erraten hatte. »Aber man kann natürlich nie wissen, wann der liebe Gott einen zu sich ruft.«

Nein, das konnte man natürlich nicht. Bedauerlicherweise schien Daniel Wilke jedoch einer von den Übereifrigen zu sein, die schon gehen wollten, bevor sie gerufen wurden.

Ich räusperte mich unbehaglich. »Pastor Roth, ich hab da noch eine Kleinigkeit, die ich gerne mit Ihnen besprechen würde.

Also, die Sache ist die … Eigentlich geht es auch gar nicht um mich und auch nicht um die Hochzeit«, redete ich gekonnt um den heißen Brei herum, während ich meine Finger zu einem gordischen Knoten flocht.

Ich hatte echt keine Ahnung, wie ich das heikle Thema anschneiden sollte.

»Nur zu, Lizzie, du weißt doch, ich habe immer ein offenes Ohr für meine Schäfchen.«

»Wenn nun eines Ihrer Schäfchen versuchen sollte, sich von einer Klippe zu stürzen, würden Sie als Hirte doch bestimmt versuchen, es daran zu hindern, oder?«

Pastor Roth rückte seine Brille zurecht und schenkte mir ein gütiges Lächeln. »Möchtest du, dass ich mir euren Selbstmordkandidaten mal zur Brust nehme?«

Ich nickte erleichtert. »Dafür wäre ich Ihnen ausgesprochen dankbar. Allerdings ist es sicher von Vorteil, wenn er nicht sofort merkt, dass ich Sie auf ihn angesetzt habe.«

»Ein Geheimauftrag sozusagen.« Der Geistliche zwinkerte mir verschwörerisch zu. »Mir soll's recht sein.«

Nachdem ich Pastor Roth nebst einer extra großen Portion Schweinebraten in der Gaststube an einem ruhigen Ecktisch platziert und Maribelle in meinen Plan eingeweiht hatte, stellte ich auf alle unbesetzten Tische kleine Reserviert-Schildchen. Nun konnte ich nur hoffen, dass Daniel Wilke sich an sein Versprechen, pünktlich zum Abendessen zu erscheinen, hielt.

Und tatsächlich: Um Punkt neunzehn Uhr betrat er die Gaststube.

»Bedauerlicherweise sieht es heute Abend mit freien Tischen ziemlich mau aus«, empfing ich ihn und hoffte, dass man mir die Flunkerei nicht an der Nasenspitze ansah. Es war ja schließlich für einen guten Zweck. »Würde es Ihnen was ausmachen, wenn ich Sie zu unserem Pastor an den Tisch setze?«

»Kein Problem. In Gesellschaft schmeckt es ohnehin viel besser.« Er sah sich im Gastraum um und schien im Geiste die Anzahl der Reserviert-Schildchen zu überschlagen. »Erwarten Sie noch einen japanischen Reisebus?«

»So ähnlich«, antwortete ich vage.

Ich machte ihn mit Pastor Roth bekannt und zog mich, nachdem ich Daniel Wilke das Tagesgericht und ein Bier serviert hatte, taktvoll zurück. Hoffentlich würde es Pastor Roth gelingen, sein Schäfchen zum Reden zu bringen. Aber offenbar hatte ich mir diesbezüglich völlig umsonst Sorgen gemacht, denn schon nach kurzer Zeit waren die Männer in eine ernste Unterhaltung vertieft.

Ich spitzte die Ohren und versuchte, während ich vorgab, Gläser zu polieren, etwas aufzuschnappen. Da ich zwischendurch immer wieder Bestellungen auf- und neu eingetroffene Gäste in Empfang nehmen musste, bekam ich zwar nur winzige Bruchstücke des Gesprächs mit, doch den Rest konnte ich mir zusammenreimen. Die Schlüsselworte waren »Abstieg«, »deprimierend«, »Desaster« und »sinnlos«. Pastor Roths betroffener Gesichtsausdruck ließ mich ahnen, was für eine traurige Geschichte er gerade zu hören bekam. Während Daniel – im Geiste hatte ich aufgehört, ihn Herrn Wilke zu nennen – anfangs noch einen ziemlich ruhigen Eindruck auf mich machte, ging er mit der Zeit immer mehr aus sich heraus, gestikulierte wild in der Luft herum und wirkte streckenweise regelrecht wütend. Gut so! Sicher war es hilfreich, wenn er sich mal jemandem anvertraute und sich alles von der Seele redete.

Als Pastor Roth sich gegen halb neun verabschiedete, brachte ich ihn noch vor die Tür.

»Wie schlimm ist es?«, fragte ich im Flüsterton und warf sicherheitshalber einen Blick zurück, um mich zu vergewissern, dass Daniel uns nicht gefolgt war.

»Du kannst wieder ganz beruhigt schlafen, Lizzie«, erklärte mir der Pastor und setzte noch mit einem kleinen Schmunzeln hinzu: »Wenn der sich umbringen wollte, predige ich ab sofort nur noch in Unterhosen.«

»Ja aber ... was ist mit dem Abstieg?«, brach es aus mir heraus.

Sollte Pastor Roth ruhig wissen, dass ich gelauscht hatte, soweit ich mich an meinen Kommunionsunterricht erinnerte, zählte das nicht zu den sieben Todsünden.

»Was für ein Desaster hat er gemeint? Und warum ist alles nur noch deprimierend und sinnlos?«

Pastor Roth nahm seine Brille ab, hielt sie prüfend gegen das Licht und putzte sie anschließend mit einem Zipfel seines Hemdes sauber. Wenn das Thema nicht so ernst gewesen wäre, hätte man fast den Eindruck haben können, er müsste sich das Lachen verbeißen. »Lizzie, wir haben über Fußball geredet.«

Meine Kinnlade gehorchte dem Gesetz der Schwerkraft und klappte nach unten. »Über Fußball? Nicht über Herrn Wilkes sozialen Abstieg?«

»Nein.« Pastor Roth schüttelte nachdrücklich den Kopf. »Und wenn ich mir ihn und die Autos, die er fährt, so ansehe, kann es mit seinem sozialen Abstieg auch nicht allzu schlimm sein. Aber natürlich habe ich ihn auch gefragt, warum er sich das Leben nehmen wollte.«

»Und? Was hat er geantwortet?« Nervös schob ich meine Hände in die Hosentaschen.

»Er hat gelacht.«

»Gelacht? Was zum Teufel soll an einem Selbstmord denn witzig sein?«

»Ach, Selbstmord – papperlapapp. Lizzie, so verhält sich kein Mensch, der nicht mehr leben will.«

»Aber er hat doch Lukas gegenüber zugegeben, dass die Karambolage im Kuhstall kein Unfall, sondern ein Suizidversuch gewesen ist.«

»Ich bleibe trotzdem dabei«, beharrte Pastor Roth. »Dieser Wilke will sich ganz bestimmt nicht umbringen.«

»Na, Ihr Wort in Gottes Gehörgang«, murmelte ich keineswegs überzeugt.

Pastor Roth hatte sich meiner Meinung nach von Daniel etwas vormachen lassen. Eine unbefleckte Empfängnis, Wasser, das in Wein verwandelt wurde, ein Mann, der übers Wasser gehen konnte und so weiter und so weiter – vielleicht musste er als Pastor von Berufs wegen leichtgläubig sein.

Kapitel 5

Als ich am nächsten Morgen, ein bisschen später als sonst, den Gastraum betrat, stellte ich überrascht fest, dass ich dort bereits erwartet wurde. Alexander saß an einem Tisch, der für zwei Personen gedeckt war, und nippte an einer Kaffeetasse, während er mir lächelnd entgegensah.

»Waren wir verabredet?«, wollte ich anstelle einer Begrüßung verwundert wissen.

Den neuen Hochzeitstermin hatte ich Alexander am Vorabend schon per SMS mitgeteilt. Da er wohl kaum in seiner Funktion als Arzt hier war, um mir meine morgendliche Koffeindröhnung intravenös zu verabreichen, fragte ich mich, was so dringend sein könnte, dass er bereits zu dieser frühen Stunde im Sonnenhof aufkreuzte.

»Guten Morgen, mein Schatz.« Alexander grinste wie ein Honigkuchenpferd. »Ist die Überraschung geglückt?«

»Das kann man wohl sagen.« Ich drückte ihm einen flüchtigen Kuss auf die Lippen und gab mir Mühe, ihn nicht spüren zu lassen, wie genervt ich war. »Morgen.«

Schon beim Aufstehen hatte ich im Geiste eine Liste der Dinge angefertigt, die ich heute unbedingt erledigen musste. Und diese Liste war verdammt lang. Ein geruhsames Frühstück mit meinem Liebsten hatte nicht draufgestanden, so viel war sicher.

»Deine Mutter hat mich zum Frühstück eingeladen«, erklärte Alexander und klopfte auffordernd auf den leeren Stuhl neben sich. »Sie wollte uns wohl eine kleine Freude machen.«

»Soso, meine Mutter.« Ich knirschte so heftig mit den Zähnen, dass meine Kieferknochen knackten. »Warte einen Moment, ich bin gleich wieder bei dir.«

Auf dem Weg in die Küche zählte ich leise bis drei und dann weiter bis zehn, wohl wissend dass das vergebliche Liebesmüh war, denn meine Wut würde ganz sicher nicht so schnell verrauchen. Weder im Zahlenraum bis hundert noch bis tausend. Nicht einmal der herrliche Duft von frisch gebratenem Speck, der mich in der Küche empfing, vermochte mich zu besänftigen.

Meine Mutter stand mit einer karierten Küchenschürze am Herd, briet in aller Seelenruhe Spiegeleier und schnippelte gleichzeitig Lauchzwiebeln für das Rührei.

»Wie kommst du dazu, Alexander zum Frühstück herzubestellen?«, stellte ich sie zur Rede.

»Ihr seht euch doch so selten.« Meine Mutter hielt das Messer mahnend – oder gar drohend? – in die Höhe. »Wenn du mich fragst, arbeitet ihr einfach zu viel.«

»Ich frag dich aber nicht. Mama, es ist Hauptsaison! Du müsstest doch am allerbesten wissen, dass hier während der Ferienzeit der Teufel los ist. Ich komme kaum dazu, Luft zu holen, geschweige denn, in Ruhe auf Toilette zu gehen.«

»Dann besorg dir einen Katheter«, konterte meine Mutter und stemmte die Hände in die Hüften.

Wie bitte? Hustend rang ich nach Luft. Die Scheibe Speck, die ich mir aus der Bratpfanne stibitzt hatte, war mir irgendwo auf halber Höhe im Hals stecken geblieben.

»Es ist alles eine Frage der Prioritäten. Du musst dir mehr Zeit für Alexander nehmen«, säuselte meine Mutter, als wenn nie etwas gewesen wäre, und reichte mir fürsorglich ein Glas Wasser. »Man sollte die Liebe hegen und pflegen wie ein zartes Pflänzchen.«

Während ich mich noch fragte, von welchem Kalenderblatt diese Weisheit stammen mochte, kam Maribelle mit einem Stapel Kaffeetassen zur Tür herein, stellte sie auf die Anrichte und verschwand wieder.

»Es ist nett, dass du dich um mein Liebesleben sorgst, Mama«, sagte ich ironisch, als ich endlich wieder richtig Luft bekam. »Aber überlass das bitte in Zukunft mir.«

»Ganz wie du willst, mein Schatz«, gab meine Mutter sich mit einem Mal handzahm.

Na bitte, ging doch. Warum nicht gleich so?

»Gut, das hätten wir also geklärt«, stellte ich zufrieden fest. »Dann will ich dich mal nicht länger stören.«

Bevor ich die Küche verließ, drückte ich meiner Mutter rasch noch einen Kuss auf die Wange.

Obwohl wir beide genau wussten, dass sie sich auch in Zukunft weiter einmischen würde – das lief bei ihr so automatisch ab wie das Atmen oder die Verdauung –, hatte es gutgetan, etwas Dampf abzulassen.

Schon etwas ruhiger kehrte ich zu Alexander an den Tisch zurück. Was soll's, dachte ich. Wenn er schon mal da war, konnte ich zumindest eine Tasse Kaffee mit ihm trinken. Und vielleicht hatte meine Mutter in Bezug auf unser Liebesleben ja nicht ganz unrecht. Wir sahen uns tatsächlich ziemlich selten. Aber da ich keine dieser Frauen war, die ständig wie eine Klette an ihrem Partner hingen oder sich ohne ihre bessere Hälfte nicht komplett fühlten, und mein Ehemann in spe sich bislang nicht beschwert hatte, war ich davon ausgegangen, dass das okay war.

»Jetzt erzähl doch mal. Wie ist es denn gestern mit dem Pastor gelaufen?«, fragte Alexander, nachdem ich mich gesetzt und er mir eine Tasse Kaffee eingegossen hatte.

»Gut«, antwortete ich einsilbig und schaufelte mir, während ich angestrengt nachdachte, einen Löffel Zucker nach dem anderen in die Kaffeetasse.

Verflixt! Woher wusste Alexander, dass ich den Pastor auf

Daniel angesetzt hatte? Konnte denn in diesem Dorf niemand die Klappe halten? Nicht einmal unser Pfarrer? Bei der nächsten Beichte sollte ich die eine oder andere Verfehlung vielleicht lieber für mich behalten ... Bevor ich das Risiko, an Diabetes zu erkranken, mit einem vierten Löffel Zucker noch weiter in die Höhe treiben konnte, fiel mir ein, dass Alexander vermutlich nur den Teil der Unterhaltung meinte, in dem es um die Terminverschiebung gegangen war.

»Das Gespräch ist wirklich gut gelaufen«, erklärte ich erleichtert. »Das ging ruck, zuck. Du kennst doch Pastor Roth, der kommt sofort zur Sache. Keine fünf Minuten, und der Termin stand.« Ich gab noch einen Schuss Milch in meine Tasse, dann rührte ich die süße Plörre um. »Meinst du wirklich, es ist in Ordnung, wenn wir den neuen Hochzeitstermin per E-Mail bekannt geben?«

»Klar, kein Mensch erwartet, zu ein und derselben Feier zwei Einladungskarten zu bekommen«, antwortete Alexander.

Gut, zumindest das wäre schon mal geklärt. Oma Grete sowie eine Hand voll Internetverweigerer aus dem Verwandtenkreis würden wir dann eben telefonisch benachrichtigen.

Während wir noch ein paar weitere Details besprachen, kam Finn in den Gastraum gehüpft. Als er Alexander entdeckte, breitete sich ein Leuchten auf seinem Gesicht aus. Wie schön! Vielleicht standen sich die beiden doch näher, als ich bislang angenommen hatte.

»Hallo, Finn.« Alexander lächelte meinem Sohn freundlich entgegen. »Hast du gut geschlafen? Oder bist du heute Nacht im Traum von einer wilden Piratenbande überfallen und ausgeraubt worden?«

Es hatte sich noch nicht bis zu Alexander rumgesprochen, dass die Piratenära vorbei war und Finn nun im Wilden Westen lebte, wo er mit Winnetou und Old Shatterhand durch die Prärie ritt. Aber darüber sah mein Sohn großzügig hinweg.

»Toll, dass du da bist«, begrüßte er Alexander überschwänglich.

Offenbar wusste er gar nicht, wohin mit all seiner Energie, denn er zappelte, während er neben unserem Tisch stand, pausenlos hin und her.

»Fangen wir gleich mit dem Baumhaus an?«

Alexander stellte bedächtig seine Kaffeetasse ab, dann schüttelte er den Kopf. »Heute ist es ganz schlecht. Ich muss gleich in die Praxis.«

»Und morgen?«, fragte Finn, die Augen hoffnungsvoll auf Alexanders Gesicht geheftet.

»Mal sehen«, antwortete dieser ausweichend und fischte sich, ohne Finn anzusehen, mit hoch konzentrierter Miene ein Brötchen aus dem Brotkorb. »Im Augenblick habe ich einfach wahnsinnig viel zu tun. Und jetzt auch noch die verschobene Hochzeit ... Das verstehst du doch sicher, oder?«

Das Einzige, was Finn verstand, war, dass er soeben eine Abfuhr kassiert hatte. Sein enttäuschter Gesichtsausdruck sprach Bände. Als ich sah, wie tapfer er gegen die Tränen ankämpfte, spürte ich einen dicken Kloß in meinem Hals, der immer weiter anschwoll. Natürlich hatte ich auch viel zu tun, doch meinem Sohn zuliebe hätte ich dieses Baumhaus sogar in Nachtschichten gebaut. Leider Gottes war ich handwerklich jedoch eine absolute Niete. Der Höhepunkt meiner Karriere als Heimwerkerqueen war ein Vogelhäuschen gewesen, das ich gemeinsam mit Finn für dessen Werkunterricht zusammengezimmert und quietschbunt angemalt hatte. Ein richtig tolles Teil – wenn man von dem kleinen Schönheitsfehler, dass es bereits beim Aufhängen auseinandergefallen war, einmal absah.

Alexander war zwar auch nicht gerade Bob der Baumeister, aber für ein einfaches Baumhaus reichten seine handwerklichen Fähigkeiten im Gegensatz zu meinen allemal. Umso mehr ärgerte es mich, dass er sich so lange bitten ließ.

Nach einem kurzen Blick zu mir – vermutlich war mein Gesichtsausdruck alles andere als freundlich – tätschelte Alexander Finns Kopf und versprach: »Aber du bekommst dein Baumhaus. Großes Ehrenwort, okay?«

Finn nickte stumm.

In das unbehagliche Schweigen hinein, das nun folgte, murmelte er schließlich leise: »Ich geh dann mal zu Marius.«

»Prima Idee«, stimmte ich erleichtert zu.

Marius und Finn waren seit dem Sandkasten beste Freunde und seit ein paar Tagen sogar Blutsbrüder, was ich nicht ganz so toll fand, denn die Schnittwunde an Finns Daumen heilte nur sehr langsam. Auf jeden Fall würde es Marius bestimmt gelingen, seinen Kumpel aufzuheitern.

»Aber lass dich zwischendurch mal hier sehen«, schärfte ich meinem Sohn ein.

Ich bekam noch einen Abschiedskuss und Alexander ein kurzes, freudloses Winken, bevor Finn auf dem Absatz kehrtmachte und davonstürmte. Ich sah gerade noch, wie er an der Tür des Gastraums mit Daniel Wilke zusammenstieß. Die beiden wechselten ein paar Worte und amüsierten sich über irgendwas königlich. Gott sei Dank! Finns Kummer schien – zumindest für den Moment – vergessen zu sein. Kurz darauf flitzte er weiter, und Daniel steuerte, nachdem er sich kurz im Raum umgesehen hatte, zielstrebig auf unseren Tisch zu.

»Guten Morgen zusammen.«

»Guten Morgen, Herr Wilke«, erwiderte ich seinen Gruß, während Alexander es vorzog, schweigend und völlig unbeteiligt an ihm vorbeizugucken.

»Ich wollte mich noch einmal dafür entschuldigen, dass ich Ihre Hochzeit versaut habe.« Daniel ließ sich durch Alexanders abweisendes Verhalten nicht beirren und fixierte ihn mit freundlicher Miene. »Das tut mir echt leid.«

»Das sollte es auch«, knurrte Alexander und übersah die Hand, die Daniel ihm entgegenstreckte, geflissentlich.

Der peinliche Moment wurde zum Glück dadurch unterbrochen, dass meine Mutter Alexanders Frühstück servierte. Ein Spezialomelett, das sie mit Tomaten, Paprika, Speck, Zwiebeln, Käse und extra viel Liebe für ihn zubereitet hatte.

Neidisch linste Daniel auf den Teller. »Hmm, das sieht ja köstlich aus. So etwas hätte ich auch gerne.«

»Diesen Service gibt's nur für Familienmitglieder«, ließ meine Mutter ihn, ohne mit der Wimper zu zucken, abblitzen.

Normalerweise riss sie sich für unsere Gäste ein Bein aus und las ihnen alle kulinarischen Extrawünsche von den Augen ab – Veganer und Daniel Wilke waren offenbar die Ausnahme.

»Aber der Doc gehört doch gar nicht zur Familie«, erwiderte Daniel und zog einen Flunsch.

»*Noch* nicht.« Meine Mutter warf ihm einen anklagenden Blick zu. »Und wem haben wir das zu verdanken?!«

»Mama!«, versuchte ich sie zu bremsen, obwohl ich sehr wohl wusste, dass das ein aussichtsloses Unterfangen war. »Wie redest du denn mit unseren Gästen?«

»Schon gut, schon gut. Ihre Mutter hat ja recht. Ich habe es nicht anders verdient.« Gespielt schuldbewusst ließ Daniel den Kopf hängen. »Dann esse ich zur Strafe halt nur ein Haferschleimsüppchen zum Frühstück.«

»Haferschleimsuppe kostet extra«, erklärte meine Mutter feindselig.

Daniel und sie würden ganz bestimmt keine Freunde werden, so viel stand fest, denn meine Mutter konnte ausgesprochen nachtragend sein. Wenn es nach ihr gegangen wäre, hätte ich Daniel, gleich nachdem ich erfahren hatte, wer er war, an die frische Luft setzen müssen. Auch wenn ich mich in diesem Punkt durchgesetzt hatte, war meine Mutter offenbar der Meinung, dass das Aufenthaltsrecht nicht unbedingt eine freundliche Behandlung mit einschloss.

»Apropos: Ich möchte Sie bitten, Ihre Rechnung im Voraus zu begleichen«, setzte sie in diesem Moment noch einen obendrauf. »Womöglich machen Sie …«

Tu's nicht, betete ich innerlich. So, als könnte ich den entgegenkommenden Zug, der sich in einem Affenzahn näherte, auf diese Weise verschwinden lassen, kniff ich die Augen zu.

»… womöglich bauen Sie wieder einen Unfall, und wir bleiben dann auf der unbezahlten Rechnung sitzen«, bekam meine Mutter gerade noch so halbwegs die Kurve.

Vorsichtig öffnete ich die Augen.

Daniel, der das, was meine Mutter gesagt hatte, offenbar auch noch witzig fand, grinste breit. Die unverhohlene Ablehnung, mit der meine Mutter ihm begegnete, schien an ihm abzuperlen wie Regentropfen auf frisch gewachstem Autolack. »Ganz wie Sie wünschen. Ach, und wo wir schon mal beim Thema Geld sind: Ich kann in meinem Zimmer keinen Safe finden.«

»Das liegt bestimmt daran, dass es keinen Safe gibt«, giftete meine Mutter, die wohl mal wieder vergessen hatte, das Enthaarungsmittel für ihre Zähne zu benutzen, ihn weiter an.

»Unsere anderen Zimmer haben selbstverständlich alle einen Safe«, klinkte ich mich schnell in das Gespräch ein, um das ruppige Verhalten meiner Mutter wieder wettzumachen. »Aber wie wir Ihnen bei Ihrer Ankunft ja bereits mitgeteilt haben, verfügt Ihr Zimmer nur über das allernotwendigste Mobiliar. Ein Schließfach gehört leider nicht dazu. Wenn Sie irgendwelche Wertgegenstände dabeihaben, können Sie diese aber gerne in unserem Bürosafe deponieren.«

Daniel schien einen Moment über diese Möglichkeit nachzudenken, doch dann winkte er ab. »Danke für das Angebot. Aber machen Sie sich meinetwegen keine Umstände. Zur Not werde ich die Dokumente einfach unter mein Kopfkissen schieben.«

Dokumente? Hoffentlich meinte er damit Kontoauszüge, Geschäftspapiere oder Ähnliches und nicht sein Testament und seinen Abschiedsbrief.

»Hey, Doc«, wandte sich Daniel, der Alexanders Abfuhr entweder bereits vergessen hatte oder sich nicht davon kleinkriegen ließ, erneut an diesen. »Kann ich heute bei Ihnen in der Praxis vorbeischauen? Die im Krankenhaus haben gesagt, dass meine Verletzungen regelmäßig kontrolliert werden müssen.«

»Tut mir leid«, antwortete Alexander mit verschlossener Miene. »Meine Praxis ist völlig überlaufen. Ich nehme keine neuen Patienten mehr an.«

Unter dem Tisch trat ich meinem sturköpfigen Verlobten einmal kräftig vors Schienbein, was diesen jedoch lediglich dazu veranlasste, schmerzvoll das Gesicht zu verziehen.

»Für Sie macht der Doktor sicher eine Ausnahme«, sagte ich zu Daniel und tat so, als würde ich das aufgebrachte Schnauben neben mir gar nicht bemerken. »Jetzt frühstücken Sie doch erst einmal in Ruhe, Herr Wilke. Alles andere regeln wir später.«

»Natürlich wirst du ihn behandeln«, zischte ich Alexander zu, als Daniel, der mit hungrigen Augen auf das Büfett zusteuerte und sich dort den Teller volllud, außer Hörweite war. »Und bei der Gelegenheit wirst du ihm gleich mal auf den Zahn fühlen und herausfinden, ob er noch Suizidgedanken hat.«

»Na schön, ich werde ihn behandeln«, gab Alexander, der merkte, wie ernst es mir damit war, sich geschlagen, nicht jedoch ohne eine Bedingung daran zu knüpfen: »Aber ich kümmere mich ausschließlich um seine äußerlichen Verletzungen. Diese ganze Psychonummer kannst du vergessen. Wenn du willst, gebe ich ihm gerne die Adresse eines Psychiaters oder lasse ihn sofort in die Klapse einweisen.«

Die Mühe konnte er sich sparen. Das war doch ohnehin das reinste Irrenhaus hier! Erst hatte meine Mutter verrücktgespielt – und nun auch noch Alexander.

Bevor ich ihn daran erinnern konnte, dass Gesundheit keineswegs nur den Körper, sondern auch die Seele betraf, klingelte mein Handy.

»Hi, Philipp«, begrüßte ich den Anrufer knapp. »Was gibt's? Und fass dich bitte kurz.«

Mein Bruder war keine Mimose. Er würde es mir nicht übelnehmen, dass ich keine Zeit für ein Schwätzchen hatte.

»Hallo, Schwesterherz! Ja, ich freue mich auch, dich zu hören«, ulkte Philipp. »Du bist mich auch ganz schnell wieder los. Ich wollte mich nur erkundigen, was sich mein Patenkind zum Geburtstag wünscht.«

»Oh Mann, Philipp«, seufzte ich und raufte mir die Haare, »ich hab dir letzte Woche extra eine E-Mail mit einem Link zu dem Lego-Set geschickt, das du besorgen sollst. Ist natürlich wieder was von *Star Wars*.«

»*Star Wars*? Ehrlich? Kann mich gar nicht daran erinnern.«

»Tja, du bist eben auch nicht mehr der Jüngste«, zog ich meinen Bruder, der vier Jahre älter war als ich, auf.

»Wer kommt denn eigentlich alles zu Finns Geburtstag?«, fragte Philipp im Plauderton.

»Finn hat ein paar Jungs eingeladen, Mädchen sind wohl zurzeit tabu. Die Familie kommt, ein paar Freunde ... die Üblichen halt.«

»Hannah auch?«

»Ja, natürlich kommen Hannah und Robert auch«, antwortete ich erstaunt. »Hannah ist schließlich Finns Patentante. Gott sei Dank, denn sein Patenonkel soll ja eine ziemliche Pfeife sein.« Ich konnte es mir nicht verkneifen, meinen Bruder aufzuziehen. »Aber warum fragst du?«

»Och, nur so.«

»Ach, Philipp, ich wollte dich auch noch etwas fragen. Könntest du vielleicht mit Finn ...«, begann ich, überlegte es mir nach einem raschen Seitenblick zu Alexander, der mit gesundem Appetit sein Omelett verspeiste, jedoch in letzter Sekunde anders. »Ach was, vergiss es. Hat sich schon erledigt.«

Eigentlich hatte ich Philipp fragen wollen, ob er mit seinem Patenkind gemeinsam das heiß ersehnte Baumhaus bauen würde. Aber ich konnte Alexander nicht einfach so dazwischenfunken. Er hatte Finn fest versprochen, sich darum zu kümmern. Und wenn Alexander etwas versprach, dann hielt er es auch.

Kapitel 6

Während ich mit meiner Mutter die Speisekarte für die kommende Woche besprach, ertönte draußen auf dem Parkplatz plötzlich ein lautes Hupkonzert.

Kurze Zeit später steckte Hannah den Kopf zur Tür herein. »Lizzie, hast du den Schreiner bestellt?«

»Nein, den Dachdecker«, antwortete ich und strich kurzentschlossen die Pommes frites von der Karte und ersetzte sie durch Rosmarinkartoffeln.

Pommes konnten unsere Gäste auch in der Goldenen Möwe essen, da bekamen sie zum Happy Meal sogar noch ein Spielzeug geschenkt.

»Die Regenrinne muss mal wieder gesäubert werden.«

»Tja, draußen steht aber der Schreiner. Willst du rausgehen, oder soll ich mich darum kümmern?«

Ich wandte mich an meine Mutter. »Wir sind sowieso fertig, Mama, oder?«

»Ja, eigentlich müsste so weit alles geklärt sein«, sagte meine Mutter und setzte ihre Brille ab.

Als ich auf dem Parkplatz ankam, waren zwei junge Männer in blauen Overalls gerade damit beschäftigt, jede Menge Bretter von einem Transporter abzuladen. Der eine war auffallend groß und schlaksig, der andere klein und rundlich, was mich unweigerlich an Dick und Doof denken ließ.

Irritiert beobachtete ich ihr Treiben. »Entschuldigung, Jungs, aber darf ich mal fragen, was ihr hier eigentlich macht?«

»Wir laden Bretter ab«, erklärte mir der kleinere der beiden

Männer, der seinem Kollegen die Rolle des Doof offenbar nicht kampflos überlassen wollte.

»Dass das keine Heringe sind, sehe ich selbst. Ich habe aber keine Bretter bestellt.«

»Sie vielleicht nicht, aber Ihr Mann.«

Mir lag schon auf der Zunge, dass ich überhaupt keinen Mann hatte – zumindest noch nicht –, als mich plötzlich eine Ahnung beschlich, was es mit dieser Holzlieferung auf sich haben könnte.

»Ihr Mann hat uns beauftragt, in Ihrem Garten ein Baumhaus zu errichten«, bestätigte der Lulatsch nun meine Vermutung.

Ich spürte, wie mir die Hitze in die Wangen stieg. Alexander konnte von Glück reden, dass er jetzt nicht hier war, denn dann hätte ich ihm unmissverständlich zu verstehen gegeben, was ich von seiner Art, das Projekt Baumhaus anzugehen, hielt: nämlich gar nichts! Was hatte er sich bloß dabei gedacht, eine Schreinerei zu beauftragen? Als ich ihn gebeten hatte, mit Finn ein Baumhaus zu bauen, hatte ich mir das verdammt noch mal etwas anders vorgestellt. Die Nummer einer Schreinerei zu wählen hätte ich auch selbst auf die Reihe bekommen.

»Wo steht denn der Baum, den Sie für das Haus vorgesehen haben?«, riss mich der Lulatsch, der im Gegensatz zu seinem Kollegen erstaunlich vernünftige Gesprächsbeiträge lieferte, aus meinen Gedanken.

Alten Baumbestand gab es in unserem Garten zur Genüge, insofern kamen mehrere Standorte für Finns Baumhaus infrage.

»Keine Ahnung. Das soll mein Sohn entscheiden.« Ich formte mit den Händen einen Trichter und brüllte in Richtung Scheune: »Finn, kommst du mal bitte!«

Als dieser kurz darauf mit einem Fußball unter dem Arm auf den Parkplatz stürmte, fragte ich ihn: »Weißt du schon, wo dein Baumhaus hin soll?«

Finn, der aus meiner Frage leider Gottes voreilige Schlüsse zog, strahlte.

»Alexander kommt vorbei. Cool.«

»Äh, nicht so ganz, mein Schatz.« Ich wies auf die beiden Männer im Blaumann, die, die Hände in den Hosentaschen vergraben, abwartend neben dem Transporter standen. »Alexander hat Di ...«, beinahe hätte ich Dick und Doof gesagt, »... diese Männer beauftragt, für dich ein Baumhaus zu bauen.«

Finns Tränendrüsen brauchten einen Moment, um diese Nachricht sacken zu lassen, doch dann arbeiteten sie auf Hochtouren.

»Aber *ich* wollte doch das Baumhaus bauen«, schluchzte mein Sohn, während dicke Tränen seine Wangen hinunterkullerten.

»Das hat Alexander wohl nicht so ganz richtig verstanden«, flunkerte ich und fühlte mich dabei furchtbar elend.

Zum einen, weil ich schon wieder gelogen hatte – so würde ich garantiert nie herausfinden, ob Molli in den Himmel gekommen war –, zum anderen, weil Alexander offenbar keinen großen Wert darauf legte, Zeit mit Finn zu verbringen.

»Am besten packt ihr den ganzen Kram gleich wieder in den Wagen«, wies ich die Männer von der Schreinerei an.

»Wenn Sie das so wollen.« Der kleine Dicke zuckte gleichgültig mit den Schultern. »Aber das Material ist schon bezahlt.«

Ratlos sah ich von meinem weinenden Sohn zu dem Bretterstapel und wieder zurück. Nun war guter Rat im wahrsten Sinne des Wortes teuer. Was mochte Alexander für die Holzlieferung bezahlt haben? Während ich noch mit mir haderte, ob es richtig war, die Bretter wieder zurückzuschicken, erschien Daniel auf der Bildfläche.

Er machte Anstalten, in sein Auto zu steigen, doch als er Finns verweintes Gesicht bemerkte, kam er zu uns herüber. »Hey, was ist denn los, Kumpel?«

Da außer jämmerlichen Schluchzgeräuschen und kleinen,

abgehackten Hicksern – vor lauter Aufregung hatte Finn Schluckauf bekommen – nichts aus meinem Sohn herauszukriegen war, erklärte ich Daniel in groben Zügen das Dilemma.

Dieser kratzte sich nachdenklich am Kopf. »Weißt du was, Finn, wir beide bauen zusammen dein Baumhaus, okay?«

Mein Sohn, der eben noch ein einziges Häufchen Elend gewesen war, strahlte mit einem Mal wie ein Honigkuchenpferd, die Laute, die er dabei ausstieß, klangen aufgrund seines Schluckaufs jedoch mehr nach einem Esel.

»Oh i-a. Super!«

Ich wollte nicht, dass er sich erneut falsche Hoffnungen machte, und versuchte, seine Euphorie zu bremsen. »Jetzt mal langsam. Das müssen wir erst einmal in Ruhe besprechen. Herr Wilke ist schließlich bei uns, um Urlaub zu machen, und nicht, um zu arbeiten.«

»Ich finde, ein Baumhaus zu bauen klingt gar nicht nach Arbeit, sondern nach jeder Menge Spaß. Oder was meinst du, Finn?« Daniel hielt meinem Sohn die flache Hand hin, und Finn gab ihm grinsend High five.

»Und was ist mit Ihren Verletzungen? Ich glaube kaum, dass körperliche Arbeit – ach nein, sie sagten ja, es wäre gar keine Arbeit, sondern Spaß –, also ich glaube kaum, dass körperlicher Spaß in Ihrer angeschlagenen Verfassung das Richtige ist.«

»Es ist wirklich nett, dass Sie sich Sorgen um meine Gesundheit machen«, erwiderte Daniel, »aber ich kann Sie beruhigen: Der Doc hat mir gestern bei der Untersuchung grünes Licht gegeben. Ich darf tun und lassen, was ich will, sofern es mir keine allzu großen Schmerzen bereitet und ich vorsichtig bin. Das Baumhaus dürfte also in Ordnung gehen.«

»Hmm.« Ich war immer noch nicht wirklich überzeugt. »Können Sie das denn überhaupt?«

Angelegentlich musterte ich seine perfekt manikürten Hände,

die er, als er meinen prüfenden Blick bemerkte, schnell in den Hosentaschen verschwinden ließ.

Nichts für ungut, aber das einzige Werkzeug, mit dem er umgehen konnte, war allem Anschein nach eine Feile, die sich vermutlich in einem Nageletui aus sündhaft teurem Leder befand. Und sich die Hände schmutzig zu machen bedeutete in seiner Welt wohl nichts anderes, als seine Geschäftspartner mit unlauteren Methoden über den Tisch zu ziehen. Auch sein Outfit machte die Hoffnung, dass an ihm ein Handwerker verloren gegangen sein könnte, schnell zunichte. Das schwarze Designerhemd, das ihm, wie ich zugeben musste, sehr gut stand, sah eher so aus, als wäre es dafür gemacht, in einer hippen Clublounge abzuhängen und Whisky Cola zu schlürfen, als Bretter zu zersägen und auf Bäumen herumzuklettern.

»Trauen Sie mir das etwa nicht zu?«, fragte Daniel empört.

»Trauen *Sie* es sich denn zu?«, antwortete ich mit einer Gegenfrage. »Es ist keine Schande, handwerklich nicht besonders begabt zu sein. Jeder Mensch hat andere Talente. Ich zum Beispiel habe beim Bohren und Hämmern zwei linke Hände ...«, versuchte ich ihm die Chance zu geben, aus der Nummer rauszukommen, ohne sein Gesicht zu verlieren.

Daniel zog die Hände aus den Hosentaschen und betrachtete sie so eingehend, als würde er sie zum ersten Mal zu Gesicht bekommen. »Eine linke und eine rechte Hand ... Sieht gut aus. Ich denke, das sollte klappen.«

Sein Optimismus in allen Ehren, aber ich war mir da nicht so sicher.

Mein skeptischer Blick musste mich verraten haben, denn er fügte noch hinzu: »Man sollte einen Menschen niemals nur nach seinem Äußeren beurteilen.«

Das predigte ich meinem Sohn auch immer. Zumindest in diesem Punkt waren wir einer Meinung.

»Ich finde, ich habe eine Chance verdient.«

Daniel, der offenbar merkte, wie hin- und hergerissen ich war, ließ nicht locker.

Jeder klar denkende Mensch hätte sein Angebot freundlich, aber bestimmt abgelehnt. Er war schließlich nicht nur unser Gast, sondern auch körperlich angeschlagen und selbstmordgefährdet und somit sicher kein geeigneter Umgang für Finn. Was also war los mit mir?

»Bitte, Mama, sag Ja!«, bettelte mein Sohn.

Man hätte schon ein Herz aus Stein haben müssen, um gegen den flehenden Klang seiner Stimme und seinen bittenden Blick immun zu sein. Und Daniel stand ihm in dieser Beziehung in nichts nach. Seine Augen dackelten mit Finns um die Wette. Sicher würde es ihm guttun, eine Aufgabe zu haben, die ihn auf andere Gedanken brachte ...

Während ich noch darüber nachdachte, ob ich das Risiko eingehen durfte, hörte ich, wie die Jungs der Schreinerei hinter mir flüsterten.

»Und du bist dir sicher, dass das der Typ aus dem Kuhstall ist?«

»Ja. Krass, oder?«

»Und dann auch noch mit einem Porsche. So was nenn ich mal 'nen coolen Abgang.«

Natürlich war mir klar, dass über Daniels Selbstmordversuch im Dorf getratscht wurde. Wahrscheinlich hatte diese unerhörte Neuigkeit sogar die Schwangerschaft der siebzehnjährigen Melissa, an deren unbefleckte Empfängnis nicht einmal Pastor Roth glaubte, als Gesprächsthema Nummer eins abgelöst. Aber dass die Jungs nicht einmal so viel Anstand besaßen, mit ihrer Lästerei zu warten, bis sie wieder im Auto saßen, machte mich regelrecht wütend.

»Werdet ihr dafür bezahlt, dummes Zeug zu quatschen?«, fuhr ich die beiden ärgerlich an. »Macht euch lieber nützlich und ladet die restlichen Bretter ab. Das Zeug muss alles in den Garten.«

Damit war die Entscheidung gefallen.

Während Dick und Doof in Rekordzeit den Wagen entluden – offensichtlich war es ihnen dann doch peinlich, dass ich Zeuge ihrer Unterhaltung geworden war –, nahmen Daniel und Finn die infrage kommenden Bäume in Augenschein und wogen fachmännisch das Für und Wider der verschiedenen Standorte ab. Die Wahl fiel schließlich auf einen alten knorrigen Apfelbaum, dessen lichte Baumkrone das ideale Baugrundstück zu sein schien. Nachdem ich Daniel den Schlüssel für den Geräteschuppen ausgehändigt hatte, in dem sich auch die Werkzeuge befanden, verschwand ich im Haus, um meine Arbeit zu erledigen. Und um schon mal den Verbandskasten bereitzulegen …

Hoffentlich würde ich meine Entscheidung nicht bereuen!

Da unsere Küchenhilfe sich krankgemeldet hatte, ging ich meiner Mutter bei den Vorbereitungen fürs Abendessen zur Hand. Während ich Unmengen von Möhren schabte, machte ich immer wieder einen langen Hals, um durch das Küchenfenster einen Blick in den Garten zu erhaschen.

»Ich verstehe dich nicht«, sagte meine Mutter, der natürlich nicht entgangen war, dass ich alle zwei Minuten nach draußen schaute. »Ich an deiner Stelle würde Finn nicht einfach so mit Herrn Wilke werkeln lassen. Die zwei basteln schließlich keine Origami-Figuren. Und selbst das wäre mir zu gefährlich! Dem Mann würde ich in Finns Gegenwart nicht einmal erlauben, eine Papierschere in die Hand zu nehmen.«

Irgendwie hatte sie ja recht. Ich wusste doch selbst nicht, was mich geritten hatte, meine Vorbehalte über Bord zu werfen. Das heißt, eigentlich wusste ich es schon – das dumme Gewäsch von

Dick und Doof war schuld gewesen. Nicht unbedingt die beste Grundlage für eine Entscheidung.

Jetzt ließ meine Mutter sogar noch ein vorwurfsvolles Schnalzen folgen. »Und wer sagt dir, dass die Hütte – sofern sie überhaupt jemals fertig wird – auch wirklich sicher ist?« Als ich nichts darauf erwiderte – was denn auch? Der TÜV würde wohl kaum vorbeischauen, um die »Hütte« zu prüfen ... –, redete meine Mutter weiter auf mich ein: »Die Männer von der Schreinerei verstehen wenigstens was von ihrem Job. Alexander hat es doch nur gut gemeint.«

»Das Gegenteil von gut gemacht ist gut gemeint«, murmelte ich ärgerlich.

Ich hätte mir denken können, dass meine Mutter Alexander in Schutz nehmen würde, denn in ihren Augen war der liebe Herr Doktor in allen Lebensbereichen über jeden Zweifel erhaben.

»Alexander kann schließlich nichts dafür, dass so viele Leute krank sind und er in der Praxis alle Hände voll zu tun hat. Und jetzt auch noch die nachgeholte Hochzeit ... Was du alles von dem armen Kerl verlangst. Irgendwann muss er ja auch mal schlafen. Da ist es doch eine gute Lösung, die Schreinerei mit der Hütte zu beauftragen, damit Finn nicht ewig darauf warten muss.«

»Baumhaus«, korrigierte ich mechanisch.

»Wie bitte?«

»Baumhaus, nicht Hütte.«

Meine Mutter kräuselte mit säuerlicher Miene die Lippen. »Na schön, dann halt Baumhaus«, sagte sie und rauschte beleidigt Richtung Vorratskammer davon.

Danach herrschte eine geradezu himmlische Ruhe.

Als ich erneut in den Garten spähte, schnappte ich unwillkürlich nach Luft. Das konnte doch wohl nicht wahr sein?!

Beinahe hätte die Sache blutig geendet. Aber es ging gerade noch mal gut, denn die scharfe Klinge des Messers, mit der ich abgerutscht war, verfehlte um Haaresbreite meinen Finger. Wenn ich mir den Daumen abgehackt hätte, wäre das ganz allein Daniels Schuld gewesen!

Es war ja nicht so, als hätte ich noch nie einen nackten Mann gesehen, aber mitten am helllichten Tag in unserem Garten … Okay, Daniel war nicht *ganz* nackt, aber zumindest halb. Er hatte sein Hemd ausgezogen und es achtlos über einen Brombeerbusch geworfen.

Nachdem ich den ersten Schreck überwunden hatte, riskierte ich noch einen zweiten Blick. Das Messer legte ich dabei aus Sicherheitsgründen zur Seite … Obwohl ich mich bemühte, besonders kritisch zu sein, musste ich zugeben, dass mir das, was ich sah, ziemlich gut gefiel. Angefangen bei dem flachen Bauch über die breiten Schultern bis hin zu den durchtrainierten Oberarmen. Keine Spur von Muskelpaketen der Sorte Ey-du-kommst-hier-nisch-rein, die den Eindruck erwecken, ihrem Besitzer sei das Gehirn in den Bizeps gerutscht. Stattdessen waren Daniels Muskeln, die unter einem dünnen Schweißfilm in der Sonne glänzten, wohlproportioniert.

Nicht einmal billige Effekthascherei konnte man ihm vorwerfen, denn es war wirklich kein Wunder, dass er schwitzte. So wie er bei den Temperaturen ranklotzte! Pausenlos wuchtete er Bretter hin und her, sägte und hämmerte – und das alles in einem erstaunlich hohen Tempo. Am meisten verblüffte mich jedoch, dass es so aussah, als wüsste Daniel nicht nur ganz genau, was er tat, sondern auch, was als Nächstes zu tun war …

Finn schien ebenfalls ganz in seinem Element zu sein. Sogar von hier oben, aus etlichen Metern Entfernung, konnte ich seine Augen vor Begeisterung leuchten sehen. Er hatte sich einen Bleistift hinters Ohr geklemmt und maß mit einem Zollstock Bretter ab, die Daniel anschließend nach seiner Vorgabe zersägte. Obwohl die beiden konzentriert bei der Sache waren, drang zwischendurch immer wieder ihr lautes Lachen durch das halb offene Küchenfenster. Offenbar hatten sie jede Menge Spaß bei der Arbeit, was ich von mir leider nicht behaupten konnte.

Als Maribelle etwa eine Stunde später in der Küche auftauchte, um kurz Hallo zu sagen, konnte ich beim besten Willen keine Möhren mehr sehen!

»Soll ich dir einen Witz erzählen?«, fragte Maribelle und kicherte, obwohl sie noch gar nicht damit begonnen hatte.

»Lass hören«, sagte ich dankbar für jede Ablenkung.

»Kommt Häschen in die Küche eines Gasthofs und fragt: ›Hattu Möhrchen?‹ Da sagt die …«

Weiter kam sie nicht, denn ich drohte ihr, während sie sich vor Lachen kaum einkriegte, mit dem erhobenen Küchenmesser. »Raus hier!«

Irgendwann hatte ich es doch noch geschafft, alle Möhren zu putzen und in kleine, etwa ein mal ein Zentimeter große, akkurate Würfelchen zu schneiden, wie meine Mutter, die ihre Schmollecke in der Speisekammer mittlerweile wieder verlassen hatte, es verlangt hatte.

Auch Daniel und Finn waren in der Zwischenzeit gut vorangekommen. Sie hatten eine Art Unterkonstruktion für das Baumhaus angefertigt, die, wie ich bei einem erneuten Blick aus dem Fenster feststellte, bereits fast fertig war. Sicher würde den beiden eine Erfrischung und eine kleine Stärkung guttun. Ich stellte zwei Gläser, einen Krug mit kalter Limonade und zwei Schüsselchen Obstsalat, der vom Frühstück übrig geblieben war, auf ein Tablett und machte mich damit auf den Weg zur Baustelle.

Offenbar hatte ich genau den richtigen Moment erwischt, denn als ich den Garten betrat, hatten die fleißigen Handwerker gerade eine Pause eingelegt.

Während Finn auf einem Bretterstapel thronte, durchquerte Daniel mit weit ausholenden Schritten den Garten und zählte dabei laut: »... dreiundvierzig, vierundvierzig, fünfundvierzig ...«

»Was machen Sie denn da?«, fragte ich und versuchte gar nicht erst, mein belustigtes Grinsen zu verbergen.

»Äh ...« Daniel, der mitten in der Bewegung innegehalten hatte, blieb auf einem Bein stehen und versuchte, mit rudernden Armen das Gleichgewicht zu halten.

»Er misst den Garten aus«, krähte Finn vergnügt.

Daniels verlegenem Gesichtsausdruck nach zu urteilen, war es ihm unangenehm, dass ich ihn dabei ertappt hatte. Doch dann stellte er das Bein, das er wie ein Flamingo hochgehalten hatte, wieder auf dem Rasen ab und grinste breit.

»Ein Bauherr sollte wissen, wie groß das Grundstück ist, auf dem er sein Haus errichtet.«

»Was Sie nicht sagen.«

»Schon allein, um damit bei seinen Freunden angeben zu können. Bei wie vielen Schritten war ich noch gleich stehen geblieben?« Vorwurfsvoll sah er mich an. »Jetzt haben Sie mich rausgebracht.«

»Siebenundachtzig.«

»Siebenundachtzig? Sie veräppeln mich. So weit war ich doch noch gar nicht.«

»Stimmt«, gab ich zu. »Aber auch wenn es ausgesprochen unterhaltsam ist, Sie bei der Vermessung des Grundstücks zu beobachten, können Sie sich die Mühe sparen. Der Garten ist exakt siebenundachtzig Meter lang und fünfundvierzig Meter breit.«

»Wow, knapp viertausend Quadratmeter«, kam es wie aus der Pistole geschossen zurück.

Mein lieber Scholli, der konnte aber fix Kopfrechnen!

»Das ist ja noch größer, als ich geschätzt habe«, fuhr Daniel fort und pfiff anerkennend durch die Zähne. »Haben Sie nie daran gedacht, anzubauen und das Gebäude zu erweitern?«

»Nein, warum auch?« Ich ließ meinen Blick zufrieden über die gelbe Fassade und die liebevoll bepflanzten Balkonkästen des Sonnenhofs wandern. »Der Gasthof ist groß genug. Noch mehr Gäste würden wir gar nicht bewältigen.«

»Sie könnten mehr Personal einstellen und einen Wellnessbereich einrichten.«

»Dieser ganze Wellness-Schnickschnack scheint Ihnen ja echt zu fehlen«, gab ich amüsiert zurück. »Ihnen ist aber schon klar, dass ein Bauvorhaben, wie es Ihnen vorschwebt, ein paar Tage länger dauert als ein Baumhaus? So ungern ich Sie auch enttäusche: Während Ihres Aufenthalts wird das nichts mehr.«

»Dann muss ich meinen Urlaub wohl verlängern ...«, scherzte Daniel und setzte in leichtem Tonfall hinzu: »Aber man könnte wirklich mehr aus dem Hotel machen.«

»Der Sonnenhof ist kein Hotel, sondern ein Gasthof«, verbesserte ich ihn.

Und ein Baumhaus keine Hütte. So, das musste der Ordnung halber mal gesagt werden.

»Und was ist bitte schön der Unterschied zwischen einem Hotel und einem Gasthof?«, fragte Daniel, der seinen Blick sichtlich verwirrt zwischen dem Sonnenhof und mir hin- und herwandern ließ.

»Gasthof klingt warm und heimelig. Bei Hotel denkt man an einen unpersönlichen großen Kasten.«

»Auch wieder wahr.« Daniel lachte. »Aber wenn Sie es gerne heimelig mögen, wird Finns Baumhaus, wenn es erst einmal fertig ist, bestimmt ganz nach Ihrem Geschmack sein.« Er wies auf die Unterkonstruktion, die auf dem Rasen lag und bereits eine ungefähre Vorstellung vermittelte, wie groß das Baumhaus werden würde.

»Und Sie sind sich sicher, dass das stabil genug ist?« Kritisch beäugte ich das Gebilde.

»Keine Sorge, das hält sogar einen kleinen Elefanten aus. Vorausgesetzt er schafft es irgendwie, auf den Baum zu klettern.«

Zum Beweis begann Daniel unter Finns wilden Anfeuerungsrufen auf den bereits zusammengenagelten Brettern herumzuspringen.

Erleichtert stellte ich fest, dass ich mir offenbar völlig umsonst Sorgen gemacht hatte.

»Sieht ziemlich stabil aus. Entweder Sie machen das nicht zum ersten Mal, oder Sie sind ein Naturtalent.«

»Suchen Sie sich die Antwort aus.« Daniel, der mit der Springerei aufgehört hatte, strahlte mich an. »Womit könnte ich Sie denn mehr beeindrucken?«

Wenn nicht alle Fakten dagegensprechen würden – schließlich war er vor ein paar Tagen auf dem besten Weg gewesen, sich umzubringen, und ich zu heiraten –, hätte man glatt meinen können, dass er mit mir flirtete.

»Wieso? Wollen Sie mich denn beeindrucken?«, hakte ich nach.

»Na klar. Aber da Sie mir das Naturtalent vermutlich eh nicht abkaufen, oute ich mich hiermit als Wiederholungstäter.« Daniel zwinkerte mir verschmitzt zu. »Ich habe als Kind fast alle Ferien bei meinen Großeltern auf dem Land verbracht, und da gehörte das Zusammenzimmern eines Baumhauses gewissermaßen zum Pflichtprogramm.«

»Warum haben Sie das denn nicht gleich gesagt?«, fragte ich.

Wenn ich das von Anfang an gewusst hätte, wären mir ein paar Sorgen – wenn auch leider nicht alle – erspart geblieben.

»Ich kann mich nicht erinnern, dass Sie danach gefragt haben. Danke übrigens für die Erfrischung. Ich bin kurz vorm Verdursten.«

Daniel wandte sich dem Bretterstapel zu, auf dem ich das Tablett abgestellt hatte, und füllte ein Glas mit Limonade. Genau wie kurz zuvor Finn, der sich an dem Krug bereits bedient hatte, trank er in großen, gierigen Schlucken.

»Ah, das tat gut.«

Als er das leere Glas gerade auf das Tablett zurückstellte, klingelte sein Handy, das er in der Gesäßtasche seiner Jeans bei sich trug.

Bislang hatte ich seinen Po noch keines Blickes gewürdigt – ehrlich! –, ich war viel zu sehr damit beschäftigt gewesen, nicht auf seinen nackten Oberkörper zu starren. Aber da sein Hinterteil nun klingelnd und vibrierend um Aufmerksamkeit buhlte, ließ ich mir die Gelegenheit nicht entgehen, auch dieses einer kritischen Qualitätskontrolle zu unterziehen. Nichts zu beanstanden, stellte ich fest, während Daniel das Handy aus seiner Hosentasche fischte. Das Einzige, was mir an dem Anblick gründlich missfiel, waren die Gedanken, die mir dabei durch den Kopf schossen: Wie mochte dieser Po wohl unter dem Jeansstoff aussehen?

Schluss jetzt mit diesen Hirngespinsten! Denk einfach an etwas Harmloses und Unverfängliches, ermahnte ich mich. An Möhren zum Beispiel. Aber das machte die Sache nur noch schlimmer! Mir war ja wohl echt nicht mehr zu helfen. Es konnte doch nicht angehen, dass ein nackter Männeroberkörper ausreichte, um meine Hormone so in Aufruhr zu versetzen. Bestimmt lag es an der Hitze, ganz bestimmt war nur diese furchtbare Hitze daran schuld! Irgendwelche Synapsen in meinem Hirn mussten durchgebrannt sein. Schließlich liebte ich Alexander, und Daniel mit seinem Angeberschlitten und seinen Designerklamotten war absolut nicht mein Typ! Rein optisch allerdings …

Als Daniel sich in diesem Moment wieder zu mir umdrehte, geriet mein Blut erst so richtig in Wallung, was nichts anderes bedeutete, als dass mein Körper jeden halbwegs entbehrlichen Tropfen Blut Richtung Kopf pumpte. Meine Wangen glühten, und ich wandte beschämt die Augen ab. Bestimmt sah man mir an der Nasenspitze an, was ich gerade gedacht hatte. Doch falls Daniel tatsächlich etwas ahnte, ließ er es sich nicht anmerken. Er lächelte arglos.

Beim Blick auf das Display seines Handys verdüsterte sich sein Gesicht jedoch schlagartig. Offenbar war er alles andere als erfreut über den Anruf.

»Entschuldigung, ich muss rangehen«, erklärte er.

»Kein Problem. Telefonieren Sie ruhig!« Hastig griff ich nach dem Tablett. »Ich werde die Limo und den Obstsalat mal lieber in den Schatten stellen.«

Während ich so tat, als wäre ich voll und ganz damit beschäftigt, einen geeigneten Platz für das Tablett zu suchen, beobachtete ich Daniel aus dem Augenwinkel. Obwohl er sich beim Telefonieren scheinbar völlig relaxt gegen einen Baum lehnte, merkte man an seinem Gesichtsausdruck, dass er angespannt war.

Nachdem er dem Anrufer eine Weile zugehört hatte, sagte er ungeduldig: »Ich bin dran, Nathalie.«

Ich spitzte interessiert die Ohren. Nathalie also. Aha.

Angesichts seiner verkniffenen Miene und des gereizten Tonfalls fragte ich mich, in welchem Verhältnis Daniel zu dieser Nathalie stand. War sie seine Frau oder Exfrau? Seine Freundin oder gar seine Geliebte? Eine Geschäftspartnerin?

»Ja, ich komm voran«, erklärte er der Frau – wer immer sie auch sein mochte – barsch. »Ich melde mich, wenn es etwas Neues gibt. Ciao.«

»Schlechte Neuigkeiten?«, fragte ich, nachdem er das Handy, begleitet von einem ärgerlichen Kopfschütteln, in seine Hosentasche zurückgesteckt hatte.

Mit nachdenklicher Miene und gerunzelter Stirn starrte Daniel durch mich hindurch. Plötzlich schien er sich wieder an meine Anwesenheit zu erinnern und lächelte, wenn auch ein wenig gezwungen.

»Hmm? Entschuldigung, was haben Sie gesagt?«

»Ich wollte wissen, ob Sie schlechte Neuigkeiten erhalten haben.«

Daniel zögerte kurz.

Als er gerade zu einer Antwort ansetzte, erklang hinter uns eine ungeduldige Kinderstimme: »Daaaaniel! Wann machen wir denn endlich weiter?«

Mist, an seinem Timing musste Finn unbedingt noch arbeiten.

Daniel hingegen kam die Unterbrechung offenbar sehr gelegen, denn er schnappte sich sogleich einen Hammer und eine Handvoll Nägel und gab mir so zu verstehen, dass unsere Unterhaltung beendet war.

»Keine Sorge, ich bin schon wieder weg«, versicherte ich schnell. »Ich wollte auch gar nicht lange stören, sondern nur einen kleinen Pausensnack vorbeibringen.«

»Und kontrollieren, ob wir alles richtig machen, nicht wahr?«

Daniel durchschaute mich, aber er schien nicht im Geringsten beleidigt zu sein.

Auch wenn ich mich – zumindest physisch – kurze Zeit später in meinem Büro befand, waren meine Gedanken immer noch draußen auf Wanderschaft. Wie übermütige Hunde, die sich weder einfangen noch zurückpfeifen ließen, stromerten sie im Garten umher und umkreisten Daniel.

Pfui! Aus! Wollt ihr das wohl sein lassen!

Aber die ungezogene Meute hörte einfach nicht auf mich. Schließlich gab ich mich geschlagen und ließ ihnen freien Lauf.

Daniel gab mir wirklich Rätsel auf. Er steckte voller Widersprüche, nichts schien zusammenzupassen, und ständig stieß man bei ihm auf neue Ungereimtheiten. Obwohl es gerade mal ein paar Tage her war, dass er versucht hatte, sich das Leben zu nehmen, wirkte er stets fröhlich, hatte immer einen flotten Spruch auf den Lippen und lachte viel. Wenn man von dem kurzen Telefonat vorhin einmal absah, hatte ich ihn noch nie übellaunig erlebt. Hinter seiner attraktiven Fassade und den Designerklamotten schien weitaus mehr zu stecken, als ich bei unserer ersten Begegnung für möglich gehalten hätte. Beispielsweise konnte er fantastisch mit Kindern umgehen. Und wer hätte gedacht, dass ausgerechnet ein gestylter Schickimicki-Typ wie er über so viel handwerkliches Talent verfügte! Die Chancen, dass Finn dank Daniels Hilfe sein langersehntes Baumhaus bekommen würde, standen jedenfalls nicht schlecht. Und was fast noch wichtiger war: Die beiden schienen bei der Arbeit jede Menge Spaß zu haben. Vor meinem inneren Auge tauchte erst Finns fröhliches Gesicht und dann Daniels Grübchenlächeln auf. War es tatsächlich möglich, dass ein Mensch, der nach außen so heiter wirkte, nicht mehr leben wollte? Konnte man sich dermaßen verstellen? Während ich darüber nachgrübelte, starrte ich ratlos auf meinen Computerbildschirm.

Ohne recht zu wissen, wonach ich genau suchte, startete ich den Browser und gab bei Google auf gut Glück »Selbstmord« ein. Der erste Treffer war die Nummer der Telefonseelsorge. Hey, ich wollte mich doch gar nicht umbringen! Aber das konnte Google – intelligente Suchmaschine hin oder her – natürlich nicht wissen. Neben diversen Hilfsangeboten für suizidgefährdete Menschen und geschmacklosen YouTube-Videos, die nicht nur psychisch labilen Menschen den Rest geben konnten, führten auch etliche Links zu Seiten, die sich mit dem Thema Depression beschäftigten. Da mein dürftiges Halbwissen über diese Krankheit hauptsächlich aus Klatschmagazinen stammte, war es bestimmt nicht verkehrt, sich ein bisschen schlauzumachen. Vielleicht würde ich in Bezug auf Daniel ja irgendwelche Anhaltspunkte finden.

Nach einer Weile stieß ich bei meiner Recherche auf ein Phänomen, das in einem Artikel als »lachende Depression« bezeichnet wurde. Wie der Verfasser schrieb, merkte man nicht jedem depressiven Menschen seine Erkrankung sofort an. Offenbar war es durchaus nicht untypisch, dass Betroffene ihre Depression hinter einer Maske aus Fröhlichkeit und Heiterkeit verbargen. Ob das auch auf Daniel zutraf? Zumindest wäre es eine Erklärung. Wie gebannt las ich weiter, doch je tiefer ich in die Materie eintauchte, desto niedergeschlagener und schwermütiger fühlte ich mich. Darüber hinaus wurde ich von einer schrecklichen Antriebslosigkeit erfasst, die mich davon abhielt, wieder an die Arbeit zu gehen. Oh Gott, waren das womöglich die ersten Vorboten einer Depression? Alles um mich herum erschien mir plötzlich duster und grau. Gut, zumindest dafür gab es eine harmlose Erklärung, denn die Einrichtung meines Büros war überwiegend in Schwarz und Anthrazittönen gehalten. Dieses Farbkonzept sollte ich unbedingt mal überdenken, nahm ich mir vor und verschob diese Aufgabe mangels Motivation auf einen späteren Zeitpunkt.

Mit einem Mal verspürte ich das dringende Bedürfnis, das unbeschwerte, von Herzen kommende Lachen meines Sohnes zu hören. Ein Blick in sein fröhliches Gesicht würde reichen, um mich sofort besser zu fühlen. Kurzentschlossen schaltete ich den Computer aus.

Als ich mich dem Garten näherte, beschlich mich jedoch ein eigenartig beklemmendes Gefühl. Irgendetwas war komisch, und plötzlich wusste ich auch, was es war: Abgesehen von dem Gesang eines Vogels war es merkwürdig still hier draußen. Kein Hämmern, kein Sägen, kein Lachen, sondern absolute Ruhe.

Zu sehen war auch nichts. Von den Häuslebauern fehlte jede Spur.

»Finn!«, rief ich. »Herr Wilke?« Und dann noch einmal: »Finn!? Herr Wilke?!«

Doch niemand antwortete. Nachdem ich auf der Suche nach den beiden eine Runde durch den Garten gedreht und auch im Geräteschuppen nachgeschaut hatte, wurde ich langsam unruhig. Im Laufschritt hastete ich zur Rezeption.

»Hannah, hast du zufällig Finn gesehen? Oder Herrn Wilke?«

Meine Freundin sah überrascht von einem Stapel Prospekte auf, die sie gerade sortierte. »Die beiden sind vorhin mit Herrn Wilkes Auto weggefahren. Ich habe angenommen, du wüsstet davon.«

»Nein, davon weiß ich nichts. Aber sicher kommen sie jeden Moment wieder«, antwortete ich und versuchte, dabei nicht allzu hysterisch zu klingen. Auch wenn das meinem emotionalen Ist-Zustand verdammt nahekam.

Mit jeder Minute, die verstrich, wurde ich immer nervöser. Wo mochte Daniel mit Finn hingefahren sein? Hielt er sich an die Geschwindigkeitsvorschriften, oder brauste er wie ein Verrückter mit meinem Sohn auf dem Beifahrersitz über die Landstraße? Und er hatte noch nicht mal einen Kindersitz in seinem Auto! Vielleicht hatte er gar keine Depressionen, sondern irgendeinen anderen psychischen Defekt, der ihn einfach austicken ließ! Wie hatte ich ihm Finn bloß anvertrauen können? Streng genommen kannte ich den Mann doch überhaupt nicht, und was ich von ihm wusste, sprach nicht unbedingt für seine Qualitäten als Aufsichtsperson. Verdammt, warum hatte ich Dick und Doof nicht das Baumhaus bauen lassen?!

Als das Mercedes Cabrio etwa eine Viertelstunde später auf den Parkplatz rollte und Daniel und Finn sichtlich gut gelaunt aus dem Wagen sprangen, schoss ich ihnen wie eine Furie entgegen.

Ich wusste nicht, ob ich Finn vor Erleichterung in die Arme schließen oder vor Wut schütteln sollte. Bei Daniel hingegen fiel mir die Entscheidung leicht: Ein gezielter Tritt in die Weichteile war die einzig angemessene Strafe. Aber da ich Finn nach jeder Rauferei in der Schule predigte, dass Gewalt keine Lösung war, nahm ich von dieser Maßnahme schweren Herzens Abstand.

Stattdessen entlud sich die ganze Angst und Sorge, die ich ausgestanden hatte, in einer wütenden Schimpftirade: »Wo bist du gewesen, Finn? Weißt du eigentlich, was ich mir für Sorgen gemacht habe? Hatten wir nicht vereinbart, dass du mir immer Bescheid sagst, wenn du das Grundstück verlässt?«

»Es tut mir leid.«

Daniel stellte sich schützend vor meinen Sohn. Er sah ehrlich zerknirscht aus.

»*Ich* hätte Bescheid sagen sollen. Aber uns sind die Nägel ausgegangen, da wollten wir nur mal eben Nachschub besorgen. Dummerweise ist uns auf dem Weg die Eisdiele dazwischengekommen.«

»Mama, ich weiß gar nicht, warum du dich so aufregst?!« Finn, der sich wieder vor Daniel geschoben hatte, richtete sich zu seiner vollen Größe von ein Meter vierunddreißig auf. »Ich habe doch extra den Kindersitz aus deinem Auto geholt.«

»Das war auch richtig so, mein Schatz.«

Langsam kam ich wieder runter und beruhigte mich. Möglicherweise hatte ich tatsächlich ein klitzekleines bisschen überreagiert.

Nachdem ich Finn das Versprechen abgenommen hatte, sich ohne meine Erlaubnis nie wieder vom Grundstück zu entfernen – es sei denn, er wäre bereits volljährig oder der Gasthof würde evakuiert –, ließ ich es endlich gut sein. Aber meine Gemütslage war immer noch aufgewühlt, als ich kurz darauf einen Anruf von Alexander erhielt.

»Ja«, meldete ich mich kurz angebunden.

Offenbar war Alexander das drohende Grollen in meiner Stimme entgangen, oder er hatte es geflissentlich überhört. »Ich wollte mich nur mal erkundigen, ob das Baumhaus schon fertig ist.«

»Nein, so ein Baumhaus zu bauen braucht schließlich seine Zeit«, erwiderte ich, um einen neutralen Tonfall bemüht.

»Aber die Jungs sind doch Profis.«

Ich sah Alexanders überraschtes Stirnrunzeln förmlich vor mir.

»Ich würde Finn und Herrn Wilke nicht unbedingt als Profis bezeichnen.«

In weiser Voraussicht sorgte ich für einen angemessenen Sicherheitsabstand zwischen meinem Handy und meinem Ohr.

»Herr Wilke?!« Alexanders Stimme überschlug sich fast. »Warum baut dieser Schnösel mit Finn unser Baumhaus?!«

»Ganz einfach«, antwortete ich unterkühlt, »weil du es nicht tust. Ist dir eigentlich schon mal in den Sinn gekommen, dass es Finn weniger um das fertige Baumhaus als um das Bauen an sich geht? Den Anruf bei der Schreinerei hätte ich auch selbst hinbekommen.«

Einen Moment herrschte am anderen Ende der Leitung Stille.

»Du hast recht. Tut mir leid«, entschuldigte sich Alexander dann reumütig. »Die Schreinerei anzuheuern war wirklich eine blöde Idee.«

»Die Idee war nicht blöd ... die war saublöd«, knurrte ich schon etwas milder gestimmt.

Wenn Alexander einen Fehler machte – was entgegen der Einschätzung meiner Mutter durchaus vorkam –, stand er auch dazu und entschuldigte sich sofort. Das konnten nicht viele, und es zeugte meiner Meinung nach von echter Charakterstärke.

Nach einer kurzen Pause schickte Alexander jedoch noch hinterher: »Aber musste es ausgerechnet dieser Wilke sein?«

»Ach, wen hättest du denn ausgewählt?«, fragte ich spitz und merkte, dass es erneut in mir brodelte. »Unter der Vielzahl der Männer, die sich darum gerissen haben, diese Aufgabe zu übernehmen, war es wirklich verdammt schwer, sich zu entscheiden.« Eigentlich hatte ich gar keine Lust zu streiten, darum fügte ich in einem etwas versöhnlicheren Tonfall hinzu: »Außerdem ist es bestimmt gut, wenn Herr Wilke eine Aufgabe hat und auf andere Gedanken kommt. Apropos: Was hat denn eigentlich die Untersuchung ergeben?«

»Wohl noch nie was von ärztlicher Schweigepflicht gehört, oder?«, neckte mich Alexander. »Aber ich kann dich beruhigen: Alles verheilt gut.«

»Das hat er mir bereits erzählt. Leidet er denn nun unter Depressionen oder nicht? Und was ist mit seinen Selbstmordgedanken? Sind die weg?«, wollte ich von Alexander wissen.

»Warum fragst du ihn das nicht selbst, wenn es dich so brennend interessiert. Ihr seid doch offenbar ganz dicke.«

Ich zog scharf die Luft ein.

»Entschuldige, war nicht so gemeint.« Alexander stieß ein wütendes Schnauben aus. »Dieser Typ ist für mich einfach ein rotes Tuch.«

»Ist mir noch gar nicht aufgefallen«, sagte ich ironisch.

Auch wenn Alexander normalerweise nicht zur Eifersucht neigte, war es wirklich gut, dass er keine Ahnung hatte, dass ich »diesem Typen« am Nachmittag auf den Po geglotzt hatte …

Als ich die fleißigen Baumeister zum Abendessen rief, machte Finn ein so langes Gesicht, als hätte ich ihm Stubenarrest und nicht Omas himmlische Lasagne in Aussicht gestellt. Wahrscheinlich würde er Hammer und Nägel am liebsten mit ins Bett nehmen.

»Ruh dich was aus, Kumpel«, sagte Daniel, der die Werkzeuge

einsammelte, um sie wieder in den Geräteschuppen zu bringen. »Morgen geht's mit frischer Kraft weiter.«

»Morgen hab ich keine Zeit«, antwortete Finn mit hängendem Kopf. »Ich bin zu einem Kindergeburtstag eingeladen.« Sehnsüchtig blickte er zur Krone des Apfelbaumes hinauf. »Aber ich kann die Feier auch absagen«, bot er eifrig an.

»Nein, bloß nicht.« Daniel klappte einen Zollstock zusammen und schüttelte nachdrücklich den Kopf. »Gerade ist mir nämlich eingefallen, dass ich morgen auch schon was vorhabe.«

Ich warf ihm hinter Finns Rücken einen dankbaren Blick zu. Dabei fragte ich mich, ob Daniel meinem Sohn nur den Spaß an dem Kindergeburtstag nicht verderben wollte oder tatsächlich für den morgigen Tag schon Pläne hatte.

Kapitel 7

Nach einem reichhaltigen Frühstück, bei dem Daniel sich, wie ich amüsiert beobachtet hatte, drei Mal den Teller vollgeladen hatte – die frische Landluft und die körperliche Arbeit des vergangenen Tages hatten ihn offenbar hungrig gemacht –, traf ich ihn an der Rezeption, wo er mit hoch konzentrierter Miene den Drehständer mit Infomaterial inspizierte.

»Ich wollte mir heute mal ein bisschen die Umgebung ansehen.« Daniel gab dem Ständer einen kleinen Schubs, sodass dieser sich quietschend in Bewegung setzte. Finn machte das ebenfalls mit Vorliebe. »Können Sie mir ein Ausflugsziel empfehlen?«

»Das kommt ganz darauf an, was Sie vorhaben. Möchten Sie wandern?«, fragte ich, obwohl ich mir ziemlich sicher war, dass das für ihn keine Option war. »Oder mit dem Auto irgendwohin fahren? Sie könnten sich natürlich auch ein Mountainbike ausleihen.«

»Das klingt gut.« Voller Tatendrang klatschte Daniel in die Hände. »Ich glaube, ich würde mir gerne ein Bike ausleihen.«

»Tun Sie das.« Ich nickte ihm freundlich zu. »Der Fahrradverleih befindet sich gleich am Ortseingang.«

»Warum verleihen Sie eigentlich keine Fahrräder an Ihre Gäste?«, wollte Daniel wissen, während das nervtötende Quietschen langsam erstarb und der Ständer zum Stehen kam.

»Weil es – wie ich ja bereits sagte – einen Fahrradverleih im Ort gibt«, erwiderte ich leicht ungeduldig.

»Aber es wäre doch ein zusätzlicher Service und ein Anreiz für neue Gäste, wenn Ihr Haus über ein paar eigene Räder verfügen würde …«

»Schon möglich.« Ich zuckte gleichgültig mit den Schultern. »Aber ich mache nicht gerne anderen Leuten das Geschäft kaputt.«

Daniel zog sein Handy aus der Hosentasche und begann, in atemberaubender Geschwindigkeit auf dem Display herumzutippen. Mir war schon aufgefallen, dass er nie ohne sein Smartphone unterwegs war oder es zumindest immer in greifbarer Nähe hatte.

»Was tun Sie denn da?«, fragte ich irritiert.

Verschickte er, während wir uns unterhielten, irgendwelche Nachrichten oder surfte im Internet?

»Ich schreibe mir nur kurz eine Erinnerung.«

»Das ist nicht nötig. So groß ist unser Ort wirklich nicht«, bemerkte ich kopfschüttelnd. Daniel war schon manchmal ein komischer Vogel. »Sie können den Fahrradverleih überhaupt nicht verfehlen.«

»Okay.« Er schaltete sein Handy aus und versenkte es wieder in der Hosentasche. »Wir haben jetzt also schon mal geklärt, dass ich mit dem Rad unterwegs sein werde. Sehr gut. Nach wie vor unklar ist jedoch, wo ich hinfahren werde.«

Routiniert zog ich ein paar bunte Faltblättchen aus dem Drehständer und drückte sie Daniel in die Hand. »Das sind alles Ziele, die sich für eine Fahrradtour anbieten. Die meisten Radwege führen in landschaftlich wunderschöner Lage durch die Weinberge.«

Damit er eine grobe Vorstellung von den Entfernungen bekam und sich nicht übernahm, breitete ich an der Rezeption eine Fahrradkarte vor ihm aus, auf der alle Sehenswürdigkeiten der Region verzeichnet waren.

Während Daniel sich mit dem Infomaterial beschäftigte, sah ich die Post durch, die Hannah für mich bereitgelegt hatte. Jede

Menge Werbung, ein paar Rechnungen und die Buchungsanfrage eines Stammgastes.

»Haben Sie das Richtige gefunden?«, fragte ich, als ich wieder aufschaute und bemerkte, dass Daniel einen Großteil der bunten Folder, die ich ihm gegeben hatte, in den Ständer zurücksteckte.

Er nickte zufrieden. »Ich werde die Route durch die Weinberge zum alten Steinbruch nehmen.«

»Ich hoffe, Sie sind schwindelfrei«, scherzte ich, während Daniel die Karte zusammenfaltete. »Im Steinbruch kann man sich ziemlich leicht den Hals brechen.« Als es raus war, hätte ich mir am liebsten die Zunge abgebissen. »Seien Sie also bitte vorsichtig«, fügte ich noch eindringlich hinzu.

»Wenn die Route so gefährlich ist, sollte ich wohl lieber einen ortskundigen Führer mitnehmen.« Daniel grinste verschmitzt. »Warum begleiten Sie mich nicht einfach?«

»Nichts lieber als das, der Ausblick ist traumhaft, aber manche Leute sind leider nicht zum Urlaubmachen hier.«

»Aber auch Sie werden doch hin und wieder mal einen freien Tag haben, oder?«

»Ja, das stimmt«, sagte ich und verschränkte die Arme vor der Brust. »Aber den habe ich bereits für meine Beinahe-Hochzeit verplempert.«

Daniel verzog das Gesicht, als hätte er Zahnschmerzen. »Mea culpa. Ich weiß gar nicht, wie ich das jemals wiedergutmachen soll.«

»Das haben Sie bereits, indem Sie Ihre Hilfe bei Finns Baumhaus angeboten haben. So glücklich habe ich meinen Sohn schon lange nicht mehr erlebt.«

»Noch ist das Baumhaus nicht fertig.« Daniel grinste. »Es wäre doch tragisch, wenn vorher etwas passieren würde, was die Fertigstellung verzögern oder gar verhindern würde, finden Sie nicht?«

Ich musterte ihn mit hochgezogenen Augenbrauen. »Nur so interessehalber: Versuchen Sie etwa gerade, mich zu erpressen?«

»Zzzz, also ehrlich, was Sie mir alles zutrauen. Als wenn ich Sie erpressen würde. Ich versuche lediglich, an Ihren Mutterinstinkt zu appellieren.«

Empört über so viel Durchtriebenheit stützte ich die Hände in die Hüften. »Und um meinem Sohn zu seinem Baumhaus zu verhelfen, soll ich Ihr Kindermädchen spielen?«

»So ähnlich. Wollen Sie es sich nicht vielleicht doch noch mal überlegen?«, verlegte er sich nun wieder aufs Betteln. »So ganz allein auf weiter Flur werde ich mich sicher ziemlich einsam fühlen.« Als ich immer noch nicht reagierte, fragte er mit schräg gelegtem Kopf: »Oder ist Ihnen die Tour vielleicht zu anstrengend? Ich könnte mir vorstellen, dass es zwischen den Weinbergen ordentlich Gefälle gibt. So ohne jede Kondition ...«

»Wer sagt, dass ich keine Kondition habe? Ich werde Ihnen schon beweisen, dass ...« Mitten im Satz brach ich ab.

Daniel grinste so zufrieden wie eine Katze, die soeben ein ganzes Mäusenest ausgenommen hat. »Super, ich kann es kaum erwarten zu sehen, wie Sie am Berg schlappmachen. Treffen wir uns in einer halben Stunde auf dem Parkplatz?«

»Na schön«, gab ich mich geschlagen, aber das hörte Daniel schon gar nicht mehr, denn er lief bereits, immer zwei Stufen auf einmal nehmend, pfeifend die Treppe in den ersten Stock hinauf. Er wirkte so gut gelaunt und unbekümmert. Konnte man das wirklich vortäuschen? Oder war es möglich, dass seine Stimmung von jetzt auf gleich umschlug? In diesem Punkt hatte sich das Internet leider bedeckt gehalten.

So oder so: Aus lauter Sorge, dass Daniel im Steinbruch auf dumme Gedanken kommen könnte, würde ich vermutlich eh nichts geschafft kriegen, selbst wenn ich im Sonnenhof bliebe. Dann konnte ich mir ebenso gut gleich den Tag freinehmen und mich ein wenig erholen. Finn würde bis abends auf dem Kindergeburtstag bleiben, und auch sonst gab es nichts, was meine Anwesenheit im Gasthof an diesem Tag unbedingt erforderlich gemacht hätte. Außerdem verspürte ich wirklich Lust, mal wieder Mountainbike zu fahren, denn obwohl Alexander seinen Patienten ständig predigte, sich mehr zu bewegen und Sport zu treiben, ließ er sich nur äußerst selten zu einer Radtour überreden. Also würde ich einfach das Beste aus dem Ausflug machen.

In diesem Moment kehrte Hannah an die Rezeption zurück, und ich erklärte ihr rasch, dass ich den Rest des Tages außer Haus sein würde, weil ich für Daniel Wilke den Babysitter spielen musste.

»Da wird aber jemand gar nicht erfreut drüber sein«, unkte Hannah.

»Du musst meiner Mutter ja nicht sagen, dass ich mit Herrn Wilke unterwegs bin.«

»Ich habe dabei eigentlich mehr an Alexander gedacht.«

»Ach«, ich machte eine wegwerfende Handbewegung und gab mich zuversichtlicher, als ich es in Wirklichkeit war. »Alexander ist vernünftig. Er wird das schon verstehen, wenn ich ihm die Situation erkläre.«

»Na dann viel Spaß.«

Irgendwie war ich mir nicht sicher, ob das ironisch gemeint war oder ob Hannah mir einfach nur einen schönen Tag wünschte.

»Und versprich mir, dass du nichts Unmoralisches tust.« Breit grinsend fügte sie hinzu: »... ohne mir davon haarklein zu berichten.«

»Keine Sorge, ich mach Fotos«, antwortete ich lachend.

»Ach, was ich dich noch fragen wollte«, sagte Hannah, als ich gerade im Begriff war zu verschwinden, um mir fahrradtaugliche Klamotten anzuziehen. »Kommt dein Bruder eigentlich zu Finns Geburtstag?«

»Natürlich kommt Philipp. Was glaubst denn du?!« Überrascht von Hannahs Frage schüttelte ich den Kopf. »Was ist denn eigentlich los mit euch beiden? Philipp hat sich am Telefon auch schon erkundigt, ob du da sein wirst.«

»Hat er das?«, fragte Hannah und betrachtete eingehend ihre Fingernägel.

»Habt ihr euch am letzten Wochenende gestritten, als ich nicht dabei war? Euch kann man echt nicht allein lassen. Hat Philipp dir vielleicht wieder Juckpulver in den Ausschnitt gesteckt oder einen toten Frosch in deiner Handtasche versteckt? Was immer da zwischen euch vorgefallen ist: Bringt das vor Finns Geburtstag in Ordnung. Ich mag keine Streitigkeiten in der Familie.«

Auf dem Weg zum Fahrradverleih hielt ich meinen Blick fest auf die Tachonadel von Daniels Mercedes geheftet und registrierte kritisch jedes Schalten und jedes Bremsen. Soweit man das nach der kurzen Strecke beurteilen konnte, war Daniel ein sehr sicherer und umsichtiger Fahrer, insofern schien es schwer vorstellbar, dass er ohne Vorsatz ungebremst in Kurtis Kuhstall gefahren war ... Aber mit mir auf dem Beifahrersitz würde er schon keinen Blödsinn machen.

Dennoch war mir um einiges wohler zumute, als wir von Daniels Auto auf die geliehenen Fahrräder umgestiegen waren. Die ersten paar Kilometer brachten wir in einvernehmlichem Schweigen hinter uns und genossen einfach nur die herrliche Luft, die sich über Nacht deutlich abgekühlt hatte, und die schöne Landschaft.

Als wir auf die nächste Steigung zuradelten, rief Daniel jedoch plötzlich: »Jetzt zeigen Sie mal, was Sie draufhaben! Wer zuerst oben ankommt!«

Das ließ ich mir nicht zweimal sagen. Nach einem spannenden Kopf-an-Kopf-Rennen, bei dem wir uns gegenseitig nichts schenkten, erreichten wir völlig außer Atem fast gleichzeitig die Bergkuppe.

Daniel reckte triumphierend die Faust nach oben. »Ja! Der Sieg ist mein«, japste er kurzatmig. »Aber ich muss zugeben, Sie waren ein würdiger Gegner.«

»Und Sie ein unfairer. Sie sind vor mir gestartet«, wandte ich, nachdem ich wieder etwas zu Luft gekommen war, vorwurfsvoll ein.

»Na schön, dann also unentschieden«, gab Daniel sich wider Erwarten friedfertig.

»Was machen Sie denn eigentlich beruflich?«, fragte ich im Plauderton, während wir unsere Räder gemütlich bergab rollen ließen.

Wenn ich schon den Tag mit ihm verbrachte, konnte ich ihm gleich ein bisschen auf den Zahn fühlen. Sowohl der Pastor als auch Alexander waren hierbei keine große Hilfe gewesen. Vielleicht würde es mir ja gelingen, Daniel mit weiblichem Einfühlungsvermögen und Fingerspitzengefühl zum Reden zu bringen.

»Das Gleiche wie Sie im Prinzip. Ich leite einen Familienbetrieb«, beantwortete Daniel nach einem kurzen Zögern meine Frage.

Bei mir läuteten sogleich sämtliche Alarmglocken. Wer eine Firma leitete, trug schwer an der Last der Verantwortung. Davon konnte ich ein Lied singen. Ein Burnout lag also durchaus im Bereich des Möglichen.

»Ein Familienbetrieb – wie schön. Und vermisst man Sie da nicht?«

»Jeder ist ersetzbar«, erklärte Daniel. Als er meinen prüfenden Seitenblick bemerkte, fügte er noch hinzu: »Außerdem kann ich das meiste auch telefonisch oder per E-Mail regeln.«

»In welcher Branche sind Sie denn tätig?« Als ich sah, wie Daniels Gesichtszüge sich verschlossen, schickte ich rasch noch hinterher: »Ich könnte mir zum Beispiel gut vorstellen, dass Sie in der Modebranche arbeiten …«

Überrascht schaute Daniel auf. »Wie kommen Sie darauf?«

»Man merkt, dass Sie viel Wert auf Ihre Klamotten legen, und im Gegensatz zu den meisten Männern haben Sie offenbar ein Gespür für Mode.«

»Danke«, erwiderte er schlicht. »Sie sind eine gute Beobachterin.«

Na, wer sagt's denn!

Dass ich offenbar gleich beim ersten Anlauf ins Schwarze getroffen hatte, erfüllte mich mit einer gewissen Genugtuung, und so tastete ich mich, beflügelt von diesem Erfolg, behutsam weiter vor.

»Läuft der Betrieb denn zu Ihrer Zufriedenheit? In Zeiten der Globalisierung ist der Konkurrenzdruck doch sicherlich immens.«

»Ich kann nicht klagen.« Daniel musterte mich mit einem schiefen Grinsen. »Aber könnten wir jetzt nicht mal zur Abwechslung über etwas anderes als die Arbeit reden?«

»Gerne.«

Da beruflich bei ihm alles rundzulaufen schien, mussten die Probleme, die ihn möglicherweise dazu getrieben hatten, sein Leben beenden zu wollen, im privaten Bereich liegen. Ein Themenwechsel kam mir darum ganz gelegen.

»Ich find's klasse, wie Sie mit Finn zurechtkommen. Er schwärmt in den höchsten Tönen von Ihnen. Sie selbst haben keine Kinder, oder?«

»Nicht, dass ich wüsste«, scherzte Daniel mit einem Augenzwinkern. »Aber Finn ist auch wirklich ein toller Junge.«

»Ja, nicht wahr? Ein richtiger Goldschatz.« Ein warmes Glücksgefühl breitete sich in mir aus und ließ mich gepaart mit einem heftigen Anflug von mütterlichem Stolz strahlen. »Obwohl er ein echter Wildfang ist und mich mit seiner Sturheit regelmäßig in den

Wahnsinn treibt. Neulich wollte er beispielsweise bei strahlendem Sonnenschein und fast dreißig Grad im Schatten mit Schneeboots in die Schule gehen, um mit seinen Freunden in der Pause Polarforscher zu spielen. Ich hab mit Engelszungen auf ihn eingeredet, aber er war einfach nicht davon abzubringen, diese Stiefel anzuziehen. Entweder er geht mit Schneeboots in die Schule oder gar nicht, hat er mir erklärt.«

»Aber Sie haben sich natürlich durchgesetzt, oder?« Daniel, der wohl bereits ahnte, wie die Geschichte ausgegangen war, feixte.

»Selbstverständlich habe ich mich durchgesetzt.« Lachend warf ich den Kopf in den Nacken. »Na ja, zumindest bei der Daunenjacke, die warmen Stiefel schienen mir das vergleichsweise kleinere Übel zu sein. Als Finn mittags nach Hause gekommen ist, war er klatschnass geschwitzt – aber glücklich.«

»Ich kenne Finn ja noch nicht lange, aber ich finde, das passt zu ihm. Der Junge weiß, was er will. Das ist gut. Auch wenn das für Sie als Mutter sicher manchmal ganz schön anstrengend ist.«

»Möchten Sie denn Kinder?«

Während wir uns unterhielten, schaute ich Daniel unverwandt an, um mir ja keine Regung in seinem Gesicht entgehen zu lassen. Hoffentlich gab es auf diesem Fahrradweg keine allzu tiefen Schlaglöcher, denn das könnte böse für mich enden.

»Ich hätte schon gerne eine Familie, allerdings ...«

Allerdings was? Verdammt, warum sprach er nicht weiter?

»Allerdings schießen Sie nur mit Platzpatronen«, fabulierte ich ins Blaue hinein.

Eigentlich hatte das ein Witz sein sollen, aber man konnte ja nie wissen ... Darum fügte ich noch sicherheitshalber hinzu: »Das wäre ja auch kein Weltuntergang. Sie könnten ein Kind adoptieren.«

»Ich bin nicht zeugungsunfähig, falls Sie das meinen«, sagte

Daniel und riss den Fahrradlenker dabei so weit herum, dass er fast vom Weg abgekommen wäre.

»Sind Sie nicht? Das ist doch schon mal gut.«

Nichts gegen ein adoptiertes Kind, aber es wäre wirklich ein Jammer, wenn Daniel sein Grübchenlächeln nicht an die nächste Generation weitervererben könnte.

»Und sonst? Sonst sind Sie auch gesund?«

»Danke der Nachfrage.« Daniel grinste. »Die Folgen des Unfalls sind nicht der Rede wert. Ansonsten bin ich kerngesund.«

»Sehr gut.«

Halb belustigt, halb ungläubig schüttelte Daniel den Kopf, dann fragte er mit sanfter Ironie: »Wollen Sie sonst noch irgendwas über mich wissen?«

Und ob! Bevor ich das Verhör fortsetzen konnte, klingelte jedoch mein Handy. Für den Bruchteil einer Sekunde erwog ich, den Anruf einfach zu ignorieren, was in Anbetracht des durchdringenden Klingeltons schon nicht so ganz einfach war, noch schwerer zu überhören war jedoch die Stimme meines Pflichtbewusstseins. Ich fühlte mich ohnehin wie ein Schulschwänzer, weil ich mich einfach so aus dem Staub gemacht hatte. Außerdem war es nicht ganz auszuschließen, dass sich Finn, der kleine Kamikaze, bei dem Kindergeburtstag verletzt hatte.

»Ja, hallo«, meldete ich mich, nachdem ich stehen geblieben war, meinen Rucksack abgesetzt und mein Handy hektisch daraus hervorgekramt hatte.

»Hallo, Lizzie«, sagte Alexander. »Du klingst etwas atemlos. Was machst …?«

»Es ist im Moment etwas ungünstig«, unterbrach ich ihn.

Er wäre vermutlich nicht besonders erfreut zu hören, dass ich gerade mit seinem »Lieblingspatienten« durch die Weinberge radelte. Da war ich ganz Hannahs Meinung. Aber das würde ich ihm bei passender Gelegenheit schon plausibel erklären. Allerdings ganz bestimmt nicht am Telefon und schon gar nicht, wenn Daniel zuhörte.

»Ich bin unterwegs«, erklärte ich darum nur lapidar und versuchte, mein schlechtes Gewissen zu ignorieren. »Ist es dringend? Oder reicht es, wenn ich dich zurückrufe, sobald ich wieder im Sonnenhof bin?«

»Nein, nein, es ist nichts Eiliges. Ruf mich einfach später in der Praxis an, okay?«

»Das ging aber schnell. Meinetwegen hätten Sie gerne in aller Ruhe telefonieren können«, sagte Daniel, nachdem ich das Gespräch beendet hatte und wir wieder auf unsere Räder gestiegen waren.

»Kein Problem, war ohnehin nicht wichtig. Ich dachte nur, es wäre womöglich irgendwas mit Finn. Wenn man Kinder hat, ist man rund um die Uhr in Bereitschaft«, kehrte ich geschickt zum Ausgangsthema zurück.

»Das kann ich mir gut vorstellen«, erwiderte Daniel, und es sah nicht so aus, als fände er diesen Gedanken abschreckend.

Ganz im Gegenteil, er lächelte versonnen.

»Sind Sie ... also haben Sie die richtige Frau für Ihre zukünftigen Kinder denn schon gefunden?«

Gespannt hielt ich den Atem an. Nachdem wir bereits über Daniels Zeugungsfähigkeit geplaudert hatten, war diese Frage ja vergleichsweise harmlos. Davon mal abgesehen hatte ich sie ganz einfach stellen müssen, denn das Telefonat mit dieser ominösen Nathalie war mir plötzlich wieder in den Sinn gekommen. Liebeskummer war ein starkes Motiv für viele verrückte Dinge, die man so anstellen konnte – angefangen bei Alkoholexzessen bis hin zu Schlimmerem.

»Wer weiß ...«, antwortete Daniel mit undurchdringlicher Miene.

Also, bei allem Verständnis für seine Privatsphäre, ein bisschen kooperativer könnte er schon sein. Ich wollte ihm schließlich nur helfen. Und bislang hatte er mir nicht den kleinsten Anhaltspunkt geliefert! Jede neue Spur, die ich verfolgt hatte, war im Sande verlaufen. Langsam war ich mit meinem Latein echt am Ende. Ich konnte die nächsten zehn Tage doch nicht permanent das Kindermädchen für Daniel spielen, um zu verhindern, dass er von der nächsten Brücke sprang oder sich mit seinem Auto um den nächsten Baum wickelte. Andererseits würde ich es mir nie verzeihen, wenn er sich etwas antat, was ich hätte verhindern können.

Mit einem ratlosen Seufzer schüttelte ich den Kopf. »Ich verstehe das nicht. Eigentlich müssten Sie mit Ihrem Leben doch ganz zufrieden sein. Sie haben einen Betrieb, der gut läuft, privat scheinen Sie auch keine Probleme zu haben, und zudem sind Sie, abgesehen von ein paar harmlosen Blessuren, die sicher bald verheilt sind, kerngesund. Was wollen Sie denn noch? Sie müssten doch eigentlich glücklich und zufrieden sein.«

Daniel zog überrascht die Augenbrauen nach oben. »Wie kommen Sie darauf, dass ich *nicht* glücklich bin? Mache ich auf Sie einen so unzufriedenen Eindruck?«

»Nein, das eigentlich nicht«, gab ich zögernd zu und überlegte fieberhaft, wie ich das heikle Thema möglichst taktvoll zur Sprache bringen könnte. Aber Takt war an diesem Tag offenbar nicht meine Stärke, und so purzelten die Gedanken einfach ungefiltert aus mir heraus: »Aber Sie werden doch nicht aus purer Langeweile vor die Wand gefahren sein.«

Daniel bremste so abrupt, dass sein Rad zur Seite driftete und er beinahe der Länge nach auf den asphaltierten Radweg gestürzt wäre.

»Sie glauben doch nicht ernsthaft, dass ich versucht habe, mir das Leben zu nehmen?«, fragte er.

Ich war ebenfalls stehen geblieben. Aber da mein Bremsweg

um einiges länger gewesen war als seiner, musste ich mich nun umdrehen, um ihn während unseres Gesprächs ansehen zu können. Seine Augen waren weit aufgerissen, Fassungslosigkeit spiegelte sich darin wider.

»Was ich glaube, spielt doch überhaupt keine Rolle«, wich ich seiner Frage aus. »Fakt ist aber doch wohl, dass am Unfallort keine Bremsspuren gefunden worden sind.«

»Zugegeben, Sie sind nicht die Einzige, die das komisch gefunden hat.« Daniel, der sich von dem Schock, dass ich das Thema so unverblümt angesprochen hatte, offenbar wieder erholt hatte, erwiderte ruhig meinen Blick. »Meine Versicherung beispielsweise war ganz scharf darauf, mir Vorsatz zu unterstellen, um nicht zahlen zu müssen, und auch die Ärzte im Krankenhaus haben mich mächtig in die Mangel genommen. Wären sie der Meinung gewesen, dass ich suizidgefährdet bin, wäre ich jetzt nicht hier, sondern in der Psychiatrie.« Offenbar sah ich immer noch nicht restlos überzeugt aus, denn Daniel fügte noch hinzu: »Falls es Sie beruhigt, kann ich Ihnen in ein paar Tagen gerne das Gutachten der Versicherung zeigen. Dann haben Sie es schwarz auf weiß: Die Bremsen haben versagt.«

»Oh«, erwiderte ich wenig geistreich.

»Richtig: oh. Genau das habe ich auch gedacht, als ich mit Vollgas in den Kuhstall gebrettert bin.«

»Warum haben Sie denn nicht gleich gesagt, dass die Bremsen nicht funktioniert haben?« Als ich Daniels verdutzten Blick bemerkte, errötete ich. »Also, ich meine natürlich nicht mir, sondern der Polizei.«

»Selbstverständlich habe ich der Polizei den genauen Unfallhergang geschildert.« Daniel fuhr sich aufgebracht durch die Haare und gab dabei ein verächtliches Schnauben von sich. »Und zwar nicht nur ein Mal, sondern mindestens ein *Dutzend* Mal. Aber der übereifrige Beamte, der meine Aussage zu Protokoll genommen hat, fand die Suizidtheorie offenbar spannender, und je häufiger ich ihm versichert habe, dass ich nicht mit Absicht in diesen vermaledeiten Kuhstall gefahren bin, desto weniger hat er mir geglaubt.«

»Lukas hat gesagt, Sie hätten zugegeben, dass Sie sich das Leben nehmen wollten«, warf ich ein.

Daniel sah mich fragend an. »Lukas? Wer bitte schön ist Lukas?«

»Na, der übereifrige Polizist.«

»Ach so, na, wenn er meint.« Daniel, der von Lukas keine allzu hohe Meinung zu haben schien, zuckte gleichgültig mit den Schultern. »Irgendwann ist mir dieser Typ mit seiner penetranten Art so auf den Geist gegangen, dass ich ihn gefragt habe, ob er mich endlich in Ruhe lässt, wenn ich zugebe, dass ich mit Absicht in den Kuhstall gefahren bin. Offenbar hat er das für ein Geständnis gehalten, aber unterschrieben habe ich so einen Blödsinn nicht.«

»Da bin ich aber froh, dass Sie sich nicht umgebracht haben. Also ich meine, ich bin froh, dass Sie gar nicht erst probiert haben, sich umzubringen«, stammelte ich erleichtert.

»Ich auch.«

Unsere Blicke trafen sich. Obwohl wir bestimmt einen Meter, wenn nicht sogar mehr, voneinander entfernt standen, fühlte ich mich Daniel mit einem Mal ganz nahe. Ob er diese tiefe Verbundenheit zwischen uns auch spürte?

»Tach auch!«

Erschrocken zuckte ich zusammen. Ein Wanderer hatte sich unbemerkt genähert und marschierte nun mit einem fröhlichen Winken an uns vorbei.

»Ihnen auch einen schönen Tag«, beeilte ich mich, den Gruß zu erwidern.

Was war das denn gerade gewesen? Meine kleine gedankliche Entgleisung gestern im Garten fand ich rückblickend betrachtet nicht weiter tragisch. Ausgelöst durch optische Reize hatten meine Hormone mir einen Streich gespielt. So was kam vor und hatte nichts zu bedeuten. Aber heute war Daniel – Gott sei Dank! – vollständig bekleidet. Andererseits war es bestimmt ganz normal, dass man eine gewisse Verbundenheit spürte, wenn man über so intime Dinge wie Zeugungsunfähigkeit und Selbstmordversuche sprach.

»Wie wäre es mal langsam mit einer kleinen Pause?« Ich deutete mit meinem Daumen auf den Rucksack. »Ich habe uns eine kleine Stärkung eingepackt.«

»Perfekt.«

Die merkwürdige Stimmung zwischen uns war verpufft.

Wir schoben unsere Fahrräder bis zur nächsten Bank und ließen uns dort im Schatten einer hohen Pappel nieder. Unter Daniels hungrigen Blicken förderte ich unser Picknick zutage. Außer einer Thermoskanne mit Kaffee hatte ich auf die Schnelle noch ein paar Laugenbrötchen, Käsewürfel und Weintrauben sowie kleine Frikadellchen eingepackt.

»Wie gut, dass Sie mitgekommen sind, um auf mich aufzupassen.«

Obwohl Daniel das vermutlich einfach nur scherzhaft dahingesagt hatte, spürte ich, wie mir das Blut in den Kopf schoss. Ertappt ... Tatsächlich hatte ich ihn ja nur begleitet, um zu verhindern, dass er sich im Steinbruch etwas antat. Angesichts der Erkenntnis, dass sein Crash einfach nur ein Unfall und kein Selbstmordversuch gewesen war, hätte ich mich vor Scham am liebsten unter der Bank verkrochen. Gott, wie peinlich! Wenn ich nur daran dachte, was ich Daniel für indiskrete Fragen gestellt hatte. Er musste mich ja für völlig durchgeknallt halten.

»Ohne Sie wäre ich glatt verhungert und verdurstet«, flachste Daniel weiter und rieb sich den Bauch.

Nachdem ich zwei Servietten zwischen uns auf der Bank ausgebreitet hatte, arrangierte ich darauf unser Picknick.

»So schnell wären Sie schon nicht verhungert. Jedenfalls nicht nach dem reichhaltigen Frühstück.«

»Sagen Sie bloß, Sie haben mich dabei beobachtet, wie ich das Büfett geplündert habe.« Gespielt schuldbewusst schlug er sich die Hand vor die Augen.

»War nur so eine Vermutung«, schwindelte ich, schraubte die Thermoskanne auf und goss Kaffee in einen Becher, den ich Daniel vorsichtig reichte. »Milch und Zucker sind schon drin.«

»Oh, danke. Das ist aber nett!« Daniel nahm mit einem breiten Lächeln das dampfende Getränk entgegen. »Sie haben sich sogar gemerkt, wie ich meinen Kaffee trinke.«

»Das gehört zu meinem Job«, erklärte ich, bevor er sich darauf etwas einbilden konnte, schnell. »Schließlich sind Sie unser Gast. Davon mal abgesehen wird bei uns nicht jeden Tag ein Coffee to go bestellt.«

»Ich gebe zu, das war etwas dämlich von mir. Aber Sie haben mich an dem Morgen auch ganz schön runtergeputzt.«

Ich füllte den zweiten Becher und trank hastig einen Schluck Kaffee, wobei ich mir fast den Mund verbrannte.

»Verdient ist verdient«, brummte ich und wusste selbst nicht, ob das an Daniel oder an mich selbst gerichtet war.

Nach allem, was ich heute erfahren hatte, stand mir echt nicht der Sinn danach, die Ereignisse jenes Morgens noch einmal gemeinsam mit ihm zu rekapitulieren. Angefangen bei der Aktion mit dem Staubsauger bis hin zu dem Großeinsatz der Feuerwehr, den ich gedanklich bereits eingeleitet hatte, um Daniels Leiche aus dem Wohnklo zu bergen. Peinlich, peinlich. Ich wollte gar nicht darüber nachdenken, was passiert wäre, wenn die Feuerwehr Daniels Zimmertür aufgebrochen hätte, nur weil dieser das Frühstück geschwänzt hatte. Ich versuchte, die Erinnerung an diesen unrühmlichen Morgen beiseitezuschieben, und griff nach einem Laugenbrötchen. Als ich herzhaft hineinbiss, merkte ich, dass Daniel nicht der Einzige war, der Kohldampf hatte. Auch ich fühlte mich, obwohl ich gut gefrühstückt hatte, regelrecht ausgehungert. Schwer zu sagen, was mehr Kraft gekostet hatte: das Fahrradfahren oder die Unterhaltung …

»Hmm, die sehen aber köstlich aus. Haben Sie die gemacht?«, fragte Daniel, während er sich gleich zwei Frikadellen auf einmal aus der Tupperschüssel fischte.

»Nein, und dafür sollten Sie mir dankbar sein. Wenn ich am Herd stehe, bekommt der Begriff Krisenherd eine völlig neue Bedeutung. Meine Mutter ist glücklicherweise eine wesentlich bessere Köchin als ich.«

Wenn sie allerdings gewusst hätte, dass Daniel sich die Hackbällchen zu Gemüte führen würde, die sie mit viel Liebe für Alexander zubereitet hatte, wären ihr bestimmt »versehentlich« ein paar Reißzwecken ins Hackfleisch gefallen. Aber das verschwieg ich Daniel wohlweislich.

Stattdessen sagte ich: »Wenn Sie allerdings mal Lust auf eine Portion Ravioli haben, wenden Sie sich vertrauensvoll an mich. Dosen öffnen kann ich wirklich gut.«

»Dann schmeißt Ihre Mutter wohl die Küche im Sonnenhof?«

»Clever kombiniert.« Ich steckte mir einen Käsewürfel in den Mund und nickte kauend. »Bis auf mittwochs«, erklärte ich, nachdem mein Mund wieder leer war, »da hat sie ihren freien Tag, und ich halte in der Küche die Stellung.«

»Oh, gut zu wissen, dann sollte ich mich nächsten Mittwoch wohl lieber nach einem anderen Restaurant umsehen oder einen Fastentag einlegen«, flachste Daniel.

»Keine Sorge, mittwochs ist im Wechsel Reibekuchen- oder Schnitzeltag. Diese beiden Gerichte beherrsche ich perfekt.« Ich grinste und setzte scherzhaft hinzu: »Zumindest sind mir von den Gästen, die es nicht überlebt haben, bislang noch keine Klagen zu Ohren gekommen.«

»Da bin ich ja beruhigt.« In gespielter Erleichterung gab Daniel vor, sich den Schweiß von der Stirn zu wischen. »Dass Sie neben all Ihren anderen Pflichten auch noch in der Küche einspringen, finde ich echt bewundernswert. Ein ganz schön strammes Pensum, was Sie da bewältigen. Respekt.«

Obwohl ich eine wegwerfende Handbewegung machte und so tat, als wäre das alles nicht der Rede wert, war es schön, dass ein Außenstehender meine Leistung zu schätzen wusste. Natürlich hatte Daniel keine Ahnung, womit ich mich im Detail tagtäglich so herumschlug – schließlich war die Modebranche nicht vergleichbar mit der Gastronomie –, aber zumindest wusste er im Gegensatz zu den meisten anderen Leuten in meinem Umfeld, was es bedeutete, einen Betrieb zu leiten. Oma Grete beispielsweise war der festen Überzeugung, dass ich, außer nett zu lächeln und neue Gäste willkommen zu heißen, nichts zu tun hatte.

Daniel trank einen Schluck Kaffee und stellte die Tasse anschließend wieder auf der Bank ab. »Der Sonnenhof und dann auch noch Finn …«

»Egal, was passiert, Finn kommt für mich immer an erster Stelle«, erklärte ich bestimmt. »Auch wenn ich ein chronisch schlechtes Gewissen habe und mir gerne noch mehr Zeit für ihn nehmen würde, habe ich das bis jetzt, glaube ich, ganz passabel hinbekommen.«

»Was ist denn eigentlich mit Finns Vater?«, fragte Daniel, nachdem er ein weiteres Frikadellchen mit einem Happs verputzt hatte.

»Tobias? Was soll mit dem sein?«

»Keine Ahnung, sagen Sie es mir. Natürlich nur, wenn Sie möchten …«

»Warum nicht, ist ja kein Geheimnis.«

Schließlich hatte sich das ganze Dorf wochenlang das Maul darüber zerrissen.

»Tobias hat mich verlassen, als ich mit Finn im vierten Monat schwanger war. Plötzlich ist ihm eingefallen, dass er für das Landleben nicht geschaffen ist und dass er, anstatt in unserem Dorf zu versauern, lieber die große weite Welt erobern möchte.«

Auch wenn unsere Beziehung nicht perfekt gewesen war, hatte ich Tobias geliebt. Sehr sogar. Aber er mich offenbar nicht, zumindest nicht genug, um bei mir zu bleiben. Ich hatte verdammt lange daran zu knabbern gehabt, dass er mich einfach so sitzen gelassen hatte.

»Ein Kind und eine Familie waren ihm bei seiner Welteroberung wohl eher ein Klotz am Bein.«

Der letzte Satz musste ein wenig bitter geklungen haben, denn Daniel musterte mich mitleidig.

»Oh, das tut mir leid.«

»Das muss es nicht«, beeilte ich mich zu versichern. »Finn ist das Beste, was mir in meinem Leben passiert ist, und ohne Tobias sind wir um einiges besser dran.«

»Haben Sie denn noch Kontakt zu ihm?«

Anstelle von Neugier entdeckte ich ehrliche Anteilnahme in Daniels Augen. Das tat gut.

»Sporadisch. Hin und wieder schickt er Finn eine Geburtstagskarte, was ganz nett wäre, wenn er sich endlich mal das richtige Datum merken würde. Weihnachten hat er damit zum Glück weniger Probleme. Das letzte Lebenszeichen von ihm kam übrigens aus der Weltmetropole Wanne-Eickel.«

»Vermisst Finn denn seinen Vater?«, fragte Daniel, ohne auf meinen flapsigen Tonfall einzugehen.

»Nicht wirklich. Was man nicht kennt, kann man auch nicht vermissen. Tobias hat uns, seit Finn auf der Welt ist, drei Mal besucht. Allerdings«, gab ich nach einer kleinen Pause zu, »hätte Finn schon gerne einen Vater wie andere Kinder auch.«

»Aber jetzt gibt es ja den Doc …«

»Ganz genau«, antwortete ich leichthin. »Jetzt gibt es den Doc.«

»Haben Sie denn schon einen neuen Termin für die Trauung festgelegt?«

Obwohl Alexander mich vermutlich dafür lynchen würde, dass ich ausgerechnet mit Daniel über die Hochzeit sprach, nickte ich. »Am 8. August werden wir den zweiten Anlauf wagen.«

»Ich drücke Ihnen die Daumen, dass dieses Mal alles klappt.«

»Wird schon schiefgehen«, erklärte ich zuversichtlicher, als ich mich fühlte.

Wäre der ganze Trubel doch bloß schon vorbei!

»Wer weiß, vielleicht gibt es an diesem Tag ein Erdbeben, oder die Eifel wird von Außerirdischen besetzt ... Aber um eine potenzielle Gefahrenquelle müssen wir uns zumindest keine Sorgen mehr machen, denn *Sie* sind ja an diesem Tag bereits abgereist und können uns nicht noch mal dazwischenfunken.«

»Wiegen Sie sich bloß nicht zu früh in Sicherheit«, ulkte Daniel. »Vielleicht komme ich ja wieder.«

»Unterstehen Sie sich!« Ich griff nach einem Laugenbrötchen und tat, als wollte ich es nach ihm werfen. »Sollten Sie noch einmal meine Hochzeit sabotieren, werden Sie das bitter bereuen.«

Kapitel 8

»Wo warst du eigentlich gestern den ganzen Tag?«, nahm meine Mutter ihr Verhör auf, während wir Seite an Seite in der Küche standen und für Finns morgige Geburtstagsfeier Salate schnippelten.

Die Frage traf mich nicht unvorbereitet, schließlich war damit zu rechnen gewesen, dass meine Mutter meine Abwesenheit nicht einfach kommentarlos hinnehmen würde. Leider Gottes war mir jedoch keine gute Ausrede – ja nicht einmal eine schlechte! – eingefallen, mit der ich mich, ohne zu lügen, aus der Affäre ziehen konnte.

»Hier, probier doch mal, Mama.« Ohne auf ihren Protest zu achten, schob ich ihr einen Löffel Kartoffelsalat in den Mund. »Irgendwas fehlt noch, oder was meinst du?«

»Gut«, sagte meine Mutter, nachdem sie den Bissen, ohne richtig zu kauen, runtergeschluckt hatte.

Gut? Einfach nur gut? Das konnte doch wohl nicht wahr sein! Sonst fiel ihr immer irgendetwas ein, was es zu verbessern gab. Ein Hauch zu viel Säure, etwas zu wenig Schärfe, noch ein bisschen hiervon oder ein Löffelchen davon. Ausgerechnet dieses Mal sollte eine von mir zubereitete Speise perfekt sein? Das ließ nur einen Schluss zu: Meine Mutter war nicht auf mein Ablenkungsmanöver reingefallen.

»Also, Kind, ich verstehe dich nicht. Einerseits beschwerst du dich, dass du so im Stress bist, und hast angeblich nicht einmal Zeit für ein Frühstück mit deinem zukünftigen Ehemann, andererseits treibst du dich den ganzen Tag mit diesem Wilke herum.«

»Wenn du das sowieso schon weißt, warum fragst du dann?«, wollte ich ärgerlich wissen und ließ den benutzten Löffel scheppernd in die Spüle fallen.

»Meinst du nicht, dass es im Dorf Gerede gibt, wenn du dich heimlich mit diesem Selbstmörder triffst?« Mit einem missbilligenden Kopfschütteln legte meine Mutter das Messer, mit dem sie gerade Essiggürkchen klein geschnitten hatte, zur Seite.

»Also erstens kann man es ja wohl kaum heimlich nennen, wenn wir uns am helllichten Tag mitten im Dorf zusammen Fahrräder ausleihen«, stellte ich die Sache richtig. »Und zweitens hat Daniel Wilke gar nicht versucht, sich umzubringen. Da hat Lukas wohl etwas missverstanden. So viel zum Thema Gerede.«

»Wer's glaubt ...« Meine Mutter griff nach dem Salzstreuer und würzte den eben noch für gut befundenen Kartoffelsalat noch einmal kräftig nach. »Wenn du so viel Zeit hast, in der Gegend rumzuradeln, hast du dich sicher schon um ein neues Hochzeitskleid gekümmert.«

»Wieso?«, fragte ich überrascht. »Ich hab doch ein Hochzeitskleid. Und nur wegen dieses kleinen Kaffeespritzers auf dem Rock werde ich mir ganz bestimmt kein neues kaufen.« Um meinen Worten mehr Nachdruck zu verleihen, schmetterte ich mit Karacho die Kühlschranktür zu. »Den Fleck kriege ich schon irgendwie raus.«

»Lizzie, es bringt Unglück, wenn der Bräutigam das Brautkleid vor der Hochzeit sieht!«, unkte meine Mutter, die schrecklich abergläubisch war.

»Auch wenn er sich nicht mehr daran erinnern kann? Frag Alexander doch mal spaßeshalber, wie mein Hochzeitskleid ausgesehen hat«, forderte ich meine Mutter auf. »Jede Wette, dass er keinen blassen Dunst hat. Vermutlich fällt ihm gerade noch mit Ach und Krach ein, dass es weiß gewesen ist.«

Zwar ging ich auch nie unter einer aufgestellten Leiter durch, aber nur weil ich Angst hatte, dass mir von oben etwas auf die Rübe fallen könnte. Ansonsten hatte ich mit Unglückszeichen und diesem ganzen Hokuspokus nicht viel am Hut.

Meine Mutter schürzte missbilligend die Lippen. »Lizzie, willst du wirklich wegen eines Kleids riskieren, dass eure Beziehung vom Pech verfolgt wird?«

Die Aussicht, von meiner Mutter verfolgt zu werden, fand ich noch weitaus schlimmer. Sie würde garantiert nicht eher Ruhe geben, bis die Kleiderfrage zu ihrer Zufriedenheit gelöst war.

Ich stieß einen tiefen Seufzer aus. »Könnten wir den Rock des Kleides nicht einfach kürzen? Dann hätte sich das Problem mit dem Kaffeefleck auch gleich miterledigt. Wenn wir es ändern, wird Alexander das Kleid bestimmt nicht wiedererkennen – und das Pech garantiert auch nicht ...«

Nach einigem Hin und Her ließ meine Mutter sich davon überzeugen, dass es uns mit Hilfe einer Schneiderin gelingen würde, das Pech auszutricksen. Allerdings klopfte Mama – wohl um auf Nummer sicher zu gehen – noch drei Mal auf Holz.

Im Garten wurde auch fleißig auf Holz herumgeklopft. Das Baumhaus machte tolle Fortschritte. Finn und Daniel waren seit dem Frühstück bei der Arbeit, und gegen Mittag war auch noch Finns Freund Marius dazugestoßen. Die Aufgaben waren klar verteilt, und mir hatte mein Sohn die Rolle des Caterers zugewiesen. Als kleinen Snack hatte ich für die emsigen Handwerker Apfelschorle, Kekse und Melonenschiffchen vorbereitet.

Während die Jungs sich gierig über die Kekse hermachten, zog Daniel mich zur Seite. »Lizzie, haben Sie vielleicht kurz Zeit? Ich brauche mal Ihren Rat.«

»Klar. Schießen Sie los.«

»Also die Sache ist die: Es geht um einen guten Freund von

mir«, begann Daniel umständlich und vergrub die Hände in den Hosentaschen.

Zum Glück hatte er heute sein T-Shirt bei der Arbeit angelassen, sodass keine Gefahr bestand, dass mein Blick zufällig an seinem flachen Bauch oder seinen muskulösen Oberarmen hängen blieb.

»Was ist denn mit Ihrem Freund?«, fragte ich, als Daniel nicht sofort weitersprach, und grinste innerlich in mich hinein.

Ich hätte wetten können, dass ich diesen Freund kannte. Auch ich hatte schon hin und wieder eine imaginäre Freundin erfunden, wenn es darum ging, einen Rat einzuholen, ohne mich dabei selbst zu outen oder in die Pfanne zu hauen.

Daniel schien sich innerlich einen Ruck zu geben.

»Mein Freund hat sich bis über beide Ohren verliebt, und nun weiß er nicht, was er tun soll.«

Unwillkürlich schnappte ich nach Luft, und mein Herz begann zu rasen wie ein ICE. Panik überfiel mich. Oh Gott! Und nun? Daniel hatte »es« – was immer »es« auch sein mochte – gestern bei der Fahrradtour also auch zwischen uns gespürt ...

»Und ich möchte ihm natürlich nichts Falsches empfehlen«, fuhr Daniel mit sorgenvoll gerunzelter Stirn fort. »In Beziehungsangelegenheiten bin ich nämlich nicht gerade ein Experte. Und außerdem sind Frauen bei so etwas ja viel einfühlsamer. Wir Männer sind ja mehr so emotionale Grobmotoriker.«

»Äh ja. Empfindet die ... äh ... die Dame seines Herzens denn genauso?«, wollte ich mit kratziger Stimme wissen und hätte mich am liebsten für diese saudumme Frage geohrfeigt.

»Keine Ahnung.« Daniel wurschtelte mit den Händen so wild in seinen Hosentaschen herum, als würde er dort etwas suchen. »Mein Freund ist schüchtern. Außerdem fehlt ihm in solchen Dingen die Erfahrung. Bisher hat er sie nur aus der Ferne angehimmelt.«

Schüchtern? Also schüchtern war Daniel mir bislang nun wirklich nicht vorgekommen. Ich wusste genau, was ich ihm zu raten hatte: Ihr Freund sollte die Finger von dieser Frau lassen. Schließlich wird sie bald heiraten.

Doch stattdessen hörte ich mich zu meinem eigenen Entsetzen sagen: »Ihr Freund könnte seine Flamme ja mal zum Essen einladen.«

Nachdem Daniel kurz über meinen Vorschlag nachgedacht hatte, schüttelte er bedauernd den Kopf. »Ich fürchte, das sprengt seine finanziellen Möglichkeiten.«

Irritiert zog ich die Augenbrauen hoch. »Dann reicht bestimmt auch ein Kaffee.«

»Ich glaube, sie darf noch keinen Kaffee trinken. Ginge vielleicht auch ein Eis?«

Plötzlich plagte mich ein furchtbarer Hustenanfall. Ich röchelte, als hätte mein letztes Stündlein geschlagen, was Daniel dazu veranlasste, mir zu Hilfe zu eilen und auf meinem Rücken herumzuklopfen. Seine körperliche Nähe machte die Sache aber nur noch schlimmer.

»Geht's wieder?«, fragte er nach einer Weile besorgt.

»Hmpf«, antwortete ich vage.

Zu mehr war ich nicht imstande, denn während ich verzweifelt nach Luft rang, versuchte ich gleichzeitig, das fiese Kratzen in meinem Hals loszuwerden. Zumindest würde Daniel meinen roten Kopf auf den Hustenanfall zurückführen.

Was war ich nur für eine unglaublich dämliche Kuh! Als ob sich immer alles nur um mich drehen würde! Und eine lausige Mutter war ich noch dazu. Mein Sohn hatte sich zum ersten Mal im Leben verliebt, und ich hatte es nicht einmal bemerkt.

Ich versuchte, Daniels Worte mit dem Wissen, das ich nun hatte, noch einmal zu rekapitulieren. Es kränkte mich ein wenig, dass Finn sich Daniel und nicht mir anvertraut hatte, andererseits fehlte ihm der Vater. So ein echtes Männergespräch war eben durch nichts zu ersetzen, und Daniel war, wie ich seit gestern wusste, ein einfühlsamer Zuhörer. Gut, dass er Finns Liebeskummer ernst nahm und mich mit ins Boot geholt hatte.

»Sagen Sie Ihrem Freund, dass es das Wichtigste ist, zuzuhören und Interesse zu zeigen.«

Wenn es nicht um einen selbst ging, war es leicht, gute Ratschläge zu geben.

»Er soll herausfinden, was er und sein Schwarm gemeinsam haben. Darauf kann man aufbauen.«

»Okay, das sage ich ihm.« Nachdenklich kratzte Daniel sich am Kopf. »Und was, wenn er sich nicht traut, sie nach einem Date zu fragen?«

»Dann könnte Ihr Freund sie vielleicht ganz unverbindlich erst einmal zu seinem Geburtstag einladen.«

»Gute Idee.« Daniel nickte zustimmend, dann stutzte er und fragte: »Sagen Sie, wann hat mein Freund denn eigentlich Geburtstag?«

»Morgen.«

»Meinen Sie etwa das »morgen«, das nach heute kommt?«

»Genau.«

»Oh.« Daniel riss entsetzt die Augen auf. »Das ist aber ganz schön bald. Dann sollten wir uns mal ranhalten ...«

Kapitel 9

»Happy birthday to you, happy birthday to you, happy birthday liiieeeber Fiiinn, happy birthday to you«, scholl es mehrstimmig durch den Garten.

Was uns an Gesangstalent fehlte, machten wir durch Lautstärke locker wieder wett. Hauptsache, es kam von Herzen!

Meinen Sohn schien es nicht zu stören, dass bei seinem Geburtstagsständchen die Mehrzahl der Töne – wenn nicht sogar alle – danebengingen. Er strahlte über das ganze Gesicht, sodass es auch mir vor Freude ganz warm ums Herz wurde.

Zufrieden ließ ich meinen Blick durch den Garten wandern, den ich mit Luftballons, bunten Lampions und Papiergirlanden dekoriert hatte. Auch das Wetter spielte Finn zu Ehren mit, es war angenehm warm, und die Sonne lachte vom strahlend blauen Himmel. Im Schatten der großen Kastanie hatten wir zwei Tische aufgestellt: einen für das Geburtstagskind und seine Freunde und einen für die Erwachsenen. Ingrid und Bernhard, Alexanders Eltern, plauderten dort mit Philipp und meiner Mutter. Hannah, die allein gekommen war, weil Robert an einem Treffen der Winzergenossenschaft teilnehmen musste, saß in einem Liegestuhl und genoss mit geschlossenen Augen die Sonnenstrahlen.

Doch wie fast alles im Leben hatte auch diese Idylle einen kleinen Schönheitsfehler. Alexanders sauertöpfische Miene wollte so gar nicht in das harmonische Gesamtbild hineinpassen. Und es war nicht schwer zu erraten, was ihm missfiel.

»Was will *der* denn hier?«, flüsterte er mir zu und wies mit einer verächtlichen Geste zu Daniel hinüber, der soeben als letzter von

Finns Gästen eingetroffen war. »Ich dachte, er braucht jetzt kein Kindermädchen mehr.«

Nach der Fahrradtour hatte ich Alexander noch am gleichen Abend von meinem Ausflug mit Daniel erzählt. Er war nicht gerade begeistert gewesen, hatte aber erstaunlich verständnisvoll reagiert. Immerhin war es um Leben und Tod gegangen. Aber da nun klar war, dass Daniel sich niemals hatte umbringen wollen, zog dieses Argument in seinen Augen nicht mehr. Musste es aber auch gar nicht.

»*Finn* hat Herrn Wilke gestern eingeladen«, erklärte ich mit einer gewissen Genugtuung – schließlich hatte Alexander es sich selbst zuzuschreiben, dass die beiden so viel Zeit miteinander verbrachten – und konnte mir nicht verkneifen hinzuzufügen: »Immerhin bauen die beiden gemeinsam ein Baumhaus. So etwas verbindet.«

Ha, das hatte gesessen! Alexander zog ein Gesicht, als hätte ich ihm eine Ohrfeige verpasst, und trollte sich beleidigt zu seinen Eltern.

Offenbar hatte Finn Daniels oder besser gesagt meinen Rat befolgt und seinen Schwarm in letzter Minute zu seinem Geburtstag eingeladen. Außer Lea und Julia, die trotz ihrer langen Haare und der entzückenden Kleidchen in Finns Augen keine Mädchen, sondern Kumpel waren, saßen noch zwei weitere junge Damen am Tisch. Am Geschmack meines Sohnes gab es nichts auszusetzen. Allerdings fragte ich mich, welches der beiden Mädchen sein Herz erobert hatte. Die kleine blonde Nina mit dem kecken Pferdeschwanz und den unzähligen Sommersprossen auf der Nase oder die dunkelhaarige Malou mit den Katzenaugen und der Lockenmähne?

»Ich habe Finn geraten, Ninas beste Freundin auch einzuladen. Sonst wäre sich das Mädchen vielleicht etwas komisch vorgekommen«, raunte Daniel, der unbemerkt neben mich getreten war, mir zu und lüftete damit das Rätsel.

»Sehr gut«, lobte ich, »das hätte ich nicht besser machen können.«

Daniel strahlte, als hätte ich ihn soeben zum Ritter geschlagen.

Nachdem der Kuchen und die Muffins verputzt waren, durfte Finn endlich seine Geschenke auspacken. Zwei Herzenswünsche waren heute schon in Erfüllung gegangen, denn von mir hatte er bereits am Morgen ein ferngesteuertes Auto und von seiner Oma einen neuen Fußball geschenkt bekommen.

Zielsicher griff Finn nach dem größten Päckchen. Bescheidenheit war noch nie seine Stärke gewesen.

»Vorsicht! Nicht fallen lassen!«, mahnte Alexander, während Finn ungeduldig das Geschenkpapier aufriss. »Aber die eigentliche Überraschung bekommst du von mir erst morgen.«

»Cool! Ein Laptop!«, rief Finn, nachdem er das lästige und in seinen Augen völlig überflüssige Papier entfernt und endlich freie Sicht auf den Inhalt hatte.

Ein Computer? War Alexander denn von allen guten Geistern verlassen?!

»Bist du verrückt, ihm ein so teures Geschenk zu machen?«, zischte ich Alexander zu.

»Wieso? Es bleibt doch in der Familie.« Alexander griff nach meiner Hand und drückte sie beschwichtigend. Dann wandte er sich an Finn: »Da du ja jetzt schon ein großer Schuljunge bist, dachte ich mir, dass du einen eigenen Computer brauchst. Damit du nicht immer an Mamis PC spielen musst.«

Das Thema Computerspiele war für mich ein rotes Tuch und führte in schönster Regelmäßigkeit zwischen Finn und mir erst zu Diskussionen, danach zu Streit und gelegentlich sogar zu Tränen, je nach Tagesform mal bei ihm und mal bei mir.

»Außerdem kannst du mit dem Laptop auch super für die Schule üben«, bekam Alexander, der meine Vorbehalte gegen die

Zockerei natürlich kannte, gerade noch so die Kurve. »Ich habe sogar schon ein Mathe-Lernprogramm installiert.«

Nachdem Finn den Laptop hinreichend bewundert hatte – das Gerät einzuschalten gestattete ich ihm nicht, schließlich hatte er Gäste –, war das nächste Päckchen an der Reihe. Obwohl Finn sich sehr über das Lego-Raumschiff freute, das Philipp ihm mitgebracht hatte, wanderte sein Blick immer wieder zu dem Laptop, der verführerisch in der Sonne blinkte. Auch die anderen Geschenke trafen ausnahmslos Finns Geschmack, aber natürlich reichte keins der neuen Spielzeuge an den Laptop heran. Damit hatte Alexander heute zweifelsfrei den Vogel abgeschossen.

»Hey, Kumpel, ich hab auch noch ein Geschenk für dich«, sagte Daniel, als Finn mit dem Auspacken der Päckchen fertig war.

Daniel war mit leeren Händen gekommen, was man ihm keinesfalls übelnehmen konnte, denn er hatte ja erst in letzter Minute von dem Geburtstag erfahren.

»Ehrlich?« Finn strahlte.

Daniel verschwand in Richtung Parkplatz und kehrte kurz darauf mit einem überdimensional großen Kasten, über den ein weißes Tuch gebreitet war, wieder zurück. Was zum Henker war das? Eine Zauberkiste, die Daniel gleich zum Zersägen einer Jungfrau benutzen würde? Auch wenn der große Kasten mir weiterhin Rätsel aufgab, das Tuch, das darüber drapiert war, kam mir bekannt vor. Bei genauerer Betrachtung stellte ich fest, dass es sich dabei um eines unserer Bettlaken handelte. Na, das würde ich Daniel aber bei passender Gelegenheit aufs Brot schmieren. Von wegen, er stahl nur Kleiderbügel!

Nachdem Daniel das Geschenk auf dem Boden abgestellt hatte, zog Finn das Betttuch neugierig herunter.

»Ooooh, ist der süüüüß!«

»Wie niedlich!«

Erst einmal sah ich nur Köpfe, denn der Käfig, der unter dem Laken zum Vorschein gekommen war, wurde sofort von Finns Freunden umringt, die ihre Nase an den Gitterstäben platt drückten. Nach einer Weile gelang es mir jedoch, einen Blick in den Käfig zu werfen und das kleine Wesen, das bei den Kindern solche Begeisterungsstürme ausgelöst hatte, zu begutachten. Es hatte weißes kuscheliges Fell, ein entzückendes Stummelschwänzchen und so lange Schlappohren, dass man den Eindruck hatte, der kleine Hase müsste jeden Moment darüber stolpern.

Obwohl ich wirklich schon genug am Hals hatte und Finns Wunsch nach einem eigenen Haustier aus diesem Grund bisher immer abgeblockt hatte, war ich sofort bis über beide Ohren verknallt. Und Finn ging es offenbar genauso. Er hatte den Hasen aus dem Käfig geholt und schmiegte sein Gesicht zärtlich in das weiche Fell.

»Na, Flocke, wie gefällt es dir bei uns?«, murmelte er halblaut.

»Flocke?«, fragte Hannah amüsiert.

»Ja, so soll der Hase heißen.«

»Ein schöner Name«, lobte Daniel und gab vor, die giftigen Blicke, die Alexander in seine Richtung abschoss, nicht zu bemerken.

Gegen den kleinen weißen Wonneproppen konnte der sündhaft teure Computer einfach nicht anstinken.

»Flocke ist übrigens ein Junge«, erklärte Daniel.

»Sie hätten das vorher mit uns absprechen müssen«, wies Alexander ihn ärgerlich zurecht. »Bevor man ein Tier anschafft, gibt es schließlich etliches zu bedenken. Wer kümmert sich um den Hasen? Wer versorgt ihn, wenn wir im Urlaub sind? Oder stellen Sie sich bloß mal vor, Finn hätte eine Tierhaarallergie.«

Daniel stutzte einen Moment. »Hat Finn denn eine Tierhaarallergie?«

»Nein«, gab Alexander unwillig zu.

Jede Wette, dass er sich in diesem Moment wünschte, dass Finns Augen zu tränen oder seine Nase zu laufen beginnen würde.

»Aber darum geht es doch gar nicht.«

»Und worum geht es dann?«, fragte Daniel.

»Das wissen Sie ganz genau.«

Die Blicke der beiden Männer kreuzten sich wie Säbelklingen.

»Dürfen wir Flocke im Garten laufen lassen?«, unterbrach Finn, der den kleinen Hasen an Nina weitergereicht hatte – wenn das nicht ein echter Liebesbeweis war! –, in diesem Moment die hitzige Auseinandersetzung.

»Ich wüsste nicht, was dagegen spricht«, antwortete ich. »Der Garten ist eingezäunt, abhauen kann Flocke also nicht.«

Während die Kinder anfangs noch alle hinter dem kleinen Hasen herliefen und ich schon Angst hatte, dass es ihm zu viel werden könnte, verloren sie jedoch nach und nach das Interesse und begannen, im Garten Verstecken zu spielen.

Ich nutzte die Gelegenheit, um vor der geplanten Schatzsuche noch schnell ein bisschen Klarschiff zu machen.

Gerade räumte ich mit Ingrids Hilfe das Geschirr ab, als mich ein spitzer Schrei zusammenfahren ließ.

»So ein Satansbraten!« Die Stimme meiner Mutter überschlug sich fast.

Ich stellte den Stapel Teller, den ich vor Schreck beinah fallen gelassen hätte, achtlos zur Seite und lief zu ihr, um zu sehen, was sie so in Aufregung versetzt hatte. Etliche von Finns Gästen taten es mir gleich, und so scharte sich ruck, zuck fast die ganze Geburtstagsgesellschaft um meine Mutter. Auf dem Tisch, an dem sie saß, konnte ich auf den ersten Blick nichts Auffälliges entdecken. Okay, es war ein bisschen unordentlich, aber ein paar Kuchenkrümel und zusammengeknäultes Geschenkpapier würden meine Mutter doch nicht so aus der Fassung bringen. Obwohl man das bei ihr natürlich nie so genau wissen konnte …

»Mama, was ist los?«, fragte ich.

Wortlos deutete sie unter den Tisch, wo ein weißes Fellbündel kauerte und stillvergnügt an einem Kabel herumknabberte. Ich war kein Experte in Sachen Hasenaufzucht und würde mir das entsprechende Wissen erst anlesen müssen, aber das wusste ich bereits vor der Lektüre: Ein Elektrokabel war bestimmt nicht die richtige Nahrung für Flocke.

Finn, der sein Versteck mittlerweile auch verlassen hatte, schossen die Tränen in die Augen.

»Jetzt sehen Sie bloß, was Sie angerichtet haben!«, fauchte meine Mutter Daniel an.

Dieser hob zum Zeichen seiner Unschuld die Hände. »Nur fürs Protokoll: Ich hab das Kabel nicht angenagt.«

»Sie nicht, aber Ihr blöder Hase«, bekam meine Mutter von ihrem Schwiegersohn in spe Unterstützung.

»Flocke ist nicht blöd«, heulte mein Sohn, der den Hasen vom Boden hochgehoben hatte und fest an sich drückte, während Alexander seine Brille hervorkramte und den Schaden genauestens begutachtete.

Was total überflüssig war! Sogar ich als absoluter Laie sah auf den ersten Blick, dass das Kabel nicht mehr zu retten war. Gut, dass der Laptop nicht angeschlossen gewesen war, sonst wäre der kleine Hase wohl gegrillt worden.

»Finn, wir fahren gleich morgen zusammen in das Computergeschäft und besorgen ein neues Kabel«, versprach Alexander.

Mein Sohn nickte unter Tränen. »Flocke bekommt bestimmt Bauchweh«, schluchzte er, »oder … oder wird er vielleicht sogar sterben, weil er das Kabel gefressen hat?«

Mir schwante, dass es weniger der beschädigte Computer als die Angst um den kleinen Hasen war, die Finn auf der Seele lag.

»Mach dir keine Sorgen«, versuchte ich, meinen Sohn zu beruhigen. »Wenn Flocke den Kabelsalat nicht verträgt, wird er ihn bestimmt ausbrechen.«

Zumindest hoffte ich das inständig!

Ich hatte wohl ziemlich überzeugend geklungen, und da Flocke nach seiner kleinen Zwischenmahlzeit vergnügt durch den Garten hoppelte, beruhigte Finn sich schnell wieder, sodass wir nun endlich mit der Schatzsuche beginnen konnten.

Ausgerüstet mit einer Schatzkarte, einem Kompass und einem Spaten mussten die Kinder an verschiedenen Stationen kleine Aufgaben lösen, die sie zum nächsten Hinweis führten, bis sie ganz zum Schluss in der Scheune eine alte Truhe fanden, in der sich Süßigkeiten, bunte Flummis und Bleistifte befanden. Schmunzelnd beobachtete ich, wie Finn den Schatz unter seinen Freunden aufteilte und dafür sorgte, dass Nina den schönsten Flummi bekam.

Den Rest des Nachmittags verbrachten wir mit *Topfschlagen*, *Blinde Kuh*, *Schokoladenwettessen* und allerlei anderen Spielen. Nicht nur Finn und seine kleinen Gäste, sondern auch die Erwachsenen hatten jede Menge Spaß dabei. Vor allem Alexanders Vater entpuppte sich als Meister im Sackhüpfen. Gegen Abend entzündeten wir ein Lagerfeuer, über dem wir Würstchen grillten, außerdem durften die Kinder Stockbrot rösten. Ach, herrlich!

Das Einzige, was jetzt noch fehlte, war die passende musikalische Untermalung. Ich holte Philipps alte Gitarre aus dem Keller und hielt Ausschau nach meinem Bruder.

»Habt ihr Philipp irgendwo gesehen?«, fragte ich Ingrid und meine Mutter.

»Nein, tut mir leid«, antwortete Ingrid.

Meine Mutter schüttelte ebenfalls den Kopf.

»Aber weißt du vielleicht, wo Hannah steckt?« Sie hielt einen

Zettel in die Höhe. »Ich habe ihr das Rezept für den Schichtsalat rausgesucht.«

»Nein, keine Ahnung«, sagte ich mit einem Schulterzucken.

Kurz darauf tauchten die beiden wie aus dem Nichts wieder am Feuer auf.

»Da seid ihr ja endlich!«, empfing ich sie und drückte Philipp die Gitarre in die Hand. »Wo habt ihr euch denn rumgetrieben?«

»Mir ist Asche ins Auge geflogen.« Hannah zupfte und rieb an ihrem Augenlid herum. »Und du weißt ja, wie blöd das mit den Kontaktlinsen ist. Aber jetzt geht's zum Glück wieder.«

»Und du?«, fragte ich meinen Bruder. »Wo bist du gewesen?«

»Ich hab Hannah geholfen.«

»Beim Reinigen ihrer Kontaktlinsen?«, fragte ich.

»Ja, so ungefähr.«

Mir fiel ein, wie komisch sich Hannah und Philipp vor Finns Geburtstag verhalten hatten. Wahrscheinlich hatten die beiden eben unter vier Augen ihre Streitigkeiten beigelegt. Gut so!

Kurze Zeit später hatten sich alle ums Lagerfeuer versammelt, und Philipp stimmte das erste Lied an. Da sein Repertoire leider sehr überschaubar war – die meisten Stücke, die er auswendig spielen konnte, waren Weihnachtslieder, und die fielen saisonbedingt flach –, sangen wir manche Lieder sogar zwei oder drei Mal. Aber weder das Geburtstagskind noch seine Gäste schien das zu stören.

Zufällig stand ich am Feuer neben Daniel.

»Wirklich ein toller Geburtstag!«, schwärmte er, als Philipp gerade eine kleine Pause machte, um seine Stimme zu ölen. »Finn kann sich wirklich glücklich schätzen, dass Sie so eine schöne Feier für ihn auf die Beine gestellt haben.«

»Ja, ich glaube, den Kids gefällt's«, antwortete ich zufrieden und stocherte dabei mit einem langen Stock im Feuer herum, sodass kleine Funken aufstoben. »Und der eigentliche Höhepunkt kommt erst noch.«

Daniel blinzelte überrascht. »Ich kann mir kaum vorstellen, wie das alles noch zu toppen sein soll. Vielleicht mit Bullenreiten?«

»Nein, obwohl das auch eine gute Idee ist.« Ich lachte. »Vielleicht veranstalten wir im nächsten Jahr ein Rodeo, dieses Jahr gibt's eine Übernachtungsparty. Finn darf mit seinen Freunden in der Scheune schlafen.«

»Klasse!« Daniel nahm einen tiefen Schluck aus seiner Bierflasche. »Das war für mich als Kind in den Ferien bei meinen Großeltern auch immer das Größte.«

Ich freute mich über seine Begeisterung und beschloss aus einer spontanen Eingebung heraus, ihn in meine Pläne einzuweihen.

»Ich habe vor, die Heuübernachtung in unser Angebot aufzunehmen. Für Schulklassen, als Event für einen Kindergeburtstag und so weiter. Auch ein romantisches Arrangement mit Candle-Light-Dinner in der Scheune und anschließender Heuübernachtung wäre denkbar.«

»Haben Sie denn schon genau durchkalkuliert, ob sich Ihr Geschäftsmodell rechnet?«, fragte Daniel.

»Natürlich«, antwortete ich ein wenig verstimmt und hatte plötzlich überhaupt keine Lust mehr, das Gespräch fortzusetzen.

Vielleicht lag es an der ganzen Lagerfeuerromantik, dass ich eine weniger nüchterne Reaktion von ihm erwartet hatte. Dabei sollte es mich eigentlich nicht überraschen, dass bei Daniel stets der Profit im Vordergrund stand. Der erste Eindruck täuschte eben selten. In den letzten Tagen hatte ich mir wohl ein etwas verklärtes Bild von ihm gemacht.

»Ich glaube, ich muss mal nach dem Salatbüfett schauen«, sagte ich, versuchte, mir meine Enttäuschung nicht anmerken zu lassen, und entfernte mich hastig.

Während ich ein paar leere Schüsseln zur Seite räumte, schimpfte ich leise vor mich hin. Ich brauchte niemanden, der mir meine Pläne madigmachte. Andererseits konnte man Daniel schlecht vorwerfen, dass er als Geschäftsmann professionell an die Sache heranging und mein Vorhaben unter wirtschaftlichen Gesichtspunkten betrachtete. Schließlich sollte der neue Geschäftszweig finanziell auch etwas abwerfen und nicht nur Arbeit machen.

»So, ich werd dann jetzt mal.« Alexander, der neben mich getreten war, hielt seine Jacke und seinen Autoschlüssel in der Hand und wollte sich offenbar von mir verabschieden. »Meine Eltern trinken noch aus, dann werden sie auch aufbrechen. Ich hätte sie ja mitgenommen, aber sie wollen sich noch ein bisschen die Beine vertreten.«

»Du fährst nach Hause?«, fragte ich überrascht.

Eigentlich hatte Alexander fest zugesagt, mit in der Scheune zu übernachten. Nicht, dass ich es mir nicht zugetraut hätte, die Kinderhorde allein in Schach zu halten, aber irgendwie hatte ich fest auf seine Unterstützung gebaut.

»So leid es mir tut, aber ich kann nicht bleiben. Ich muss noch was für Finns Überraschung morgen vorbereiten.« Alexander machte ein geheimnisvolles Gesicht.

Der Laptop war bereits ein mehr als großzügiges Geschenk gewesen, und ich hatte nicht den Hauch einer Ahnung, was Alexander sonst noch in petto haben könnte.

»Was ist denn das für eine Überraschung?«, fragte ich neugierig. »Mir kannst du es doch verraten. Ich bin hundertprozentig verschwiegen.«

»Ich auch.« Alexander legte lächelnd den Arm um meine Schulter und drückte mir einen Kuss auf die Wange.

»Nicht einmal ein klitzekleiner Hinweis? Nur für mich?«, versuchte ich, ihn mit schmeichelnder Stimme zu bezirzen.

Doch Alexander blieb hart.

Nachdem er gegangen war, brachen auch die übrigen Erwachsenen auf.

Als Daniel sich von Finn verabschieden wollte, hatte dieser plötzlich eine Idee. »Kannst du nicht mit uns in der Scheune übernachten? Als Ersatzmann für Alexander?«

Ich war froh, dass es bereits ziemlich dunkel war, sodass man nicht sehen konnte, wie mir die Gesichtszüge entgleisten. Allerdings war nicht auszuschließen, dass mein roter Kopf in der Dämmerung leuchtete. Was hatte Finn sich bloß dabei gedacht? Als Ersatzmann für Alexander – wie das klang ...

»Herr Wilke ist unser Gast. Er möchte bestimmt viel lieber in seinem bequemen Bett als in der Scheune schlafen«, versuchte ich, meinem Sohn die Sache gleich wieder auszureden.

Der Gedanke, neben Daniel im Heu zu liegen, gefiel mir ganz und gar nicht.

»Herr Wilke ist schon groß und kann für sich selbst sprechen«, sagte Daniel schmunzelnd und fügte an Finn gewandt hinzu: »Klar schlafe ich mit euch in der Scheune. Ehrlich gesagt wäre ich traurig gewesen, wenn du mich nicht dazu eingeladen hättest.«

»Echt? Cool!«

Finn rannte den anderen Kindern hinterher, um sich die Zähne zu putzen und seinen Schlafsack, sein Kuscheltier Mister Bo sowie die restlichen Dinge, die er für die Nacht brauchte, zu holen.

»Wer hätte gedacht, dass ich auf meine alten Tage tatsächlich noch mal im Stroh schlafen werde!«

Die Aussicht, die Nacht in der Scheune zu verbringen, schien Daniel wirklich zu gefallen.

»Sie werden nicht im Stroh schlafen«, erklärte ich bestimmt.

»Nein?« Daniel warf mir einen halb fragenden, halb unsicheren Blick zu.

Offenbar rechnete er damit, dass ich ihn gleich wieder ausladen würde. Was ich, wenn ich ehrlich war, am liebsten auch getan hätte.

»In unserer Scheune befindet sich Heu.«

»Na, dann nichts wie ab ins Heu!«

Nachdem ich für Daniel einen Schlafsack beschafft sowie Flocke versorgt und in seinem Käfig untergebracht hatte, waren auch die Kinder so weit, dass wir unser Quartier in der Scheune beziehen konnten.

Zähneknirschend stieg ich hinter Finn die steile Holzleiter hinauf. Er hatte es sich in den Kopf gesetzt, mit alle Mann auf dem Heuboden zu schlafen, was ich absolut bescheuert fand, denn unten in der Scheune hätten wir jede Menge Platz gehabt. Hier oben würde es ziemlich eng werden. Aber da mein Sohn, wie er mich heute bereits mehrfach erinnert hatte, an seinem Geburtstag König war, gab ich mich geschlagen. Dann würden wir wohl etwas dichter zusammenrücken müssen. Was wiederum hieß, dass ich ganz sicher nicht neben einer bestimmten Person schlafen würde!

Als Daniel seinen beziehungsweise Tobias' Schlafsack, den dieser bei seinem überstürzten Aufbruch auf dem Dachboden vergessen hatte, wie selbstverständlich neben meinem ausbreitete, wollte ich protestieren, stellte dann jedoch fest, dass überhaupt kein anderer Platz mehr frei war, denn die Kinder waren bei der Reservierung ihrer Schlafstätten um einiges fixer gewesen als beim Zähneputzen.

Nachdem alle in ihre Schlafsäcke geschlüpft waren – wohlweislich achtete ich darauf, dass ich so weit wie möglich von Daniel entfernt lag –, dachten die Kinder natürlich nicht im Traum daran, jetzt schon zu schlafen.

»Los, wir erzählen uns Gruselgeschichten!«, rief Marius.

Dieser Vorschlag wurde einstimmig angenommen. Was aber nur daran lag, dass die einzige Gegenstimme – nämlich meine – einfach niedergebrüllt wurde.

»Ich finde ja, Gruselgeschichten sind zum Einschlafen nicht so gut geeignet. Hat das nicht Zeit bis morgen früh?«, warf ich ein und versuchte, in meinem Schlafsack eine möglichst bequeme Position zu finden.

Daniel stieß ein amüsiertes Glucksen aus. »Sind Sie etwa schreckhaft?«

»Nein«, log ich und setzte hinzu: »Na ja, vielleicht ein bisschen.«

Allerdings galt meine Sorge weniger mir selbst als den Kindern. Schnell stellte sich jedoch heraus, dass meine Befürchtung, Finn und seine Übernachtungsgäste könnten Angst bekommen, völlig unbegründet war, denn obwohl die Geschichten, die reihum erzählt wurden, von Gespenstern, Werwölfen, Zombies und anderen Gruselgestalten handelten, reizten sie die Zuhörer aufgrund der Darbietung eher zum Lachen. Immer wieder wurde zwischendurch gekichert und herumgealbert – bis Marius' großer Bruder Ben als Erzähler an der Reihe war.

»Es geschah in einer dunklen, stürmischen Nacht«, begann Ben. »Nicht ein einziger Stern war am Himmel zu sehen, und dichte Nebelschwaden zogen über den Friedhof.«

Ben, der nicht nur drei Jahre älter als Finn und seine Freunde, sondern auch ein wirklich talentierter Geschichtenerzähler war, senkte die Stimme.

»Da öffnete sich plötzlich eines der Gräber. Ein Sargdeckel wurde aufgeklappt ...«

Ben ahmte täuschend echt das Knarren und Quietschen eines alten Scharniers nach.

»... und hervor kam Vladimir, der grausamste und blutrünstigste Vampir, den die Welt je gesehen hat. Sein Gesicht war kreidebleich, und an seinen spitzen Vampirzähnen klebten noch die verkrusteten Überreste seiner letzten Mahlzeit. Aber Vladimir brauchte nun neues, frisches Blut, und sein nächstes Opfer hatte er schon im Visier. Es war der Friedhofswärter, der zu jeder vollen Stunde seine Runde über den Friedhof drehte.«

In der Scheune war es plötzlich so still, dass mir mein eigener Atem wie lautes Schnaufen vorkam. Insgeheim taufte ich Ben Stephen King Junior, wobei es weniger die Geschichte an sich als Bens Art zu erzählen war, die die Spannung in die Höhe trieb.

»Ihr wisst schon, dass es in Wirklichkeit gar keine Vampire gibt, oder?«, unterbrach ich Bens Darbietung mit betont munterer Stimme.

»Psssst«, ermahnten mich die Kinder.

Vernachlässigte ich womöglich meine Aufsichtspflicht, wenn ich nicht eingriff? Besorgt spähte ich zu Nina und ihrer Freundin hinüber, aber die beiden sahen, soweit ich das bei der spärlichen Beleuchtung beurteilen konnte, zwar gespannt, aber keineswegs verängstigt aus. Das Gleiche galt auch für die restlichen Kinder.

»Der Friedhofswärter kam näher und näher.«

Ben schlug mit irgendeinem Gegenstand auf seinen Schlafsack und ahmte auf diese Weise die immer lauter werdenden Schritte nach.

»Vladimir versteckte sich hinter einem Busch. Er konnte das warme Menschenblut bereits riechen. Da plötzlich sprang der Vampir mit einem schauerlichen Stöhnen aus seinem Versteck hervor.«

Ben ließ ein lautes Klatschen ertönen, zum gleichen Zeitpunkt raschelte es nicht weit von mir entfernt im Heu.

Ich zuckte zusammen und krallte mich reflexartig an Daniels Arm fest.

»Aaaah.« Daniel entfuhr ein leiser Schmerzenslaut.

Dann öffnete er mit einer Hand behutsam meine Finger, die seinen Oberarm immer noch wie ein Schraubstock umschlossen hielten.

Langsam beruhigte mein Herzschlag sich wieder. Wahrscheinlich war es nur eine Maus gewesen, die sich – genau wie ich – erschreckt hatte.

»'tschuldigung«, wisperte ich leise, um Bens Darbietung nicht noch weiter zu stören, und wollte meine Hand zurückziehen, aber Daniel nahm sie wie selbstverständlich in seine.

»So, jetzt können Sie zudrücken, wann immer Sie möchten«, flüsterte er mir zu, wobei ich seinen warmen Atem ganz dicht an meinem Ohr spürte.

Trotz meines muckelig warmen Schlafsacks bekam ich eine Gänsehaut.

Obwohl Daniel, wie ich nun feststellte, ziemlich große Pranken hatte – meine Hand verlor sich fast in seiner –, fühlten sich seine Handflächen erstaunlich weich an. Aber ich machte noch eine andere Entdeckung, die mich ebenso überraschte wie gleichzeitig auch schockierte: Meine Haut begann an den Stellen, an denen Daniel mich anfasste, eigenartig zu kribbeln und zu brennen. Eine allergische Reaktion? Wohl kaum, denn dafür fühlte sich seine Berührung viel zu angenehm an.

Angenehm hin, angenehm her: Ich konnte doch nicht nachts in einer Scheune mit Daniel Wilke Händchen halten! Das ging doch nicht!

Also, es ging natürlich durchaus, wie ich ja spürte, aber was würde mein zukünftiger Ehemann wohl dazu sagen? Gar nichts, denn es gab überhaupt keinen Grund, ihm davon zu erzählen. Warum auch?! Ich maß dieser netten, fürsorglichen Geste viel zu viel Bedeutung bei! Das war kein Händchenhalten – zumindest nicht im engeren Sinne –, sondern ein harmloser Akt der Freundlichkeit und Hilfsbereitschaft, nichts weiter. Bei meinem letzten

Zahnarztbesuch hatte die Helferin auch meine Hand gehalten, als ich aus Angst vor einer Spritze auf die Betäubung verzichtet hatte. Was sie im Nachhinein vermutlich bitter bereut hatte, denn vor lauter Schmerzen hatte ich ihre Hand fast zu Brei zerquetscht. Unwillkürlich lockerte ich meinen Griff, was Daniel wiederum dazu veranlasste, den Druck seiner Finger ein kleines bisschen zu verstärken …

Während Ben mit seiner Geschichte fortfuhr – längst war der Friedhofswärter auch zum Vampir geworden und ging mit Vladimir gemeinsam auf Menschenjagd –, wanderten meine Gedanken immer wieder zu dem Mann, der so dicht neben mir lag, dass mir der markante Duft seines Aftershaves in die Nase stieg. Eigentlich mochte ich es nicht, wenn Männer sich einsprühten und einbalsamierten. Ein Kerl war ein Kerl und kein Duftbaum auf zwei Beinen. Die herbe Note von Daniels Aftershave fand ich jedoch merkwürdigerweise ausgesprochen anziehend.

Jetzt reiß dich zusammen und denk an etwas anderes, ermahnte ich mich. Also konzentrierte ich mich, konzentrierte ich mich und konzentrierte ich mich … auf Daniels Hand, die meine immer noch fest umschlossen hielt. Bildete ich mir das nur ein, oder streichelte er mit seinem Daumen hin und wieder sanft über meinen Handrücken? Ach was, bestimmt hatte Daniel sich einfach nur bewegt, kein Mensch konnte so lange stillhalten.

Ich gab es auf, dem Vampirabenteuer zu folgen, denn ich hatte längst den Anschluss verloren, weil ich einfach nicht richtig bei der Sache war. Natürlich ließ ich mir das nicht anmerken. An den Stellen der Geschichte, an denen die Kinder aufkreischten, quietschte ich auch und drückte Daniels Hand, was diese ganze Händchenhalterei irgendwie legitimierte. Schließlich machten wir das nicht zu unserem Vergnügen …

Die Nacht verlief ziemlich unruhig. Nachdem ich ein Machtwort gesprochen hatte – keine Gruselgeschichten, kein Gekicher und keine Tuschelei mehr! –, waren die Kinder erschöpft vom Herumtoben erstaunlich schnell eingeschlafen. Was mir leider nicht vergönnt war. Aufgewühlt warf ich mich auf der Suche nach einer bequemen Schlafposition von einer Seite auf die andere. Das Heu piekste – fast so doll wie mein schlechtes Gewissen.

Im Nachhinein hätte ich mich dafür ohrfeigen können, dass ich Daniel meine Hand nicht einfach entzogen hatte. War ja schließlich meine, also konnte ich damit machen, was ich wollte ...

Aber ich war nicht nur ärgerlich auf mich selbst, sondern auch auf Alexander. Warum war er entgegen unserer Absprache nach Hause gefahren? Wenn er sich nicht einfach verdrückt hätte, läge *er* jetzt neben mir, und alles wäre in schönster Ordnung! Was natürlich, wie ich sehr wohl wusste, absoluter Nonsens war. Niemand hatte mich gezwungen, mit Daniel wie ein Teenie beim ersten Date Händchen zu halten! Und warum in aller Welt zerbrach ich mir eigentlich den Kopf darüber? Es war doch überhaupt nichts passiert, jedenfalls nichts, worüber es sich lohnte nachzugrübeln. Das Ganze war völlig harmlos und rein platonisch gewesen. Jawohl!

Aber warum hatte mein Körper dann so heftig auf Daniels Berührung reagiert? Vielleicht hatte mir seine Aufmerksamkeit einfach gutgetan – er selbst hatte sich vermutlich nicht einmal was dabei gedacht. Auf jeden Fall bereitete es ihm ganz bestimmt kein Kopfzerbrechen, denn schon nach kurzer Zeit hatten mir seine ruhigen Atemzüge verraten, dass er eingeschlafen war. Und ich wünschte mir sehnlichst, ich könnte es ihm gleichtun. Stattdessen drehte sich das Gedankenkarussell in meinem Kopf immer und immer wieder aufs Neue. Steigen Sie ein, fahren Sie mit. Und noch 'ne Rund und noch 'ne Rund ...

Irgendwann mussten mir dann aber doch die Augen zugefallen

sein, denn ich träumte einen Haufen wirres Zeug, das überhaupt keinen Sinn ergab. Ich stand mutterseelenallein vor dem Altar in der Kirche, als plötzlich ein Vampir auftauchte und nach meiner Hand griff. So ein Quatsch! Der Traum entbehrte jeder Logik. Als ob ein Vampir sich in die Nähe eines Kreuzes wagen würde! Ich war geradezu dankbar, als ich von Mark, einem von Finns Freunden, geweckt wurde, weil er mal Pipi musste. Nach zwei weiteren Toilettengängen dieser Art im Abstand von einer Stunde und mit wechselnden Akteuren war ich erst wieder im Morgengrauen in einen komaähnlichen, traumlosen Schlaf gefallen.

Als ich wach wurde, hatte ich einen Moment Mühe, mich zurechtzufinden. Noch halb im Dämmerzustand versuchte ich, mit geschlossenen Augen zu orten, wo ich mich befand. Ich lag zweifelsfrei nicht in meinem Bett, obwohl es sich sehr kuschelig und gemütlich anfühlte. Am liebsten hätte ich einfach weitergeschlafen, aber irgendetwas tief in meinem Inneren hielt mich davon ab. Langsam schlug ich die Augen auf.

Oh mein Gott!

Nur mit Mühe konnte ich einen entsetzten Aufschrei unterdrücken. Neben mir lag Daniel, was an und für sich nicht besonders schlimm gewesen wäre – schließlich hatte Finn ihn ja zu seiner Übernachtungsparty eingeladen –, aber warum in drei Teufels Namen hatte ich mich an seine Schulter gekuschelt?!? Mit einem Schlag war ich hellwach. Während Daniel immer noch auf seinem ursprünglichen Schlafplatz lag, hatte ich mich in der Nacht offenbar ein wenig auf Wanderschaft begeben und bei Daniel angedockt. Auch wenn ich nichts dafür konnte – wer schläft, sündigt nicht, wie Oma Grete zu sagen pflegte –, schämte ich mich in Grund und Boden.

Oh Gott, wie peinlich war das denn bitte? Und als wäre es nicht schon schlimm genug, dass ich Daniel so auf die Pelle gerückt war, entdeckte ich im Schulterbereich auf seinem T-Shirt eine kleine feuchte Stelle. Hatte ich womöglich im Schlaf gesabbert?! Nein, nein, nein, das konnte doch wohl nicht wahr sein!

Um Daniel bloß ja nicht zu wecken, rutschte ich vorsichtig Zentimeter für Zentimeter immer weiter von ihm weg, bis sich schließlich ein angemessener Sicherheitsabstand zwischen uns befand. Hoffentlich hatte er nicht bemerkt, dass ich mich im Schlaf an ihn rangeschmissen hatte!

Während ich noch meinen Gedanken nachhing, hörte ich Finn und Marius leise miteinander tuscheln, und nach und nach wurden auch die anderen Kinder munter. Mit der Morgenruhe würde es gleich vorbei sein, denn erfahrungsgemäß dauerte es nach dem Aufwachen nicht lange, bis die kleinen Racker lautstark nach Frühstück oder Unterhaltung verlangten.

Auch im Schlafsack neben mir regte sich was.

Nach einem herzhaften Gähnen richtete Daniel sich ein wenig auf und ließ seinen Blick umherschweifen.

»Guten Morgen«, nuschelte er mit einem verschlafenen Lächeln in meine Richtung.

Das Leben konnte verdammt ungerecht sein! Während ich mich nach der Nacht im Heu völlig zerknautscht fühlte, sah Daniel attraktiver aus denn je. Seine Wangen waren vom Schlaf gerötet, und seine Augen glänzten. Und zu allem Überfluss musste ich auch noch feststellen, dass er für seinen lässigen Out-of-Bed-Look nicht einmal Haargel benötigte!

»Schönen guten Morgen«, erwiderte ich und fuhr mir mit allen zehn Fingern durch meine zerzausten Haare.

Mein Out-of-Bed-Look war vermutlich nicht lässig, sondern mitleiderregend, aber alle Versuche, meine Zotteln zu glätten, erwiesen sich als aussichtslos.

Im Gegensatz zu mir schien Daniel sich nicht eine Sekunde darüber Sorgen zu machen, dass er zu dieser frühen Stunde optisch nicht ganz auf der Höhe sein könnte. Schwungvoll warf er seinen

Schlafsack zur Seite und streckte sich ausgiebig, wobei sein T-Shirt ein kleines bisschen nach oben rutschte und den Blick auf seine durchtrainierten Bauchmuskeln freigab.

»Haben Sie gut geschlafen?«, fragte er lächelnd.

»War ganz okay«, murmelte ich und verbot mir, weiter auf seinen Bauch zu starren.

Ob er wusste, wie nah wir uns vergangene Nacht gekommen waren?

»Ich glaube, ich habe ziemlich unruhig geschlafen. Hoffentlich habe ich Sie nicht gestört«, ließ ich einen Testballon steigen.

»Nein, überhaupt nicht.« Daniel lächelte mich an, ganz normal und freundlich und kein bisschen anzüglich. »Ich habe tief und fest geschlummert.«

Erleichtert atmete ich auf. Puh, Schwein gehabt! Daniel hatte offenbar von meinen nächtlichen Annäherungsversuchen nichts mitbekommen. Und ich hoffte inständig, dass er sich nicht fragen würde, wie der feuchte Fleck auf sein T-Shirt gekommen war ...

Kapitel 10

»Was ist denn nun die Überraschung?«, fragte Finn bestimmt schon zum zehnten Mal an diesem Vormittag.

Während ich vor dem Gasthof die Blumen goss, lief mein Sohn mir zwischen den Füßen herum und nervte. Falls er sich vorgenommen hatte, mich in den Wahnsinn zu treiben, standen seine Chancen nicht schlecht.

»Bitte, Mama, sag mir endlich, was Alexander für mich vorbereitet hat.«

Nach der Übernachtung in der Scheune war Finn unausgeschlafen und leider auch ein wenig quengelig. Ich fühlte mich ebenfalls ziemlich angeschlagen, nahm mir jedoch vor, meine gereizte Stimmung nicht an meinem Sohn auszulassen.

»Ich weiß es wirklich nicht«, erklärte ich darum zum x-ten Mal. »Aber selbst wenn ich es wüsste, würde ich es dir nicht verraten. Denn dann wäre es ja keine Überraschung mehr.«

»Och Mann!«

Wie Rumpelstilzchen stampfte Finn mit dem Fuß auf den Boden, und es hätte mich nicht gewundert, wenn er sich vor lauter Wut in zwei Teile gerissen hätte. Während ich noch überlegte, ob ich meinem Sohn dieses Verhalten heute ausnahmsweise mal durchgehen lassen sollte, kam Hannah mit dem Telefon in der Hand zu uns nach draußen.

»Eine Frau aus der Reinigung hat eben hier angerufen und Bescheid gesagt, dass die Hemden fertig sind.«

»Hemden?«, fragte ich verwundert und stellte die leere Gießkanne zur Seite. »Welche Hemden?«

»Keine Ahnung.« Hannah zuckte mit den Schultern. »Ich dachte, du hättest Hemden von Alexander in die Reinigung gegeben.«

»Wieso sollte ich?« Empört zeigte ich meiner Freundin einen Vogel. »Damit fange ich erst gar nicht an. Alexander ist bis jetzt wunderbar allein zurechtgekommen. Ich will überhaupt nicht wissen, ob er seine getragenen Hemden selbst wäscht und bügelt, sie zu seiner Mutter bringt oder im Altkleidersack entsorgt. Hauptsache, ich habe seine dreckige Wäsche nicht auch noch am Hals.«

Hannah nickte zustimmend. »Richtig so. Pass bloß auf, dass du nicht zu viele Zugeständnisse machst, wenn ihr zusammenzieht. Den Fehler habe ich damals bei Robert gemacht. Und jetzt guck dir an, wo mich das hingebracht hat. Mein Mann rührt im Haushalt kaum einen Finger. Natürlich nicht, weil er zu faul ist, sondern weil er zu dumm ist.« Ihre Stimme triefte vor Sarkasmus.

»Wie meinst du das denn jetzt bitte?«, fragte ich verdutzt.

Wie jeder Mensch hatte auch Robert bestimmt so seine Macken, aber dumm war er ganz sicher nicht.

»Obwohl die meisten technischen Geräte, die er in den letzten Jahren für den Betrieb angeschafft hat, mehr Knöpfe haben als das Cockpit von Raumschiff Enterprise, behauptet er steif und fest, er könne keine Waschmaschine bedienen. Ich warte auf den Tag, an dem endlich jemand einen Aufsitz-Staubsauger mit Allradantrieb und Nebelscheinwerfern auf den Markt bringt. Dann würde mein lieber Göttergatte sich vielleicht auch mal fürs Saubermachen zuständig fühlen.« Hannah fuhr sich aufgebracht durch die Haare. »Ach, lassen wir das Thema! Ich will mich gar nicht aufregen. Aber wenn es nicht Alexanders Hemden sind, wem gehören Sie dann?«

»Gute Frage.«

Für Botengänge zur Post, zum Supermarkt oder in die Reinigung war normalerweise Betti zuständig. Aber möglicherweise hatte ein Gast von uns seine Wäsche ja auch persönlich abgegeben und versäumt, seinen Namen zu hinterlassen.

»Betti, kommst du mal bitte!«, rief ich unsere Aushilfe herbei. »Die Reinigung hat eben hier angerufen und Bescheid gesagt, dass irgendwelche Hemden fertig sind. Weißt du zufällig, was es damit auf sich hat?«

»Ach super«, Betti strahlte, als hätte ich ihr soeben den Stundenlohn erhöht, »ich hab am Samstag schon nachgefragt, aber da waren die Hemden noch nicht fertig. Ich weiß auch nicht, warum das so lange dauert.«

»Verrätst du mir netterweise, von welchen Hemden wir hier reden?«, wollte ich wissen.

»Na, von Herrn Wilkes Hemden.«

Bei der Erwähnung seines Namens überzog eine sanfte Röte Bettis Gesicht.

»Du hast Herrn Wilkes Hemden in die Reinigung gebracht? Findest du nicht, dass du mich vorher hättest fragen müssen?«

»Aber er ist doch so sü…, also, ich meine, er … also Herr Wilke«, stammelte Betti völlig von der Rolle, »er ist doch immer so nett … und lustig. Außerdem hat er ganz freundlich gefragt, da konnte ich doch schlecht Nein sagen.«

»Gleiches Recht für alle«, erklärte ich unserer Aushilfe, ohne auf ihr Geständnis näher einzugehen. »Wenn die anderen Gäste das spitzkriegen, müssen wir demnächst jedem diesen Wäscheservice anbieten.«

»Sorry«, sagte Betti zerknirscht, »das habe ich nicht bedacht.«

»Schon gut. Dann holst du bitte heute noch die Hemden ab. Und wenn Herr Wilke das nächste Mal fragt, ob du seine Sachen in die Reinigung bringen kannst oder dich um einen anderen Gefallen bittet, hältst du vorher mit mir Rücksprache, okay?«

»Wird gemacht, Chefin.« Betti nickte schuldbewusst und verschwand.

Hannah, die den Wortwechsel zwischen Betti und mir verfolgt hatte, sah ihr schmunzelnd hinterher. »Na, sieh mal einer an. Unsere Kleine ist wohl verschossen.« Dann musterte sie mich prüfend. »Kann es übrigens sein, dass Betti nicht die Einzige ist, die Gefühle für Daniel Wilke hegt?«

»Sag mal, spinnst du?!«

Hannah forschte weiter: »Aber gib's zu: Er gefällt dir.«

Ohne meinen Anwalt sollte ich besser nichts mehr sagen.

»Er ist gar nicht so übel«, ließ ich mich schließlich doch zu einem Kommentar hinreißen.

»Gar nicht so übel?«

»Na schön, er ist netter, als ich am Anfang gedacht habe«, gab ich zögernd zu.

Hannah jedoch, die mich erwartungsvoll ansah, war offenbar immer noch nicht mit meiner Antwort zufrieden.

»Was willst du denn noch?«, fragte ich unwirsch und versetzte der leeren Gießkanne mit dem Fuß einen Tritt.

»Wie wär's mit der Wahrheit?«, schlug sie vor.

»Ach, was soll's, dir kann ich ja ohnehin nichts vormachen«, seufzte ich und strich mir eine widerspenstige Haarsträhne aus dem Gesicht.

Eigentlich war ich sogar ganz froh, dass meine Freundin mit ihrer Fragerei keine Ruhe gab und ich endlich jemandem mein Herz ausschütten konnte. Ich erzählte Hannah von der Fahrradtour, von der Nacht in der Scheune und von dem peinlichen Moment des Erwachens. Auch meine heftige Reaktion auf Daniels nackten Oberkörper neulich im Garten ließ ich, obwohl ich mich dafür in Grund und Boden schämte, nicht unerwähnt.

»Ich hab keine Ahnung, was es genau ist, aber irgendwas hat dieser Typ an sich ...«, endete ich hilflos.

Hannahs Gesichtsausdruck war schwer zu deuten.

»Und außer Händchenhalten ist nichts passiert?«

»Sag mal, was glaubst denn du von mir?« Empört schüttelte ich den Kopf. »Schließlich waren wir nicht allein in der Scheune.«

»Und wenn die Kinder nicht da gewesen wären?«

Darüber wollte ich mir lieber keine Gedanken machen.

»Ach, vergiss es!« Hannah, die wohl ahnte, was in mir vorging, winkte ab. »Vermutlich wäre eh nichts zwischen euch gelaufen, weil er schwul ist.«

»Du glaubst, dass er schwul ist?« Entsetzt riss ich die Augen auf.

»Na ja, zumindest kenne ich keinen Heteromann, der sich so gut kleidet wie er. Sieh dir Daniel Wilke doch nur mal an. Ich könnte wetten, dass er weiß, was ein Fischgrätenmuster ist. Robert denkt dabei höchstens an den nächsten Angelausflug.«

»Daniel arbeitet in der Modebranche. Da ist es doch nicht verwunderlich, dass er Wert auf sein Äußeres legt.«

»Möglich.« Hannah zwirbelte nachdenklich eine Haarsträhne zwischen den Fingerspitzen. »Auf jeden Fall scheint dir der Gedanke, dass er auf Männer stehen könnte, mächtig gegen den Strich zu gehen. Da du, wie ich weiß, nichts gegen Schwule hast, empfindest du also was für ihn.«

Irgendwie lief dieses Gespräch in die komplett falsche Richtung. Eigentlich hatte ich mir nur mal eben alles von der Seele reden wollen. Danach, so hatte ich es mir zumindest vorgestellt, würde Hannah mir versichern, dass es ganz normal war, dass man sich gelegentlich auch mal zu anderen Männern hingezogen fühlte. Und sie würde mir bestätigen, dass das überhaupt nichts mit meiner Beziehung zu Alexander zu tun hatte. So sah es zumindest mein Drehbuch vor, aber offenbar hatte meine Freundin ihren Text nicht gelernt, also musste ich ihren Part halt auch noch übernehmen.

»Bestimmt ist das mit Daniel nur eine harmlose Schwärmerei, die schnell wieder vergeht«, erklärte ich darum im Brustton der Überzeugung.

»Redest du jetzt von Betti oder von dir?« Ohne meine Antwort abzuwarten, fuhr Hannah fort: »Ich finde, Alexander ist wirklich ein feiner Kerl – intelligent, gebildet, zuverlässig, anständig und so weiter –, aber manchmal habe ich mich schon gefragt, ob du auch mit ihm zusammen wärst, wenn Tobias dich damals nicht so Knall auf Fall verlassen hätte.«

Was war denn das bitte für ein seltsames Gedankenspiel? Außerdem war mir in diesem Satz entschieden zu oft »hätte« und »wäre« vorgekommen. Und warum wärmte Hannah jetzt diese alte Geschichte wieder auf?

Irritiert schüttelte ich den Kopf. »Nein, natürlich wäre ich dann nicht mit Alexander zusammen, weil Tobias und ich vermutlich noch ein Paar wären.«

»Das habe ich damit gar nicht gemeint.« Hannah stellte die Gießkanne, die ich umgetreten hatte, wieder aufrecht hin. »Ich glaube – nimm es mir bitte nicht übel, wenn ich das so offen sage –, seit damals bist du beziehungsmäßig echt ein bisschen verkorkst. Weil Tobias dich so furchtbar verletzt hat, hast du jetzt Angst, dich noch mal richtig zu verlieben. Denn dann könnte dir das Gleiche ja noch einmal passieren.«

»Immerhin habe ich nicht nur die Verantwortung für mich selbst, sondern auch für ein Kind.«

»Ganz genau.« Hannah, die sich als Hobbypsychologin in ihrer Einschätzung bestätigt sah, nickte wissend mit dem Kopf. »Aber wenn du glücklich bist, ist Finn es auch. So einfach ist das. Aus Angst, verlassen zu werden, gibst du dich mit weniger zufrieden, als du bekommen könntest.«

»Du tust ja gerade so, als wäre Alexander ein Trostpreis!«

»Ein Trostpreis vielleicht nicht unbedingt, aber auch kein Hauptgewinn. Zumindest nicht für dich.«

Das Thema schien Hannah emotional ganz schön aufzuwühlen, denn sie redete mit Händen und Füßen auf mich ein.

»Eure Beziehung ist so ...«, sie suchte nach dem passenden Wort, »... vernünftig. Ja, ich glaube, das trifft es am besten.«

»Und was soll so verkehrt daran sein?«

»Liebe ist nun mal nicht vernünftig!«

Ich hatte mit Alexander vereinbart, dass wir gegen eins, wenn die Praxis über Mittag geschlossen war, bei ihm sein würden. Mit dem Auto brauchte man vom Sonnenhof bis zu seinem Haus nicht einmal fünf Minuten, doch Finn saß bereits vor halb eins fix und fertig angezogen vor dem Haus.

»Mama, können wir jetzt endlich fahren?«, quengelte er. »Mama, Mamaaaa! Wann geht's denn endlich los?«

»In einer halben Stunde.«

»Ich will aber eher fahren«, maulte Finn.

»Okay, dann fahren wir halt schon in dreißig Minuten.«

Netter Versuch, aber leider fiel mein Sohn, der seit Kurzem die Uhr lesen konnte, darauf nicht mehr rein, und so ging die Quengelei weiter, bis wir um Punkt eins vor Alexanders Haus hielten.

Im Radio begannen gerade die Nachrichten, aber ich hörte nicht zu, denn mir spukten Hannahs Worte immer noch im Kopf herum. An einigem von dem, was sie gesagt hatte, war bestimmt was dran. Dass Tobias mich ohne Vorwarnung sitzen gelassen hatte – noch dazu schwanger! –, war ein herber Schlag gewesen, von dem ich mich bis heute nicht ganz erholt hatte. Kein Wunder also, dass ich mich nach Sicherheit und Beständigkeit sehnte. Das Letzte, was ich brauchte, war ein Herzensbrecher, der nur an sich dachte und die Biege machte, sobald es ernst wurde. Darum war Alexander auch genau der richtige Mann für mich. Dass keine Schmetterlinge in meinem Bauch herumtanzten, fand ich nicht weiter tragisch. Realistisch betrachtet war ihre Lebenserwartung ohnehin nicht viel größer als die von Eintagsfliegen.

Früher oder später fielen sie dem Alltag zum Opfer, so sah es aus.

»Guck mal, Flocke«, riss Finn mich in diesem Moment aus meinen Grübeleien. »Hier wohnt Alexander.«

Er hielt den kleinen Hasen, den er – wie ich meine Handtasche – fast überall mit hinschleppte, in die Höhe, damit Flocke besser aus dem Fenster schauen konnte.

»Aber nicht mehr lange. Denn wenn Mama und Alexander geheiratet haben, zieht er zu uns auf den Sonnenhof.«

Mit dem Hasen auf dem Arm sprang Finn aus dem Auto und rannte auf die Haustür zu, die in diesem Moment geöffnet wurde. Alexander hatte uns schon erwartet.

»Na, wie war denn die Übernachtungsparty?«, fragte er, nachdem er mir einen Kuss gegeben und Finn durch die Haare gewuschelt hatte.

»Toll!« Finn strahlte aus allen Köperöffnungen. »Wir hatten mächtig viel Spaß. Und vor dem Einschlafen haben wir uns noch Gruselgeschichten erzählt.«

»Huh, Gruselgeschichten!« Alexander schüttelte sich und tat, als liefe ihm ein Schauer den Rücken hinunter. »Das klingt tatsächlich so, als hätte ich was verpasst. Es tut mir wirklich leid, Finn, dass ich nicht dabei sein konnte.«

»Macht nichts«, verzieh mein Sohn ihm gnädig. »Daniel hat dich vertreten.«

Alexanders Gesichtszüge verfinsterten sich, und er sah fragend zu mir. »Daniel? Daniel Wilke? Sag bloß, dieser Lackaffe hat mit euch in der Scheune geschlafen?«

Gespielt gleichmütig zuckte ich mit den Schultern und hoffte, dass ich dabei nicht errötete. Verdammt, warum hatte ich nur so ein schlechtes Gewissen?!

»Finn wollte es so.«

Alexander stieß einen gereizten Knurrlaut aus, gab sich aber mit dieser Antwort zufrieden und stellte keine weiteren Fragen. Anstatt erleichtert zu sein, war ich fast ein bisschen enttäuscht. Konnte Alexander nicht wenigstens ein Mal etwas weniger abgeklärt reagieren? Er musste mir ja nicht gleich eine Szene machen, aber ein bisschen Eifersucht wäre schon angebracht gewesen.

Ich folgte Alexander und Finn durch den Flur ins Wohnzimmer. Nichts, aber auch wirklich gar nichts deutete hier auf Alexanders baldigen Auszug hin. Weder standen halb gepackte Umzugskartons herum, noch gab es kahle Wände, und auf dem Boden lag, wie ich nun feststellte, sogar ein neuer anthrazitfarbener Teppich.

»Gefällt er dir?«, fragte Alexander, der meinem Blick gefolgt war.

»Sieht gut aus.«

Alexander wusste, was ich davon hielt, dass er noch so viel Geld in das Haus steckte. Aber darüber wollte ich heute beim besten Willen nicht mit ihm diskutieren.

»Und ist bestimmt auch superpflegeleicht«, fügte ich friedfertig hinzu.

»Was ist denn nun mit meiner Überraschung?«, fragte Finn ungeduldig.

»Stimmt, du hast recht. Jetzt haben wir dich aber lange genug auf die Folter gespannt, oder?« Alexander holte von der Garderobe einen schwarzen Schal und verband Finn damit die Augen. Dann hielt er ihm seine gespreizte Hand unter die Nase. »Wie viele Finger siehst du?«

»Ich kann nichts sehen. Ich trage eine Augenbinde. Schon vergessen?«, konterte Finn ein wenig altklug.

Alexander nahm Finn an die Hand und führte ihn Richtung Treppe. »Vorsicht, Stufe.«

Wie bei einer Polonaise bewegten wir uns im Gänsemarsch nach oben. Alexander vorneweg, dann Finn mit Flocke, und ich bildete das Schlusslicht. Mittlerweile war ich mindestens genauso neugierig wie Finn. In der ersten Etage befanden sich Alexanders Schlafzimmer, sein Büro sowie ein Gästezimmer. Was konnte er hier vorbereitet oder versteckt haben?

Endlich entknotete Alexander den Schal und nahm Finn, der aufgeregt hin und her zappelte, die Augenbinde ab. Danach öffnete er mit einer schwungvollen Bewegung die Tür des Gästezimmers.

»Tatatata! Das ist dein neues Zimmer!«

Ich betrat hinter Finn den Raum und ließ meinen Blick sprachlos umherwandern. Das Zimmer war komplett eingerichtet. Es gab ein Hochbett, einen Kleiderschrank, einen nigelnagelneuen Schreibtisch und diverse Regale, die nur darauf zu warten schienen, mit Spielzeug gefüllt zu werden. Auf einer Konsole über dem Bett stand eine ganze Flotte Lego-Raumschiffe, die, wie ich bei genauerer Betrachtung feststellte, Finn gehörten. Irgendwie musste es Alexander gelungen sein, sie unbemerkt aus unserer Wohnung zu schmuggeln und hierherzubringen. An der Stirnseite des Zimmers befand sich ein großes Wandtattoo, auf dem Yoda mit einem Laserschwert zu sehen war. Auch wenn ich Darth Vader nirgendwo entdecken konnte, rechnete ich damit, dass er gleich aus dem Kleiderschrank springen und mit Alexanders Stimme sagen würde: »Finn, ich bin dein Vater.« Irgendwie fand ich die ganze Situation sehr befremdlich und auch ein bisschen beängstigend.

»Und? Was sagst du?«, fragte Alexander.

Obwohl er dabei Finn anschaute, hatte ich das Gefühl, dass die Frage in Wirklichkeit an mich gerichtet war.

Mein Sohn strahlte. »Wahnsinn!«

Da waren wir einer Meinung. Das war wirklich Wahnsinn! Was sollte dieser ganze Zirkus? Alexander und ich hatten ganz klar vereinbart, dass er das Haus verkaufen und zu uns auf den Sonnenhof ziehen würde. Da er Finn wohl kaum bei fremden

Leuten wohnen lassen wollte, ließ dieses Zimmer nur einen vernünftigen Schluss zu: Alexander hatte es sich mit dem Umzug anders überlegt. Aber dann hätte er verdammt noch mal mit mir reden müssen! Er konnte doch nicht einfach über meinen Kopf hinweg so weitreichende Entscheidungen treffen!

»Wir müssen uns unterhalten. Dringend!« Ich zerrte Alexander am Arm aus dem Zimmer raus.

»Ist die Überraschung gelungen?« Alexander warf mir einen Beifall heischenden Blick zu.

Das war doch echt der Gipfel! Offenbar wollte er für sein eigenmächtiges Verhalten auch noch gelobt werden.

»Das kann man wohl sagen«, antwortete ich so ruhig wie möglich, und es kostete mich sehr viel Selbstbeherrschung, nicht sofort auszuflippen. »Könntest du mir bitte mal erklären, was das alles soll?« Ich wies auf die Tür, hinter der Finn gerade sein vermeintlich neues Reich inspizierte.

Durch einen schmalen Spalt konnte man sehen, wie er aufgeregt von einer Ecke des Zimmers in die andere lief.

»Wir waren uns doch einig, dass wir auf dem Sonnenhof wohnen werden. Ich hab nun mal keinen nine-to-five Job. Im Notfall muss ich immer für unsere Gäste erreichbar sein.«

»Wieso?« Alexander tat gerade so, als würden wir zum ersten Mal über das Thema reden, dabei hatten wir die ganze Sache schon hundertmal durchgekaut. »Deine Mutter ist doch da.«

»Ja, noch«, erwiderte ich ungeduldig und massierte meine Schläfen, obwohl ich genau wusste, dass sich die Kopfschmerzen dadurch nicht vertreiben ließen. »Aber meine Mutter wird schließlich auch nicht jünger. Außerdem sollte man so was ja wohl vorher mal mit ihr absprechen.«

»Aber das habe ich doch bereits«, erklärte Alexander mit zufriedener Miene.

Meine Mutter wusste Bescheid? Das war ja eine richtige Verschwörung! Mit einem Mal spürte ich heftige Mordgelüste in mir aufsteigen.

»Du könntest den Sonnenhof verkaufen«, redete Alexander, der nicht besonders an seinem Leben zu hängen schien, sich weiter um Kopf und Kragen. »Ich bin sicher, du würdest einen guten Preis dafür erzielen.«

»Ich denke überhaupt nicht daran, den Sonnenhof zu verkaufen!«, explodierte ich und schoss in Ermangelung von anderen Waffen wütende Blicke wie Pfeile auf Alexander ab.

»Schon gut, schon gut.« Er versuchte, nach meiner Hand zu greifen, doch ich wich hastig einen Schritt zurück. »Ich wollte damit nur sagen, dass du den Sonnenhof nicht weiterführen *musst*. Die Praxis läuft gut. Falls du den Gasthof also irgendwann nicht mehr willst ... Du musst nicht mehr alles allein stemmen, schließlich werden wir bald heiraten.«

»Ach ja, werden wir das? Du hast mir ja noch nicht mal einen richtigen Antrag gemacht«, brach es aus mir heraus, und ich spürte zu meinem eigenen Entsetzen, dass mir Tränen in die Augen schossen.

»Das stimmt nicht.« Alexander schüttelte energisch den Kopf. »Natürlich habe ich dich gefragt, ob du meine Frau werden willst.«

Nun ja, das war Auslegungssache. Soweit ich mich erinnern konnte, hatte er mich, als wir abends bei einem Glas Wein auf der Terrasse gesessen hatten, gefragt, ob es nicht langsam mal an der Zeit wäre, den nächsten logischen Schritt zu machen und zu heiraten. Da Alexander kein besonders romantisch veranlagter Mensch war, hatte ich über das Fehlen eines Rings oder gar Blumen großzügig hinweggesehen und mich einverstanden erklärt. Tief in meinem Inneren hatte mich das zwar schon die ganze Zeit gewurmt, aber warum es ausgerechnet jetzt in mir aufpoppte, wusste ich selbst nicht. Vielleicht hatte das Gespräch mit Hannah etwas damit zu tun. Nur weil ich auf tanzende Schmetterlinge nicht so viel Wert legte, hieß das schließlich noch lange nicht, dass ich auf jede Form der Romantik verzichten wollte.

»Komm, lass uns das unten und nicht so zwischen Tür und Angel besprechen«, schlug Alexander vor.

Bevor ich etwas darauf erwidern konnte, erklang ein aufgeregter Schrei: »Flocke!«

Ich stürmte ins ehemalige Gästezimmer, dicht gefolgt von Alexander.

»Flocke, du warst sehr, sehr ungezogen.« Finn stand mit erhobenem Zeigefinger vor dem kleinen Hasen in einer Zimmerecke und redete mit ernster Miene auf ihn ein. »Du darfst nicht alles anknabbern, verstanden? Versprich mir, dass du so was nie wieder tust.«

Es war, als hörte ich mich selbst reden. Wenn Finn etwas ausgefressen hatte, sprach ich in genau dem gleichen Tonfall mit ihm.

»Dieses allesfressende Monster hat die Tapete ruiniert«, stellte Alexander, während er sich den Schaden besah, ärgerlich fest. »Der Hase kommt mir nicht ins Haus, damit das schon mal klar ist.«

»Wir auch nicht!« Ich griff nach der Hand meines Sohnes, der Flocke auf den Arm genommen und schützend an sich gedrückt hatte. »Komm, Finn, wir gehen!«

Nach unserem überstürzten Aufbruch herrschte im Auto erst einmal Schweigen. Als ich einen Blick in den Rückspiegel warf, sah ich, dass Finn, die Stirn in Falten gelegt, angestrengt über irgendetwas nachdachte.

»Du Mami, eigentlich möchte ich gar nicht in Alexanders Haus wohnen«, sagte er schließlich. »Das Zimmer ist wirklich schön, aber ich hab doch schon ein schönes Zimmer. Und wenn Flocke nicht mit einziehen darf, will ich sowieso nicht dahin. Außerdem könnte ich dann auch gar nicht mehr jeden Tag zu Marius rübergehen. Und Oma würde ich auch ganz schrecklich vermissen.«

Als Finn meine Mutter erwähnte, spürte ich, dass es in meinem Bauch erneut wie im Inneren eines Vulkans zu brodeln begann.

»Keine Sorge, mein Schatz. Da ist das letzte Wort noch nicht gesprochen.«

Zurück auf dem Sonnenhof kam uns am Eingang eine junge Frau entgegen, die den Gasthof gerade verließ. Sie sah echt Bombe aus, wie mein Bruder sagen würde. Sehr schlank, lange dunkle Locken und ein ausgesprochen hübsches, dezent geschminktes Gesicht. Überhaupt hätte die Frau perfekt in Philipps Beuteschema gepasst, aber sie schien allein hier zu sein. Zumindest konnte ich weder meinen Bruder noch einen anderen Begleiter entdecken.

»Hallo.« Die Frau warf schwungvoll ihre Haare zurück und lächelte mich freundlich an.

»Guten Tag«, erwiderte ich ihren Gruß und beobachtete, wie sie mit wiegenden Hüften Richtung Parkplatz entschwand.

Da heute keine neuen Gäste angereist waren, musste die Fremde aus einem anderen Grund hier gewesen sein. War sie auf der Suche nach einem Zimmer, oder wollte sie uns irgendwas andrehen, einen neuen Staubsauger vielleicht oder ein Zeitschriftenabo?

Die Antwort ließ nicht lange auf sich warten.

»Ach, da bist du ja endlich! Du hast doch die Frau gesehen, die eben den Sonnenhof verlassen hat«, überfiel mich meine Mutter, kaum dass sie mir die Tür zu ihrer Wohnung geöffnet und mich reingelassen hatte.

Sie musste am Fenster gestanden und auf meine Rückkehr gewartet haben. Als einer der Drahtzieher der Verschwörung platzte sie bestimmt vor Neugier, wie ich die Sache aufgenommen hatte. Die Fremde musste sie vorübergehend abgelenkt haben.

Obwohl wir allein waren – Finn hatte ich nach draußen zum Spielen geschickt –, senkte meine Mutter ein wenig die Stimme, so als wollte sie verhindern, dass uns jemand belauschte. »Das ist die Freundin von dem Wilke.«

Täuschte ich mich, oder schwang da so etwas wie Triumph in ihrer Stimme mit?

Da ich nicht wirklich daran geglaubt hatte, dass Daniel schwul war, sollte es mich eigentlich nicht überraschen, dass er eine Freundin hatte. Ein Mann wie er Single? Niemals! Trotzdem spürte ich tief in meinem Inneren einen fiesen Stich und war doch gleichzeitig grenzenlos erleichtert. Daniel war bereits vergeben. Genau wie ich – auch wenn ich mir nach den heutigen Vorfällen in diesem Punkt nicht mehr ganz so sicher war ... Auf jeden Fall lohnte es sich nicht, auch nur einen einzigen Gedanken an die Nacht in der Scheune und die merkwürdigen Gefühle, die Daniels Berührungen in mir ausgelöst hatten, zu verschwenden. Bestimmt gaben er und die attraktive Brünette zusammen ein fantastisches Paar ab.

»Ich frag mich ja, wie dieser Kerl an eine so tolle Frau gekommen ist«, stichelte meine Mutter.

Das stand hier nicht zur Debatte. Höchste Zeit, endlich auf das Wesentliche zu sprechen zu kommen, sonst würde ich noch platzen.

»Und ich frage mich, wie du es wagen konntest, dich einfach so in mein Leben einzumischen«, sagte ich grimmig.

»Oh«, meine Mutter schien ehrlich erstaunt zu sein, »dann hat dir Alexanders Überraschung wohl nicht gefallen.«

»So könnte man es auch sagen.« Wütend über dermaßen viel Ignoranz und Unverfrorenheit, funkelte ich sie an. »Was habt ihr euch bloß dabei gedacht, über meinen Kopf hinweg zu entscheiden, wo wir in Zukunft leben werden? Meinst du nicht, Finn und ich haben dabei auch noch ein Wörtchen mitzureden?!«

»Aber, Lizzie, Alexander und ich wollten doch nur dein Bestes.«

Aaaah! Dieser Satz, der bei mir schon als Kind Brechreiz, Aggressionen und andere unschöne Dinge hervorgerufen hatte, trieb mich auf meiner Palme noch ein paar Meter weiter in die Höhe.

»Und wie kommt ihr darauf, dass ihr wisst, was das Beste für mich ist?«, presste ich, mühsam um Beherrschung ringend, zwischen zusammengebissenen Zähnen hervor.

»Erfahrung, Lizzie, Erfahrung. Ich kann schließlich ein Lied davon singen, wie schwer es ist, den Gasthof und das Familienleben unter einen Hut zu bringen.«

Meine Mutter schien sich immer noch keiner Schuld bewusst zu sein. Während sie mit mir redete, schüttelte sie zuerst die Sofakissen auf, dann begann sie, auf der Kommode Staub zu wischen.

»Nicht einmal abends oder am Wochenende kann man abschalten – da fand ich Alexanders Vorschlag, etwas mehr räumliche Distanz zwischen dich und deine Arbeit zu bringen, gar nicht verkehrt.«

»Aber ich liebe meine Arbeit und brauche keine Distanz!«, brüllte ich.

Ich war es leid, mich zusammenzureißen, und ich hatte es satt, wie eine Marionette behandelt zu werden.

»Alexander und ich ...«

»Ich höre immer nur Alexander und ich, Alexander und ich«, schrie ich meine Mutter wütend an. »Dann heirate du ihn doch!«

»Kind, werd jetzt bitte nicht albern.« Meine Mutter ließ ein vorwurfsvolles Schnalzen hören. »Außerdem ist es ja nicht so, als würden die heiratswilligen Männer vor deiner Tür Schlange stehen. Du musst immer daran denken, als alleinerziehende Mutter ...«

»... kann ich froh sein, dass ich überhaupt einen abgekriegt habe«, ergänzte ich den Satz bitter.

»Das wollte ich nicht sagen.«

Sie war eine lausige Lügnerin!

»Sagen vielleicht nicht, aber gemeint hast du es so!« Aufgewühlt lief ich im Zimmer umher, dann blieb ich vor meiner Mutter stehen und sah ihr fest in die Augen. »Vielleicht wäre es sowieso das Beste, die Hochzeit nicht zu verschieben, sondern ganz abzusagen.«

»Lizzie, das kannst du doch nicht machen.« Meine Mutter fasste sich mit einer Hand schwer atmend an die Brust, mit der anderen griff sie Halt suchend nach der Kommode.

»Mama? Mama, was ist los? Geht's dir nicht gut?«

Ich eilte zu ihr, legte den Arm um sie und führte sie langsam zum Sofa hinüber, damit sie sich setzen konnte. Herzinfarkt, Kreislaufzusammenbruch, Schlaganfall, Schock – durch meinen Kopf wirbelten die unterschiedlichsten Krankheitsbilder.

»Ich ... mir ... mir ist so komisch«, röchelte meine Mutter mit schmerzverzerrtem Gesicht.

Mir brach der Schweiß aus, und meine Finger, die mechanisch nach dem Telefon griffen, waren eiskalt. »Ich ruf sofort einen Krankenwagen.«

Meine Mutter umklammerte meine Hand wie ein Schraubstock. »Kein Krankenwagen, hörst du. Kein Krankenwagen! Sag Alexander Bescheid.«

»Okay, Mama. Ganz wie du meinst.«

Natürlich würde ich einen Krankenwagen rufen! Nicht, dass ich Alexanders Fähigkeiten angezweifelt hätte, aber wenn meine Mutter tatsächlich einen Herzinfarkt oder etwas in der Art gehabt hatte, musste sie schnellstens ins Krankenhaus.

Um sie nicht unnötig aufzuregen, ging ich zum Telefonieren in den Nebenraum. Nachdem ich die 112 gewählt und einen Krankenwagen angefordert hatte, rief ich, wie ich es meiner Mutter versprochen hatte, Alexander an. Ich schilderte ihm in knappen Worten die Situation, und er versprach, sofort zu kommen.

Kurz darauf klingelte es bereits an der Tür. Es war nicht der Notarzt, sondern Alexander. Auf dem Weg hierher musste er entweder geflogen sein oder sämtliche Verkehrsregeln missachtet haben.

»Ist sie ansprechbar?«, fragte er, als er mir, mit seinem Arztkoffer bewaffnet, im Laufschritt die Treppe zur Dachgeschosswohnung hinauffolgte.

»Ja.«

»Das ist schon mal gut«, erklärte Alexander mit ruhiger Stimme.

»Na, Helga, was machst du denn für Sachen?«, fragte er, nachdem er meiner Mutter, die mit einem Kissen unter den Füßen auf dem Sofa lag, fürsorglich die Schulter getätschelt hatte.

Er öffnete sein Köfferchen, entnahm daraus ein Blutdruckmessgerät und eine kleine Stablampe und begann mit der Untersuchung.

Angsterfüllt beobachtete ich jede seiner Bewegungen und versuchte, an seinem Gesicht abzulesen, wie ernst die Lage war. Bei jedem Stirnrunzeln und jedem Positionswechsel seiner Augenbrauen zuckte ich zusammen.

»Ich glaube nicht, dass wir uns Sorgen machen müssen«, erklärte Alexander, nachdem er meine Mutter gründlich untersucht hatte, packte das Stethoskop in die Tasche zurück und griff nach seinem Handy.

Meine Güte, was war ich erleichtert! Mir kullerte eine ganze Geröllawine vom Herzen.

Nachdem Alexander den Krankenwagen abbestellt hatte, wandte er sich wieder an uns. »Wie ist es denn eigentlich dazu gekommen?«

»Plötzlich wurde mir ganz schwummerig«, antwortete meine Mutter ihm mit matter Stimme.

»Und sie ist einfach so aus heiterem Himmel zusammengebrochen?«, fragte Alexander nun mich. »Hat sie sich vorher vielleicht körperlich angestrengt, oder war sonst irgendwas Außergewöhnliches?«

Ich biss mir auf die Unterlippe und nickte schuldbewusst. Oh Gott, ich machte mir solche Vorwürfe, dass ich sie so angeschrien hatte.

»Wir haben gestritten.«

Worüber konnte Alexander sich an fünf Fingern ausrechnen.

»Gut, da haben wir vermutlich schon die Ursache dieses kleinen Zusammenbruchs eruiert. Zu viel Aufregung, da hat der Kreislauf schlappgemacht. Ich lasse euch ein paar Tropfen hier. Davon soll sie stündlich sechs nehmen.« Er lächelte meine Mutter aufmunternd an. »Und morgen kommst du zu mir in die Praxis, Helga. Dann werde ich dich zur Sicherheit noch mal gründlich durchchecken und einige Tests mit dir durchführen. Okay?«

»Wenn's sein muss«, gab meine Mutter sich geschlagen. »Ich mach ja alles, was ihr sagt. Aber ich ertrage es nicht, dass ihr zerstritten seid.«

Ihre Stimme klang beinahe weinerlich.

»Aber wir sind doch gar nicht zerstritten«, behauptete Alexander, ohne mit der Wimper zu zucken. »Wir hatten nur eine kleine Meinungsverschiedenheit. Das soll unter Eheleuten vorkommen.« Er griff nach meiner Hand und lächelte mich liebevoll an.

Ein Teil von mir hätte ihm die Hand am liebsten entrissen und ihn gefragt, welche bewusstseinsverändernden Pillen er heimlich einschmiss. Der andere Teil, der in diesem Moment klar überwog, war einfach nur unglaublich erleichtert und dankbar, dass Alexander im entscheidenden Augenblick für meine Mutter und mich da gewesen war. Mein Fels in der Brandung ... Als Alexander nun meine Hand drückte, spürte ich, wie ich sofort ruhiger wurde und sich ein angenehm warmes Gefühl in meinem Inneren ausbreitete.

Hoffnungsvoll ließ meine Mutter ihren Blick zwischen Alexander und mir hin- und herwandern. »Ihr werdet die Hochzeit also nicht absagen?«

Alexander tat, als hätte sie einen Scherz gemacht, und lachte unbekümmert.

»Wer sagt denn so etwas, Helga?«

Ja, wer denn wohl?! Dreimal darfst du raten, dachte ich und vermied es, in Alexanders Richtung zu sehen. Irgendwie kam ich mir plötzlich echt schäbig vor. Ich konnte doch nicht gleich bei der ersten Zerreißprobe einfach die Flinte ins Korn schmeißen.

Nachdem Alexander sich von meiner Mutter verabschiedet hatte, brachte ich ihn zur Tür.

»Danke, dass du so schnell gekommen bist«, sagte ich.

»Ist doch selbstverständlich. Es tut mir übrigens leid, dass ich, ohne dich zu fragen, unsere Pläne über den Haufen geschmissen habe.«

Dieses Mal fand ich es völlig okay, dass er meine Hand in seine nahm und sie streichelte.

Alexander lächelte zaghaft. »Ich dachte, du würdest dich über die Überraschung freuen.«

»Schon okay.« Nach der Angst, die ich soeben um meine Mutter ausgestanden hatte, kam mir alles andere plötzlich banal und unwichtig vor. »Lassen wir's gut sein für heute und reden ein andermal weiter.«

Als ich nach einem leisen Klopfen wieder ihre Wohnung betrat, fand ich meine Mutter in ihrem Lieblingssessel vor, wo sie mit einer Packung Pralinen und einem Glas Sherry vor dem Fernseher saß und sich irgendeine Kochsendung ansah. Zum Glück schien es ihr schon viel besser zu gehen.

»Meinst du, Alkohol ist bei deinem aktuellen Gesundheitszustand das Richtige?«, fragte ich zweifelnd und nahm unschlüssig, was ich damit tun sollte, die Sherryflasche, die noch fast voll war, in die Hand.

An den Mund setzen und auf ex runterkippen war eine Option, und nicht einmal die schlechteste, wie ich fand. Auf diese Weise konnte ich gleich zwei Fliegen mit einer Klappe schlagen: Nicht nur der Sherry wäre weg, sondern auch meine Erinnerung an diesen scheußlichen Tag.

»Ich fühle mich schon wieder viel, viel besser.« Meine Mutter stellte den Fernseher mit der Fernbedienung leiser und nippte an ihrem Glas. »Außerdem ist so ein kleiner Sherry doch gar kein Alkohol, sondern Medizin, um den Kreislauf in Schwung zu bringen.«

Da ihre Wangen eine rosige Färbung angenommen hatten und sie auch sonst einen ausgesprochen fidelen Eindruck machte, ließ ich die Flasche neben ihr stehen. Ich mochte sowieso keinen Sherry, und eigentlich hatte ich ja auch überhaupt keinen richtigen Grund, mich zu betrinken. Ganz im Gegenteil: Ich sollte glücklich und dankbar sein, dass meine Mutter so schnell genesen war. Insgeheim fragte ich mich jedoch, ob zwischen dem Umstand, dass Alexander und ich uns wieder vertragen hatten, und dieser Blitzheilung ein gewisser Zusammenhang bestand …

Kapitel 11

Das Dorf-gegen-Gäste-Fußballspiel, das während der Hauptsaison einmal im Monat stattfand, lockte auch aus den umliegenden Ortschaften immer viele Zuschauer an. Allerdings lag das, wie man der Ehrlichkeit halber zugeben musste, weniger an den hochkarätigen Spielen als an den hochprozentigen Getränken, die ausgeschenkt wurden, obschon es sich um einen ganz normalen Dienstagabend handelte. Aber wir Dorfbewohner waren eben hart im Nehmen. Zudem gab es ein paar Fressbuden, einen Schießstand und für die Kinder eine Hüpfburg.

Hannah und ich saßen an einem Tisch, über dem großkotzig ein Schild mit der Aufschrift »Spielleitung« hing. In der Praxis bedeutete das lediglich, dass wir dafür sorgen mussten, dass alle Teilnehmer mit Trikots und Wasser versorgt waren, was auch ohne fußballerische Grundkenntnisse ganz gut zu bewältigen war.

»Hey, Schwesterchen, hast du auch ein Trikot für mich?«, hörte ich plötzlich neben mir eine vertraute Stimme fragen.

»Philipp, wie schön!«

Ich drückte meinem Bruder einen fetten Schmatzer auf die Wange, was dieser mit einem »Bäh!« quittierte und sich dabei gespielt angeekelt mit der Hand über das Gesicht fuhr.

Als er Hannah begrüßte, blieb er – vermutlich aus Sicherheitsgründen – auf Distanz.

»Hallo.«

»Hallo, Philipp.«

Hannah sah kurz von der Liste auf, in der sie die Namen der anwesenden Spieler und die Trikotnummern eintrug, dann fuhr sie fort, kleine geometrische Muster auf den Rand des Papiers zu malen.

An Finns Geburtstag hatte ich den Eindruck gehabt, dass Philipp und sie ihre Unstimmigkeiten aus der Welt geschafft hatten, aber ihr Verhältnis war eindeutig schon mal herzlicher gewesen. Was ich ausgesprochen schade fand. Ich unterdrückte den Impuls, die beiden sofort darauf anzusprechen, denn erstens war das eindeutig der falsche Zeitpunkt für ein solches Gespräch, und zweitens waren sie alt genug, um das unter sich zu klären.

Da Philipp am achten Dezember geboren worden war, warf ich ihm das Trikot mit der Nummer acht zu.

»Es geschehen noch Zeichen und Wunder. Du bist tatsächlich gekommen.«

Obwohl ich Philipp vor jedem Spiel fragte, ob er unser Dorfteam verstärken könnte, fand er immer eine Ausrede, warum er verhindert war. Manchmal sogar schon, bevor ich ihm den Termin überhaupt genannt hatte. Aber Philipp war nicht der Einzige, der mich mit seiner Anmeldung überrascht hatte. Auch Daniel, dessen Knie offenbar wieder in Ordnung war, hatte sich in die Teilnehmerliste eingetragen und kam sogar wenig später als Erster fertig umgezogen aus der Kabine.

»Viel Glück«, wünschte ich, nahm eine Flasche Wasser aus dem Kasten und reichte sie ihm.

»Zu wem halten Sie denn?«, wollte Daniel wissen.

»Sagen wir mal, ich versuche, möglichst unparteiisch zu sein. Wie es sich für eine gute Spielleitung gehört.«

»Schade, ich könnte nämlich gut ein bisschen moralische Unterstützung brauchen«, scherzte Daniel mit einem vergnügten Augenzwinkern.

Ich sah mich suchend um. »Warum ist denn Ihre Freundin nicht hier, um Sie anzufeuern?«

Daniel zog überrascht die Augenbrauen nach oben.

Ach, richtig! Er wusste ja gar nicht, dass wir uns schon mal über den Weg gelaufen waren.

»Freundin? Welche Freundin?«, fragte er.

»Haben Sie etwa mehrere? Ich spreche von der Freundin, die Sie gestern Mittag besucht hat.«

Mist! Ich biss mir auf die Unterlippe. Warum hatte ich nicht gleich noch die genaue Uhrzeit gesagt? Daniel musste mich ja für eine üble Stalkerin halten.

»Ach, Sie meinen Nathalie. Nathalie ist gar nicht meine Freundin«, sagte er, ohne mich dabei anzuschauen.

Wenn Finn mir nicht in die Augen sehen konnte, war das ein sicheres Indiz dafür, dass er schwindelte, und ich nahm an, dass es sich bei Daniel ebenso verhielt.

»Sie ist meine Assistentin.«

Ja, na klar. Fragte sich nur, wobei diese Nathalie ihm assistierte ...

Apropos ... Nathalie! Plötzlich fiel mir Daniels Telefonat im Garten wieder ein. Da hatte es zwischen den beiden offenbar Zoff gegeben. Aber das kam ja wohl in den besten Beziehungen mal vor.

Ich jedenfalls war froh, dass sich zwischen Alexander und mir die Wogen wieder geglättet hatten. Zwar musste die Frage nach unserer zukünftigen Wohnsituation noch einmal neu aufgerollt werden, aber zumindest hatten wir am Morgen, als Alexander angerufen hatte, um sich nach dem Befinden von meiner Mutter zu erkundigen, ganz normal und entspannt miteinander telefoniert.

Daniel nestelte an seinem Trikot herum, das ein wenig schief saß.

»Nathalie und ich mussten gestern arbeiten. Leider.«

»Wenn Sie das sagen.«

»Höre ich da einen leicht ironischen Unterton?« Daniel seufzte gespielt theatralisch. »Finden Sie übrigens nicht auch, dass es langsam an der Zeit ist, dass wir uns duzen? Immerhin haben wir schon eine Nacht zusammen verbracht.«

Entsetzt zog ich den Kopf ein. Hallo?! Ging's noch? Man merkte wirklich, dass Daniel ein Stadtmensch war, sonst hätte er sich den letzten Satz verkniffen. Hoffentlich hatte außer mir niemand seinen blöden Scherz gehört, denn Gerüchte machten im Dorf schneller die Runde, als man das Wort »Seitensprung« buchstabieren konnte. Wie ich ja von meiner Mutter wusste, hatte bereits unsere Radtour in die Weinberge für Gerede gesorgt, eine gemeinsam verbrachte Nacht wäre das Sahnehäubchen auf dem Dorfklatsch. Doch als ich mich unauffällig umsah, starrte niemand in unsere Richtung, und niemand zeigte mit dem Finger auf uns. Ein gutes Zeichen ...

Da ich nichts auf seinen Vorschlag, uns zu duzen, erwiderte, streckte Daniel mir grinsend die Hand entgegen. »Also, falls es sich noch nicht bis zu dir rumgesprochen hat: Ich bin Daniel.«

»Lizzie.« Ich ergriff seine Hand und spürte, wie mir dabei das Blut in den Kopf schoss.

Lag das an der Berührung oder an der damit verbundenen Erinnerung an die Nacht in der Scheune? Möglicherweise hatte Daniel ähnliche Gedanken, denn ich sah in seinen Augen ein kurzes Aufblitzen, das ich nicht so recht zu deuten wusste.

Er trat einen Schritt näher an mich heran.

Oh Gott, bitte nicht! Mein Herz hämmerte schmerzhaft gegen meine Brust, und obwohl mein Gehirn einen Fluchtimpuls nach dem anderen aussandte, verharrte ich in einer Art Schockstarre. Wenn man Brüderschaft miteinander trinkt, gehört dazu in aller Regel ein Kuss. Aber wir hatten nichts zu trinken – außer Mineralwasser, aber das zählte nicht –, also würde Daniel ja wohl auch nicht auf die Idee kommen, mich in aller Öffentlichkeit zu küssen. Oder vielleicht doch?! Nach der Bemerkung über unsere gemeinsame Nacht traute ich ihm so ziemlich alles zu.

»Was machen *Sie* denn hier?«, erklang in diesem Moment Alexanders Stimme hinter uns.

Der Tonfall war alles andere als freundlich und passte perfekt zu seiner grimmigen Miene. Nachdem er Daniel einmal abschätzend von oben bis unten gemustert hatte, ging Alexander in die Hocke, um seine Fußballschuhe zuzubinden.

»Was ich hier mache? Das Gleiche wie Sie, nehme ich an. Es sei denn, Sie tragen das Trikot nur, weil Sie keine sauberen T-Shirts mehr im Schrank haben.«

Alexander richtete sich wieder zu seiner vollen Größe auf und funkelte Daniel wütend an. »Habe ich Ihnen nicht verboten, an dem Fußballspiel teilzunehmen?«

»Ach, das war ein Verbot? Das hätten Sie aber dazusagen müssen. Ich dachte, es wäre ein wohlgemeinter ärztlicher Ratschlag gewesen.«

»Ach, erzählen Sie doch nichts!« Alexander, der es gewohnt war, dass seine Patienten seine Anordnungen befolgten, hatte fast Schaum vor dem Mund. »Sie spielen doch nur mit, um mich zu ärgern.«

»Nein, aber ich muss zugeben, es spornt mich zusätzlich an.« Daniel lächelte harmlos. »Seien Sie unbesorgt, Doc. Ich weiß selbst am besten, was ich meinem Körper zumuten kann. Und ich fühle mich topfit.«

»Ja, noch ...«, knurrte Alexander, und es klang fast wie eine Drohung. »Aber kommen Sie morgen nicht heulend in meine Praxis gerannt, wenn Sie sich nicht mehr bewegen können.«

Zum Glück kam in diesem Moment Thorsten Lindemann aus der Kabine. Er war ein äußerst sympathischer und angenehmer Gast, und ich rechnete es ihm hoch an, dass er mir die morgendliche Weckaktion kurz nach Daniels Auftauchen im Sonnenhof nicht nachtrug.

»Bereit, Männer?«, fragte er und klopfte Daniel und Alexander kumpelhaft auf die Schulter. »Möge die bessere Mannschaft gewinnen.« Und nach einer kleinen Pause fügte er noch grinsend hinzu: »Und das ist selbstverständlich die Gastmannschaft.«

Aber das war lediglich ein kleiner Vorgeschmack auf das verbale Säbelrasseln vor dem Anpfiff. Während eines leichten Aufwärmtrainings, bei dem es in erster Linie darum zu gehen schien, das Mundwerk auf Betriebstemperatur zu bringen, hörte man auf beiden Seiten immer wieder Sprüche wie: »Wir ziehen euch so was von ab.« Oder: »Schon nach der ersten Halbzeit werdet ihr flennen wie die Babys und um Gnade flehen.« Wer beim Fußball die Nase vorn hatte, würde sich in den nächsten neunzig Minuten erst noch zeigen, aber beim Sprücheklopfen waren sich beide Mannschaften auf jeden Fall ebenbürtig.

Hannah, die sich am Spielfeldrand zu mir gesellt hatte, rollte mit den Augen. »Männer! Grauenvoll dieses Imponiergehabe …«

»Da sagst du was. Muss irgendwie in den Genen liegen. Alexander ist das beste Beispiel. Der Mann hat promoviert, spielt Schach und liest hochgeistige Literatur – aber beim Fußball mutiert er zum Neandertaler.«

Hannah zuckte gleichmütig mit den Schultern. »Von mir darfst du kein Mitleid erwarten. Robert redet seit Tagen von nichts anderem als von diesem bekloppten Spiel. Ich hoffe, die Dorfmannschaft gewinnt, sonst hat er die ganze nächste Woche schlechte Laune.«

Der Schiri warf eine Münze, und kurz darauf wurde das Spiel angepfiffen. Daniel und seine Mannschaftskameraden hatten Anstoß und legten sogleich ein erstaunlich hohes Tempo vor. Insbesondere Thorsten Lindemann war eine echte Bereicherung für sein Team. Der Ball klebte fast an seinem Fuß, und er dribbelte um seine Gegner herum, als wären sie leblose Dummys, die man zu Trainingszwecken aufgestellt und vor dem Spiel vergessen hatte zu entfernen. Aber auch Daniel machte auf dem Platz, wie ich zugeben musste, nicht nur optisch eine sehr gute Figur. Zusammen mit Thorsten Lindemann brachte er die Dorfabwehr mächtig in Bedrängnis.

Zwei, drei Doppelpässe und dann ... Tor! Thorsten Lindemann war der Torschütze zum 1:0.

Nach einem kurzen Moment der Stille – mit so einem frühen Treffer hatte nun wirklich niemand gerechnet – brach unter den Fans der Gastmannschaft ohrenbetäubender Jubel aus. Angesteckt von dieser Euphorie klatschte auch ich begeistert Beifall.

»Sag mal, zu wem hältst du eigentlich?«, fragte Hannah, die um den häuslichen Frieden daheim bangte, und warf mir einen vorwurfsvollen Blick zu.

»Zu niemandem«, verteidigte ich mich. »War doch ein tolles Tor. Da muss man applaudieren. Schon aus Höflichkeit. Außerdem liegen mir meine Gäste eben am Herzen.«

»Deine Gäste?« Hannah verschränkte die Arme vor der Brust und musterte mich vielsagend. »Oder reden wir hier von einem ganz bestimmten Gast?«

»Ach Quatsch!« Ich machte eine wegwerfende Handbewegung, nahm mir jedoch fest vor, die Dorfmannschaft von jetzt an mit etwas mehr Enthusiasmus anzufeuern.

Schnell richtete ich meine Aufmerksamkeit wieder auf das Spielfeld, wo Alexander und seine Teamkollegen gerade im Ballbesitz waren.

»Los, Jungs!«, brüllte ich so laut, dass Hannah erschrocken zusammenzuckte und sich die Ohren zuhielt. »Gebt alles!«

Und das taten sie auch. Die Mannschaften schenkten sich nichts, und die Spieler fighteten, als ginge es um ihr Leben. Vor allem Alexander und Daniel lieferten sich immer wieder erbitterte Zweikämpfe, bei denen sie nicht gerade zimperlich miteinander umsprangen. Nachdem Daniel Alexander durch energisches Trikotziehen zu verstehen gegeben hatte, dass er sich verpissen sollte, revanchierte sich dieser kurz darauf, indem er Daniel unsanft seinen Ellenbogen in die Seite rammte.

Als Daniel sich mit schmerzverzerrtem Gesicht zusammenkrümmte, entfuhr mir ein entsetzter Aufschrei. War Alexander noch ganz bei Trost?! Er wusste doch, dass Daniel gesundheitlich angeschlagen war. Nur mit Mühe unterdrückte ich den Impuls, auf das Spielfeld zu stürmen.

Aber so schlimm schien es Gott sei Dank nicht zu sein, denn nach ein paar wüsten Verwünschungen in Alexanders Richtung schüttelte Daniel sich wie ein nasser Hund – und dann ging es im gleichen Stil weiter.

»Die haben sie doch nicht mehr alle!«, mokierte ich mich. »Aus dem Alter, in dem man sich Beinchen stellt und vors Schienbein tritt, sollten sie langsam raus sein.«

Hannah winkte ab. »Vergiss es. Männer werden nie älter als sieben. Danach wachsen sie nur noch.«

Nachdem Robert schließlich mit ein bisschen Glück der Anschlusstreffer gelungen war, erzielte Thorsten Lindemann in der vierzigsten Minute sein zweites Tor, und so stand es zur Halbzeitpause 2:1 für die Gäste.

Ich schnappte mir ein paar Flaschen Wasser – obwohl eine Kanne Yogi Tee, auf dessen harmonisierende Wirkung meine Mutter schwor, sicher die bessere Wahl gewesen wäre – und steuerte damit auf das Spielfeld zu. Dort leckten beide Mannschaften ihre Wunden und bereiteten sich getrennt voneinander in zwei feindlichen Lagern auf die zweite Halbzeit vor. Auf dem Weg zum Dorfteam, das meinen Zuspruch beim aktuellen Spielstand bestimmt dringender benötigte als die Gäste, vergewisserte ich mich mit einem raschen Seitenblick, dass es Daniel gut ging. Der Ärmste hatte in der ersten Halbzeit ordentlich was einstecken müssen. Aber auch wenn er verschwitzt und abgekämpft aussah, wirkte es nicht so, als habe er Schmerzen.

Zufall oder auch nicht – in diesem Moment sah Daniel ebenfalls zu mir herüber, und unsere Blicke trafen sich. Oh nein!!! Als wäre ein Stromkreis geschlossen worden, durchfuhr ein heftiges Kribbeln meinen Körper. Hastig sah ich zur Seite und lief oder vielmehr stolperte schnell weiter.

»Hast du das gesehen? Hast du DAS gesehen?« Mit einem wütenden Schnauben nahm Alexander eine Wasserflasche entgegen und wischte sich mit dem Trikotärmel den Schweiß vom Gesicht.

»Was hast du gesagt?« Ich war irgendwie nicht richtig bei der Sache.

»Ich habe gefragt, ob du DAS gesehen hast. Dieser Arsch spielt so was von unfair.«

Die Frage, von welchem Arsch er sprach, erübrigte sich ja wohl ...

Alexander kochte vor Wut. Dass er selbst auch nicht gerade eine Fairplay-Trophy verdient hatte, behielt ich, um nicht noch mehr Öl ins Feuer zu gießen, lieber für mich.

»Die Hauptsache ist doch, ihr habt Spaß!«

Sich mit einem Haufen wild gewordener Kerle, die aus jeder Körperzelle Testosteron und Schweiß ausdünsteten, um einen Ball zu kloppen, entsprach zwar nicht gerade meiner Vorstellung von Spaß, aber die Geschmäcker waren ja bekanntlich verschieden.

»Ist doch nur ein Spiel, nichts weiter. Hinterher kräht kein Hahn mehr danach, wer gewonnen hat. Dabei sein ist alles«, versuchte ich, beruhigend auf Alexander einzuwirken.

Der sah mich an, als wenn ich nicht mehr ganz dicht wäre.

»Hallo? Wir sind doch nicht im Kindergarten oder bei Olympia!«

So konnte man es natürlich auch sehen. Und Alexanders Mitspieler waren offenbar ganz seiner Meinung, denn in der zweiten

Hälfte des Spiels ging es sogar noch eine Spur härter zur Sache. Zeitweise konnte ich kaum hinsehen. Aber auch wenn ich es nicht tat, meinte ich Knochen knacken und Bänder reißen zu hören.

Nachdem mein Bruder nach einer grandiosen Vorlage von Robert den Ausgleichstreffer zum 2:2 geschossen hatte, war alles wieder offen.

Mist, und ausgerechnet jetzt musste ich vor lauter Nervosität ganz dringend pullern.

Als ich von der Toilette zurückkehrte, lag Alexander bäuchlings auf dem Rasen. Da nicht anzunehmen war, dass er sich freiwillig dorthin gelegt hatte, um sich ein bisschen auszuruhen, und Daniel mit erhobenen Händen neben ihm stand, hatte ich eine vage Vorstellung davon, was passiert sein musste. Denn so viel hatte ich mittlerweile gelernt: Beim Fußball wurde mehr geblufft als beim Pokern. Wer am vehementesten seine Unschuld beteuerte, hatte todsicher was auf dem Kerbholz ...

»Das war eine Blutgrätsche!«, brüllte jemand hinter mir.

Ich hatte keine Ahnung, was genau eine Blutgrätsche war – um ehrlich zu sein, wusste ich es nicht einmal ungefähr. Bei »Wer wird Millionär?« hätte ich vermutlich auf eine brutale Foltermethode getippt, mit der Mafiosi ihr Geld eintreiben. Auf jeden Fall fand ich, dass »Blutgrätsche« ziemlich brutal klang und hart geahndet werden sollte.

Lukas, der neben mir stand und aufgrund eines Bandscheibenvorfalls nicht mitspielen durfte, sah das genauso.

»Zahl ihm das heim, Alex!«, brüllte er quer über das Spielfeld, während Alexander sich mit schmerzverzerrtem Gesicht hochrappelte und Richtung Mittellinie hinkte.

»Warum stellt der Schiedsrichter die beiden denn nicht vom Platz?«

Vor lauter Besorgnis klang meine Stimme eigenartig schrill.

»Das fragst du noch?« Lukas grinste. »Dann wäre doch der ganze Reiz weg. So unterhaltsam ist schon lange kein Spiel mehr gewesen.«

Sprachlos sah ich ihn an. Offenbar war der Hüter des Gesetzes, der sonst jede noch so kleine Regelwidrigkeit, von der defekten Fahrradklingel bis zur achtlos auf den Gehweg geworfenen Zigarettenkippe, mit aller Härte bestrafte, beim Fußball gerne mal bereit, ein Auge zuzudrücken. Mein lieber Scholli, Abgründe taten sich hier auf …

Als der Schiedsrichter das Spiel endlich abpfiff, stand es 3:3. Dieses schöne und – wie ich zumindest fand – sehr versöhnliche Ergebnis vermochte die erhitzten Gemüter jedoch nicht zu beruhigen. Beim anschließenden Trikottausch kam es sogar beinahe noch zu einer Schlägerei, weil ausgerechnet Daniel und Alexander als Tauschpartner übrig geblieben waren. Alexander weigerte sich jedoch beharrlich, Daniel sein Trikot zu geben. Zur Freude der Zuschauer lieferten sich die beiden ein Tauziehen, bei dem der eigentliche Verlierer das Trikot war: Mit einem lauten Ratsch riss der dünne Stoff einfach in der Mitte durch.

Hoffentlich waren meine Nerven der heutigen Zerreißprobe besser gewachsen …

Das wilde Gemetzel auf dem Platz hatte nicht nur die Spieler hungrig gemacht.

»Die Leute rennen uns die Bude ein. Uns geht schon das Ketchup aus.« Roberts Freund Georg, der sich als Grillmeister zur Verfügung gestellt hatte, wendete mit einer Zange die Würstchen, die verführerisch dufteten. »Im Lagerraum sind noch ein paar Reserveflaschen. Könntest du die holen, Lizzie?«

»Ja klar, mach ich.«

Schnell lief ich zum Vereinshaus, wo sich neben den Umkleidekabinen ein Lagerraum befand, der bis zur Decke mit allem möglichen Krempel vollgestopft war.

Ich betrat das muffig riechende, fensterlose Kabuff und tastete im Dunkeln nach dem Lichtschalter. Kurz darauf flammte ein funzeliges Deckenlicht auf, und ich stellte fest, dass ich nicht allein war. Hinter einem Turm aus Wasserkästen sah ich die schemenhaften Umrisse eines heftig knutschenden Pärchens, das nun erschreckt auseinanderfuhr.

»Lasst euch nicht stören!«, rief ich in Richtung der beiden Turteltäubchen. »Ich bin gleich wieder weg.«

Wo waren denn nur diese blöden Ketchupflaschen? Hier musste dringend mal jemand aufräumen! Im Vergleich zu diesem Saustall war sogar Finns Kinderzimmer in einem mustergültigen Zustand.

Nachdem ich einen Sack mit Bällen und eine Pyramide aus übereinandergestapelten Pylonen zur Seite geschoben hatte, entdeckte ich endlich einen Karton, in dem sich neben einigen Tuben Senf und Servietten auch Tomatenketchup befand. Ich schnappte mir drei Flaschen und wollte mich schon diskret zurückziehen, als ich aus dem Augenwinkel erkannte, wer dort im Lagerraum so leidenschaftlich herumgeknutscht hatte.

Nein, nein, das konnte nicht sein! Ich musste mich ganz einfach täuschen. Meine Augen hatten mir bestimmt einen Streich gespielt, schließlich war es hier drinnen ziemlich schummerig. Ich blinzelte ein paarmal, doch das Bild, das sich vermutlich für immer in mein Gedächtnis eingebrannt hatte und mich bis in den Schlaf verfolgen würde, wollte einfach nicht verschwinden.

»Hannah!«, rief ich entsetzt. »Philipp! Was tut ihr hier?«

»Wonach sieht's denn aus?«, antwortete mein Bruder, der mit einem schiefen Grinsen hinter dem Sichtschutz aus Wasserkästen hervorgetreten war.

»Seid ihr denn von allen guten Geistern verlassen? Das könnt ihr doch nicht machen!« Ich gestikulierte mit den Ketchupflaschen so wild in der Luft herum, als wollte ich damit jonglieren. »Was habt ihr euch bloß dabei gedacht? Seid ihr betrunken?«

»Nein ... leider«, antwortete Hannah, die neben Philipp getreten war, mit hängendem Kopf.

Sie warf mir einen unsicheren Blick zu.

Mein Bruder hingegen, der schon als Kind immer nach dem Motto »Angriff ist die beste Verteidigung« gelebt hatte, ging sofort in die Offensive und baute sich mit blitzenden Augen und verschränkten Armen vor mir auf. »Komm, Schwesterchen, jetzt leg schon los mit deiner Moralpredigt! Aber glaub mir, du wirst uns nichts sagen können, was wir nicht ohnehin schon wüssten.«

»Bring das Ketchup zum Grillstand«, befahl ich meinem Bruder und drückte ihm die Flaschen in die Hand. »Wenn ich nicht zurückkomme, ist es nur eine Frage der Zeit, bis Georg hier auftaucht, um das Zeug zu holen.«

»Aber ...«, setzte Philipp zu einem Protest an.

»Lizzie hat recht«, sagte Hannah, die gegen die Tränen ankämpfte, mit erstickter Stimme. »Bring die Ketchupflaschen raus.«

»Aber ...«

»Bitte!« Sie warf meinem Bruder einen flehenden Blick zu. »Ich möchte mit Lizzie reden. Allein.«

»Na gut.« Philipp griff nach den Ketchupflaschen und verließ mit einem besorgten Blick zu Hannah widerwillig den Lagerraum.

»Oh Gott, Lizzie, was soll ich nur tun?« Hannah warf sich schluchzend in meine Arme.

Ich drückte meine Freundin fest an mich und streichelte beruhigend ihren Rücken, während ihre Tränenflut die Schulter meines T-Shirts durchnässte. Nachdem das Beben und Schluchzen etwas nachgelassen hatte, führte ich Hannah zu einem Mattenstapel.

»Komm, jetzt setz dich erst mal.« Ich ließ mich neben ihr nieder und griff nach ihrer Hand. »Och Mensch, Hannah, was ist denn nur los? Liebst du Robert nicht mehr?«

»Nein ... doch.« Hannah fuhr sich mit dem Ärmel ihres Sweatshirts über das Gesicht. »Ach, keine Ahnung.«

Tja, und davon offenbar ganz schön viel ...

»Und dann auch noch ausgerechnet Philipp.« Halb ungläubig, halb vorwurfsvoll schüttelte ich den Kopf. »Ich liebe Philipp – ich habe gar keine andere Wahl, er ist schließlich mein Bruder –, aber was er in puncto Frauen so abzieht, ist nicht gerade die feine englische Art. Du weißt doch, dass er nichts anbrennen lässt.«

»Aber Philipp sagt, bei mir ist das etwas völlig anderes.«

»Ja, na klar, du bist die Ausnahme.«

So naiv konnte Hannah doch nun wirklich nicht sein!

»Genauso eine Ausnahme wie Svenja, Christine und Petra, denen Philipp genau das Gleiche ins Ohr gesäuselt hat.«

Bei der Erwähnung ihrer Vorgängerinnen stiegen Hannah erneut die Tränen in die Augen. Dabei hatte ich mich lediglich auf eine kleine Auswahl beschränkt. Und zwar keineswegs aus Rücksichtnahme, sondern weil ich es irgendwann aufgegeben hatte, mir die Namen von Philipps häufig wechselnden Begleiterinnen zu merken. Mich wunderte, dass er da selbst noch durchstieg. Mein Bruder schien ein beneidenswert gutes Gedächtnis zu haben, zumindest das musste man ihm lassen.

»Wie lange geht das denn schon mit euch beiden?«, wollte ich vorsichtig wissen und hoffte, dass ich mit dieser Frage nicht gleich die nächste Tränenflut auslöste.

»Seit deiner Hochzeit«, schniefte Hannah und korrigierte sich schnell: »Also seit deiner Beinahe-Hochzeit. Aber miteinander geschlafen haben wir nicht, falls du das wissen willst.«

»Hast du keine Angst, dass Robert dahinterkommen könnte? Eure Knutscherei hier im Lagerraum war ganz schön leichtsinnig.

Stell dir vor, Georg hätte selbst nach den Ketchupflaschen gesucht, dann …«

Ich ließ den Satz unbeendet, aber wir wussten beide, dass es keine fünf Minuten gedauert hätte, bis Robert über Hannahs Tête-à-Tête im Abstellraum Bescheid gewusst hätte.

»Manchmal glaube ich, dass ich mir insgeheim sogar wünsche, dass Robert es herausfindet.« Mit einem tiefen Seufzer vergrub Hannah ihr Gesicht in den Händen.

Eine Weile saßen wir einfach schweigend nebeneinander, bis es plötzlich aus Hannah herausbrach: »Ich kann so nicht weitermachen. Und ich *will* es auch nicht. Bei Philipp habe ich endlich wieder das Gefühl, eine begehrenswerte Frau zu sein und nicht bloß die olle Putzfrau oder das treu sorgende Muttertier. Robert vermisst mich doch nur, wenn abends kein Essen auf dem Tisch steht oder er keine frischen Klamotten mehr im Schrank hat.«

Auch wenn meine bisherigen Beziehungen im Vergleich zu Hannahs langjähriger Ehe eher in die Kategorie Kurzstrecke fielen, konnte ich mir gut vorstellen, was meine Freundin meinte. Das, was ich von unseren Gästen tagtäglich mitbekam, reichte vollkommen. Im Urlaub, wenn all die kleinen und großen organisatorischen Dinge des Alltags, über die man sonst so redete, wegfielen, herrschte bei vielen Paaren am Frühstückstisch plötzlich totale Funkstille …

Aber ich konnte mir beim besten Willen nicht vorstellen, dass es zwischen Hannah und Robert so weit gekommen sein sollte. Die beiden waren zu Beginn ihrer Beziehung dermaßen verliebt gewesen, dass man Angst gehabt hatte, sie würden das Dorf in Brand stecken, weil es zwischen ihnen so heftig gefunkt und geknistert hatte. Und als Krönung ihres Glücks waren ein paar Jahre später Lea und Julia auf die Welt gekommen. Die Chemie zwischen den beiden stimmte. Konnte sich das einfach so ändern?

»Du, Robert, Lea und Julia, ihr gehört doch zusammen«, sagte ich beschwörend. »Ich habe mir für Finn immer sehnlichst eine solche Familie gewünscht.«

»Meinst du, ich würde mir nicht selbst immer wieder vorhalten, was für ein verdammtes Glück ich hab?!« Hannah putzte sich geräuschvoll die Nase. »Aber was nützt es, wenn ich weiß, dass ich überglücklich sein müsste, mich aber nicht so fühle? Irgendwas ist da zwischen Robert und mir in den letzten Jahren kaputtgegangen.«

Nachdenklich nagte ich an meiner Unterlippe herum. »Wenn etwas kaputtgeht, dann versucht man doch erst einmal, es zu reparieren, bevor man es einfach wegwirft. Oder?«

»Schön gesagt.« Hannah, der meine schlauen Sprüche natürlich nicht weiterhalfen, sah verzweifelt aus. »Kannst du mir auch verraten, wie? Hast du vielleicht bei YouTube eine Reparaturanleitung für kaputte Ehen entdeckt?«

»Du beklagst dich darüber, dass Robert dich nicht mehr richtig wahrnimmt. Hast *du* denn mal probiert, etwas frischen Wind in eure Beziehung zu bringen?«

Sogar in meinen eigenen Ohren klang das ziemlich klugscheißerisch, fehlte bloß noch der erhobene Zeigefinger.

»Ich weiß ja, dass ihr beide viel um die Ohren habt«, redete ich hastig weiter. »Das Weingut, die Kinder, deine Arbeit auf dem Sonnenhof – da bleibt sicher so manches auf der Strecke. Vielleicht müsst ihr euch einfach mal wieder ganz bewusst mehr Zeit füreinander nehmen und gemeinsam was Schönes unternehmen. Allein, ohne die Mädchen.«

Während ich mich so reden hörte, kam mir unwillkürlich der Gedanke, ob das Gleiche nicht auch auf Alexander und mich zutraf. Aber hier ging es nicht um mich, sondern um Hannah. Da sie immer noch nicht überzeugt aussah, musste ich wohl schwerere Geschütze auffahren. Tante Gertrud, die Schwester meiner Mutter, fiel mit ihren gut neunzig Kilo eindeutig in diese Kategorie.

»Eine Ehe ist wie ein Haustier, sagt meine Tante Gertrud immer. Zuerst ist man verliebt, dann gewöhnt man sich daran, und später braucht es jede Menge Pflege.«

Dass Tante Gertrud es mit der Pflege wohl nicht so genau genommen und bereits drei Ehemänner verschlissen hatte – zwei davon hatten die Scheidung eingereicht und der dritte, dem diese Art der Trennung wohl nicht endgültig genug gewesen war, hatte sie per Herzinfarkt verlassen –, musste ich in diesem Zusammenhang ja nicht unbedingt erwähnen.

Hannah dachte einen Moment über meine Worte nach, dann nickte sie. »Wahrscheinlich hast du recht.«

»Ganz bestimmt.«

Ich versuchte, optimistisch zu klingen, dabei war ich alles andere als ein Beziehungsexperte, und mit dem immer wieder gerne und viel zitierten Bund fürs Leben kannte ich mich schon mal gar nicht aus. Ich hatte es bislang ja noch nicht einmal geschafft, die Trauungszeremonie hinter mich zu bringen, und das war mit Sicherheit noch der einfachste Teil einer Ehe …

Kapitel 12

Ich konnte mich nicht daran erinnern, dass ein Dorf-gegen-Gäste-Fußballspiel je zuvor solche Wellen geschlagen hatte. Wo man beim Frühstück auch hinhörte, an allen Tischen schien es nur dieses eine Gesprächsthema zu geben. Auch mich beschäftigten die Ereignisse des vergangenen Tages mehr, als mir lieb war.

Wenn ich diesen blöden Lagerraum doch bloß niemals betreten hätte! Denn nun war ich wider Willen zum Mitwisser geworden und fühlte mich für das Techtelmechtel – oder wie immer man es auch nennen wollte – zwischen Hannah und Philipp irgendwie mitverantwortlich. Schließlich war Philipp mein Bruder!

Während Hannah nach dem Vorfall im Lagerraum unter dem Vorwand, müde zu sein, gleich mit ihren Mädchen nach Hause gegangen war, hatte Philipp sich am Bierstand richtig volllaufen lassen. Zum Glück hatte sich Robert kurz nach Hannah auf den Heimweg gemacht, sodass mein Bruder keine Gelegenheit gehabt hatte, ihn anzupöbeln. Es reichte schon, dass er Alexander als Spießer und Streber bezeichnet hatte, was zumindest Daniel wahnsinnig komisch gefunden hatte. Er hatte sich vor Lachen kaum wieder eingekriegt.

Doch jede kleine Sünde bestraft der liebe Gott sofort. Vielleicht war gestern im Himmel zu viel zu tun gewesen, sodass er Daniel noch eine Nacht Aufschub gewährt hatte.

»Hast du eine Kopfschmerztablette?«, jammerte dieser mit Leidensmiene.

Er führte sich auf, als hätte sein letztes Stündlein geschlagen.

Falls er Mitgefühl von mir erwartete, hatte er sich aber geschnitten.

»Natürlich habe ich eine Kopfschmerztablette«, erklärte ich kühl. »Allerdings bin ich mir nicht sicher, ob *du* sie verdient hast.«

»Warum? Was habe ich denn getan?«

Daniel, der sich keines Vergehens bewusst zu sein schien, hob zum Zeichen seiner Unschuld die Hände, so wie er es gestern auf dem Platz auch alle naselang gemacht hatte.

»Falls es wegen des Spiels gestern ist – Alexander hat mich zuerst getreten. Das wollen wir doch mal festhalten.«

»Der hat aber angefangen«, äffte ich ihn mit Kleinkinderstimme ärgerlich nach. »Allerdings meine ich gar nicht das Spiel. Sondern das, was danach passiert ist. Musstest du Philipp unbedingt auch noch zum Tequilatrinken animieren? Als wäre das halbe Fässchen Bier, das mein Bruder vorher schon intus hatte, nicht mehr als genug gewesen.«

»Pssst.« Daniel legte den Zeigefinger an die Lippen. »Könntest du bitte etwas leiser sprechen. Mir brummt wirklich der Schädel.«

»Gut so. Strafe muss sein«, sagte ich so laut, als spräche ich mit einem Schwerhörigen.

»Geh ihr besser aus dem Weg, Daniel«, riet Finn, der das Gespräch mitangehört hatte. »Mama hat schlechte Laune. Das hat sie immer, wenn sie ihren Steuerkram machen muss.«

Daniel warf mir über Finns Kopf hinweg einen amüsierten Blick zu.

»Danke für die Warnung, Kumpel. Ich werde auf der Hut sein. Und was macht man am besten, damit deine Mama wieder gute Laune bekommt?«

»Zartbitterschokolade hilft. Nach ein bis zwei Tafeln ist sie wieder gut drauf«, vertraute Finn Daniel in verschwörerischem Tonfall an. »Aber dann hat sie morgen oder übermorgen schlechte Laune, weil sie zugenommen hat.«

»Finn!«, wies ich meinen Sohn, empört, mit welcher Selbstverständlichkeit er unsere Interna ausplauderte, zurecht.

Meine Gewichtsprobleme gingen nun wirklich niemanden etwas an. Und Daniel Wilke schon gar nicht! Bevor Finn sich auch noch über die Liebes-Schmonzetten, die ich mir gelegentlich im Fernsehen reinzog, oder über die Socken, die ich im Winter im Bett trug, auslassen konnte, wurden wir zum Glück unterbrochen.

»Frau Wagner, auf ein Wort.«

Allein der Auftakt des Gesprächs war pure Ironie, denn wie ich Frau Backhaus kannte, würde sie sich gleich – sehr, sehr wortreich – über irgendwas beschweren. Gestern erst waren es die zu harten Matratzen gewesen, ich war gespannt, was es heute zu meckern gab.

»Ich möchte mich noch einmal über die Matratzen beschweren«, begann Frau Backhaus.

Also jetzt war ich echt enttäuscht. Gerade von ihr hatte ich mehr erwartet. Bislang hatte sie immer wieder etwas Neues gefunden, worüber sie sich beklagen konnte, sodass man ihr zumindest Einfallsreichtum zugutehalten musste. Nun waren ihr aber offenbar die Ideen ausgegangen.

»Aber ich habe die Matratzen auf Ihrem Zimmer austauschen lassen«, kam ich ihr schnell zuvor.

Ich hatte wirklich keine Lust, mir die Leier vom Vortag noch einmal anzuhören.

»Da Ihnen die Matratzen zu hart waren, habe ich das Zimmermädchen angewiesen, dafür zu sorgen, dass Sie weichere bekommen.«

»Ich habe ja auch nicht gesagt, dass die Matratzen zu hart sind«, erklärte Frau Backhaus vorwurfsvoll, und ihre grauen Omalöckchen zitterten dabei vor Empörung. »Ganz im Gegenteil. Jetzt sind sie viel zu weich. Da kann man ja gleich in einer

Hängematte schlafen. Ich habe heute Nacht kein Auge zugetan.«

»Das sieht man Ihnen aber überhaupt nicht an«, schaltete Daniel, dessen Kater plötzlich auf wundersame Weise verflogen zu sein schien, sich mit einem charmanten Lächeln in das Gespräch ein.

Zu meinem grenzenlosen Erstaunen gelang es ihm in null Komma nichts, die Querulantin wie einen Kaugummi um den Finger zu wickeln. Vielleicht lag es an Daniels Grübchenlächeln oder an den Komplimenten, mit denen er so freigiebig um sich schmiss, als wären es Kamellen bei einem Karnevalszug, dass Frau Backhaus plötzlich handzahm und überhaupt nicht mehr motzig war. Dank Daniels Überzeugungskraft war sie schon bald der Ansicht, noch nie auf einer qualitativ hochwertigeren und rückenschonenderen Matratze genächtigt zu haben.

Als sie gut gelaunt wieder abzog – mir war es nach wie vor ein Rätsel, wie Daniel das hinbekommen hatte –, atmete ich erleichtert auf.

»Vielleicht solltest du umsatteln«, schlug ich Daniel spaßeshalber vor. »Für mäkelige Gäste hast du offenbar ein Händchen. Falls du mal Lust auf was Neues hast, solltest du unbedingt ins Hotelgewerbe einsteigen.«

»Äh ... okay. Ich werd's mir merken.«

Daniel, dem mein Lob unangenehm zu sein schien, fixierte seine Schuhspitzen. So viel Bescheidenheit sah ihm gar nicht ähnlich.

»Also noch mal danke«, sagte ich.

»Gern geschehen. Bekomme ich denn jetzt zur Belohnung eine Kopfschmerztablette?«

Wahrscheinlich würde ich auch eine Tablette brauchen, wenn nicht sogar zwei! Kein Wunder, dass mir der Kopf brummte. Wie bei einer archäologischen Ausgrabung trug ich von meinem mit Papieren übersäten Schreibtisch Schicht um Schicht ab. Streng genommen erledigte ja der Steuerberater den Großteil der Arbeit. Mein Job war es lediglich, alle erforderlichen Unterlagen zusammenzusuchen. Eine Aufgabe, die ich abgrundtief hasste, denn irgendein Beleg oder Nachweis fehlte immer, sodass ich schlussendlich das komplette Büro auf den Kopf stellen musste. Da diese Tätigkeit nicht nur extrem nervig, sondern auch sehr ermüdend war, trank ich dabei literweise Kaffee. Was zur Folge hatte, dass schon bald meine Blase quengelte.

Als ich von der Toilette zurückkehrte und weitermachen wollte, war mein Stuhl jedoch besetzt. Weggegangen, Platz vergangen ...? Daniel hatte es sich an meinem Schreibtisch gemütlich gemacht. Vor ihm lag aufgeschlagen der Ordner mit den Steuerunterlagen, und in der Hand hielt er sein Handy, das er, als er mich bemerkte, hastig in seiner Jackentasche verschwinden ließ. Von mir aus durfte er gerne telefonieren, Nachrichten schreiben, Knöpfe annähen oder was sein Smartphone sonst noch so alles konnte – aber nicht an meinem Schreibtisch.

»Sitzen Sie bequem?«, fragte ich ironisch.

»Sitzt du bequem?«, antwortete Daniel mit einer Gegenfrage.

»Nein, ich sitze ja nicht. Denn mein Stuhl ist besetzt.«

»Ich meinte, es muss heißen: Sitzt *du* bequem? Schließlich duzen wir uns ja jetzt«, erinnerte mich Daniel gut gelaunt.

»Na schön. Also: Sitzt du bequem?«

Er grinste so breit, dass ein Kugelschreiber quer in seinen Mund gepasst hätte.

»Na ja, möglicherweise könnte der Stuhl etwas härter sein. Oder vielleicht auch weicher, das käme auf einen Versuch an«, ahmte er den nörgeligen Tonfall und den verkniffenen Gesichtsausdruck von Frau Backhaus nach.

Gegen meinen Willen musste ich schmunzeln.

Während Daniel sich provozierend langsam von meinem Schreibtischstuhl erhob, fragte ich: »Was machst du eigentlich in meinem Büro?«

Bevor er es sich womöglich wieder anders überlegte, flutschte ich schnell auf den frei gewordenen Platz.

»Ich wollte dich nur informieren, dass ich heute nicht zum Abendessen da sein werde.«

Anstatt stehen zu bleiben oder sich einen der Besucherstühle zu nehmen, setzte er sich neben mich auf die Schreibtischkante und überkreuzte lässig die Beine. Dabei war er mir so nahe, dass mir der bereits vertraute Duft seines Aftershaves in die Nase stieg. Hastig rollte ich mit meinem Schreibtischstuhl ein Stück zur Seite.

»Ich hab ein Meeting in Bonn. Das kann länger dauern«, erklärte Daniel, obwohl ich gar nicht gefragt hatte, warum er nicht zum Abendessen kommen würde.

»Okay, danke fürs Bescheidsagen. Ich werd's an die Küche weitergeben. Ist sonst noch was?«, fragte ich und schob einen Stapel Papier betont geschäftig von rechts nach links und dann wieder nach rechts. »Falls nicht, würde ich nämlich jetzt gerne weiterarbeiten.«

Bevor Daniel etwas erwidern konnte, wurde von draußen an die Bürotür geklopft. Dann schob sich ein riesiger Strauß dunkelroter Rosen, gefolgt von einem blonden Lockenkopf, durch den Türspalt.

»Oh, Mrs. Robinson, haben Sie einen heimlichen Verehrer?«, flachste Daniel.

Mark war echt süß, aber tatsächlich etliche Jahre zu jung für mich. Er ging noch zur Schule und verdiente sich, wie ich von seiner Mutter wusste, in den Sommerferien ein paar Euro dazu. Das grüne Sweatshirt mit dem Logo des hiesigen Blumengeschäfts, das ihm mindestens ein bis zwei Nummern zu groß war, schlackerte um seinen schmalen Körper.

»Ich soll diese Rosen hier abgeben«, sagte Mark verlegen und drückte mir den Strauß so hastig in die Hand, als handelte es sich um eine tickende Zeitbombe.

Daniel pfiff durch die Zähne. »Oh, so viel Sinn für Romantik hätte ich deinem Verlobten gar nicht zugetraut.«

Ich auch nicht. Aber das behielt ich mal lieber schön für mich.

Stattdessen sagte ich schnippisch: »Tja, so kann man sich täuschen. Wie kommst du überhaupt darauf, dass Alexander nicht romantisch ist?«

»Er wirkt ... nun, wie soll ich sagen ... er wirkt etwas steif und nüchtern. Und nicht wie jemand, der Blumen sprechen lässt.«

»Warum sollte Alexander auch Blumen sprechen lassen? Er hat schließlich einen Mund. Wenn er mir etwas sagen möchte, tut er das schon selbst.«

Ich klappte den Steuerordner, der mahnend vor mir lag, mit einem lauten Knall zu. Ehrlich gesagt wusste ich selbst nicht so genau, warum mich Daniels Worte so ärgerten. Vielleicht weil sie den Nagel auf den Kopf trafen? Aber offenbar hatte nicht nur Daniel, sondern auch ich Alexander unterschätzt. Zugegeben, rote Rosen waren vielleicht nicht gerade der originellste Liebesbeweis, aber allemal besser als gar nichts.

»Trotzdem finde ich es natürlich sehr lieb von Alexander, dass er mir Rosen schickt«, beeilte ich mich zu versichern.

»Äh ...« Mark, der unsere Unterhaltung schweigend mitverfolgt hatte, räusperte sich und trat unruhig von einem Fuß auf den anderen. »Die Blumen sind gar nicht für Sie, Frau Wagner, sondern für Frau Westermann. Aber ich brauche noch eine Unterschrift, und unten an der Rezeption ist niemand.«

Ich Rindvieh!

»Frau Westermann hat heute frei. Aber ich werde dafür sorgen, dass sie den Strauß bekommt.«

Ich ignorierte Daniels triumphierendes Grinsen, quittierte den

Erhalt der Rosen und gab Mark, bevor er wieder verschwand, schnell noch ein kleines Trinkgeld.

Wer mochte Hannah den wunderschönen Strauß geschickt haben? Ich hoffte inständig, dass die Rosen ein Geschenk von Robert waren. Vielleicht hatten die beiden gestern noch miteinander geredet, und die Blumen symbolisierten einen Neuanfang. Ein schöner Gedanke – aber Robert wusste doch bestimmt, dass Hannah heute frei hatte, und hätte die Blumen nach Hause geschickt. Tief in meinem Inneren war mir ohnehin sofort klar gewesen, dass Philipp dahintersteckte, und ich hätte ihm die dornige Pracht am liebsten über die Rübe gehauen. Wie ich wusste, hatte Hannah ihm gestern, bevor sie nach Hause gegangen war, deutlich zu verstehen gegeben, dass sie ihre Ehe retten wollte, und hatte Philipp gebeten, sich in nächster Zeit von ihr fernzuhalten. Streng genommen hatte er sich daran ja auch gehalten, schließlich hatte er die Blumen nicht persönlich überbracht. Aber es gab bestimmt bessere Mittel und Wege, um zu zeigen, dass er Hannahs Wunsch nach Abstand respektierte, als rote Rosen zu schicken …

»Ich gehe dann jetzt mal.«

»Prima Idee.«

Ich konnte es kaum erwarten, dass Daniel endlich verschwand, denn das triumphierende Funkeln in seinen Augen war verdammt schwer zu ertragen.

Kurz nachdem er mein Büro verlassen hatte, klingelte das Telefon. Froh über die Störung hob ich ab. Wer immer es auch sein mochte und egal, was er von mir wollte: Es war auf jeden Fall besser, als sich weiter mit diesem lästigen Steuerkram herumzuschlagen – oder sich über das Gespräch mit Daniel den Kopf zu zerbrechen.

»Hallo, Lizzie. Kann ich dir nachher Lea und Julia vorbeibringen?«, fiel Hannah gleich mit der Tür ins Haus. »Robert und ich wollen einen Wellnesstag machen. Ein bisschen Sauna, schwimmen und relaxen ... nur wir zwei.«

Auch wenn sie die Sache vermutlich selbst angeleiert hatte, war ihrer Stimme anzuhören, dass sie nicht so recht wusste, was sie davon halten sollte.

»Eine Bekannte hat mir ein Wellnesshotel in Bonn empfohlen. Da kann man für den Spabereich auch Tageskarten lösen.«

»Klingt toll!«, freute ich mich und hoffte, dass Hannah Robert gegenüber etwas mehr Begeisterung an den Tag legen würde.

Apropos Begeisterung: Daniel wäre vor Neid bestimmt ganz grün geworden. Dieser ganze Wellnesskram schien ihm mächtig abzugehen. So oft, wie er auf das Thema zu sprechen kam ...

Ärgerlich, dass Daniel es erneut geschafft hatte, sich durch die Hintertür in meinen Kopf zu schleichen, schob ich den Gedanken an ihn beiseite.

»Klar können die Mädchen zu uns kommen. Das ist überhaupt kein Problem«, versicherte ich Hannah. »Finn wird begeistert sein. Und ich freue mich natürlich auch.«

Als Hannah gegen Abend vorbeikam, um ihre Töchter wieder abzuholen, spielten die Kinder gerade in der Scheune, sodass wir noch einen Moment für uns hatten.

»Danke, dass die Mädels herkommen durften. War hier alles okay? Haben sich Lea und Julia gut benommen?«, fragte Hannah, während sie mir durch den Flur in die Küche folgte.

»Alles bestens.« Ohne zu fragen, schüttete ich Hannah eine Tasse Tee ein. »Und jetzt erzähl schon: Wie war's bei euch?«

»Ganz nett«, antwortete Hannah lahm und wickelte sich gedankenverloren eine Haarsträhne um den Finger. »Der Spabereich des Hotels ist echt vom Feinsten. Allein die Saunalandschaft ist so groß, dass man sich darin verlaufen kann. Und alles supersauber und gepflegt«, rasselte meine Freundin, während sie durch mich hindurchzusehen schien, die Vorzüge des Wellnessbereichs herunter. »Man kann auch Massagen und andere Anwendungen buchen. Was natürlich nicht ganz billig ist …«

»Halt!«, fiel ich Hannah, bevor sie auch noch die Preisliste herunterbeten konnte, ungeduldig ins Wort. »Du weißt genau, was ich hören will. Wie war's mit Robert? Habt ihr die Zeit genutzt und endlich mal wieder in Ruhe miteinander geredet?«

Hannah nickte. Dabei machte sie ein Gesicht, als hätte sie sich in der Sauna Fußpilz oder irgendeine andere fiese Krankheit geholt. Nach einem kleinen Seufzer bekam ich schließlich ein detailliertes Gesprächsprotokoll geliefert.

»Im türkischen Dampfbad haben wir besprochen, dass wir den Kredit für die Weinpresse vorzeitig ablösen. In der Fichtensauna haben wir über die Renovierung der Kinderzimmer geredet. Und in der Rosensauna haben wir beschlossen, dass Julia mit dem Klavierunterricht aufhören darf.«

»Von einem gemeinsamen Tag darf man sich noch keine Wunder erhoffen. So was braucht Zeit.« Über den Tisch hinweg griff ich tröstend nach Hannahs Hand. »Immerhin wird es Julia freuen, dass sie mit dem Geklimper aufhören darf.«

»Da sagst du was. Sie wird vor Begeisterung Luftsprünge machen. Du weißt ja, wie sehr sie das Klavierspielen in letzter Zeit hasst.«

Die Erwähnung ihrer Tochter reichte, um Hannah ein Lächeln zu entlocken.

»Dann war doch zumindest der Besuch der Rosensauna für etwas gut. Apropos Rosen«, begann ich vorsichtig.

Ich hatte kurz mit dem Gedanken gespielt, die vermaledeiten Blumen einfach in der großen Biotonne hinter dem Haus verschwinden zu lassen, wusste aber genau, dass mir so viel Eigenmächtigkeit nicht zustand. Ich fand es schrecklich, dass meine Mutter sich so selbstverständlich in meine Angelegenheiten einmischte, als hätte ich ihr eine Generalvollmacht über mein Leben erteilt. Ich wollte bei meiner Freundin auf keinen Fall den gleichen Fehler machen. Auch wenn die Vermutung nahelag, dass die Rosen Hannahs seelisches Gleichgewicht empfindlich stören würden, durfte ich sie ihr nicht vorenthalten.

»Warte«, bat ich sie, »bin gleich wieder da.«

Kurz darauf kehrte ich mit dem Blumenstrauß in die Küche zurück.

»Die sind heute für dich abgegeben worden.«

Gespannt, wie meine Freundin reagieren würde, überreichte ich ihr die Rosen.

Hannahs Gesicht leuchtete auf. Nur ganz kurz, so, als hätte jemand zweimal direkt hintereinander den Lichtschalter betätigt, aber lange genug, dass ich es bemerkte. Zögernd griff sie nach der Karte, die in dem Strauß steckte, und begann zu lesen. Ihre Augen schimmerten mit einem Mal verdächtig feucht – und ich nahm nicht an, dass das an Philipps lausiger Orthografie lag. Doch anstatt in Tränen auszubrechen, straffte meine Freundin die Schultern, zerriss die Karte wortlos in kleine Schnipsel und warf sie in den Mülleimer unter der Spüle.

»Und was machen wir jetzt mit den Blumen?«, fragte ich vorsichtig.

»Wir stellen die Rosen an die Rezeption. Zum Wegschmeißen sind sie viel zu schade«, sagte Hannah mit fester Stimme und fügte nach einer kleinen Pause kaum hörbar hinzu: »Sie sind wunderschön.«

»Ja, das sind sie wirklich«, gab ich zu und hätte gerne noch etwas Tröstliches hinzugefügt, aber mir fiel beim besten Willen nicht ein, was.

Darum legte ich einfach nur kommentarlos eine Packung

Schokoladencookies auf den Tisch. Auch wenn die aufmunternden Worte bestimmt weniger Kalorien gehabt hätten, schien Hannah für jede Art von Trost – selbst wenn er dick machte – dankbar zu sein. Sie griff gierig nach den Keksen.

Nachdem sie in Rekordzeit eine Hand voll Cookies mit etwas Tee hinuntergespült hatte, wechselte sie abrupt das Thema: »Ach übrigens, dreimal darfst du raten, wer mir an der Rezeption des Hotels über den Weg gelaufen ist.«

Sie machte ein so geheimnisvolles Gesicht, als hätte sie die Kanzlerin oder zumindest irgendeinen B- oder C-Promi, der sich im Bonner Wellnesshotel von den Strapazen des australischen Dschungelcamps erholen wollte, dort getroffen.

Von wegen dreimal darfst du raten!

Bevor ich auch nur einen einzigen Tipp abgeben konnte, posaunte Hannah die Antwort auch schon heraus: »Daniel Wilke!«

»Oh«, war alles, was mir dazu einfiel.

Meine Freundin nippte an ihrer Teetasse. »Allerdings hatte ich das Gefühl, dass es ihm unangenehm war, mich zu treffen.«

»Das sollte es auch.« Gedankenverloren zerbröselte ich einen Keks zwischen den Fingern. »Mir hat er nämlich erzählt, dass er ein Meeting hätte. Ein Meeting in der Sauna – wie nett«, sagte ich ironisch. »Mal was anderes als immer nur diese nüchternen Besprechungsräume. Und da sag noch mal einer, Arbeit und Vergnügen ließen sich nicht verbinden.«

»Apropos Vergnügen ...« Hannah zögerte einen Moment. Sie musterte mich halb mitleidig, halb prüfend, so, als wäre ich ein Patient, bei dem sie sich nicht sicher war, ob er die Diagnose verkraften könnte. »Er war nicht allein«, rückte sie schließlich mit der Sprache heraus, »sondern in weiblicher Begleitung. Eine große, gut aussehende Frau mit dunklen langen Haaren war bei ihm.«

Plötzlich hatte ich einen schalen Geschmack im Mund, der bestimmt nicht von den Schokokeksen herrührte.

»Ach, das war bestimmt Nathalie, Daniels Assistentinnen-Freundin.«

»Assistentinnen-Freundin?« Hannah kratzte sich am Kopf. »Was soll das denn sein?«

»Daniel behauptet, sie wäre seine Assistentin. Aber in Wirklichkeit ist sie wohl seine Freundin.«

»Vielleicht ist sie ja auch beides«, überlegte Hannah laut. »Im Spa habe ich die beiden jedenfalls nicht gesehen.«

Ich wusste sofort, worauf meine Freundin hinauswollte.

»Du meinst, sie haben sich in dem Hotel ein Zimmer genommen.«

»Schon möglich. Komisch war nur, dass mir die Frau auf Anhieb so bekannt vorgekommen ist. Obwohl sie nun wirklich kein Allerweltsgesicht hat.«

»Das ist überhaupt nicht komisch«, antwortete ich. »Nathalie hat Daniel vorgestern auf dem Sonnenhof besucht.«

Die Erinnerung an diesen rabenschwarzen Montag war mir noch allzu deutlich im Gedächtnis.

»Sie hat ihn besucht?« Hannah runzelte die Stirn. »Mag sein, aber da bin ich ihr ganz sicher nicht begegnet. Unser Zusammentreffen muss schon länger zurückliegen.« Sie dachte angestrengt nach, dann hellte sich ihr Gesicht plötzlich auf. »Jetzt weiß ich es wieder! Ich bin mir hundertprozentig sicher, dass die Frau vor einigen Wochen schon mal auf dem Sonnenhof gewesen ist und sich von mir alles zeigen lassen hat.«

Ich zuckte mit den Schultern und trank einen Schluck Tee. »Vielleicht wollten Daniel und sie ursprünglich gemeinsam bei uns Urlaub machen, und ihr ist kurzfristig etwas dazwischengekommen.«

»Vielleicht hast du recht. Aber ein bisschen merkwürdig ist das schon, findest du nicht?«

»Hmm«, brummte ich abwesend und knibbelte an einem

Klebstoffrest herum, den Finn bei seiner letzten Bastelaktion auf der Tischplatte hinterlassen hatte.

»Ich glaube, du hörst mir sowieso nicht richtig zu.« Hannah lehnte sich auf ihrem Stuhl zurück und musterte mich durchdringend. »Es stört dich, dass Daniel eine Freundin hat. Stimmt's?«

»Ach was!« Ich schüttelte mit dem Kopf. »Von mir aus kann er so viele Freundinnen haben, wie er möchte.«

»Wie überaus großzügig von dir.« Hannah grinste. »Aber wenn ich Daniel Wilke richtig einschätze, setzt er mehr auf Qualität als auf Quantität.«

»Findest du, sie sieht sympathisch aus?«, fragte ich.

»Wer?«

»Na, diese Nathalie.«

»Ha, erwischt! Hab ich's doch gewusst«, rief Hannah triumphierend. »Es ist dir nicht egal, dass er eine Freundin hat!«

»Natürlich ist es mir egal«, behauptete ich, obwohl zwei Menschen in diesem Raum wussten, dass das nicht ganz der Wahrheit entsprach ...

Kapitel 13

Ich hatte nichts gegen Blumen im Allgemeinen und auch nichts gegen Rosen im Speziellen. Aber dass mein Bruder Hannah damit regelrecht bombardierte und unsere Rezeption mittlerweile aussah wie das Schaufenster eines Blumengeschäfts am Valentinstag, ging nun wirklich zu weit. Ich hatte das Gefühl, dass ich Mark, den Blumenboten, im Moment öfter zu Gesicht bekam als meinen eigenen Sohn. Wenn das so weiterging, konnte ich ihn gleich adoptieren.

Ärgerlich griff ich nach meinem Handy.

»Philipp! Du musst auf der Stelle damit aufhören!«, bellte ich meinen Bruder, nachdem er ans Telefon gegangen war, wütend an.

»Dann sind die Blumen also angekommen«, stellte dieser, völlig unbeeindruckt von meinem Tonfall, zufrieden fest.

Die Blumen?!? Ich fragte mich, welchen der unzähligen Sträuße er wohl meinte und wie viele von der Sorte er noch in Auftrag gegeben hatte.

»Ich war mir ja nicht so sicher, ob der Lieferservice fernab der Zivilisation funktioniert«, fuhr Philipp, der den Ernst der Lage wohl noch nicht begriffen hatte, fort, »aber offenbar seid ihr auf dem Land fortschrittlicher, als ich dachte.«

»Philipp, hör bitte auf damit. Versprich es mir«, flehte ich meinen Bruder an.

Diese Taktik hatte ich mir von Finn abgeschaut: Wenn er es nicht schaffte, seinen Willen durchzuboxen, verlegte er sich aufs Betteln. Und seine Erfolgsquote war gar nicht mal so übel.

»Keine Blumen mehr. Bitte! Hannah zuliebe!«

»Warum? Freut Hannah sich nicht über die Blumen? Alle Frauen lieben Blumen. Oder mag sie keine Rosen?«

»Darum geht es doch gar nicht!«

Als ob die Blumensorte eine Rolle spielen würde! Außerdem konnte mein Bruder eine Narzisse nicht von einer Tulpe unterscheiden.

»Du musst akzeptieren, dass Hannah sich für Robert und ihre Ehe entschieden hat. Mit deinem Blumenbombardement machst du es ihr nicht leichter. Jedes Mal, wenn sie deine Rosen sieht, wird sie an dich erinnert.«

»Genau das ist ja auch der Sinn dieser Aktion«, rechtfertigte sich mein Bruder, der einem sizilianischen Maulesel in puncto Sturheit in nichts nachstand. »Kein Mensch kann von mir verlangen, dass ich Hannah einfach aufgebe und kampflos das Feld räume.«

»Ein Mensch kann das sehr wohl. Nämlich Hannah. Soviel ich weiß, hat sie dich um Abstand gebeten – also halte dich gefälligst auch daran. Sonst kommt sie nie zur Ruhe.«

»Aber ich liebe Hannah!« Philipp klang ehrlich verzweifelt.

»Ich glaube dir ja, dass du sie liebst«, versuchte ich meinen Bruder, der mir auch irgendwie leidtat, zu trösten. »Was du jetzt durchmachst ist neu für dich und schmerzhaft. Aber dein Liebeskummer geht bestimmt schnell wieder vorbei. Du weißt doch: Drei Tage kommt er, drei Tage bleibt er, drei Tage geht er.«

Zwar galt diese Faustregel gemeinhin für Schnupfen und nicht für Liebeskummer, aber ich war mir sicher, dass mein Bruder in nicht einmal einer Woche bereits die nächste Frau am Start hatte.

»Wie kannst du bloß so etwas sagen?« Philipp, der das offenbar völlig anders sah, klang beleidigt.

»Ich bin deine Schwester«, antwortete ich ungerührt. »Ich kenne dich schon ein paar Jährchen.«

»Siehst du, und genauso ist das mit Hannah und mir.« Dankbar für das Stichwort, das ich ihm geliefert hatte, begann Philipp, in

Erinnerungen zu schwelgen: »Weißt du noch, wie Hannah mich heimlich besucht hat und Süßigkeiten in mein Zimmer geschmuggelt hat, als ich Windpocken hatte? Oder wie ich ihrem Macker auf dem Abschlussball ein paar reingehauen habe, weil er mit einer anderen rumgeknutscht hat? Glaub mir, Hannah und ich sind füreinander bestimmt.«

»Wenn du diese Erkenntnis vor fünfzehn Jahren gehabt hättest – nichts dagegen.« Ungeduldig trommelte ich mit den Fingern auf der Tischplatte herum.

Konnte oder wollte er mich nicht verstehen?

»Aber jetzt ist Hannah nun mal mit Robert verheiratet und hat zwei Kinder mit ihm. Willst du wirklich eine Familie zerstören?«

»Natürlich will ich das nicht«, antwortete Philipp ungehalten. »Aber man hat schließlich nur dieses eine Leben. Wenn Hannah Robert nicht mehr liebt, soll sie dann nur wegen Lea und Julia mit ihm zusammenbleiben?«

»*Wenn* sie ihn nicht mehr liebt. Nur weil sie sich in dich verknallt hat, heißt das doch noch lange nicht, dass ihre Gefühle für Robert über Nacht verschwunden sind.«

»Woher willst ausgerechnet du das denn so genau wissen?«

Weil es mir genauso geht, hätte ich am liebsten gebrüllt. Ich hatte mir lange genug etwas vorgemacht, und nun traf mich die Erkenntnis wie ein Schlag in die Magengrube. Mit voller Wucht und ohne Deckung. Entsetzt rang ich nach Luft.

Ja, ich hatte mich in Daniel verknallt. Ob mir das nun gefiel oder nicht.

Aber das hatte nichts, aber auch wirklich gar nichts mit meinen Gefühlen für Alexander zu tun. Oder vielleicht doch?

Bevor ich weiter darüber nachdenken oder Philipp in mein chaotisches Gefühlsleben einweihen konnte, stürmte Maribelle zur Tür herein.

»Lizzie, komm schnell! Finn ist vom Baum gefallen.«

Verdammt, ich hatte schon immer gewusst, dass so etwas früher oder später passieren würde. Ein Schutzengel allein reichte für einen Wildfang wie Finn einfach nicht, da hätte es schon einer ganzen Schutzengel-Armee bedurft. Und ich konnte mir beim besten Willen nicht vorstellen, dass der liebe Gott in Zeiten wie diesen für einen kleinen Jungen so viel himmlisches Bodenpersonal abstellen konnte.

Ohne mich zu verabschieden, warf ich mein Handy zur Seite und stürmte in den Garten hinaus.

Oh Gott! Als ich Finn reglos unter dem Apfelbaum liegen sah, wurde mir ganz flau, und trotz der sommerlichen Temperaturen fröstelte ich. Bitte, lieber Gott, mach, dass ihm nichts Schlimmes passiert ist, schickte ich ein Stoßgebet gen Himmel.

Daniel, der neben Finn kniete, hatte sich über ihn gebeugt und redete leise auf ihn ein. Zum Glück war Finn offenbar bei Bewusstsein, und als ich näher kam, sah ich, dass er sogar bereits wieder lächelte. Aber das allein hieß noch gar nichts. Schließlich konnte man nicht wissen, ob er sich bei dem Sturz irgendwelche Verletzungen zugezogen hatte, die auf den ersten Blick nicht zu erkennen waren.

»Hey, Mami, ich glaube, ich werde doch nicht Erfinder, sondern lieber Stuntman.«

Finn, der schon wieder übermütig wurde, wollte sich aufrichten, aber das konnte ich zum Glück gerade noch verhindern.

»Bleib ganz ruhig liegen, mein Schatz. Ich rufe Alexander an. Er soll sicherheitshalber vorbeikommen und nachschauen, ob mit dir wirklich alles in Ordnung ist.«

Was war denn im Moment bloß los?! Heute Morgen erst hatte Alexander uns mitgeteilt, dass wir uns um den Gesundheitszustand meiner Mutter keine Sorgen machen mussten. Alle Testergebnisse waren im grünen Bereich. Und nun hatten wir schon den nächsten Notfall!

Keine fünf Minuten nach meinem Anruf war Alexander zur Stelle. Er untersuchte Finn sorgfältig, dann gab er Entwarnung. Abgesehen von einer Schürfwunde am Ellenbogen, die Alexander vorsorglich desinfizierte, war alles okay.

Vor Erleichterung hätte ich heulen können. Glücklich schloss ich meinen Sohn in die Arme.

Nachdem Alexander mit Finn fertig war, knöpfte er sich Daniel vor. »Der Junge hätte tot sein können! Und das wäre ganz allein *Ihre* Schuld gewesen.«

Obwohl Alexander ihn mit seinem anklagend ausgefahrenen Zeigefinger fast aufspießte, wich Daniel keinen Millimeter zurück.

»Wie wollen Sie sich darüber ein Urteil erlauben? Sie sind doch gar nicht dabei gewesen, als der Unfall passiert ist.«

Die beiden Männer standen sich wie zwei Boxer im Ring mit grimmiger Miene gegenüber, taxierten einander und warteten auf die Chance, den Gegner auszuknocken.

»Das brauche ich auch gar nicht.« Alexander wies mit einer Kopfbewegung zum Baumhaus hinauf. »Eine Strickleiter! Was für eine idiotische und leichtsinnige Konstruktion.«

Er tat ja gerade so, als müsste Finn wie der Königssohn aus *Rapunzel* an einem Haarzopf zu seinem Baumhaus hinaufklettern. *Das* wäre riskant. Aber doch keine Strickleiter!

»Man kann sich ja wohl an fünf Fingern abzählen, dass da früher oder später was passiert«, wetterte Alexander, der langsam warm wurde und sich richtig schön in Rage redete. »Wer ist auch so bescheuert ...«

»*Ich!* Ich habe gemeinsam mit Finn die Strickleiter ausgesucht«, unterbrach ich Alexanders Schimpftirade.

Ich war ihm für seine schnelle Hilfe wirklich dankbar, aber jetzt schoss er übers Ziel hinaus.

»Na ja, scheint ja zum Glück alles noch mal gut gegangen zu

sein«, lenkte Alexander, als er merkte, dass er Daniel nichts anhängen konnte, widerstrebend ein. »Eine Gehirnerschütterung lässt sich zum gegenwärtigen Zeitpunkt allerdings noch nicht ausschließen. Ist Finn denn bei dem Sturz mit dem Kopf aufgeschlagen?«

»Ich weiß es nicht«, gab Daniel nach einem unsicheren Blick zu mir ehrlich zu und zuckte mit den Schultern. »Ich war nur kurz im Geräteschuppen ...«

Bevor er sich womöglich noch irgendwelche Schuldgefühle einreden ließ oder Alexander ihn wegen unterlassener Aufsichtspflicht zur Schnecke machte, versicherte ich schnell: »Niemand macht dir einen Vorwurf, Daniel.«

Na ja, niemand außer Alexander.

»Finn ist kein Kleinkind mehr, das man jede Minute beaufsichtigen muss. Und eine Strickleiter ist normalerweise auch kein Problem für ihn.«

»Es hat nicht an der Strickleiter gelegen«, erklärte Finn, der als wahrer Kletterkünstler und zukünftiger Stuntman einen solchen Verdacht natürlich nicht auf sich sitzen lassen konnte, entrüstet. »Ich wollte Flocke mit nach oben ins Baumhaus nehmen, um ihm zu zeigen, dass es fast fertig ist. Von hier unten sieht man das so schlecht. Aber plötzlich hat Flocke wie wild gezappelt, da konnte ich ihn doch nicht einfach fallen lassen.«

»Natürlich nicht, mein Süßer.« Zärtlich strich ich über Finns Kopf. »Wo steckt Flocke eigentlich?«, fragte ich und sah mich suchend im Garten um, konnte den Hasen aber nirgendwo entdecken.

Da blieb mein Blick am Gartentor hängen. Oh nein! Es stand sperrangelweit offen. Die perfekte Einladung für einen kleinen neugierigen Hasen, die Welt da draußen zu erkunden. Mist! Wie hatte das bloß passieren können? Vielleicht hatte Alexander vergessen, das Gartentor zu schließen, als er vom Parkplatz gekommen war. Möglicherweise war es aber auch vorher schon offen gewesen.

Finn war meinem Blick gefolgt, seine Augen weiteten sich vor Entsetzen.

»Flocke!«, rief er panisch. »Flocke, wo bist du?«

Wir durchkämmten den ganzen Garten, schauten unter jedem Busch und in jedem Winkel nach, aber Flocke blieb verschwunden. Ich hatte meinen Sohn noch nie so verzweifelt erlebt. Vor lauter Schniefen und Schluchzen bekam er kaum noch Luft.

»Hey, jetzt beruhige dich mal wieder.« Alexander klopfte Finn auf die Schulter. »Ein tapferer Krieger wie du weint doch nicht.«

Daniel, der diesen Ausspruch offenbar genauso bescheuert fand wie ich, verdrehte genervt die Augen. »Blödsinn, wein ruhig, Kumpel. Was raus muss, muss raus. Wenn es mir richtig dreckig geht, weine ich auch.«

Verdammt! Hätte er das nicht für sich behalten können?! Schlimm genug, dass ich mich in Daniel verknallt hatte – was sich hoffentlich schnell wieder legen würde! –, aber dass er jetzt auch noch Dinge sagte, die so gar nicht zu dem oberflächlichen Schnösel passten, für den ich ihn anfangs gehalten hatte, war ausgesprochen kontraproduktiv.

Finn warf Daniel einen dankbaren Blick zu. Schon komisch: Jetzt, da er gewissermaßen die Lizenz zum Weinen hatte und den Tränen ungeniert freien Lauf lassen konnte, versiegte der salzige Sturzbach allmählich.

Nach ein paar letzten trockenen Schluchzern fuhr Finn sich mit dem Ärmel über das Gesicht und erklärte tapfer: »Ich gehe noch mal überall suchen.«

»Mach das, mein Schatz.« Auch wenn ich wenig Hoffnung hatte, dass Flocke sich noch im Garten aufhielt – vermutlich war er längst über alle Berge –, versuchte ich, optimistisch zu klingen.

Nachdem Finn verschwunden war, um noch mal jeden Stein im Garten umzudrehen – offenbar hatte er vor lauter Kummer vergessen, dass Flocke ein Hase und keine Flunder war –, herrschte einen Moment Schweigen.

»Ich freue mich schon auf heute Abend«, sagte Daniel in die plötzliche Stille hinein. »Wann geht es denn eigentlich los?«

»Heute Abend?«, fragte Alexander alarmiert. »Was ist denn heute Abend?«

Beide Männer sahen mich abwartend an. Na bravo, jetzt saß ich in der Zwickmühle. Wem sollte ich zuerst antworten?

»Die Weinprobe beginnt gegen acht«, antwortete ich und fühlte mich dabei wie das tapfere Schneiderlein.

Zwei auf einen Streich! Indem ich beide Antworten in einen Satz gepackt hatte, konnte sich keiner zurückgesetzt fühlen.

»Okay, bis später dann!«, sagte Daniel und winkte Finn, der auf der Suche nach Flocke zwischen den Büschen herumkroch, zum Abschied aus der Ferne zu.

»Ich begleite dich zu deinem Auto«, sagte ich zu Alexander, als wir allein waren. »Übrigens danke, dass du so schnell gekommen bist.«

»Hm«, brummte Alexander, der mir offenbar gar nicht richtig zuhörte. »Sag mal, seit wann duzt du dich eigentlich mit diesem Stadtaffen?«, fragte er plötzlich unvermittelt, als wir Seite an Seite den schmalen Kiesweg entlanggingen.

»Seit dem Dorf-gegen-Gäste-Fußballspiel«, antwortete ich wahrheitsgemäß und fügte hastig hinzu: »Daniel, also ... äh, Herr Wilke hat das vorgeschlagen. Und da konnte ich ja schlecht Nein sagen, nach allem, was er für Finn getan hat.«

»Ich habe übrigens heute einen Makler mit dem Verkauf meines Hauses beauftragt«, wechselte Alexander, der wohl einsah, dass Daniel mit dem Baumhaus einen Trumpf in der Hand hatte, der schwer zu schlagen war, plötzlich abrupt das Thema.

Überrascht blieb ich stehen. »Bist du dir ganz sicher, dass du das auch wirklich willst?«

»Natürlich.«

Alexander sagte das so selbstverständlich, als hätte er unseren Plan, gemeinsam auf dem Sonnenhof zu leben, niemals infrage gestellt.

»Am nächsten Wochenende kommt der Makler raus, um sich das Haus anzusehen. Aufgrund der Beschreibung und der Fotos, die ich ihm gemailt habe, meint er aber, dass die Chancen, es relativ schnell verkauft zu bekommen, nicht schlecht stehen. Zum Glück ist es nicht so groß. Als Wochenendhaus für eine Familie sogar geradezu ideal, sagt der Makler.«

»Das klingt doch toll«, heuchelte ich Begeisterung.

Ich hasste mich selbst dafür, dass ich bei dem Gedanken, Alexander zu heiraten und mit ihm zusammenzuziehen, nicht aufrichtige Freude empfinden konnte. Verdammt, warum war Daniel bloß hier aufgetaucht?! Bevor er sich bei uns einquartiert hatte, war alles in schönster Ordnung gewesen! Ich hatte genau gewusst, was ich wollte: Alexander. Und was ich nicht wollte: einen Mann wie Tobias oder Daniel, der einem erst Herzklopfen und später nichts als Kummer bereitete. Doch nun herrschte in meinem Kopf nur noch Chaos. War ich es Alexander nicht schuldig, mit ihm darüber zu reden? Andererseits: Was von allein kommt, geht auch wieder von allein. Ich war einfach nur ein bisschen verwirrt. Spätestens in drei Tagen, wenn Daniel abgereist war, würde der ganze Spuk vorbei sein, und bis zur Hochzeit war alles wieder beim Alten. Ganz bestimmt!

Alexander griff nach meiner Hand. »Wäre es nicht schön, wenn ich heute Abend auch zu eurer Weinprobe kommen würde?«

Ja, sehr schön! Ungefähr so schön wie eine Masernepidemie. Es war gar nicht so leicht, meine Gesichtszüge unter Kontrolle zu behalten und eine möglichst neutrale Miene zur Schau zu stellen.

Ich dachte fieberhaft nach. Ein gemeinsamer Abend mit Daniel *und* Alexander würde der reinste Spießrutenlauf werden. Andererseits konnte ich Alexander schlecht verbieten, an der Weinprobe teilzunehmen. Zu einer Beziehung gehörten bekanntlich immer zwei – auch ich musste mich, wenn es zwischen uns funktionieren sollte, ein bisschen anstrengen.

»Okay, wir sehen uns dann um acht«, sagte ich und gab Alexander, um guten Willen zu zeigen und gleichzeitig mein schlechtes Gewissen zu beruhigen, einen besonders innigen Abschiedskuss.

Na bitte, ging doch, und so anstrengend war der Kuss auch gar nicht gewesen ...

Robert machte seine Sache wie immer ausgezeichnet. Man spürte, dass er Winzer aus Leidenschaft war. Wie bei jeder Weinprobe, die ich bislang gemeinsam mit Hannah und ihm veranstaltet hatte, schaffte er es, den Funken auf die Gäste überspringen zu lassen, sodass selbst eingefleischte Biertrinker dem Gerstensaft abschworen und sich gleich kistenweise mit Roberts Wein eindeckten.

Während er die Teilnehmer der Weinprobe in die Technik der richtigen Verkostung einführte – betrachten, riechen, schmecken –, flocht Robert immer wieder kleine, unterhaltsame Anekdoten über den Anbau und die Herstellung des Weins in seinen Vortrag ein.

Da ich alle vierzehn Tage in den Genuss dieser Ausführungen kam, hörte ich nur mit halbem Ohr zu, während ich Hannah dabei half, Gläser zu verteilen und die Brotkörbe aufzufüllen. Dabei schielte ich immer wieder zu Alexander und Daniel hinüber, die blöderweise auch noch am selben Tisch saßen. Doch offenbar gab es überhaupt keinen Grund zur Besorgnis, denn die beiden Männer würdigten einander keines Blickes. Sehr gut!

Im Laufe des Abends ließ meine Anspannung peu à peu nach. Lediglich Frau Backhaus, die bei keiner Veranstaltung, auf der es etwas umsonst gab, fehlen durfte – wahrscheinlich wäre sie sogar zur Eröffnung einer Dose Ravioli gekommen –, schoss mal wieder quer.

Sie beschwerte sich lautstark, dass ausgerechnet ihr Lieblingswein bei der Verkostung fehle: »Kein Lambrusco?! Wo gibt's denn so was?«

Robert, der sich nicht aus der Ruhe bringen ließ, erwiderte freundlich: »Ich finde es auch sehr schade, dass sich unser Weingut in der Eifel und nicht im sonnigen Italien befindet, wo die Lambrusco-Traube angebaut wird.«

Danach hielt Frau Backhaus aus Angst vor weiteren Blamagen die Klappe, und der Rest der Weinprobe verlief harmonisch und ohne weitere Vorkommnisse.

Im Anschluss saß oder stand man noch in kleinen Grüppchen beisammen und ließ den Abend gemütlich ausklingen.

Während sich Daniel angeregt mit Robert und Hannah unterhielt, gesellte Alexander sich zu Thorsten Lindemann an die Theke, wo sie zum gefühlten hundertsten Mal das Dorf-gegen-Gäste-Fußballspiel rekapitulierten. Dabei durchlebten sie noch einmal wort- und vor allem gestenreich jede einzelne Szene, sodass Alexander um ein Haar eine Vase mit Rosen, die mittlerweile fast überall im Haus verteilt waren, von der Theke gefegt hätte. Was ich ihm, ohne mit der Wimper zu zucken, verziehen hätte. Hauptsache, er hielt sich von Daniel fern! Bislang hatte dieser auch noch keinen Versuch gemacht, Alexander die Standpauke vom Nachmittag heimzuzahlen, und so wähnte ich mich in trügerischer Sicherheit – bis ein Stuhl polternd zu Boden fiel.

Aufgeschreckt durch den Lärm, fuhr ich herum und traute meinen Augen kaum. Wie bei einem Krimi, dessen Anfang man verpasst hat, wollten sich mir die Zusammenhänge der Szene einfach nicht erschließen. Alexander hatte Daniel mit einer Hand am Kragen seines Hemdes gepackt, die andere Hand ließ er zur Faust geballt nach vorne schnellen – geradewegs in Daniels Gesicht.

Entsetzt zuckte ich zusammen. Oh Gott, hoffentlich hat Daniel eine Zahnzusatzversicherung, schoss mir absurderweise als Erstes durch den Kopf. Was war bloß in Alexander gefahren? Eine verbale Attacke gut und schön, aber dass er mit Fäusten auf Daniel losging, passte so gar nicht zu ihm. Doch auch wenn es ihm im wahrsten Sinne des Wortes an einschlägiger Erfahrung mangelte, war sein rechter Haken offenbar nicht ohne, denn Daniel stieß einen wütenden Schmerzenslaut aus. Dann stürzte er sich mit blitzenden Augen auf seinen Angreifer, und ruck, zuck war die schönste Schlägerei in Gange.

»Aufhören! Sofort!«, brüllte ich.

Aber die beiden Kampfhähne schienen gar nicht daran zu denken, meiner Aufforderung Folge zu leisten – weder sofort noch später. Es sah so aus, als wollten sie das, was sie auf dem Fußballplatz begonnen hatten, nun mit aller Konsequenz zu Ende bringen.

Während alle übrigen Anwesenden das Spektakel wie Gaffer bei einem Verkehrsunfall gebannt beobachteten – mittlerweile wälzten sich die Männer auf dem Boden –, waren nur Robert und Thorsten Lindemann geistesgegenwärtig genug, mir dabei zu helfen, die beiden Kontrahenten zu trennen.

»Sagt mal, seid ihr noch ganz dicht?«, fauchte ich.

»Der Idiot ist einfach auf mich losgegangen!« Mit einer Hand befühlte Daniel seinen Kiefer, mit der anderen zeigte er anklagend auf Alexander, der ebenfalls ordentlich was abbekommen hatte. An seinem rechten Unterarm hatte er eine Schramme, und seine Nase blutete.

Hannah reichte ihm schnell eine Serviette. »Geh lieber zum Roten Kreuz, wenn du mal wieder Blut spenden möchtest«, versuchte sie, die angespannte Stimmung aufzulockern.

Aber Alexander, dem wohl gerade nicht nach Scherzen zumute war, nahm überhaupt keine Notiz davon.

Er warf Daniel einen hasserfüllten Blick zu. »Du glaubst auch, nur weil du jede Menge Kohle hast, kannst du dir alles unter den Nagel reißen, was? Du arroganter Schnösel! Du ... du Schmalspurcasanova!«

Hätte Robert ihn nicht festgehalten, wäre er vermutlich erneut handgreiflich geworden.

»Wie kommst du dazu, meine Frau anzubaggern und ihr Blumen zu schenken?«, schrie Alexander Daniel wütend an.

Wie bitte? Hatte ich was verpasst? Ich konnte mich nicht daran erinnern, dass Daniel mir etwas geschenkt hatte. Und ihm ging es offenbar genauso.

Er tippte sich mit dem Zeigefinger vielsagend gegen die Stirn. »Sag mal, Doc, leidest du unter Wahnvorstellungen?! Ich habe Lizzie keine Blumen geschenkt.«

»Ach nein?« Alexander baute sich breitbeinig wie ein Cowboy vor Daniel auf. »Gib unserer Liebe eine Chance«, deklamierte er mit salbungsvoller Stimme. »Na, klingelt's?«

»Nein.« Daniel schüttelte wütend den Kopf, dann sagte er, die Hände zu Fäusten geballt: »Aber ich kann gerne dafür sorgen, dass es bei dir klingelt.«

»Dann werde ich deinem Gedächtnis mal ein bisschen auf die Sprünge helfen«, blaffte Alexander, ohne auf Daniels Drohung einzugehen.

Mit zwei, drei schnellen Schritten war er an der Theke. Kurz darauf hielt er anklagend eine aufgeklappte Grußkarte in die

Höhe, die zweifelsfrei nicht von Daniel stammte. Zwar trug sie keine Unterschrift, aber ich brauchte nur eins und eins zusammenzuzählen.

Und plötzlich ergab alles einen Sinn. Die Karte musste in dem Strauß gesteckt haben, der auf der Theke stand, doch weder Hannah noch ich hatten sie bemerkt.

»Wenn du sie nicht von diesem Affen bekommen hast – von wem sind die Blumen dann?«, wandte Alexander, der immer noch der Meinung zu sein schien, dass ich der Empfänger des Straußes war, nun an mich.

»Von wem die Blumen sind, möchtest du wissen?«, versuchte ich in der Hoffnung auf eine geniale Eingebung, Zeit zu schinden.

Verzweifelt sah ich zu Hannah hinüber, aber von ihr war auch keine Unterstützung zu erwarten. Vielmehr sah es so aus, als bräuchte meine Freundin selbst Hilfe, weil sie jeden Moment in Ohnmacht fallen würde. Was in Anbetracht der Situation vielleicht nicht einmal die schlechteste Lösung wäre ...

Die Eingebung ließ auf sich warten. Dafür rollte eine Hitzewelle nach der anderen über mich hinweg. Furchtbar! Genauso hatte ich mir die Wechseljahre immer vorgestellt.

»Von wem sind denn nun die Blumen?«, wollte Alexander ungeduldig wissen.

»Sind die Rosen denn nicht von Robert?«, sorgte Daniel, der bei der ersten Blumenlieferung für Hannah dabei gewesen war, für noch mehr Verwirrung und neuen Zündstoff.

»Von dir?« Alexander nahm nun Robert zornig ins Visier. »Also, du bist nun wirklich der Letzte, dem ich so etwas zugetraut hätte.«

»Aber ich hab doch gar nicht ...«, verteidigte sich der arme Robert, der überhaupt nicht wusste, wie ihm geschah.

Erneut sah ich zu Hannah hinüber, die gerade tausend Tode zu sterben schien. Als sich unsere Blicke trafen, schüttelte sie mit flehender Miene kaum merklich den Kopf.

»Die Blumen hat ein Gast hier vergessen«, improvisierte ich hastig, bevor Alexander seinen rechten Haken auch noch an Robert ausprobieren konnte.

Auf die Schnelle war mir einfach nichts Besseres eingefallen.

Alexander ließ seinen Blick zwischen den Blumen und mir hin- und herwandern. »Vergessen?«, echote er ungläubig. »Rote Rosen? Mit der Karte?«

»Na ja, Gäste vergessen ständig etwas. Mal 'ne Jacke oder 'nen Regenschirm – ein Wunder, dass noch niemand seinen Kopf hier liegen gelassen hat«, redete ich einfach drauflos. »Und dieses Mal waren es eben Blumen.«

»Genau«, bekam ich von Hannah, die sich langsam von ihrem Schockzustand erholte, Schützenhilfe. »Verdammt viele Blumen sogar. Ich meine, sieh dir bloß mal unsere Rezeption an. Manchmal ist weniger eben doch mehr. Vielleicht war es der Dame zu lästig, die ganzen Sträuße mit nach Hause zu schleppen. Oder sie hat die Gefühle ihres Rosenkavaliers nicht erwidert.«

Alexander stieß hinter der Serviette, die er immer noch gegen seine Nase gepresst hielt, ein argwöhnisches Grunzen aus. Vielleicht hatte er aber auch nur geräuschvoll nach Luft geschnappt, denn nach einem kurzen Moment der Stille sagte er zu Daniel: »Sorry, Mann. Missverständnis. Tut mir leid.«

»Schon okay.« Mit Leidensmiene betastete Daniel seinen Unterkiefer. »Zumindest scheinen alle Zähne noch drin zu sein.«

»Ich werde mal oben aus der Wohnung rasch ein paar Kühlpacks holen«, verkündete ich und stürzte aus dem Gastraum.

Froh, diesem Irrenhaus für eine Weile entflohen zu sein, lehnte ich mich von außen mit geschlossenen Augen aufatmend gegen die Tür. Puh, das war knapp gewesen!

Auch wenn Alexander sich aufgeführt hatte wie ein Berserker, konnte ich ihm nicht wirklich böse sein. Im Gegenteil! Eigentlich war ich sogar gerührt, dass er sich meinetwegen geprügelt hatte. Klar war es schön, wenn einem der Partner vertraute, aber gelegentlich hatte ich mir schon gewünscht, dass Alexander zumindest ein klitzekleines bisschen Eifersucht zeigen würde.

Als ich die Augen wieder aufschlug, entfuhr mir unwillkürlich ein entsetzter Aufschrei.

Oh Gott, der hatte mir gerade noch gefehlt!

Philipp, der soeben durch die Eingangstür den Gasthof betreten hatte, sah ziemlich derangiert aus. Das Hemd hing ihm halb aus der Hose, und seine Frisur wirkte irgendwie auch mitleiderregend bis überholungsbedürftig. Allerdings waren seine Haare nicht annähernd so wirr wie sein Blick.

Schnell eilte ich ihm entgegen und stellte mich ihm in den Weg. »Philipp, was machst du hier?«

»Heute is doch diese ... dieses Weindingsda, oder?«, lallte mein Bruder mit schwerer Zunge.

»Ja, heute hat eine Weinprobe für unsere Gäste stattgefunden.«

Naserümpfend trat ich einen Schritt zurück. Von offenem Feuer sollte Philipp sich, wenn er nicht flambiert werden wollte, besser fernhalten. Er stank, als hätte er sich mit Schnaps übergossen. Wahrscheinlich reichte es schon, seine Ausdünstungen einzuatmen, um besoffen zu werden.

»Aber von mir bekommst du heute Abend ganz sicher nichts mehr zu trinken. Außer vielleicht einen Kaffee. Du bist ja völlig blau.«

»Blau, rot, grün – is doch wurscht.«

»Philipp, das ist nun schon das zweite Mal in dieser Woche, dass du total besoffen bist. Muss ich mir Sorgen machen? Hast du ein Alkoholproblem?«

»'türlich hab ich ein Aloholproblem: Wo soll ich welchen herkriegen, wenn nichmal meine Schweschter mir welchen gibt?«

Plötzlich schien ihm jedoch der eigentliche Grund seines überfallartigen Besuchs wieder eingefallen zu sein.

»Wo is Hannaaaah? Issie hier?«

»Ja – und Robert auch«, sagte ich mit näselnder Stimme.

Puh, es war gar nicht so leicht, beim Sprechen die Luft anzuhalten.

»Ich muss Hannaaaah sagen, dass ich sie liebe«, nuschelte Philipp, machte auf dem Absatz kehrt und steuerte auf den Gastraum zu.

Oh nein, bitte nicht! Ich musste ihn unbedingt aufhalten. Seit ich denken konnte, war ich noch nie schneller gewesen als mein Bruder – außer beim Schokoladenwettessen –, aber dieses Mal verlieh mir die Sorge um die Ehe meiner Freundin Superkräfte, sodass ich Philipp, kurz bevor er die Tür erreichte, noch rechtzeitig am Ärmel erwischte.

Na ja, vielleicht lag es auch nicht an meinen Superkräften, sondern an Philipps interessanter Art sich fortzubewegen, die dem Zickzackstich einer Nähmaschine nicht unähnlich war.

»Hannah!«

Mein Bruder war offenbar fest entschlossen, um Hannah zu kämpfen. Schade, dass er etwas zu spät gekommen war und die Schlägerei verpasst hatte. Sonst hätte er gleich mitmachen und sich mit Robert um Hannah prügeln können, dachte ich in einem Anflug von Galgenhumor.

Allerdings war mir eigentlich gar nicht nach Lachen zumute. Ich musste unbedingt verhindern, dass Philipp auf Hannah und Robert traf. Sonst würde die Weinprobe im Abgang womöglich ziemlich bitter enden ...

»Hannah! Ich muss ihr sagen, dass ich sie liebe«, brabbelte Philipp in diesem Moment erneut.

»Du musst nur eins: von hier verschwinden. Und zwar auf der Stelle«, befahl ich streng. »Wie bist du denn überhaupt hergekommen? Du hast dich ja wohl nicht hinters Steuer gesetzt?! So betrunken, wie du bist …«

»Ein Freund hat mich … *hicks* … hat mich hergelahren.«

Ich nahm an, dass es hergefahren heißen sollte, aber eigentlich war es auch egal, denn jetzt war er nun mal hier – um Hannah eine Liebeserklärung zu machen. Damit er nicht ausbüxen konnte, hakte ich ihn sicherheitshalber unter.

»Hannah!«, krakeelte Philipp und versuchte, sich aus meinem Klammergriff zu befreien. »Hannah!«

»Sag mal, spinnst du?«, zischte ich.

»Hannah!«

Meines Wissens verfügte der Gastraum zwar über eine gute Schallisolierung, aber darauf wollte ich mich lieber nicht verlassen.

»Wenn du nicht sofort aufhörst, hier rumzubrüllen, dann …«

Verzweifelt suchte ich nach einem Druckmittel. Philipp hatte so einiges auf dem Kerbholz, angefangen bei den gemopsten Weihnachtsplätzchen bis hin zu verbotenen Zündeleien im Heu, mit denen er als Teenager einmal sogar die Scheune in Brand gesteckt hatte. Aber das meiste war längst verjährt. Das meiste, aber eben nicht alles.

»… dann erzähle ich Mama, dass du es gewesen bist, der die Flasche Single Malt geklaut hat.«

Normalerweise war mein Bruder nicht so leicht einzuschüchtern, aber vor meiner Mutter hatte er einen Heidenrespekt. Gottlob – endlich hielt er die Klappe!

»Du kommst jetzt erst mal mit in meine Wohnung. Da kannst du in aller Ruhe deinen Rausch ausschlafen«, bestimmte ich energisch und schob meinen Bruder zur Eingangstür des Gasthofs hinaus.

Es war gar nicht so leicht, Philipp zum Nebengebäude und dann auch noch die Treppe hinaufzubugsieren. Immer wenn ich glaubte, ihn sicher im Griff zu haben, brach er wie ein Auto auf regennasser Fahrbahn plötzlich aus und änderte unkontrolliert die Richtung.

»Verdammt, jetzt mach dich gefälligst nicht so schwer!«, raunzte ich Philipp an.

Als ich es endlich geschafft hatte, ihn in mein Schlafzimmer zu verfrachten, war ich schweißgebadet und mit den Nerven am Ende. Nun musste ich ihn auch noch irgendwie ins Bett bekommen. Aber das war zum Glück einfacher als gedacht. Ein kleiner Schubs reichte, und Philipp fiel wie ein gefällter Baum auf die Matratze. Ich würde wohl heute Nacht mit der Couch im Wohnzimmer vorliebnehmen müssen. Ein höchst zweifelhaftes Vergnügen, aber was tat man nicht alles für seine Familie. Mit spitzen Fingern öffnete ich die Schnürsenkel von Philipps Schuhen und streifte ihm die Sneakers von den Füßen. Puuuh, wie das müffelte! Angewidert rümpfte ich die Nase. Schade, dass Hannah jetzt nicht hier war, um ein Näschen zu nehmen. Denn das würde sie garantiert ein für alle Mal von ihrer Verliebtheit kurieren.

»Du rührst dich nicht von der Stelle. Verstanden?«, schärfte ich meinem Bruder ein, als ich mich auf dem Weg zur Tür noch einmal zu ihm umdrehte.

Wenn ich mir Philipp, der wie tot mit geschlossenen Augen und offenem Mund auf meinem Bett lag, so ansah, hätte es dazu allerdings schon eines kleinen Wunders wie das des Lahmen, der plötzlich gehen konnte, bedurft.

Mit drei Kühlpacks bewaffnet, machte ich mich auf den Rückweg in die Gaststube, wo ich bereits von Hannah erwartet wurde. Sie fing mich an der Tür ab.

»Danke«, flüsterte sie mir zu und umarmte mich so fest, dass ich kaum noch Luft bekam.

»Du hast doch nicht wirklich gedacht, dass ich dich in die Pfanne hauen würde, oder?«

Hannahs Mund verzog sich zu einem schiefen Grinsen. »Frag lieber, ob ich überhaupt etwas gedacht habe. Vor lauter Panik, dass Robert die Sache mit Philipp herausfinden könnte, hatte ich ein totales Blackout.«

»Keine Sorge, das kenne ich.«

»Wo hast du eigentlich die ganze Zeit gesteckt?«, wollte meine Freundin wissen. »Musstest du die Kühlpacks einem Eisbären unter dem Hintern wegziehen, oder warum hat das so lange gedauert?«

»Glaub mir, das willst du gar nicht wissen.«

Da meine Hände langsam abfroren und ich die Kühlpacks quitt werden wollte, hielt ich Ausschau nach den Verletzten.

»Die Herren haben schon mal damit begonnen, die Wunden mit Alkohol zu desinfizieren«, brachte Hannah, die meinem Blick gefolgt war, mich auf den neusten Stand.

Offenbar setzten sie dabei mehr auf die abtötende Wirkung von innen als auf Wunddesinfektion von außen. Wie die Hühner auf der Stange standen die Männer nebeneinander an der Theke und führten gerade synchron ein Schnapsglas zum Mund.

Ich zuckte mit den Schultern. »Alexander ist Arzt. Er muss wissen, was er tut. Und Daniel hat ja, soweit ich das gesehen habe, ohnehin keine offenen Verletzungen.«

»Er scheint dich wirklich zu lieben«, sagte Hannah plötzlich wie aus heiterem Himmel.

»Wer? Daniel?«, fragte ich verwirrt.

»Nein, Alexander natürlich. Sonst ist er doch immer so besonnen und vernünftig. Dass er sich für dich prügelt, hätte ich ihm im Leben nicht zugetraut.« In Hannahs Stimme schwang aufrichtige Bewunderung mit.

Als ich wieder zu meinem zukünftigen Ehemann hinübersah, durchflutete mich ein angenehm warmes Gefühl. Irgendwie verliehen die Blessuren ihm so etwas Verwegenes. Was hatte mein

Bruder neulich erst sinngemäß über Alexander gesagt? Es müsste ihm mal jemand den Stock aus dem Hintern ziehen … Ausgerechnet dem »Stadtaffen« schien das gelungen zu sein. Dass Alexander jemandem ganz locker flockig ein paar reinhauen würde – noch dazu aus Eifersucht! –, hatte Philipp bestimmt nicht für möglich gehalten. Und ich auch nicht.

Egal, wie emanzipiert und modern wir Frauen uns auch gaben, in einer Hinsicht waren wir hoffnungslos altmodisch: Wenn ein Mann um unsere Liebe kämpfte und dafür sogar Schmerzen in Kauf nahm, ließ das unser Herz höherschlagen. Ich war da keine Ausnahme.

Hannah stupste mich in die Seite und zwinkerte mir schelmisch zu. »Würdest du dich für Alexander eigentlich auch prügeln?«

Ich nahm mir fest vor, in einer ruhigen Minute mal darüber nachzudenken.

Kapitel 14

Früh am Morgen machte ich mich daran, die Spuren des gestrigen Abends zu beseitigen. Als ich Philipp wecken wollte, um ihn aus dem Haus zu schleusen, bevor Hannah zur Arbeit erschien, war dieser jedoch bereits verschwunden. Hut ab, so viel Feingefühl hatte ich meinem Bruder gar nicht zugetraut. Froh, dass sich dieses Problem von allein gelöst hatte, begab ich mich, begleitet von Finn, in den Gastraum, um auch hier Klarschiff zu machen.

Während ich gerade damit beschäftigt war, alle Tische und Stühle wieder an ihren angestammten Platz zu schieben, traf Hannah ein.

»Überraschung! Schaut mal, wen ich mitgebracht habe!«, rief sie aufgekratzt.

Oh nein! Ich rechnete mit dem Schlimmsten. Es hätte mich gleich misstrauisch machen müssen, dass mein Bruder einfach so sang- und klanglos verschwunden war. Philipp war wie Heftpflaster – den wurde man nicht so leicht los.

Doch als ich mich mit einem Stuhl in den Händen zu Hannah umdrehte, stellte ich zu meiner großen Erleichterung – und Freude! – fest, dass sie ein anderes männliches Wesen dabeihatte.

Finn, der Flocke ebenfalls auf Hannahs Arm entdeckt hatte, stieß ein lautes Freudengeheul aus.

»Als ich eben gekommen bin, saß er draußen vor der Eingangstür«, erklärte Hannah und reichte den Hasen an Finn weiter. »Offenbar hatte er nach seinem Ausflug in die große weite Welt Sehnsucht nach dir.«

Hannah strahlte mit Finn um die Wette. Nicht, dass Flockes

Rückkehr kein Grund zur Freude gewesen wäre, aber irgendwas war mit meiner Freundin an diesem Morgen anders. Sie schien von innen heraus zu leuchten, so als hätte sie versehentlich ein paar LED-Lampen verschluckt.

»Du strahlst ja so«, sprach ich sie darauf an, als Finn mit Flocke nach draußen verschwunden war, um das Wiedersehen gebührend zu feiern. »Gibt es einen besonderen Grund dafür?«

Hannah nickte.

»Verrätst du ihn mir auch?«

Nachdem Hannah sich vergewissert hatte, dass uns niemand zuhörte, erklärte sie mit einem versonnenen Lächeln: »Ich hatte heute Nacht traumhaft guten Sex.«

Dieser Mistkerl! Wie zum Teufel hatte Philipp es geschafft, sich in seinem Zustand unbemerkt zu Hannah zu schleichen und dann auch noch traumhaft guten Sex mit ihr zu haben? Er hatte sich kaum auf den Beinen halten können. Andere Körperteile hatten offenbar mehr Stehkraft bewiesen ...

»Hat Robert denn etwas davon mitbekommen?«, fragte ich besorgt.

»Na, das hoffe ich doch schwer.« Hannah lachte vergnügt. »Als wir gestern nach der Weinprobe nach Hause gekommen sind, haben Robert und ich noch stundenlang geredet und geredet. Und zwar *richtig* geredet. Nicht über die Weinpresse oder den Klavierunterricht, sondern über uns, über unsere Beziehung, über die Zukunft, über unsere Wünsche und Träume. Na ja, und dann hat halt so eins zum anderen geführt ...«

Puh, Respekt, das klang nach einem ordentlichen Pensum. Offenbar hatten die beiden versucht, in einer Nacht alles nachzuholen, was sie in den letzten Ehejahren versäumt hatten. Kein Wunder, dass Hannah dunkle Augenringe hatte und ununterbrochen gähnte. Aber auch wenn sie etwas mitgenommen aussah, wirkte sie so glücklich wie schon lange nicht mehr. Ich freute mich von ganzem Herzen für sie und umarmte sie überschwänglich.

Was für ein Liebescomeback! Fast ein bisschen zu schön, um wahr zu sein …

Darum fragte ich vorsichtig: »Hast du Robert von der Sache mit Philipp erzählt?«

Hannah warf mir einen unsicheren Blick zu, dann schüttelte sie den Kopf. »Meinst du, ich hätte das tun sollen?«

»Schwer zu sagen. Natürlich ist Ehrlichkeit in einer Beziehung total wichtig«, sagte ich und schämte mich zugleich für dieses scheinheilige Gequatsche.

Schließlich hatte ich meine eigenen Gefühlskapriolen vor Alexander auch geheim gehalten. Aber übermorgen würde sich dieses Thema mit Daniels Abreise glücklicherweise von allein erledigen.

»Andererseits kann absolute Ehrlichkeit auch wie eine Abrissbirne wirken und jede Menge kaputt machen.« Ich zuckte ratlos mit den Schultern. »Tut mir leid, da kann ich dir keinen Rat geben. Die Entscheidung musst du ganz allein treffen.«

»Außer ein paar heißen Küssen ist zwischen Philipp und mir doch eigentlich gar nichts passiert.« Hannah wickelte nachdenklich eine Haarsträhne um ihren Finger. »Warum soll ich Robert damit belasten? Er würde sich nur unnötig Gedanken machen.«

Ab dem späten Vormittag ging es im Sonnenhof zu wie in einem Taubenschlag. Schuld daran war das herrliche Wetter, das viele Urlauber, aber auch Einheimische für einen Wochenendausflug nutzten. Da Maribelle den Ansturm allein nicht bewältigen konnte, half ich im Service aus.

Ich hatte gerade erst bei einer Familie kassiert, als bereits ein neuer Gast die Terrasse betrat. Die Frau grüßte, setzte sich allein an den frei gewordenen Tisch und griff nach der Speisekarte. Ich meinte, sie schon mal irgendwo gesehen zu haben, war mir jedoch nicht hundertprozentig sicher. Während sie sich in die Karte vertiefte, beobachtete ich sie unauffällig. Mir fiel beim besten Willen nicht ein, wo ich sie hinstecken sollte, aber vielleicht verwechselte ich sie ja auch mit jemandem.

Ich zückte mein Blöckchen und ging an ihren Tisch, um ihre Bestellung aufzunehmen.

»Hallo. Haben Sie schon gewählt?«, fragte ich freundlich.

Die Frau legte die Karte zur Seite und nickte. »Ich hätte gerne einen Latte macchiato und ein Stück Käsesahnetorte.«

»Sind Sie sicher?«, entfuhr es mir.

Als die Frau die Terrasse betreten hatte, war mir sofort ihre fantastische Figur aufgefallen. Darum war ich fest davon ausgegangen, dass sie nach einem Mineralwasser und einem kleinen Beilagensalat ohne Dressing verlangen würde. So konnte man sich täuschen ...

»Der hausgemachte Streuselkuchen ist heute besonders zu empfehlen«, versuchte ich, meine unbedachte Bemerkung wieder auszubügeln.

»Okay.« Die Frau lachte. »Dann verlasse ich mich auf Ihre Empfehlung und nehme den hausgemachten Streuselkuchen.«

Erst, als sie ihre große dunkle Sonnenbrille abnahm, erkannte ich sie wieder. Kein Wunder, dass ich nicht sofort geschaltet hatte. Nathalie sah komplett anders aus als bei unserer ersten flüchtigen Begegnung. Während sie neulich eher leger in Jeans und Sweatshirt gekleidet gewesen war, trug sie heute einen engen grauen Bleistiftrock und eine hochgeschlossene, leicht transparente weiße Bluse, durch die man, wenn man genau hinsah, ihren Spitzen-BH durchschimmern sah. Ihre dunkle Lockenmähne, die bei mir einen bleibenden Eindruck hinterlassen hatte, wurde heute durch eine raffinierte Hochsteckfrisur gebändigt.

Ein echter Klassiker unter den Männerfantasien, schoss es mir durch den Kopf. Die strenge, züchtige Sekretärin, hinter deren biederer Fassade ein verruchter Vamp lauert ...

»Ich möchte zu Daniel Wilke. Wir sind verabredet«, sagte Nathalie, als ich ihr kurze Zeit später Kaffee und Kuchen servierte. Sie warf einen Blick auf ihre Armbanduhr. »Aber ich bin wohl ein wenig früh dran.«

»Hallo.« Ich klemmte mir das leere Tablett unter den Arm und reichte ihr die Hand. »Ich bin Lizzie. Und Sie müssen Nathalie sein.«

Ihr Händedruck war angenehm fest und zupackend. »Freut mich, Sie kennenzulernen, Lizzie. Ich hab schon viel von Ihnen gehört.«

»Ah ja?«

Was mochte Daniel seiner Freundin über mich erzählt haben? Dass ich eine durchgeknallte Irre mit Verfolgungswahn war, die ihn für einen potenziellen Selbstmörder gehalten hatte? Oder dass ich ihm eine Abstellkammer zu einem Wucherpreis vermietet hatte? Ich wollte es lieber gar nicht so genau wissen!

Darum erklärte ich Nathalie, die sich gerade mit verzücktem Gesicht über den Streuselkuchen hermachte, hastig: »Daniel müsste bald wieder hier sein. Er ist vor etwa einer Stunde mit meinem Sohn zusammen ins Dorf gefahren, um ein Schild für sein neues Domizil zu besorgen.«

»Ist es dafür nicht noch ein bisschen früh?« Nathalie ließ die Kuchengabel, die sie bereits halb zum Mund geführt hatte, wieder sinken. »Solange die Verträge noch nicht unter Dach und Fach sind, erscheint mir das ein wenig voreilig.«

Sie hatte offenbar nicht nur einen gesunden Appetit, sondern auch viel Humor.

Belustigt ging ich auf ihren Scherz ein: »Wer braucht schon Verträge? Wir sehen das hier auf dem Land nicht so eng. Solche

Dinge werden bei uns völlig unbürokratisch per Handschlag geregelt. Außerdem bleibt es ja in der Familie.« Ich rückte den kleinen Aufsteller mit der Eiskarte auf dem Tisch gerade. »Mein Sohn ist jedenfalls total happy. Ich bin Daniel wirklich sehr dankbar, dass er mit ihm das Baumhaus gebaut hat. Abgesehen vom Anstrich ist es fertig.«

»Oh, ach so, das Baumhaus haben Sie gemeint.« Nathalie schlug sich vor die Stirn und sagte lachend: »Na, wenn das so ist ...«

Was sollte ich denn sonst gemeint haben?

Aber bevor ich nachfragen konnte, redete sie auch schon weiter: »Der Ausblick von der Terrasse ist fantastisch. Ein richtiges kleines Paradies ist das hier. Seit wann führen Sie denn den Sonnenhof?«

»Ich habe die Leitung des Gasthofs vor vier Jahren übernommen«, beantwortete ich ihre Frage.

Offenbar wollte sie sich die Wartezeit mit einem kleinen Pläuschchen verkürzen. Wenn es die Arbeit zuließ, war ich immer für ein Schwätzchen zu haben. Auch meine Mitarbeiter ermunterte ich dazu, denn der persönliche Kontakt zu den Gästen war meiner Meinung nach das A und O. Aber in diesem speziellen Fall sah die Sache etwas anders aus. Nathalie wirkte sympathisch, und genau darin lag, wie ich mir selbst widerstrebend eingestand, das Problem. Ich hatte die Befürchtung, dass ich Daniels Freundin, wenn ich sie näher kennenlernte, auch mögen würde. Eine arrogante, blöde Ziege wäre mir irgendwie lieber gewesen ...

»Eigentlich bin ich ja ganz dankbar, dass Daniel noch nicht da ist.« Nathalie spielte mit ihrer Sonnenbrille herum, die sie auf dem Tisch abgelegt hatte. »Bei dem tollen Wetter habe ich überhaupt keine Lust zu arbeiten. Noch dazu am Wochenende.«

Überrascht horchte ich auf. Nathalie war also tatsächlich Daniels Assistentin. Nun ja, er war nicht der erste Chef, der mit seiner Sekretärin ins Bett sprang. Es ging eben nichts über flache Hierarchien und ein gutes Betriebsklima ... Offenbar wollten – oder mussten? – die beiden ihr Verhältnis jedoch geheim halten, sonst hätten sie sich für ihr Schäferstündchen in Bonn wohl kaum ein Hotelzimmer gemietet.

Ich ließ meinen Blick über die Terrasse schweifen. Der Besucheransturm ebbte langsam ab, und alle Gäste schienen gut versorgt zu sein.

»Arbeiten Sie denn schon lange mit Daniel zusammen?«, tastete ich mich behutsam vor.

Ich hoffte, Nathalie noch mehr Informationen über ihre Beziehung zu Daniel entlocken zu können, wollte aber nicht sofort mit der Tür ins Haus fallen.

»Das kann man wohl sagen.« Mit einem versonnenen Lächeln schlug Nathalie ihre Beine übereinander. »Im November werden es fünf Jahre.«

»Oh, ganz schön lang.«

Leider galt das nicht nur für die Dauer des Arbeitsverhältnisses, sondern auch für Nathalies Beine. Und vor allem Letzteres missfiel mir gründlich.

»Das macht vieles einfacher«, erklärte Nathalie, die von meinen missgünstigen Gedanken zum Glück nichts ahnte. »Nach so langer Zeit verstehen wir uns ohne Worte und vertrauen uns blind. Daniel ist aber auch wirklich ein Goldschatz.«

Als hätten ihm bei so viel Lob die Ohren geklungen, erschien in diesem Moment der Goldschatz auf der Terrasse. Nach einem kurzen Kopfnicken in meine Richtung begrüßte er Nathalie mit einem Kuss auf die Wange.

»Wartest du schon lange?«, fragte er, während seine Hand immer noch vertraulich auf ihrer Schulter ruhte. »Tut mir leid, ich hab wohl ein wenig die Zeit vergessen.«

»Kein Problem, ich bin bestens versorgt worden.« Sie deutete auf ihren leeren Kaffeebecher und den Kuchenteller, auf dem kein einziger Krümel mehr zu sehen war. »Ich bin etwas zu früh dran gewesen, aber Lizzie war so nett, mir Gesellschaft zu leisten und mit mir zu quatschen.«

»Na toll.« Daniel lächelte etwas gezwungen.

Die Vorstellung, dass Nathalie und ich in aller Ruhe miteinander geklönt hatten, schien ihm – aus welchem Grund auch immer – zu missfallen.

»Machst du uns noch zwei Latte, Lizzie?«, bat er mich.

»Klar.«

Vermutlich hatte er den Kaffee nur bestellt, um mich loszuwerden. Ich verstand allerdings nicht, was das ganze Theater sollte. Hier bei uns kannte ihn doch niemand. Warum stellte er Nathalie nicht einfach als seine Freundin vor? Dann könnte er jetzt mit ihr auf sein Zimmer verschwinden, um sich zu vergnügen, und niemand würde daran etwas komisch finden.

Oder wollte er vielleicht nicht, dass *ich* wusste, was zwischen Nathalie und ihm lief? Vielleicht empfand er auch etwas für mich und hatte deshalb ... Ach was!

Als ich kurze Zeit später mit den gewünschten Getränken zurückkehrte, sprang er auf und griff nach dem Tablett.

»Dürfen wir dir das entführen? Wir müssen noch arbeiten und würden den Kaffee gerne mit auf mein Zimmer nehmen.«

Ich dachte gar nicht daran, es ihm so einfach zu machen und das Tablett loszulassen. Wenn er vor, bei oder nach dem Sex ein Schlückchen Kaffee genießen wollte, musste er sich schon ein bisschen anstrengen.

»Ihr könnt auch hier draußen auf der Terrasse arbeiten. Ist doch bei dem schönen Wetter viel angenehmer als drinnen in der stickigen Bude. Ich störe euch ganz sicher nicht«, schlug ich scheinheilig vor, ohne meinen Griff zu lockern.

»Danke für das Angebot. Aber wir brauchen wirklich absolute

Ruhe.« Wie beim Tauziehen versuchte er, mir mit zusammengebissenen Zähnen das Tablett zu entreißen. »Auf meinem Zimmer sind wir am ungestörtesten.«

»Ganz wie du meinst«, sagte ich mit dem Charme einer Rasierklinge und ließ das Tablett so plötzlich los, dass Daniel ins Straucheln geriet und um ein Haar mitsamt der heißen Getränken quer über die Terrasse geflogen wäre.

Wie durch ein Wunder schaffte er es jedoch, sich nicht nur wieder zu fangen, sondern das Tablett dabei auch noch so gerade zu halten, dass nicht ein einziger Tropfen danebenging. Wäre die Situation weniger angespannt gewesen, hätte ich ihn zu dieser akrobatischen Leistung beglückwünscht.

Doch so würgte ich mit Mühe und Not ein »Frohes Schaffen!« hervor und ignorierte den verdutzten Blick, den Nathalie mir ihm Gehen über die Schulter zuwarf.

Sie musste mich ja für völlig meschugge halten – womit sie vermutlich nicht einmal so falschlag. Oh Gott, was war bloß los mit mir? Seit Daniel sich im Sonnenhof einquartiert hatte, war ich irgendwie nicht mehr ich selbst.

Ich sah den beiden nach, als sie gemeinsam im Haus verschwanden, und versuchte, das unangenehm beißende Gefühl, das ich dabei empfand, zu ignorieren. Es war gut, dass Daniel am Montag abreiste, denn langsam, aber sicher drohte mir die ganze Sache zu entgleiten. Dass sich meine Gedanken verselbstständigten, daran war ich ja mittlerweile schon gewöhnt, aber dass nun auch mein Verhalten geradezu zwanghafte Züge annahm, gab mir echt zu denken. Rational betrachtet, gab es jedenfalls überhaupt keinen Grund, ausgerechnet jetzt die Vitrine zu putzen. Außer, dass sie sich am Fuß der Treppe befand, die Nathalie – sofern sie nicht aus Angst vor der durchgeknallten Hotelchefin aus dem Fenster kletterte – wieder hinunterkommen musste …

Etwa eine Stunde später – unsere Vitrine blitzte und blinkte wie neu – war es dann so weit.

»Tschüss, einen schönen Tag noch!« Nathalie, die mein merkwürdiges Verhalten auf der Terrasse zum Glück bereits vergessen zu haben schien, wedelte mit elegantem Hüftschwung die Treppe hinunter und winkte mir dabei gut gelaunt zu.

Mein Bruder behauptete immer, dass man einer Frau ansah, wenn sie gerade Sex gehabt hatte. Glänzende Augen und gerötete Wangen hatte Nathalie dank ihres perfekten Make-ups vorher schon gehabt. Ein todsicheres Indiz waren jedoch ihre Haare. Die kunstvolle Hochsteckfrisur hatte sich in Wohlgefallen aufgelöst, und ihre Lockenmähne fiel nun wild und ungebändigt über ihre Schultern. Hätte jetzt auch nur noch die Spur eines Zweifels bestanden, was Nathalie und Daniel in der letzten Stunde getrieben hatten, so reichte ein Blick auf Nathalies Garderobe, um Gewissheit zu bekommen. Nicht, dass ihr Oberteil zerknittert oder falsch geknöpft gewesen wäre – nein, Nathalie trug überhaupt keine Bluse mehr! Stattdessen war sie mit einem Herrenhemd bekleidet, das zweifelsfrei Daniel gehörte und überhaupt nicht zum Rest ihres Outfits passte. Zudem war es ihr viel zu groß und schlotterte wie ein Sack um ihren schlanken Körper. Was aber das Schlimmste an dieser unvorteilhaften Aufmachung war: Nathalie sah trotzdem noch wahnsinnig sexy aus. Und das gab mir echt den Rest …

Kapitel 15

Der nächste Tag verging wie im Flug. Ich wusste nicht, ob ich froh oder traurig darüber sein sollte, dass ich Daniel kaum zu Gesicht bekam, aber auf jeden Fall war es besser so. Ich fühlte mich hundeelend. Meine Augen brannten, und mein Hals tat beim Schlucken weh. Bestimmt war eine Grippe im Anflug, versuchte ich mir einzureden, und schmiss eine Aspirin ein, obwohl ich genau wusste, dass der Virus, den ich mir eingefangen hatte, mit keinem Mittel aus der Apotheke zu bekämpfen war.

Ich war dankbar, als der Moment des Abschieds endlich gekommen war. Gleich hatte ich es hinter mir! Gemeinsam mit Finn und Hannah begleitete ich Daniel vor die Tür.

Daniel gab Finn High five. »Tschüss, Kumpel. Halte unser Baumhaus in Ehren, okay? Und keine Schlampereien! Wenn ich das nächste Mal vorbeikomme, werde ich mich davon überzeugen, dass du es auch wirklich angestrichen hast.« Dann zog er meinen Sohn an sich und wuschelte ihm liebevoll durch die Haare. »Und pass gut auf Flocke auf! Sag ihm, dass ich ihm die Löffel lang ziehe, wenn er noch mal versucht auszubüxen.«

»Aber Flockes Ohren sind doch schon lang«, krächzte mein Sohn erstickt.

Er kämpfte tapfer gegen die Tränen an, aber als er sich widerstrebend von Daniel löste, zeichnete sich auf dessen hellgrauem T-Shirt ein dunkler Streifen ab, und es war bestimmt kein Zufall, dass er sich auf der Höhe von Finns Gesicht befand. Prompt kam mir die Scheunenübernachtung in den Sinn. Am Morgen danach hatte Daniels T-Shirt schon einmal verräterische Spuren aufgewiesen ... Beim Gedanken daran schwoll der Kloß in meinem Hals noch weiter an.

»Stimmt. Wenn Flockes Ohren noch länger wären, würde er darüber stolpern.« Daniel tat, als würde er angestrengt überlegen. »Dann knote ich ihm die Ohren eben zusammen oder ziehe ihm den Stummelschwanz lang, wenn er sich nicht benimmt.«

Nach Finn war nun Hannah mit dem Verabschieden an der Reihe.

Daniel drückte sie kurz an sich. »Sie sind die hilfsbereiteste und freundlichste Rezeptionistin, die mir je begegnet ist. Falls Sie mal einen neuen Job suchen: Ich würde Sie sofort einstellen.«

»Gut zu wissen.« Hannah feixte. »Hast du das gehört, Chefin? Bei Gelegenheit sollten wir unbedingt mal über mein Gehalt reden ...«

»Daniel! Wirst du wohl aufhören, meine Mitarbeiter abzuwerben! Oder ist das in der Modebranche so üblich?« Gespielt ärgerlich drohte ich ihm mit dem Finger. »Such dir gefälligst selbst gutes Personal.«

Daniel lachte, wurde dann aber wieder ernst.

»Es war echt schön bei euch.« Obwohl er »euch«, sagte, ruhten seine Augen dabei ausschließlich auf mir. »Ich hab die Zeit sehr genossen.«

Wie hypnotisiert erwiderte ich seinen Blick. Ich hatte keine Ahnung, wo das hinführen sollte, aber eins wusste ich ganz genau: Ich wollte nicht, dass er abreiste!

Im Laufe der Jahre hatte ich unzählige Gäste kommen und gehen sehen. Manche waren mir während ihres Aufenthalts auf dem Sonnenhof richtiggehend ans Herz gewachsen. Mitunter waren sogar echte Freundschaften daraus entstanden, aber noch nie war mir der Abschied so schwergefallen wie bei Daniel.

Irgendwie kam es mir so vor, als würde er etwas Wichtiges mitnehmen, und das war ganz bestimmt kein Kleiderbügel oder

Duschvorleger, sondern ein Teil von mir, den ich gerade erst wiederentdeckt hatte.

Boah, meine Güte, geht's vielleicht noch ein bisschen theatralischer?! Mein Verstand, der sich von diesem ganzen sentimentalen Abschiedsbrimborium wohl kurzzeitig hatte einlullen lassen, meldete sich zurück und hielt mir eine Standpauke: Gut, dass dieser Spuk endlich vorbei ist! Du heiratest bald, und es ist höchste Zeit, dass dein Leben endlich wieder in geordneten Bahnen verläuft.

Ganz genau! Trotzdem wünschte sich ein Teil von mir – ein ziemlich großer sogar –, dass Daniel mich einfach in den Arm nehmen und küssen würde. Sein Gesicht kam näher und näher, und ich hätte schwören können, dass er das Gleiche dachte wie ich. Meine Knie, die die Konsistenz von Wackelpudding angenommen hatten, drohten nachzugeben, und ich meinte schon, den sanften Druck seiner Lippen auf meinen zu spüren, als Finn neben uns deutlich vernehmbar die Nase hochzog.

Erschrocken zuckte ich zusammen, und Daniel nahm im letzten Moment eine Kurskorrektur vor, sodass sein Kuss auf neutralem Terrain, irgendwo in der Nähe meines Ohrläppchens landete. Offenbar hatte er sich am Morgen nicht rasiert, denn seine Bartstoppeln kratzten dabei leicht über meine Wange und verursachten bei mir eine Gänsehaut.

»Macht's gut!« Daniel schulterte seine große Sporttasche, winkte kurz und stapfte dann Richtung Parkplatz davon.

Mit feuchten Augen sah ich ihm hinterher. Wenn er um die nächste Ecke bog, würde er vermutlich für immer aus meinem Leben verschwunden sein.

Bitte, bitte, dreh dich noch mal um, Daniel!, flehte ich lautlos.

Aber er ging, ohne einen Blick zurückzuwerfen. Wahrscheinlich sollte ich es genauso machen. Immer schön nach vorne sehen – das war mit Sicherheit am besten!

Ich atmete tief durch und straffte die Schultern. Dann wandte ich mich wieder meinem Sohn zu. Dieser hatte inzwischen vor der Übermacht der Tränen kapituliert.

»Ich vermisse ihn jetzt schon«, schluchzte er.

Ich auch! Und wie ...

»Nicht traurig sein, mein Schatz«, sagte ich mit belegter Stimme und drückte Finn fest an mich. »Du hast doch zur Erinnerung an Daniel dein tolles Baumhaus. Und natürlich Flocke.«

»Außerdem will Daniel uns ja besuchen kommen«, schniefte mein Sohn und wischte sich mit dem Ärmel seines Pullovers über das verweinte Gesicht.

»Hat er das gesagt?«

Entgegen jeder Vernunft machte mein Herz einen kleinen aufgeregten Hüpfer.

»Ja klar.« Finn nickte nachdrücklich. »Er hat gesagt, wenn er das nächste Mal vorbeikommt, wird er nachsehen, ob ich das Baumhaus angestrichen habe.«

»Ach so, das meinst du. Stimmt, das hat er gesagt.«

Ich fühlte mich wie ein Ballon, aus dem plötzlich alle Luft entwichen war. Ob ich Finn erklären sollte, dass er Daniels Worte nicht so ernst nehmen durfte? Erwachsene sagten öfter mal etwas einfach so dahin, was sie in Wirklichkeit gar nicht so meinten.

Hannah, die bis jetzt schweigend neben uns gestanden hatte, räusperte sich. »Finn, könntest du uns mal kurz allein lassen? Ich hab noch was mit deiner Mama zu besprechen.«

»Klar, ich wollte sowieso gerade nach Flocke sehen.«

»Was gibt's?«, fragte ich Hannah, nachdem Finn abgezogen war.

»Das wollte ich dich eigentlich fragen.« Hannah, die seit ihrem Gespräch mit Robert viel ausgeglichener wirkte, musterte mich ernst. »Du weißt schon, dass unsere Gäste auf der Anmeldung, die sie bei ihrer Ankunft ausfüllen, auch ihre Telefonnummer angeben müssen, oder?«

»Klar weiß ich das. Na und?«

»Ich dachte, du könntest eine bestimmte Telefonnummer vielleicht brauchen.«

»Ich werde Daniel auf gar keinen Fall anrufen«, erklärte ich kategorisch.

Weil ich mir solche Sorgen gemacht hatte, als er mit Finn während des Baumhausbaus einfach verschwunden war, hatten Daniel und ich sogar unsere Handynummern ausgetauscht. Aber das behielt ich wohlweislich für mich.

»Es ist gut, dass er abgereist ist. Und eigentlich bin ich sogar froh darüber.«

»Ach so!« Hannah schlug sich mit der flachen Hand vor die Stirn. »Dann waren das Freudentränen, die ich vorhin beim Abschied in deinen Augen gesehen habe.«

»Sei nicht so sarkastisch, das steht dir nicht. Genauso wenig wie dieses gelbe Tuch.« Ich zupfte an dem unförmigen Stofflappen herum, den Hannah sich um den Hals geschlungen hatte. »Wo hast du dieses scheußliche Ding bloß ausgegraben? War das früher mal eine Tischdecke?«

»Das tut jetzt nichts zur Sache.« Hannah musterte mich streng. »Also?«

»Ich gebe zu, dass mich Daniels Abreise schon ein bisschen traurig macht«, gestand ich, da meine blöden Tränen mich ohnehin bereits verraten hatten, widerstrebend ein. »Aber das geht vorbei. Und dann ist alles wieder beim Alten.«

Hannah, die offenbar nicht vorhatte, sich mit dieser Antwort zufriedenzugeben, durchbohrte mich mit Blicken, sodass ich mir vorkam wie ein Schweizer Käse.

»Möchtest du denn wirklich, dass alles beim Alten bleibt?«, fragte sie. »Manchmal ist es auch einfach Zeit für etwas Neues.«

»Ganz genau. Es ist wirklich Zeit für etwas Neues. Darum werde ich ja auch in zwei Wochen heiraten«, antwortete ich. »Außerdem hat Daniel, wie du weißt, eine Freundin.«

Hannah wischte meinen Einwand wie eine lästige Fliege mit einer ungeduldigen Handbewegung beiseite. »Noch ist es nicht zu spät, die Hochzeit abzusagen.«

»Warum sollte ich das tun?« Ich reckte mein Kinn vor und verschränkte die Arme vor der Brust. »Du und Robert, ihr seid doch das beste Beispiel dafür, dass es sich lohnt, an einer Beziehung festzuhalten und nicht bei der erstbesten Gelegenheit die Flinte ins Korn zu werfen.«

»Nein, nein, nein, jetzt machst du es dir zu leicht.« Hannah schüttelte energisch den Kopf. »Lass Robert und mich gefälligst aus dem Spiel. Bei uns ist das etwas völlig anderes. Wir haben vor lauter Arbeit, Sorgen, Kindererziehung und dem ganzen Alltagskram vergessen, uns um unsere Beziehung zu kümmern, und haben sie – na, wie soll ich sagen – etwas verwahrlosen lassen. Vor unserer Hochzeit waren wir im siebten Himmel! Daran solltest du als meine Trauzeugin dich eigentlich noch erinnern.« Sie holte tief Luft, denn das wichtigste Argument hatte sie sich offenbar für den Schluss ihrer flammenden Rede aufgehoben. »Außerdem habe ich Robert wirklich nur aus Liebe geheiratet.«

»Willst du damit sagen, dass ich Alexander nicht liebe?«

Völlig unbeeindruckt von meinem aggressiven Tonfall zuckte Hannah mit den Schultern. »Keine Ahnung. Vielleicht tust du das tatsächlich. Die Frage ist nur, ob du ihn auch genug liebst. Lass es mich mal so ausdrücken: Manchmal habe ich das Gefühl, dass ich meinen Thermomix mehr liebe als du deinen Alexander.«

»Alexander ist doch kein Küchengerät«, protestierte ich und zeigte meiner Freundin einen Vogel. »Das kann man doch überhaupt nicht miteinander vergleichen.«

»Stimmt. Der Thermomix ist aus unserem Haushalt nicht mehr wegzudenken – und ihr seid noch nicht einmal zusammengezogen. Eigentlich müsste der Himmel bei euch noch voller Geigen hängen, denn mit den wirklich existenziellen Dingen des

Zusammenlebens habt ihr euch noch gar nicht beschäftigt. Soll der Klodeckel auf oder zu sein? Wer bringt den Müll raus? Wer hat beim Fernsehgucken die Hoheit über die Fernbedienung? Und so weiter und so weiter.«

Zugegeben, es wäre besser gewesen, wenn wir das Zusammenleben schon mal geprobt hätten, und ich persönlich hatte es ja mit dem Heiraten auch gar nicht so eilig, trotzdem fand ich, dass Hannah die Sache etwas zu sehr dramatisierte. Mit Tobias hatte ich schließlich auch zusammengewohnt, allerdings war das so lange her, dass ich mich kaum noch daran erinnern konnte. Aber was sollte es über einen Toilettendeckel schon großartig zu diskutieren geben? Natürlich musste dieser geschlossen werden, das verstand sich ja wohl von selbst. Was den Müll und die Fernbedienung betraf, würden Alexander und ich uns schon irgendwie einigen.

»Das sind doch alles Dinge, über die man reden kann«, sagte ich.

Hannah nickte. »Ihr werdet darüber reden – manchmal sogar ziemlich laut –, verlass dich darauf. Was ja auch nicht weiter tragisch ist, solange man sich sicher ist, dass die Basis der Beziehung stimmt.«

»Ganz genau. Dann sind wir uns doch einig: Auf die Basis kommt es an. Alexander ist anders als Tobias. Er wird bestimmt ein guter Ehemann werden und für Finn ein prima Vater. Jedenfalls wird er sich nicht einfach aus dem Staub machen, wenn ihm gerade danach ist.«

Meine Freundin nestelte an ihrem scheußlichen Tuch herum. »Deine Bescheidenheit in allen Ehren. Aber du darfst von einem Mann ruhig mehr erwarten, als dass er dich nicht sitzen lässt.«

Hannah hatte leicht reden! Robert würde sich eher ein Bein abhacken, als sie und die Mädchen zu verlassen.

Bis zum Nachmittag hatte ich mich wieder so weit unter Kontrolle, dass ich nicht mehr ununterbrochen an Daniels Abreise dachte. Dann erinnerte ich mich an die schönen Dinge, die wir zusammen unternommen hatten: die Radtour, die Übernachtung im Heu … Und gelegentlich schaffte ich es sogar, an etwas zu denken, das gar nichts mit Daniel zu tun hatte. Die verstopfte Toilette von Zimmer zwölf beispielsweise. Für jede Art von Ablenkung war ich dankbar. Es wäre nur schön gewesen, wenn sie nicht ganz so doll gestunken hätte.

Umso mehr wusste ich den herrlichen Duft, der am Abend aus Alexanders Küche drang, zu schätzen. Finn übernachtete heute bei Marius, und Alexander hatte mich zu sich nach Hause zum Essen eingeladen. Als ich dort eintraf, werkelte er bereits fleißig am Herd. Zum Glück konnte Alexander um einiges besser kochen als ich, was erstens nicht besonders schwer und zweitens sehr beruhigend war.

»Was gibt's denn Schönes?«, fragte ich, nachdem ich den Chefkoch mit einem Kuss begrüßt und meine Jacke aufgehängt hatte.

Alexander warf sich schwungvoll ein kariertes Küchenhandtuch über die Schulter.

»Als Vorspeise Salat mit gratiniertem Ziegenkäse, als Hauptgericht eine Quiche und zum Nachtisch Pannacotta.«

»Hmm, köstlich. Ich hab einen Bärenhunger«, log ich.

Nicht genug, dass Daniel mit seinem Auftauchen unsere Hochzeit vereitelt hatte, dass er nun mit seinem Verschwinden auch noch dieses schöne Essen verdarb, war wirklich gemein. Aber gegen die Kapriolen meines Magens war ich machtlos. Er rebellierte bereits, wenn ich nur an Essen dachte.

»Keine Sorge, es ist reichlich da«, versicherte Alexander, der meine besorgte Miene falsch interpretiert hatte.

»Kann ich noch irgendwas tun?«, bot ich anstandshalber an, obwohl wir beide genau wussten, dass ich ihm am meisten damit half, wenn ich mich aus der Küche fernhielt. »Gib mir einfach eine idiotensichere Aufgabe«, sagte ich, als ich Alexanders Zögern bemerkte.

»Du könntest schon mal das Baguette schneiden«, schlug er vor.

Dankbar, dass ich etwas zu tun hatte, nahm ich das Brotmesser und ein Küchenbrett aus der Schublade und legte los. Allerdings war ich wohl nicht richtig bei der Sache, denn als mich plötzlich ein scharfer Schmerz durchzuckte, wurde mir klar, dass es nicht das Baguette war, an dem ich gerade herumsäbelte.

»Aaaau! So ein Mist!«, fluchte ich und starrte auf die blutende Schnittwunde an meinem linken Zeigefinger.

Mir blieb heute aber auch wirklich nichts erspart!

»Lassen Sie mich durch. Ich bin Arzt«, witzelte Alexander, schob mich sanft zur Seite, um an den Schrank ranzukommen, und zauberte daraus ein Pflaster hervor, mit dem er die Wunde fachmännisch verarztete.

»Okay, so viel zum Thema idiotensichere Aufgabe«, murmelte ich mit hängendem Kopf. »Vielleicht sollte ich beim nächsten Mal einfach den Müll rausbringen.«

»Ach was, ist doch halb so wild, nur ein kleiner Kratzer«, sagte Alexander, und ich stellte überrascht fest, dass der Finger tatsächlich schon gar nicht mehr so doll wehtat.

Allein dadurch, dass ich die Wunde dank des Pflasters nicht mehr sehen konnte, wurde der Schmerz erträglicher. Genauso würde es sich auch mit Daniel verhalten. Aus den Augen, aus dem Sinn ...

»In ein paar Tagen ist der Finger wie neu«, versprach Alexander und traf damit wie so oft genau die richtigen Worte. »Und jetzt gehst du schon mal rüber ins Wohnzimmer und machst es dir mit einem Glas Wein gemütlich. Das Essen ist ohnehin gleich fertig.«

Und was Alexander kurz darauf auftischte sah wirklich köstlich aus. Möglicherweise schmeckte es auch so, aber er hätte mir ebenso gut verbrannte Tiefkühlpizza vorsetzen können, denn alles, was ich mir in den Mund schob, verwandelte sich dort auf der Stelle in eine fade, geschmacklose Pampe. Mein Magen war wie zugeschnürt, aber Alexander zuliebe würgte ich Bissen um Bissen herunter.

»Was gibt's Neues im Sonnenhof?«, wollte er wissen, nachdem er die Salatteller abgeräumt und die Quiche serviert hatte.

Ich winkte ab. »Frag lieber nicht. Eine verstopfte Toilette auf Zimmer zwölf. Aber das ist wohl kaum das richtige Gesprächsthema beim Essen.«

»Und sonst?«, versuchte Alexander, da ich während der Vorspeise wohl etwas schweigsam gewesen war, ein Gespräch in Gang zu bringen. »Was macht der Stadtaffe?«

»Falls du Daniel Wilke meinst – der ist heute abgereist«, erklärte ich, schaffte es jedoch nicht, Alexander dabei in die Augen zu sehen.

»Na, Gott sei Dank.« Er stieß einen übertrieben tiefen Seufzer aus. »Das wurde auch Zeit. Dann steht unserer Hochzeit ja nun hoffentlich nichts mehr im Weg.«

»Sieht ganz danach aus.« Ich zögerte kurz, dann gab ich mir innerlich einen Ruck. »Und was eure Schlägerei betrifft …«, begann ich und suchte krampfhaft nach den passenden Worten. Denn plötzlich hatte ich das dringende Bedürfnis, reinen Tisch zu machen und Alexander zu gestehen, dass er mit seiner Eifersucht doch nicht so danebengelegen hatte, wie es auf der Weinprobe den Anschein gehabt hatte.

»Du musst mir nichts erklären«, unterbrach mich Alexander, griff über den Tisch hinweg nach meiner Hand und streichelte sie liebevoll. »Ich weiß Bescheid.«

»Ehrlich?«

Und trotzdem machte er mir keine Szene? Dankbar drückte ich seine Hand. Womit hatte ich bloß einen dermaßen verständnisvollen Mann verdient?

»War das denn so offensichtlich?«

»Das vielleicht nicht, aber im Nachhinein habe ich eins und eins zusammengezählt.«

Er nahm wieder Messer und Gabel zur Hand und aß weiter.

Eine Weile war nur das Klappern seines Bestecks zu hören, doch dann sagte Alexander plötzlich mit gerunzelter Stirn: »Hilf mir doch mal auf die Sprünge, Lizzie. Ich versteh das einfach nicht. Wenn eine Frau in einer glücklichen, intakten Beziehung lebt, wie kann sie dann auf einen solchen Blender reinfallen?«

»Vielleicht muss man der Frau zugutehalten, dass sie die Gefühle für den anderen Mann gar nicht zulassen wollte und sich mit aller Kraft gewehrt hat.«

»Du hast es von Anfang an gewusst?« Alexander warf mir über den Teller hinweg einen anklagenden Blick zu.

Ich räusperte mich, doch der Kloß in meinem Hals war hartnäckig. Er wollte einfach nicht verschwinden.

»Na ja, also nicht direkt von Anfang an«, stammelte ich mit belegter Stimme. »Zuerst wollte ich es nicht wahrhaben. Aber später dann …«

»Warum hast du nie einen Ton darüber verloren? Wir sprechen doch sonst über alles.« Bevor ich etwas darauf erwidern konnte, redete Alexander auch schon weiter: »Okay, Hannah ist deine Freundin, wahrscheinlich wolltest du sie decken – aber so eine abgebrühte Nummer hätte ich ihr nie im Leben zugetraut.«

Plötzlich fiel es mir wie Schuppen von den Augen: Alexander redete gar nicht von uns! Offenbar war er – was meine Gefühle für Daniel betraf – nach wie vor völlig ahnungslos.

»Philipp war ja schon immer etwas charakterschwach«, fuhr Alexander in einem verächtlichen Tonfall fort. »Das Betrügen liegt ihm ja gewissermaßen im Blut. Denk nur an die Nachprüfung damals ...«

»Durch die er, wie du dich ja wohl noch erinnern kannst, durchgerasselt ist«, unterbrach ich Alexander säuerlich.

Natürlich konnte ich nicht alles, was mein Bruder so trieb – und mit wem er es trieb – gutheißen, aber das war noch lange kein Grund, in meinem Beisein über ihn herzuziehen.

»Stimmt.« Alexander nickte. »Diesen Denkzettel hatte er aber auch wirklich verdient.«

»Denkzettel?« Um ein Haar hätte ich den teuren Rotwein im hohen Bogen quer über den Tisch gespuckt. »Das heißt, an dem Gerücht, das damals an der Schule kursiert hat, war tatsächlich was dran? Du hast Philipp absichtlich die falschen Ergebnisse auf der Toilette zugesteckt?!«

»Was glaubst denn du von mir?« Alexander zog eine beleidigte Schnute, und ich schöpfte Hoffnung – die er jedoch in der nächsten Sekunde wieder zunichtemachte: »Klar habe ich ihm die falschen Ergebnisse absichtlich gegeben. Dachtest du etwa, ich wäre über Nacht verblödet?! Ich bitte dich! Die Aufgaben waren kinderleicht«, fuhr er fort, »nur ein Idiot wie dein Bruder konnte sich dabei verrechnen. Selbst mit zwei Promille im Blut hätte ich die Gleichungen hinbekommen.«

Mein erster Impuls war, aufzuspringen und Alexander mitsamt seiner Quiche und seiner Pannacotta einfach sitzen zu lassen. Oder besser noch: ihm das ganze Zeug über den Kopf zu kippen. Unglaublich, was er sich meinem Bruder gegenüber geleistet hatte! Auch wenn die ganze Angelegenheit ewig lange her war, machte das die Sache nicht besser. Im Gegenteil! Alexander hatte mehr als zwanzig Jahre Zeit gehabt, über sein moralisch fragwürdiges Verhalten nachzudenken und so etwas wie Reue zu empfinden. Doch Pustekuchen! Dass er sogar noch stolz darauf zu sein schien, brachte mich am meisten auf die Palme.

Andererseits: Die Ehrenrunde war damals das Beste gewesen, was Philipp passieren konnte. Und wer wollte es Alexander verdenken, dass er sich an meinem Bruder hatte rächen wollen? Philipps herablassende Art und die blöden Scherze, mit denen er Alexander in der Schule ständig getriezt hatte, waren bestimmt eine ziemliche Qual gewesen.

Ich seufzte innerlich tief auf. Warum wurde bloß immer alles so verdammt kompliziert und schwierig, wenn verletzte Gefühle ins Spiel kamen? Auch mein heutiges Geständnis – so viel war sicher – würde Alexander sehr verletzen. Und wofür das alles? Ich hatte mir nichts zuschulden kommen lassen. Außerdem war Daniel weg – für immer. Noch ein-, zweimal schlafen, dann würde ich ihn bestimmt vergessen haben ...

Ich schlug meinem Gewissen als einer Art übergeordneten Instanz einen Deal vor: Wenn ich Alexander sein schuftiges Verhalten von damals durchgehen ließ und ihm weder die Quiche noch böse Worte an den Kopf schmiss, waren wir quitt. Da mein Gewissen nichts dazu sagte, wertete ich das der Einfachheit halber als Zustimmung.

Nachdem wir mit dem Essen fertig waren – den Rest der Mahlzeit hatten wir alle Themen, die auch nur ansatzweise brenzlig waren, geschickt umschifft –, saßen wir einvernehmlich vor der Glotze und sahen uns einen Krimi an.

Innerlich zeigte ich Hannah triumphierend eine lange Nase. Von wegen Kampf um die Fernbedienung! Alexander und ich waren uns sofort einig gewesen, was wir sehen wollten. Ein gutes Omen ...

Allerdings war das Fernsehprogramm auch wirklich grottenschlecht, sodass es keine echte Alternative zu dem Krimi gegeben hatte. Und selbst der war nicht besonders spannend. Während die Handlung so dahinplätscherte, schweiften meine Gedanken ab. Genauso würde mein Leben an Alexanders Seite verlaufen: vorhersehbar und ohne nennenswerte Höhen und Tiefen. Was ja nicht unbedingt schlecht sein musste. Im Gegenteil! Nach den Erfahrungen, die ich mit Finns Erzeuger gemacht hatte, war das genau das, was ich mir wünschte.

Aufregung und Nervenkitzel hatte ich in der Vergangenheit schon mehr als genug gehabt. Zuverlässigkeit und Beständigkeit – darauf kam es an. Wie bei einer guten Versicherung.

Wer brauchte schon Herzklopfen und feuchte Hände? Und falls mir doch mal danach war, konnte ich immer noch mit verbundenen Augen eine stark befahrene Straße überqueren oder im Drogeriemarkt einen Lippenstift klauen …

Kapitel 16

Seit Daniels Abreise hatte ich nicht nur eine Nacht »darüber« geschlafen, sondern mittlerweile sogar vier! Das sollte langsam reichen. Aber die Erinnerung an ihn war immer noch allgegenwärtig. Es war echt zum Verrücktwerden! Obwohl ich mir wirklich Mühe gab, Daniel aus meinen Gedanken zu verbannen, schien sich sein Bild in meinem Kopf fest eingebrannt zu haben. Dagegen gab es nur ein wirksames Mittel: Arbeit, Arbeit, Arbeit. Und jede Menge Zartbitterschokolade. Was meiner Figur jedoch nichts anhaben konnte, da ich ständig auf Trab war. Bloß nicht zur Ruhe kommen!

Als ich gerade mal wieder im Laufschritt an der Rezeption vorbeihasten wollte, blieb ich plötzlich wie vom Donner gerührt stehen. Litt ich womöglich unter Halluzinationen? Die letzten Tage waren verdammt stressig gewesen. Ich hatte mir kaum eine Pause gegönnt, um ja nicht an Daniel zu denken. Wer wollte es meiner armen Psyche da übelnehmen, wenn sie nach all den Strapazen und Repressalien ein bisschen verrücktspielte und mir etwas vorgaukelte, was in Wirklichkeit überhaupt nicht existierte?!

Der Gast, dem Hannah gerade einen Kugelschreiber zuschob, sah von hinten exakt so aus wie Daniel! Er hatte genau die gleiche Größe, die gleiche Frisur und genauso einen knackigen Hintern. Sogar die Jeans, in der der Po steckte, meinte ich wiederzuerkennen. Herrje, mir war wirklich nicht mehr zu helfen …

Hannah, die mich in diesem Moment entdeckte, winkte mich aufgeregt herbei. »Ach, Lizzie, gut, dass du kommst. Herr Wilke ist wieder hier.«

Da ich bis eben noch davon ausgegangen war, dass es sich bei dem Mann an der Rezeption um eine Sinnestäuschung handelte, hätte ich ihr für diesen Hinweis dankbar sein müssen, wäre da nicht dieser triumphierende Unterton in ihrer Stimme gewesen.

Zögernd trat ich näher.

Daniel ließ den Stift fallen und drehte sich zu mir um. Oh Mann, wie hatte ich dieses Grübchenlächeln vermisst! Wie ein Stromstoß durchzuckte es meinen Körper und hinterließ ein nervöses Kribbeln in meinem Bauch. Keine Ahnung, was für einen hochprozentigen Cocktail mein Körper da auf die Schnelle zusammenmixte – Insulin, Adrenalin, Serotonin, vielleicht auch ein bisschen Terpentin –, aber er hatte es verdammt noch mal echt in sich. Meine Hände zitterten leicht, und mein Kopf war plötzlich wie leer gefegt. Außer einem lahmen »Hallo« fiel mir beim besten Willen nichts ein, was ich hätte sagen können. Darum verschanzte ich mich hinter geschäftsmäßiger Betriebsamkeit.

»Hast du irgendwas vergessen? Du hättest anrufen können. Wir schicken unseren Gästen Sachen, die liegen geblieben sind, selbstverständlich auch per Post nach.«

»Ich hab nichts vergessen.«

Daniel, der normalerweise so viel Selbstsicherheit ausstrahlte, dass man sie fälschlicherweise auch für Arroganz halten konnte, schien ebenfalls etwas unsicher zu sein. Er vergrub die Hände in den Hosentaschen und wippte auf den Zehenspitzen.

»Obwohl – irgendwie schon …«

»Hoffentlich bist du nicht wieder in einem Kuhstall oder auf irgendeinem Misthaufen gestrandet«, plapperte ich ohne Sinn und Verstand weiter.

»Keine Sorge, ich habe mein Auto vorschriftsmäßig auf dem Parkplatz abgestellt. Wie sich das für gut erzogene Gäste gehört. Ich möchte meinen Aufenthalt bei euch nämlich noch etwas verlängern.« Und auf meinen fragenden Blick hin erklärte er: »Wie ich zu Hause festgestellt habe, steckt mir der Unfall noch ganz schön in den Knochen. Darum brauche ich unbedingt noch etwas Erholung.«

»Erholung«, echote ich ungläubig.

Und das war schon alles?! Ich wusste selbst nicht so genau, mit was für einer Erklärung ich gerechnet hatte, aber mit dieser ganz sicher nicht.

»Ach, und ich dachte, du bist wiedergekommen, weil du unser schönes Wohnklo vermisst«, scherzte ich leichthin und hoffte, dass meine Stimme dabei nicht allzu piepsig klang. »Ich schätze, zu Hause kannst du dir vom Bett aus nicht die Zähne putzen.«

Daniel grinste. »Ertappt.«

Ich wusste nicht, was ich von Daniels überraschender Rückkehr halten sollte. Einerseits war ich total happy, dass er wieder da war, andererseits wusste ich genau, dass das Wiedersehen die Quälerei nur unnötig in die Länge ziehen würde. Besser, man riss ein Pflaster mit einem Ruck ab. Kurz die Zähne zusammenbeißen, und dann hatte man es überstanden.

Wie nicht anders zu erwarten, fielen die Reaktionen auf Daniels »Comeback« höchst unterschiedlich aus. Während Finn sich vor Freude kaum wieder einkriegte, war meine Mutter alles andere als begeistert.

»Oh nein«, seufzte sie, und ihrer Stimme war deutlich anzuhören, dass sie Daniels erneute Anwesenheit auf dem Sonnenhof irgendwo zwischen Schneckenplage und Steuerprüfung einordnete. »Nicht der schon wieder! Aber vor eurer Hochzeit schmeißen wir ihn raus.«

Alexander fand am Telefon sogar noch deutlichere Worte: »Der ist ja schwerer loszuwerden als Herpes oder Hämorrhoiden«, schimpfte er. »Scheint so, als hätte der Lackaffe immer noch nicht genug. Ich wünschte, ich hätte mich bei unserer Schlägerei nicht so zurückgehalten.«

Guter Scherz. Nur dass Alexander, der sich neuerdings für Hulk zu halten schien, die Bemerkung todernst gemeint hatte.

Auch unter meinen Mitarbeiterinnen sorgte Daniels Rückkehr für Gesprächsstoff, wie ich am frühen Nachmittag zufällig mitbekam. Die Tür, die neben der Küche ins Freie führte, stand einen Spalt offen.

Als ich vorbeiging, hörte ich Betti draußen sagen: »Ich bin so froh, dass Daniel wieder da ist. Er ist einfach so süüüß.«

Süüüß? Schmunzelnd blieb ich stehen und lauschte. Das klang ja gerade so, als wenn die Sommerpause von Ferrero Rocher endlich vorbei wäre.

»Ja, den Typen würde ich auch nicht von der Bettkante schubsen«, formulierte Franka, unsere Küchenhilfe, es um einiges handfester.

Ich vernahm das typische Geräusch eines aufflammenden Feuerzeugs. Wahrscheinlich machten die Mädels gerade eine kleine Zigarettenpause.

»Ein Jammer, dass die besten Männer immer schon vergeben sind«, seufzte Franka in diesem Moment.

»Wer sagt denn, dass Daniel Wilke vergeben ist?«

»Also, ich bitte dich, das war doch wohl offensichtlich.« Das war wieder Frankas Stimme. »Die Frau, die Daniel besucht hat, ist mit Bluse und Hochsteckfrisur in sein Zimmer rein und eine Stunde später mit Wallemähne und Männerhemd wieder raus. Das hat Maribelle mir erzählt, und die hat's von Christine, die die Frau sowohl beim Betreten als auch beim Verlassen des Wohnklos gesehen hat. Man braucht nicht viel Fantasie, um sich auszumalen, was in der Zwischenzeit passiert ist. Ich nehme nicht an, dass sie Friseur gespielt haben ...«

»Doktor allerdings auch nicht.« Betti sagte das mit einer solchen Bestimmtheit, dass man meinen könnte, sie wäre dabei gewesen.

»Wie kommst du darauf?«, sprach unsere Küchenhilfe aus, was ich auch gerade gedacht hatte.

»Versprichst du mir, dass du das für dich behältst?«

Ich nahm an, dass Franka gerade genickt hatte oder Betti auf andere Art zu verstehen gegeben hatte, dass sie dichthalten würde, denn diese fuhr nun eifrig fort: »Es gibt eine ganz simple Erklärung, warum die Frau sich umgezogen hat.«

Franka kicherte. »Es behauptet ja auch keiner, dass Sex kompliziert ist.«

»Kein Mensch hat irgendwas von Sex gesagt.«

»Nicht so direkt, aber ...«

»Jetzt unterbrich mich doch nicht ständig.« Betti klang ein wenig eingeschnappt. »Willst du nun wissen, was in dem Zimmer passiert ist, oder nicht?«

Am liebsten hätte ich Ja gebrüllt. Ich hoffte inständig, dass Franka nun ihre Klappe hielt, was einer Quasselstrippe wie ihr sicher schwerfallen würde. Doch offenbar wurde ihr Mitteilungsbedürfnis noch von ihrer Neugier übertroffen.

»Ich bin jetzt still, großes Ehrenwort. Also, was ist denn nun in dem Zimmer passiert?«

»Daniel und diese Frau haben gearbeitet.«

Franka lachte dreckig. »Gearbeitet? Gab's bei Daniel Probleme?«

»Blödsinn, sie haben wirklich gearbeitet«, erklärte Betti. »Eine Tätigkeit, die *du* ja nur vom Hörensagen kennst. Jedenfalls wollte ich wissen, ob Daniel vergeben ist, darum hab ich unter dem Vorwand, frische Handtücher zu bringen, an seine Zimmertür geklopft.«

Fassungslos über so viel Unverfrorenheit schüttelte ich den Kopf. Wurden in diesem Gasthof Handtücher eigentlich auch zum Abtrocknen oder nur als Alibi verwendet? Ich konnte mich noch gut an den Morgen nach Daniels Ankunft erinnern, als ich ebenfalls mit einem Stapel frischer Handtücher vor seiner Zimmertür gestanden hatte.

»Und dann?«, fragte Franka, die offenbar genauso gespannt war wie ich.

»Daniel hat ›Ja bitte!‹ gerufen. Ich also rein, und was glaubst du, was die beiden da drinnen gemacht haben? Sie saßen mit einem Laptop, jeder Menge Papierkram und einem Tablett mit Kaffeebechern auf dem Bett und sind irgendwelche Zahlenkolonnen durchgegangen.«

»Eeecht jetzt?«

Franka schien nicht wirklich überzeugt zu sein. Aber da waren wir schon zu zweit.

»Und die Klamotten?«, fragte sie skeptisch. »Die hat die Frau gewechselt, weil sie beim Arbeiten ins Schwitzen gekommen ist oder was?«

»Quatsch!«

Ich sah Bettis entrüsteten Gesichtsausdruck förmlich vor mir.

»Daniel hat der Frau aus Versehen Kaffee über die Bluse geschüttet. Darum hat er ihr ein Hemd von sich geliehen. Und die Bluse hat er anschließend zu mir gebracht, damit ich sie in der Reinigung abgebe.«

In diesem Moment näherten sich von draußen Schritte. Die Zigarettenpause war offenbar zu Ende. Bevor die beiden mich entdecken konnten, huschte ich schnell weiter.

Ich hatte allen Grund, sauer zu sein, dass Betti Daniels Klamotten nach wie vor in die Reinigung brachte, obwohl ich ihr das ausdrücklich untersagt hatte. Trotzdem konnte ich nicht verhindern, dass sich ein zufriedenes Lächeln auf meinem Gesicht ausbreitete.

Kapitel 17

»Oh Gott, was ist passiert?«, entfuhr es mir entsetzt, als Hannah am nächsten Tag zur Arbeit erschien.

Ihre verschwollenen Augen lagen in tiefen dunklen Höhlen, wie man sie sonst allenfalls in problemorientierten Filmen mit drei Sternen in der Kategorie Anspruch zu sehen bekam.

»Du schaust ja schrecklich aus.«

»Danke«, sagte Hannah. »Du weißt wirklich, wie man jemanden aufbaut.«

»Oje, was ist denn mit dir los?«, wollte kurz darauf auch Maribelle wissen.

»Heuschnupfen«, antwortete Hannah knapp.

Maribelle musterte sie skeptisch. »Seit wann hast du denn Heuschnupfen?«

»Seit heute.«

»Wir zwei gehen jetzt erst einmal in mein Büro«, sagte ich zu Hannah. »Und du«, wandte ich mich an Maribelle, »du kümmerst dich um die Schwäne.«

In einer Frauenzeitschrift war beschrieben, wie man aus einer weißen Stoffserviette einen Schwan faltet. Aber entweder die Anleitung war in Chinesisch verfasst, oder Maribelle war nicht ganz bei der Sache. Das merkwürdige Gebilde, das vor ihr auf dem Tisch lag, erinnerte jedenfalls mehr an ein hässliches Entlein als an einen majestätischen Schwan.

»Also jetzt mal raus mit der Sprache«, ermunterte ich Hannah, nachdem wir uns in meinem Büro auf die Besucherstühle gesetzt hatten. »Was ist passiert?«

»Robert wollte mir Blumen schenken.« Meine Freundin fuhr sich mit der Hand müde über ihr Gesicht. »Weil es doch wieder so gut zwischen uns lief und ich mich immer beklagt habe, dass er nicht aufmerksam genug ist.«

»Aber das ist doch kein Grund zu weinen. – Oder doch?«, fragte ich unsicher, weil ich bemerkte, dass Hannahs Augen sich erneut mit Tränen füllten. »Hat er die falsche Blumensorte gekauft?«

Hannah schüttelte den Kopf. »Nein, nein, mit den Blumen war alles okay. Es war ein gemischter Strauß. Na, du weißt schon, von allem ein bisschen.«

»Oh gut«, sagte ich. »Und was ist dann das Problem?«

»Du kennst doch Louise.«

Ich nickte. Klar kannte ich Louise. Wer kannte sie nicht? Ihr gehörte das erste – und auch einzige – Blumengeschäft am Platz. Sie hatte einen ausgezeichneten Geschmack und echt ein Händchen für Blumen. Vermutlich würde es ihr sogar gelingen, aus einem Bund Suppengrün ein kunstvolles Bouquet zu binden. Einziger Haken: Wenn man Blumen kaufen wollte, musste man viel Zeit mitbringen, denn bei Louise bekam man – ob man wollte oder nicht – den neusten Dorfklatsch immer als kostenlose Zugabe obendrauf.

»Während Louise den Strauß gebunden hat, sind Robert und sie ins Gespräch gekommen«, berichtete Hannah.

Was vermutlich nichts anderes hieß, als dass Louise in einer Tour geredet hatte und Robert die Ohren geblutet hatten.

»Als Louise gehört hat, dass der Strauß für mich ist, hat sie zu Robert gesagt, dass sie total erleichtert sei, dass mit unserer Ehe alles okay ist«, fuhr Hannah mit ihrem Bericht fort. »Sie habe sich schon Sorgen gemacht, weil dieser Rosenkavalier mir ständig Blumen geschickt hat. Natürlich sei das gut fürs Geschäft gewesen, aber eine intakte Familie sei ihr wichtiger.«

Entsetzt biss ich mir auf die Unterlippe. »Und Robert? Wie hat Robert reagiert?«

»Robert ist natürlich aus allen Wolken gefallen.« Als könnte sie dadurch die Erinnerung ausblenden, schloss Hannah für einen kurzen Moment gequält die Augen. »Als ich von der Arbeit gekommen bin, hat er mich sofort zur Rede gestellt. Ich habe versucht, ihm alles zu erklären, aber Robert hat mir gar nicht richtig zugehört. Er meint, ich hätte genug Zeit gehabt, mit ihm darüber zu reden. Jetzt sei es zu spät.« Und nach einem kurzen trockenen Schluchzen fügte meine Freundin noch bitter hinzu: »Er will sich scheiden lassen, um meinem Glück nicht im Weg zu stehen.«

»Verdammt. Schöne Scheiße.«

Ich machte mir sofort Vorwürfe, dass ich Hannah nicht geraten hatte, ihrem Mann die Wahrheit zu sagen. Aber dafür war es, wie Robert so treffend bemerkt hatte, nun zu spät. Jetzt ging es nur noch um Schadensbegrenzung.

»Warum hat Robert Louise überhaupt zugehört?«, jammerte Hannah. »Das ist echt unfair. Wenn ich so viel quatsche, schaltet er immer auf Durchzug.«

»Meinst du nicht, dass Robert sich wieder beruhigt? Schließlich hast du dich für ihn entschieden und Philipp in die Wüste geschickt.«

Hannah, die wie ein Häufchen Elend in sich zusammengesunken war, schüttelte traurig den Kopf. »Nein, das klang endgültig.« Plötzlich richtete sie sich auf und verkündete mit zornig blitzenden Augen: »Wenn ich wegen der Scheidung sowieso beim Anwalt bin, werde ich Louise verklagen. Sie kann doch nicht einfach vertrauliche Kundeninformationen weitergeben.«

»Hm«, antwortete ich vage.

Spontan fielen mir das Beichtgeheimnis, die ärztliche Schweigepflicht und das Anwaltsgeheimnis ein. Ob Floristen auch an irgendein Berufsgeheimnis gebunden waren, entzog sich meiner

Kenntnis. Louise war nicht gerade für ihre Diskretion bekannt. Aber das hatte Philipp, der in die Stadt gezogen war, bevor sie das Geschäft übernommen hatte, natürlich nicht wissen können.

Hannah war gerade erst zur Bürotür raus, da griff ich auch schon zum Telefon und rief meinen Bruder an. Er hatte ihr die Suppe eingebrockt, also sollte er sie gefälligst auch wieder auslöffeln.

»Wenn du Hannah liebst, willst du bestimmt, dass sie glücklich ist«, versuchte ich ihm ins Gewissen zu reden, nachdem ich ihn über die neuesten Entwicklungen in Kenntnis gesetzt hatte. »Also sieh zu, wie du das wieder geradebiegst.«

Doch Philipp, der meiner Logik offenbar nicht folgen konnte, reagierte bockig. »Soll ich Robert vielleicht Blumen schicken und mich entschuldigen?«

»Untersteh dich!«, fauchte ich. »Deine Blumen haben schon genug angerichtet.«

Bevor mein Bruder auflegte, brummte er irgendwas in den Hörer, was ich nicht verstand. Aber der Tonfall verhieß weder etwas Gutes, noch gab er Anlass zu überschäumendem Optimismus. Vielmehr hatte ich plötzlich ein höchst ungutes Gefühl in der Magengegend. Hoffentlich war der Anruf kein Fehler gewesen. Im schlimmsten Fall würde Philipp versuchen, das Zerwürfnis zwischen Hannah und Robert zu seinen Gunsten zu nutzen.

Bravo, Lizzie! Anstatt meiner Freundin zu helfen, hatte ich die Situation womöglich sogar noch schlimmer gemacht.

Leider ging der Tag genauso bescheiden weiter, wie er begonnen hatte. Ich gab mir alle Mühe, Daniel aus dem Weg zu gehen, aber das war unmöglich. Egal, welchen Raum ich betrat oder um welche Ecke ich auch bog – er und sein verflixtes Grübchenlächeln waren schon da. Er der Igel, ich der Hase.

Fast hätte man meinen können, dass er es darauf anlegte, mir zu begegnen. Dummerweise hatte er auch gar keine andere Wahl, als sich drinnen aufzuhalten, denn nach dem anhaltend schönen Wetter der vergangenen Tage zog nun ein Tiefdruckgebiet über die Eifel hinweg, das jede Menge Niederschlag mit sich brachte. Es regnete bereits den ganzen Nachmittag. Für den Abend und die Nacht waren sogar schwere Unwetter mit Sturmböen angekündigt. Und wie's aussah, lagen die Meteorologen mit ihrer Prognose richtig, denn als ich gegen sieben aus dem Fenster schaute, war der Himmel rabenschwarz, und in der Ferne grollte es bereits drohend.

Da Finn in den Ferien normalerweise bis zum Einbruch der Dunkelheit mit seinen Freunden draußen herumtollte, nutzte ich das schlechte Wetter, um meinen Sohn in die Badewanne zu stecken. Es konnte nicht schaden, sich mal wieder davon zu überzeugen, dass sich unter der Dreckschicht auch das richtige Kind befand …

Nach der Planschorgie sollte Finn heute mal früh ins Bett. Was er natürlich total doof fand und mit allen Mitteln hinauszögerte.

»Finn? Wo bist du?«

In der Annahme, dass mein Sohn das übliche Versteckspiel mit mir veranstaltete, legte ich mich in seinem Zimmer auf den Fußboden, um unter dem Bett nachzusehen. Aber außer ein paar Lego-Steinen, die da nichts verloren hatten, und ein paar Staubflocken, die da erst recht nicht hingehörten, konnte ich nichts entdecken. Ich durchkämmte die ganze Wohnung. Doch Finn blieb verschwunden.

Als ich fieberhaft überlegte, wo ich noch nicht gesucht hatte, kam mir der Garten in den Sinn. Aber bei diesem Mistwetter – und noch dazu frisch gebadet – würde Finn doch nicht rausgelaufen sein?! Nun ja, einem Siebenjährigen, der im Hochsommer in Schneeboots zur Schule ging, war so einiges zuzutrauen. Besser, ich schaute mal nach. Als ich die Tür, die in den Garten hinausführte, öffnete, peitschte mir der Regen ins Gesicht, und ich wich erschrocken einen Schritt zurück.

Draußen herrschte eine richtige Weltuntergangsstimmung. Nicht nur der Regen, der unaufhörlich herabprasselte, sondern auch der Wind schien von Minute zu Minute heftiger zu werden. Sturmböen zerrten an den Abdeckplanen der Liegestühle, und die Bäume bogen sich bedrohlich zur Seite.

Inmitten dieses Unwetterinfernos entdeckte ich Finn. Er stand, nur mit seinem *Star-Wars*-Schlafanzug und mit Gummistiefeln bekleidet, auf der Wiese. Was war das denn bitte für eine schräge Aktion? Ein Regentanz? Falls ja, war Finn damit überaus erfolgreich. Als ich zu ihm rannte, um ihn schnellstens wieder ins Haus zu scheuchen, gab der Boden unter jedem Schritt schmatzende Geräusche von sich. In Sekundenschnelle war ich pitschnass.

»Finn! Was machst du denn bei dem Wetter hier draußen?«, rief ich vorwurfsvoll.

Da ihm der Regen in Sturzbächen über das Gesicht lief, bemerkte ich erst, als ich unmittelbar neben ihm stand, dass Finn weinte.

»Was ist denn los, Schatz?«

Mein Ärger war Besorgnis gewichen.

»Du wirst dir hier draußen noch den Tod holen.«

»Ich will nicht, dass Flocke sich den Tod holt«, schluchzte Finn. »Wir müssen ihn finden.«

Nicht schon wieder! Im Vergleich zu Flocke waren die Dalton-Brüder echte Waisenknaben. Keine Ahnung, wie er es geschafft hatte, aus seinem Käfig auszubrechen. Das würden wir später klären. Nun ging es erst einmal darum, den kleinen Ausreißer möglichst schnell einzufangen. Allzu leicht konnte er von einem herabfallenden Ast oder anderen herumfliegenden Dingen verletzt oder gar erschlagen werden.

»Ganz ruhig, Finn. Ich rufe Verstärkung.«

Ich dirigierte meinen Sohn unter das Vordach des Geräteschuppens, wo wir zumindest ein bisschen vor dem Regen geschützt waren. Dann zog ich mein Handy aus der Tasche und wählte Alexanders Nummer.

»Kannst du uns helfen, Flocke zu suchen?«, bat ich ihn anstelle einer Begrüßung.

»Ist der blöde Hase etwa schon wieder ausgebüxt?«

»Ja, der blöde Hase ist schon wieder ausgebüxt«, antwortete ich gereizt.

Am liebsten hätte ich Alexander darauf hingewiesen, dass er bei Flockes letztem Ausbruch vermutlich als Fluchthelfer fungiert hatte. Aber das hätte nur wertvolle Zeit gekostet, darum beschränkte ich mich darauf, in aller Kürze die Situation zu schildern.

»Ach, der kommt schon von allein wieder«, sagte Alexander, nachdem ich geendet hatte.

Wie immer war er die Ruhe in Person. Aber dieses Mal wirkte seine Gelassenheit keineswegs beruhigend auf mich, sondern machte mich rasend.

»Unkraut vergeht nicht«, setzte Alexander nun noch einen obendrauf. »Denk nur an seinen letzten Ausflug. Und dieses Mal kann er ja auch gar nicht aus dem Garten raus.«

»Aber wir können das arme Tier bei dem Unwetter doch nicht draußen herumirren lassen.«

»Ach, aber mich willst du bei dem Wolkenbruch rausschicken, ja?«, fragte Alexander leicht verschnupft. »Du glaubst doch nicht im Ernst, dass ich bei diesem Sauwetter das Haus verlasse, um auch noch ausgerechnet das Vieh zu suchen, das meine Tapete angenagt hat. Soll Herr Wilke sich doch um das Problem kümmern. Er hat den Hasen schließlich auch angeschleppt.«

»Ganz wie du meinst«, antwortete ich, wohlwissend, dass Alexander diesen Vorschlag nicht wirklich ernst gemeint hatte. »Dann frag ich eben Herrn Wilke.«

Gleich nachdem ich aufgelegt hatte, klingelte mein Handy. Ach, sieh mal einer an. Da hatte wohl jemand ein schlechtes Gewissen. Doch ich drückte Alexanders Anruf einfach weg. Ich hatte jetzt weder Lust noch Zeit, mich mit ihm auseinanderzusetzen.

Zum Glück saß Daniel, der mit dem Essen bereits fertig war, noch mit einem Bier an seinem Tisch, als ich völlig aufgelöst mit einer Regenjacke für Finn und diversen Taschenlampen, von denen vermutlich eh mal wieder keine funktionieren würde, im Gastraum auftauchte.

Ohne viele Fragen zu stellen, folgte er mir in den Garten.

Obwohl Finn vor Kälte bereits schlotterte, weigerte er sich beharrlich, ins Haus zu gehen.

Ich legte ihm die Hand auf die Schulter und sah ihm fest in die Augen. »Du gehst jetzt rein und ziehst dir etwas Trockenes an. Einer muss drinnen die Stellung halten, falls Flocke von allein wiederkommt.«

Es war weder davon auszugehen, dass der kleine Hase anrufen, noch dass er an der Tür klingeln würde. Aber zum Glück fragte Finn nicht weiter nach.

Nachdem er im Haus verschwunden war, machten Daniel und ich uns mit Taschenlampen bewaffnet auf die Suche. Triefend vor Nässe krochen wir zwischen Büschen herum, schoben Gartenstühle und Liegen zur Seite und schauten in jedes Loch und in jeden Winkel. Ich erwog es sogar kurz, im Baumhaus nachzuschauen. Aber auch wenn ich Flocke so ziemlich alles zutraute – wahrscheinlich würde er sogar aus Alcatraz türmen –, ließ ich es, um mich vor Daniel nicht komplett lächerlich zu machen, schließlich bleiben.

Verdammt, warum hatten wir Flocke nach seinem letzten Ausbruch nicht mit einem Peilsender ausgestattet? Oder zumindest mit so einem kleinen Piepsding, wie wir es Oma Grete, die ständig ihren Schlüssel verlegte, zum letzten Geburtstag geschenkt hatten. Einmal pfeifen und der Schlüsselanhänger gab sofort ein akustisches Signal.

»Flocke! Flocke!«

Ich hatte keine Ahnung, ob der Hase auf seinen Namen reagieren würde, Stöckchen apportieren tat er schließlich auch nicht. Aber ich rief ihn trotzdem unzählige Male. – Vergeblich.

Dann endlich, als wir uns gerade entschlossen hatten, die Suche abzubrechen, entdeckte ich hinter einem Blumentopf, den eine Windböe umgeweht hatte, ein heftig zitterndes weißes Fellbündel.

Wäre es durch den Sturm nicht so laut gewesen, hätte man den Stein, der mir vom Herzen fiel, bestimmt plumpsen gehört.

»Danke für deine Hilfe, Daniel«, presste ich zwischen meinen heftig klappernden Zähnen hervor. »Du hast echt was gut bei mir.«

»Das trifft sich prima«, sagte Daniel und strich Flocke, der sich in meinen Arm schmiegte, über das nasse Fell. »Du könntest mich morgen begleiten.«

»Wohin?«

Daniel machte ein geheimnisvolles Gesicht. »Das wirst du dann schon sehen.«

Kapitel 18

»Dauert's noch lange?«, fragte ich, kaum dass wir in Daniels Auto gestiegen und losgefahren waren.

Eine von Finns Lieblingsfragen, und ich hasste sie wie die Pest. Aber dass Daniel mir einfach nicht verraten wollte, wo wir hinfuhren, trieb mich fast in den Wahnsinn.

»Lass dich überraschen.«

»Nicht mal ein winziger Hinweis?«

Doch die Antwort war nur ein nachdrückliches Kopfschütteln.

Da ich in letzter Zeit selten aus dem Gasthof rausgekommen war, hatte ich die Gelegenheit genutzt, um mein neues rotes Kleid anzuziehen. Es war ein bisschen offenherzig, und ich hoffte, dass Daniel daraus keine falschen Schlüsse ziehen würde. Denn irgendwie war mir schon bewusst, dass ich mit dem Feuer spielte, indem ich meinen freien Tag allein mit ihm verbrachte. Andererseits hatte ich gar keine andere Wahl. Schließlich war ich ihm noch einen Gefallen schuldig. Oder war das nur ein Vorwand, um mein Gewissen zu beruhigen? Schon möglich, aber zumindest war es ein verdammt guter Vorwand …

»Fahren wir nur Landstraße oder auch Autobahn?«, versuchte ich auf Umwegen etwas über Daniels Pläne in Erfahrung zu bringen.

Ich konnte ziemlich hartnäckig sein.

Aber Daniel bedauerlicherweise auch.

»Mal sehen.« Er zwinkerte mir zu. »Wie kommst du überhaupt darauf, dass wir ein bestimmtes Ziel haben? Vielleicht will ich auch einfach nur ein bisschen mit dir spazieren fahren.« Daniel tätschelte mit einem verschlagenen Grinsen das Lenkrad seines Wagens. »So ein Auto muss schließlich hin und wieder bewegt werden.«

Ich gab's auf. Der Mann hielt dicht wie 'ne Pampers.

»Hast du außer deinem Faible für sündhaft teure, schnelle Angeberschlitten eigentlich noch andere Macken?«, fragte ich halb im Spaß und halb im Ernst.

»Also bitte!« Daniel zog einen Schmollmund. »Was hast du an meiner Vorliebe für Sportwagen auszusetzen? Ich mag Autos. Und einen Porsche 911 oder einen Mercedes SL nun mal etwas lieber als einen Opel Astra oder einen VW Passat. Macht mich das etwa zu einem schlechten Menschen?«

»Zu einem schlechten Menschen vielleicht nicht, aber du musst schon zugeben, dass es etwas oberflächlich ist, sich mit solchen Statusobjekten zu schmücken.«

»Findest du, dass ich es nötig habe, mich zu schmücken?«

Daniel lächelte spitzbübisch, und ich fragte mich insgeheim, ob er sein vermaledeites Grübchen bewusst einsetzte.

Wir flachsten noch eine Weile herum und unterhielten uns über alles Mögliche, sodass ich völlig vergaß, Daniel weiter zu löchern, wo wir hinfuhren.

»Wir sind übrigens gleich da«, sagte er plötzlich unvermittelt.

In diesem Moment fuhren wir auf ein großes Spruchband zu, das quer über die Straße gespannt war. »16. Fersingdorfer Viehversteigerung« stand darauf in fetten schwarzen Lettern, und neben dem Schriftzug war eine Kuh abgebildet.

»Wir fahren zu einer Viehversteigerung?«, fragte ich entsetzt. »In dem Outfit?«

Mein Blick wanderte an meinem roten Kleid hinunter und blieb schließlich an meinen schwarzen Pumps hängen, die mir für ein solches Event nicht ganz das passende Schuhwerk zu sein schienen.

Daniel grinste. »Ich bin froh, dass du keine Jeans angezogen hast. Denn dann wäre ich nicht in den Genuss gekommen, den ganzen Tag deine tollen Beine bewundern zu dürfen.«

Zum Glück konnte Daniel nicht sehen, wie ich errötete, denn er lenkte seinen Wagen gerade auf eine große Wiese, die zu einem Parkplatz umfunktioniert worden war. Diese Viehversteigerung schien eine ganz große Sache zu sein. Es gab sogar Ordner, die uns durch Handzeichen zu verstehen gaben, wo wir unser Auto abstellen sollten.

Unschlüssig sah ich aus dem Fenster. »Sicher verrätst du mir jetzt auch, was wir hier eigentlich wollen.«

»Na ja, so viele Möglichkeiten wird man auf einer Viehversteigerung nicht haben. Aber vielleicht gibt es ja auch einen Miss-Wet-T-Shirt Wettbewerb. Dann kannst du gerne daran teilnehmen«, scherzte Daniel, wurde dann aber wieder ernst. »Ich möchte für Kurti eine neue Milchkuh ersteigern, denn mir ist klar, was ich durch meinen Unfall angerichtet habe. Und die Mühlen der Bürokratie mahlen unglaublich langsam. Bis die Versicherung zahlt und Kurti seine neue Kuh bekommt, werden noch Wochen, wenn nicht sogar Monate vergehen. Natürlich kann ich ihm Molli nicht wirklich ersetzen, aber zumindest werde ich dafür sorgen, dass er eine Kuh bekommt, die genauso viel Milch gibt wie seine alte.«

»Das ist ... eine ziemlich noble Geste«, stammelte ich völlig überrumpelt von so viel Nettigkeit und Großzügigkeit.

Als wir aus dem Auto stiegen, sank ich mit meinen Schuhen sofort sechs Zentimeter tief ein. Das entsprach exakt der Höhe meiner Absätze. Die starken Regenfälle des vergangenen Tages hatten die Wiese aufgeweicht und in eine Art Moorlandschaft verwandelt.

Daniel, dem nicht entgangen war, dass ich in Schwierigkeiten oder besser gesagt im Matsch steckte, kam zu mir. Ohne auf meinen Protest zu achten, hob er mich hoch und schulterte mich, als würde ich nicht mehr wiegen als ein Sack Kartoffeln.

Oh nein, oh nein, das ging ja gut los! Auch wenn Daniel mir nur helfen wollte: Das war entschieden zu viel Nähe und Intimität! Damit ich nicht von seiner Schulter rutschen konnte, sicherte er mich mit seiner rechten Hand ab – und die lag genau hinten auf meinen Oberschenkeln! Mein Körper fühlte sich plötzlich so schwach an, dass ich vermutlich gar nicht mehr imstande gewesen wäre, selbst zu laufen ...

Während Daniel zügig die Wiese überquerte, betete ich insgeheim, dass ich ihm nicht zu schwer wurde. Die eine oder andere Tafel Zartbitterschokolade war des Guten vielleicht doch etwas zu viel gewesen.

Aber bevor Daniel unter meinem Gewicht zusammenbrechen oder seine Hand sich in meine Oberschenkel einbrennen konnte, hatten wir den asphaltierten Weg erreicht, und er ließ mich behutsam von seiner Schulter gleiten.

»Danke, das wäre doch nicht nötig gewesen«, murmelte ich mit schwacher Stimme und wackeligen Knien.

Dabei wusste ich vor Verlegenheit gar nicht, wo ich hinsehen sollte.

»Bitte, gern geschehen. Jederzeit wieder.«

Wir reihten uns in den Besucherstrom ein, und ich stellte voller Unbehagen fest, dass ich jede Menge Blicke auf mich zog. Kein Wunder bei dem Outfit!

»Hach, ich bin wirklich ein Glückspilz«, verkündete Daniel gut gelaunt. »Alle Männer gucken ganz neidisch. Habe ich dir heute eigentlich schon gesagt, dass du fantastisch aussiehst?!«

Obwohl ich mir zwischen all den Jeans- und Latzhosenträgern in meinem roten Kleid ziemlich fehl am Platz vorkam – wie eine Leuchtboje inmitten eines Salatfelds –, freute ich mich über sein Kompliment. Wen kratzte es schon, was die anderen dachten?!

Ich wollte den Tag einfach nur genießen. Obwohl ich auf dem Land aufgewachsen war, hatte ich noch nie eine Viehversteigerung besucht, und irgendwie fand ich das ganz spannend.

Auf dem Gelände gab es zwei große Hallen. In einer davon fand die eigentliche Versteigerung statt, in der anderen warteten die Kühe, die heute unter den Hammer kommen sollten, auf ihren großen Auftritt.

Als wir eine Runde drehten, um uns einen Überblick zu verschaffen, kam ich aus dem Staunen kaum raus. Hier ging es zu wie in einem Schönheitssalon! Die Behandlungsmethoden waren zwar etwas ruppig, aber im Vergleich zu einer Heißwachsbehandlung fast schon wieder harmlos. Zuerst wurden die Tiere mit einem Dampfstrahler abgespritzt, dann gestriegelt und schließlich mit Spiritus abgerieben. Aber das war längst noch nicht alles ...

»Ist das denn erlaubt?«, fragte ich ungläubig, als wir beobachteten, wie einer der Kühe ein künstliches Haarteil in den Schweif eingearbeitet wurde. Von wegen Natur pur! »Das ist doch Beschiss.«

»Ach ja?« Daniel gluckste vergnügt. »Sonst seht ihr Frauen das doch auch nicht so eng. Ihr seid doch Weltmeister im Schummeln. Was der einen ihr künstlicher Zopf ist der anderen ihr Wonderbra.«

Hatte er, während er das sagte, etwa auf mein Dekolleté geschielt?!

Ich stemmte die Hände in die Hüften und funkelte Daniel empört an. »Willst du damit andeuten, dass meine Brüste nicht echt sind?!« Ich hatte so einiges an mir auszusetzen, aber auf meinen Busen ließ ich nichts kommen. »Nur damit du es weißt: Ich habe es nicht nötig, mir eine Matratze vor die Brust zu schnallen. Das ist alles echt! Kein Silikon und kein Schaumstoff. Mehr Bio geht gar nicht.«

Daniel, der sich meine Rede mit unbewegter Miene angehört

hatte, feixte. »Gut zu wissen. Aber eigentlich meinte ich Frauen im Allgemeinen. Anwesende selbstverständlich ausgenommen.«

»Oh. Das ist ... auch gut zu wissen.« Mein Kopf passte sich in Sekundenschnelle der Farbe meines Kleides an. »Tun wir doch einfach so, als hätte ich gesagt: ›Was für ein schöner Schwanz.‹«

Daniels anzügliches Grinsen wurde immer breiter.

Ich hätte mir am liebsten die Zunge abgebissen.

»Oder besser noch: Tun wir so, als hätte ich gar nichts gesagt.«

»Einverstanden.«

Schweigend sahen wir dabei zu, wie am Schwanz der Kuh letzte Hand angelegt wurde, dann schlenderten wir weiter. Zum Glück verlor Daniel keine Silbe mehr über meinen peinlichen Monolog.

Nachdem wir unseren Rundgang durch die Halle beendet hatten, fragte er: »Würde es dir was ausmachen, ohne mich einen Kaffee trinken zu gehen?« Er lächelte entschuldigend. »Ich muss mich jetzt ein bisschen schlaumachen. Sonst ersteigere ich für Kurti womöglich eine Flasche – oder besser gesagt: eine leere Milchtüte. Ich hab zwar schon im Internet so einiges gelesen und mich anhand des Katalogs vorbereitet, aber ich würde mich gerne noch ein wenig umhören.«

»Kein Problem. Bis später dann.«

Nachdem ich eine Weile ziellos herumgestromert war und in der provisorisch errichteten Cafeteria ein Stück Zitronenkuchen verdrückt hatte, heftete ich mich wieder unbemerkt an Daniels Fersen. Offenbar hatte er sich wirklich gut vorbereitet, denn während er diverse Kühe in Augenschein nahm, fachsimpelte er munter mit deren Besitzern.

Als er mich entdeckte, gesellte er sich jedoch zu mir und nahm dankbar den Pappbecher mit Kaffee entgegen, den ich ihm mitgebracht hatte.

»Nun bekomme ich ja doch noch meinen Coffee to go«, sagte er erfreut. »Ich hoffe, du langweilst dich nicht allzu sehr.«

»Nein, überhaupt nicht.«

Und das war nicht einmal gelogen. Ich hätte Daniel noch stundenlang beobachten können. Ein durch und durch erfreulicher Anblick – und mit dieser Meinung war ich, wie ich kurz darauf feststellte, nicht allein.

Während Daniel sich mit dem Besitzer von Kuh Nummer 95 unterhielt, kam ich mit dessen Frau ins Gespräch.

»Hi, ich heiße Kati.« Sie reichte mir die Hand.

»Hallo. Ich bin Lizzie.«

Kati war ungefähr in meinem Alter, hatte blonde, lange Haare und ein offenes, sympathisches Lächeln.

»Ich hoffe, du hältst mich nicht für unverschämt, aber ich beobachte euch schon eine ganze Weile, und ich muss dich jetzt einfach was fragen.«

»Nur zu«, sagte ich, obwohl Kati nicht den Eindruck machte, als bräuchte sie eine Ermunterung.

»So von Frau zu Frau: Verrätst du mir, wie du es anstellst, dass dein Mann so unglaublich gepflegt aussieht?« In gespielter Verzweiflung verdrehte Kati die Augen und verzog ihre sorgfältig geschminkten Lippen. »Ich liebe meinen Ralf – doch, doch, wirklich. Aber es ist echt nicht leicht, mit einem Bauern verheiratet zu sein. Ich habe das Gefühl, mein Mann wird seinen Kühen von Jahr zu Jahr immer ähnlicher.«

Kurz überlegte ich, ob ich das Missverständnis aufklären sollte, indem ich Kati erzählte, dass Daniel erstens kein Landwirt und zweitens nicht mein Mann war. Aber warum? Hier kannte uns schließlich niemand.

Außerdem fand ich die Vorstellung, für einen Tag Daniels Frau zu sein, gar nicht mal so übel, darum sagte ich augenzwinkernd: »Einer für alles. Ich nehme den Dampfstrahler.«

Kati hob grinsend den Daumen. »Prima Idee.«

In diesem Moment trat Daniel zu uns. Als ich die bewundernden Blicke bemerkte, mit denen Kati ihn von oben bis unten taxierte, regte sich leiser Stolz in mir, was mir als Interimsehefrau, wie ich fand, durchaus zustand.

»Wir sollten jetzt mal rüber in die Auktionshalle gehen und uns einen guten Platz suchen«, drängte Daniel, der von seinem neuen Familienstand nichts ahnte. »Die Kuh, für die ich bieten möchte, müsste bald aufgerufen werden.«

Ich verabschiedete mich von Kati, dann machten wir uns auf den Weg in Halle zwei, aus der man schon von Weitem ein Mikrofon dröhnen hörte. Der Auktionator war ein Meister im Schnellreden, und sein Mundwerk schien nicht eine Minute stillzustehen. Respekt, so viele Silben pro Minute schaffte nicht mal Franka an ihren besten Tagen ...

Während ich amüsiert seinem Redeschwall lauschte, sah ich mich in der Halle um. Unglaublich, was hier für ein Andrang herrschte! Die Tribünen waren fast voll besetzt. Und unter all den Leuten entdeckte ich zu meiner großen Überraschung sogar ein bekanntes Gesicht.

»Hey, das gibt's doch gar nicht.« Ich stupste Daniel aufgeregt in die Seite und wies mit dem Kinn zur gegenüberliegenden Tribüne. »Siehst du die Frau in dem grün-weiß gestreiften T-Shirt?«

»Meinst du die in der vorletzten Reihe mit den blonden Locken?« Daniel spähte angestrengt hinüber.

»Ganz genau. Das ist Maggie – also eigentlich Margret. Aber so hat sie außer Herr Schmidt, unser alter Biolehrer, nie jemand genannt. Maggie ist eine alte Schulfreundin von mir«, erklärte ich. »Vor ein paar Jahren hat sie geheiratet und ist weggezogen. Wir haben uns dann leider aus den Augen verloren.« Ich lächelte versonnen. »Mensch, die Maggie. Das ist ja vielleicht ein Ding.«

Ich wollte ihr zuwinken, doch Daniel griff schnell nach meiner Hand.

»Das solltest du vielleicht lieber nicht tun«, sagte er.

»Wieso? Wer weiß, wie viele Jahre es dauert, bis Maggie und ich uns wieder zufällig über den Weg laufen.«

Da sie gerade in unsere Richtung schaute, entzog ich Daniel meine Hand und winkte heftig.

»Und da haben wir auch schon das nächste Gebot«, blökte der Auktionator in diesem Moment in sein Mikrofon. »400 bietet die Lady in Red.«

»Herzlichen Glückwunsch, es ist ein Junge«, sagte Daniel trocken. »Ich glaube, du hast soeben ein Kälbchen ersteigert. Es sei denn, es überbietet dich noch jemand.«

»Ist nicht wahr, oder?« Hektisch sah ich mich um. »Der Auktionator muss eine andere Lady in Red gemeint haben. Oder??«

Aber außer einem Mann in einem rot karierten Holzfällerhemd und einem kleinen Jungen in einem roten *Spiderman*-T-Shirt konnte ich auf die Schnelle niemanden entdecken, der auch nur einen einzigen Stofffetzen in dieser Farbe am Leib trug. Rings um uns herum dominierten Schlammtöne. Nur hier und da sah man ein paar vereinzelte »Farbtupfer« in gedecktem Grün oder dunklem Blau.

Der Auktionator versuchte, den Preis für Orlando – so der klangvolle Name des Kälbchens – weiter in die Höhe zu treiben. Aber es machte nicht den Anschein, als wollte mir jemand das niedliche Kerlchen, das ein wenig unbeholfen durch die Sägespäne stakste, streitig machen. Verflixt, was sollte ich mit einem Rindvieh, egal wie putzig es auch sein mochte, anfangen?

»Sieh es positiv. Du hast Erfahrung mit Tieren. Wer es mit Flocke aufnehmen kann, schafft so ein Kälbchen mit links«, witzelte

Daniel. »Orlando knabbert bestimmt keine Tapeten an, und abhauen tut er sicher auch nicht.«

Der Auktionator wollte die Sache nun offenbar zum Abschluss bringen. »400 zum Ersten, 400 zum Zweiten ...« Er machte eine dramatische Pause und ließ das Hämmerchen in der Luft schweben.

Ich kniff die Augen zusammen und wartete darauf, dass mein Schicksal als Pflegemutter eines Kälbchens besiegelt wurde. Doch bevor es dazu kam, breitete sich plötzlich vor uns auf der Tribüne Unruhe aus. Ob sich vielleicht doch noch jemand erbarmte und Orlando vor einem Leben im Geräteschuppen bewahrte?

»450 für den Herrn in der ersten Reihe«, schnarrte in diesem Moment der Auktionator.

»Puh, Schwein gehabt«, seufzte ich erleichtert und wischte mir ein paar imaginäre Schweißtropfen von der Stirn.

Als mein Herz wieder an der richtigen Stelle schlug – es war mir nämlich kurzzeitig in die Hose gerutscht –, suchte ich die gegenüberliegende Tribüne mit den Augen nach Maggie ab. Doch sie war verschwunden. Schade, das hatte wohl nicht sollen sein ...

Viel Zeit, der verpassten Chance nachzutrauern, blieb mir jedoch nicht, denn nach den Jungtieren wurden nun die ausgewachsenen Milchkühe zur Versteigerung aufgerufen. Mit einem Mal war Daniel ganz aufgeregt.

»Achtung, jetzt kommt sie. Nummer 128. Das ist Madonna.«

»Madonna?«, gluckste ich und stimmte den Refrain von »Like a Virgin« an.

Auch wenn ich mich mit Kühen nicht auskannte, fand ich, dass Daniel eine gute Wahl getroffen hatte. Madonna, die gerade in den Ring geführt wurde, war eine besonders hübsche Kuh mit großen treuen Augen. Ob die Wimpern echt waren? Aber schlussendlich kam es wohl doch mehr auf die »inneren Werte« an. Und auch hierbei konnte Madonna mit zweiunddreißig Litern Milch pro Tag punkten. Nachdem der Auktionator ihre Vorzüge gepriesen hatte, ging's ans Eingemachte. Dummerweise war Daniel nicht der Einzige, der ein Auge auf Madonna geworfen hatte. Sprachlos verfolgte ich, wie die Gebote immer höher und höher schnellten und ein Bieter nach dem anderen ausstieg. Nur ein Mann, der mich aufgrund seines Vollbarts und der buschigen Augenbrauen irgendwie an den Alm-Öhi aus *Heidi* erinnerte, war noch mit im Rennen und lieferte sich mit Daniel ein nervenaufreibendes Duell.

»1600.«

»1650.«

»1700.«

Während ich mir vor lauter Aufregung fast die Lippen blutig biss, klimperte Madonna völlig unbeeindruckt mit ihren schönen treuen Augen.

»1750.«

Der Alm-Öhi schien nicht gewillt zu sein, Daniel das Feld zu überlassen. Mit finsterer Miene starrte er drohend zu uns herüber, wobei er seine Augenbrauen so missmutig zusammenzog, dass sie fast eine durchgehende Linie bildeten. Huh, grauslich! Mir lief ein Schauer den Rücken hinunter, und ich zupfte Daniel leicht am Ärmel seines Hemdes.

»Mit dem würde ich mich lieber nicht anlegen«, flüsterte ich ihm zu.

»Ach was, der will uns doch nur Angst einjagen.«

»Mag sein. Aber bei mir funktioniert's«, murmelte ich mehr an mich selbst als an Daniel gerichtet, denn der hörte mir schon gar nicht mehr zu.

»1800.«

»1850.«

»2000 Euro ist meine Schmerzgrenze«, raunte Daniel mir zu, als er erneut die Hand hob.

»1900 Euro für den Herrn im blauen Hemd! Bietet noch jemand mehr für dieses Prachtstück?«, blökte der Auktionator.

Langsam wurde es eng. Ich rechnete fest damit, dass der Alm-Öhi nun sein nächstes Gebot abgeben würde, doch stattdessen zuckte dieser nur verärgert mit den Schultern und wandte sich ab. Oder war das womöglich nur eine Finte, um Daniel in Sicherheit zu wiegen?

Wie bei einem Boxkampf, bei dem einer der Akteure am Boden liegt und angezählt wird, rief der Auktionator: »Zum Ersten, zum Zweiten ...«

Meine Hände waren vor Aufregung schweißnass.

»... und zum Dritten!« Das Hämmerchen sauste nieder.

»Du hast es geschafft!«, jubelte ich.

Vor Freude flog ich Daniel um den Hals. Und plötzlich, ohne genau zu wissen, wie es dazu gekommen war, spürte ich seine Lippen auf meinen.

Was daraufhin in meinem Körper abging, war einfach unbeschreiblich. Ein Feuerwerk? Das traf es nicht mal ansatzweise. Es musste sich schon um eine Kernfusion, einen Urknall oder etwas ähnlich Elementares handeln. Wilde Naturgewalten schienen mir die Beine wegzuziehen und setzten meinen Körper in Flammen.

Erschrocken von der Intensität meiner Gefühle, beendete ich abrupt den Kuss und trat hastig einen Schritt zurück. Mit dem Zeigefinger fuhr ich über meine brennenden Lippen und wich dabei Daniels fragendem Blick aus.

Entweder war der Auktionator von der vielen Brüllerei heiser, oder die Lautsprecheranlage hatte ihren Geist aufgegeben, jedenfalls nahm ich die Stimme aus dem Mikro nur noch als gedämpftes Flüstern wahr.

Oh Gott, was hatte ich nur getan?! In wenigen Tagen würde ich heiraten! Doch anstatt in Vorfreude zu schwelgen, Servietten zu Herzen zu falten und Tischkarten zu basteln – natürlich ebenfalls in Herzform –, trieb ich mich auf einer Viehauktion herum und ließ mich von einem Mann küssen, der zweifelsfrei nicht mein Bräutigam war. Aber was noch viel schlimmer war: Es hatte mir gefallen. Sogar sehr …

»Lass uns gehen«, sagte ich dumpf. »Ich möchte nach Hause.«

Daniel sah mich forschend an. »Sicher?«

Und ich nahm nicht an, dass sich seine Frage nur auf den Zeitpunkt unseres Aufbruchs bezog …

»Ganz sicher«, antwortete ich, ohne ihn dabei anzusehen.

Schweigend verließen wir unsere Plätze.

»Und was machen wir jetzt mit Madonna?« Daniel kratzte sich am Kopf. »Wir können sie ja wohl schlecht in meinem Mercedes mitnehmen. Das Cabrio ist schließlich ein Zweisitzer. Und ich möchte auf keinen Fall Ärger mit dem Tierschutzverein bekommen.«

»Ha, ha«, stieß ich freudlos hervor.

Mir war gerade gar nicht nach Scherzen zumute.

Nachdem Daniel alle Formalitäten erledigt und für Madonna eine Mitfahrgelegenheit organisiert hatte – sie würde in einem Tiertransporter nachkommen –, verließen wir die Halle.

Am Ausgang trafen wir noch einmal auf Kati und ihren Ehemann.

»Danke für den Tipp mit dem Dampfstrahler.« Kati zwinkerte mir verschwörerisch zu. »Ich werd's ausprobieren.«

»Sie wird was ausprobieren?«, fragte Daniel verwundert, als die beiden außer Hörweite waren.

»Ach, nichts weiter.«

Bevor Daniel erneut auf die Idee kommen konnte, mich über die Wiese zu tragen, beschleunigte ich mein Tempo und rannte unter den belustigten Blicken einiger Besucher wie ein Storch im Salat auf meinen hohen Schuhen durch den Matsch. Warum hatte ich keine Sneakers oder Turnschuhe angezogen? Aber nein, ich hatte ja unbedingt gut aussehen wollen. Und jetzt hatten wir die Bescherung! Wobei die ruinierten Pumps noch das kleinste Problem waren …

»Scheiße, Scheiße, Scheiße«, murmelte ich.

Zum Glück war das Auto bereits in Sicht. Als könnte ich auf diese Weise vor meinen Gefühlen davonlaufen, legte ich auf den letzten Metern noch mal einen ordentlichen Endspurt hin, sodass Daniel Schwierigkeiten hatte, mit mir Schritt zu halten. Am liebsten wäre ich einfach weitergerannt … bis nach Hause. Denn allein die Vorstellung, den ganzen Rückweg über neben Daniel sitzen zu müssen, sorgte bei mir für Atemnot und Herzrasen. Dementsprechend angespannt war ich, als wir ins Auto einstiegen und er den Motor startete.

Keiner sagte ein Wort. Passend zu meiner Stimmung hatte es zu regnen begonnen, und die Stille im Auto wurde nur durch das Prasseln der Tropfen und das monotone Geräusch des Scheibenwischers unterbrochen. Mit brennenden Augen starrte ich aus dem Fenster.

»Und? Wie ist die Aussicht?«, versuchte Daniel, als wir bereits eine ganze Weile unterwegs waren, das unangenehme Schweigen zu brechen.

»Geht so.«

Mehr war nicht drin.

»Meinst du nicht, wir sollten darüber reden?«, unternahm er wenig später einen erneuten Anlauf.

Ich starrte weiter durch die Windschutzscheibe stur geradeaus. »Es gibt nichts zu reden.«

»Das sehe ich aber ganz anders«, widersprach Daniel und betätigte unsanft den Schalthebel. »Immerhin haben wir uns geküsst.«

»Im Überschwang der Gefühle ist es wohl mit uns durchgegangen. Schließlich ersteigert man nicht jeden Tag eine Kuh. Eine

Art emotionale Ausnahmesituation, weiter nichts«, log ich. »Keine große Sache.«

»Keine große Sache? Wir können unmöglich von demselben Kuss reden.« Daniel klang gekränkt. »Für mich war das durchaus eine große Sache.«

Als ich abends im Bett lag, traf mich die Erkenntnis wie ein Blitz. Ich konnte nicht so weitermachen, als wäre nichts geschehen. Nicht nach Daniels Kuss und schon gar nicht nach den Emotionen, die dieser bei mir ausgelöst hatte. Noch war es nicht zu spät. In Anbetracht der Lage blieb mir gar keine andere Wahl, als die Hochzeit abzusagen. Nachdem ich zu dieser Einsicht gelangt war, fühlte ich mich plötzlich unglaublich erleichtert, so als wäre mir ein tonnenschweres Gewicht von den Schultern genommen worden, das ich schon viel zu lange mit mir herumgeschleppt hatte.

Ich griff nach meinem Handy und schrieb Alexander eine WhatsApp-Nachricht: »Ich muss unbedingt mit dir reden. Hast du morgen Abend Zeit?« Bevor ich es mir anders überlegen konnte, drückte ich auf »senden«.

Bei dem Gedanken an die bevorstehende Aussprache zog sich mein Magen zusammen. Ich wollte Alexander nicht wehtun – aber ich wollte ihn auch nicht heiraten. Die Hochzeit zu canceln war das einzig Richtige.

Mit einem tiefen Seufzer legte ich das Handy zur Seite und löschte das Licht. Im Dunkeln starrte ich an die Zimmerdecke, dabei fuhren meine Gedanken Karussell. Alles drehte sich, so als wäre ich betrunken.

Ich wollte mir gerade die Decke über den Kopf ziehen, als ein heller Ton das Eintreffen einer Nachricht signalisierte. Bestimmt hatte Alexander geantwortet. Während ich im Dunkeln nach meinem Handy tastete, machte es erneut »Pling«.

Ich begann zu lesen und stellte fest, dass die erste Nachricht gar nicht von Alexander stammte.

»Ich denke ununterbrochen an dich. Daniel«

Wie bei einer Kettenreaktion, die sich nicht stoppen ließ, begann mein Herz wie wild zu rasen, und Schmetterlinge – oder waren es Seifenblasen? – tanzten in meinem Bauch. Ich fühlte mich glücklich – und hasste mich zugleich dafür. Es war Alexander gegenüber einfach nicht fair, dass ich so empfand.

»Freue mich«, schrieb er. »Morgen um 20.00 Uhr bei mir. Schlaf gut! Kuss, Alexander.«

Schlaf gut? Schön wär's! Ich hatte das sichere Gefühl, dass ich in dieser Nacht kaum ein Auge zukriegen würde …

Ich liebte es, wenn der Tag mit guten Nachrichten begann. Aber so viel Glück war mir an diesem Morgen nicht vergönnt.

»Betti ist krank. Sommergrippe«, empfing mich Maribelle, als ich den Gastraum betrat.

»Oh nein«, seufzte ich. »Das schafft Christine heute nie im Leben allein. Wir haben zwei komplette Wechsel. Zimmer zehn und zwölf werden morgen neu belegt und müssen noch hergerichtet werden.«

»Hoffentlich brütest du nicht auch etwas aus.« Maribelle musterte mich besorgt. »Du siehst ziemlich …«, offenbar suchte sie nach einem Synonym für scheiße und beendete den Satz schließlich mit: »… erledigt aus.«

»Ich hab einfach nur schlecht geschlafen.«

Nichtsdestotrotz musste ich den Laden irgendwie am Laufen halten, was aufgrund des personellen Engpasses schwierig war. Als meine Mutter von Bettis Ausfall hörte, erklärte sie sich glücklicherweise sofort bereit, Christine beim Putzen der Zimmer unter die Arme zu greifen.

Beim Frühstück sah ich Daniel nur aus der Ferne. Ich zwang mich, nicht in seine Richtung zu schauen, und nahm einige Umwege in Kauf, um ja nicht in die Nähe seines Tisches zu kommen.

Als ich im Laufe des Vormittags die Getränkevorräte in der Gaststube neu auffüllte, kam Daniel plötzlich herein. Nun saß ich in der Falle. Halt suchend stützte ich mich an der Theke ab. Ich bekam schon weiche Knie, wenn ich nur an die zärtliche Berührung seiner Lippen dachte.

»Hast du kurz Zeit?«, fragte er.

»Kommt drauf an wofür«, antwortete ich ausweichend.

»Für ein Gespräch.«

Das war eindeutig die falsche Reihenfolge, denn zumindest jetzt wollte ich alles richtig machen. Ich musste erst die Dinge mit Alexander klären und dann mit Daniel. Und nicht umgekehrt.

»Ich wollte schon die ganze Zeit mit dir reden«, sagte Daniel, bevor ich ihn vertrösten konnte. »Aber irgendwie hat sich bis jetzt noch nicht die richtige Gelegenheit ergeben. Außerdem hatte ich Angst, wie du reagieren würdest.«

Mein Herz flatterte in meiner Brust so hektisch und aufgeregt wie ein kleiner Vogel bei seinen ersten Flugversuchen.

»Reden Sie ruhig weiter. Mich interessiert auch brennend, wie meine Tochter reagieren wird.«

Erschrocken fuhr ich herum. Meine Mutter hatte mit einem Wischmopp in der Hand unbemerkt den Raum betreten.

»Mama, das geht dich nun wirklich nichts an.«

»Wenn das Lebenswerk deines Vaters auf dem Spiel steht, geht mich das, wie ich finde, sehr wohl etwas an.« Sie wandte sich an Daniel. »Na los!«, forderte meine Mutter ihn auf. »Worauf warten Sie noch? Fragen Sie Lizzie, ob sie Ihnen den Sonnenhof verkauft.«

Völlig perplex sah ich von einem zum anderen.

»Mama, wovon redest du eigentlich?«

»Ich habe gerade Herrn Wilkes Zimmer geputzt. Kaum zu glauben, was man bei manchen Gästen für einen Unrat findet.« Sie rümpfte die Nase und hielt mit spitzen Fingern einen schwarzen Schnellhefter in die Höhe. »Eins muss man Herrn Wilke lassen: Er ist wirklich gründlich. Alle Informationen über den Sonnenhof hat er fein säuberlich zusammengetragen.«

Meine Mutter wedelte mit dem Hefter so dicht vor meinem Gesicht herum, dass ich den Luftzug spüren konnte. Vielleicht bildete ich mir das aber auch bloß ein, und der eisige Hauch existierte in Wirklichkeit gar nicht.

»Stimmt das?«, fragte ich tonlos und hoffte insgeheim, dass alles nur ein dummes Missverständnis war, das Daniel gleich aufklären würde.

Wie er das anstellen wollte, war mir zwar schleierhaft, aber ich klammerte mich an jeden noch so dünnen Strohhalm.

»War es das, worüber du mit mir reden wolltest?«, verlangte ich Gewissheit.

»Ja«, antwortete Daniel, schüttelte dabei aber den Kopf. »Also das heißt: nein. Zumindest nicht jetzt. Reden wollte ich mit dir über etwas ganz anderes.«

»Da bin ich aber erleichtert«, höhnte ich, wobei sich meine Augen zu schmalen Schlitzen verengten.

Ich meinte, ein fieses klatschendes Geräusch zu hören, als der kleine Vogel in meiner Brust bei seinem Flugversuch abstürzte. Es hatte sich ausgeflattert.

Plötzlich ergab auch Daniels merkwürdiges Verhalten einen Sinn.

»Darum hast du dir von mir jeden Winkel des Hauses zeigen

lassen. Und dann deine ganzen neugierigen Fragen! Das hätte mich gleich stutzig machen müssen. Sogar den Garten wolltest du ausmessen – angeblich für Finn. Dass du dich nicht schämst!«

Aber das war ja längst noch nicht alles. Mit einem Knoten im Magen dachte ich daran, wie ich Daniel allein in meinem Büro überrascht hatte.

»Hast du etwa die Dreistigkeit besessen, meine Steuer-Unterlagen mit deinem Handy zu fotografieren?«

»Nein! So war es wirklich nicht«, begann Daniel, der bis jetzt geschwiegen hatte, sich zu verteidigen.

Aber ich fiel ihm sogleich ins Wort: »Wann hattest du vor, mich darüber in Kenntnis zu setzen, dass du dir den Sonnenhof unter den Nagel reißen willst?«

Meine Stimme klang so eisig, dass ich selbst davon eine Gänsehaut bekam.

»Ich möchte mir den Sonnenhof nicht unter den Nagel reißen, wie du es nennst, sondern euch ein faires Angebot machen«, erklärte Daniel scheinbar ruhig und gelassen, doch das nervöse Zucken seiner Augenlider verriet ihn. »Meiner Familie gehören bereits drei Wellnesshotels, unter anderem das Hotel, in dem Hannah mich neulich getroffen hat. Im Augenblick suchen wir nach einem neuen Objekt in ländlicher Gegend. Der Sonnenhof wäre perfekt.« Er zog einen Kugelschreiber aus der Tasche und kritzelte etwas auf einen Bierdeckel, den er mir anschließend in die Hand drückte. »Das ist der Betrag, den wir dir für den Sonnenhof bieten.«

Hinter den Tränen, die mir die Sicht verschleierten, tanzten die Nullen auf und ab. Ich konnte die Zahl, die Daniel auf den Bierdeckel geschrieben hatte, nicht lesen – und ich wollte es auch überhaupt nicht.

Ich brauchte nur einen Finger, um auszudrücken, was ich von Daniels Angebot hielt. Aus Rücksicht auf meine Mutter benutzte ich jedoch nicht den Mittel-, sondern den Zeigefinger.

»Sag mal, tickst du noch richtig?« Ich zeigte Daniel einen Vogel.

Er stellte sich mir in den Weg und hob beschwichtigend die Hände. »Es ist ja nur ein erstes Angebot. Über die genaue Summe kann man selbstverständlich noch reden.«

»Nein, kann man nicht.« Unwillkürlich ballte ich die Hand zur Faust. »Der Sonnenhof wird nicht verkauft, und damit basta.«

»Ich verstehe gar nicht, warum du dich so aufregst. Andere wären froh über ein solches Angebot.«

»Prima. Dann geh zu denen und lass mich endlich in Ruhe!« Mittlerweile schrie ich fast.

Daniel versuchte, nach meiner Hand zu greifen, doch ich schlug sie wütend zur Seite. Nach allem, was ich eben erfahren hatte, konnte ich es kaum ertragen, ihn anzusehen, geschweige denn zu berühren.

»Wenn es dir um deine Mutter und die Angestellten geht: Das Personal würde ich natürlich übernehmen, und du könntest Geschäftsführerin werden.«

»Wie überaus großzügig.« Meine Stimme triefte vor Sarkasmus.

»Wir könnten gemeinsam ...«

Doch ich unterbrach ihn barsch: »Wir? Soll das ein Witz sein? Es gibt kein wir.«

»Aber der Kuss gestern ...«

Meine Mutter zog scharf die Luft ein. Die Arme. Fast tat sie mir ein bisschen leid. Schlimm genug, dass ich fremdgeknutscht hatte, aber dann auch noch mit diesem nichtsnutzigen Wilke ... Hoffentlich bekam sie vor lauter Aufregung nicht gleich wieder einen Schwächeanfall.

In einem Punkt brauchte sie sich jedoch keine Sorgen zu machen: Ich war von Daniel ein für alle Mal kuriert.

»Der Kuss gestern war ein bedauerlicher Ausrutscher«, sagte ich halb an meine Mutter, halb an Daniel gewandt. Dann sah ich dem Verräter fest in die Augen. »Ich war wohl das größte Rindvieh auf der Auktion. Ich habe nicht einmal gemerkt, dass du es in Wirklichkeit nur auf den Sonnenhof abgesehen hattest. Wahrscheinlich hast du auch Finn nur benutzt, um an mich ranzukommen und mich einzulullen.«

»Aber das stimmt doch gar nicht!« Daniel, der seine Felle davonschwimmen sah, fuhr sich mit beiden Händen aufgewühlt durch die Haare. »Lizzie, jetzt lass dir doch erklären ...«

»Spar dir die Mühe. Ich hab genug von deinen Lügengeschichten! Du kannst wirklich stolz auf dich sein: Ich bin in meinem ganzen Leben noch nie so verarscht worden. Nicht einmal von Finns Erzeuger. Was bist du bloß für ein profitgeiler, kaltschnäuziger Widerling, dass du so mit den Gefühlen von anderen Menschen spielst? Aber weißt du, was ich noch viel schlimmer finde? Dass ich es zugelassen habe und zu doof war zu bemerken, was für eine linke Nummer du hier abziehst.«

Ich stürmte aus dem Gastraum, dicht gefolgt von Daniel und meiner Mutter, die sich den großen Showdown natürlich nicht entgehen lassen wollte. Wie eine Amazone, die in den Kampf zog, schwang sie dabei drohend ihren Wischmopp.

Zum Glück befanden sich gerade keine Gäste an der Rezeption.

»Hannah, machst du Herrn Wilke bitte die Rechnung fertig«, bat ich meine Freundin. »Er will abreisen.«

»Nein, Herr Wilke will nicht abreisen«, protestierte Daniel und baute sich mit verschränkten Armen breitbeinig vor der Rezeption auf.

»Will er doch.«

»Will er nicht.«

Wie bei einem Tennismatch sah Hannah mit weit aufgerissenen Augen von Daniel zu mir und dann wieder zu Daniel. Letztlich war es mein Heimvorteil, der der Partie die entscheidende Wendung gab.

»Wenn du bis heute Abend nicht dein Zimmer geräumt hast, werde ich das für dich erledigen«, drohte ich.

Sprach's und ließ Daniel an der Rezeption stehen.

Den Rest des Vormittags verschanzte ich mich in meinem Büro. Ich wollte niemanden hören und niemanden sehen, was auch prima klappte. Trotzdem spukte dieser Niemand ununterbrochen in meinem Kopf herum. Ob er schon ausgecheckt hatte?

Mit leerem Blick starrte ich auf meinen Computerbildschirm. Wie unter Zwang ging ich ins Internet und googelte Daniel. Kaum zu glauben, dass ich nicht schon früher auf diese Idee gekommen war. Mir wäre so einiges erspart geblieben! Es gab jede Menge Treffer, darunter auch diverse Artikel, in denen seine Wellnesshotels hoch gelobt wurden. Als ich die nächste Seite öffnete, zuckte ich zusammen, denn Daniel schaute mir geradewegs in die Augen. Auf dem Foto zeigte er sein schönstes Grübchenlächeln, fast als würde er sich über mich lustig machen …

Pünktlich um zwanzig Uhr fuhr ich vor Alexanders Haus vor. Ich blieb noch einen Moment im Auto sitzen, denn mir graute es vor dem bevorstehenden Geständnis, und ich hoffte von Herzen, dass Alexander mir verzeihen würde. Daniel, der wohl – zu Recht! – befürchtet hatte, dass ich meine Drohung wahr machen würde, hatte von allein sein Zimmer geräumt und war verschwunden. Nun musste ich die Scherben, die er hinterlassen hatte, aufsammeln.

Ich stieg aus dem Auto und atmete, um mich zu beruhigen, ein paarmal kräftig ein und aus. Schön tief aus dem Bauch heraus, wie ich es vor Jahren in einem Yogakurs gelernt hatte. Leider rächte es sich jetzt bitter, dass Hannah und ich mindestens die Hälfte der

Stunden geschwänzt hatten, weil wir lieber ein Bierchen trinken gegangen waren, als den Sonnengruß zu üben. Auf jeden Fall brachten die Atemübungen außer einem kleinen zeitlichen Aufschub gar nichts.

Ich wollte gerade klingeln, als ich bemerkte, dass die Haustür nur angelehnt war. Vielleicht stand Alexander, der natürlich wusste, dass ich nie den Schlüssel dabeihatte, noch unter der Dusche oder konnte aus irgendeinem anderen Grund nicht öffnen. Ich trat ein, schloss hinter mir die Haustür und durchquerte das Treppenhaus.

Beim Betreten des Wohnzimmers schlug mir ein schwerer, leicht süßlicher Duft entgegen, der mir sehr vertraut vorkam. Rosen! Zweifelsfrei Rosen! Seit Philipps Blumenbombardement kannte ich diesen Geruch besser, als mir lieb war.

Als ich mich nun umsah, stellte ich fest, dass das Wohnzimmer nicht nur mit Dutzenden von roten Rosen, sondern auch mit unzähligen Kerzen und Teelichtern geschmückt war. Es musste Ewigkeiten gedauert haben, diese alle anzuzünden.

Auf dem Wohnzimmertisch stand, flankiert von zwei Kerzenleuchtern, eine Flasche Sekt – oder war es sogar Champagner? – mit zwei langstieligen Gläsern.

Gab es einen Grund zu feiern? Ich überlegte fieberhaft, ob ich etwas vergessen hatte. Unseren Jahrestag beispielsweise? Möglicherweise war es dem Makler ja auch gelungen, in Rekordzeit Alexanders Haus zu verkaufen. Der Kloß in meinem Hals schwoll wie ein Wespenstich immer weiter an, sodass ich das Gefühl hatte, keine Luft mehr zu bekommen. Am liebsten wäre ich einfach davongelaufen.

Doch plötzlich, wie aus dem Nichts, stand Alexander vor mir.

»Sieht toll aus«, stammelte ich mit einem Blick auf das Meer von Rosen und die unzähligen Kerzen. »Das … das muss eine Heidenarbeit gewesen sein.«

»Äh … na ja, um ehrlich zu sein, war mir meine Putzfrau dabei behilflich.«

Alexander griff nach der Flasche, füllte die beiden Sektflöten und reichte mir eine davon.

Ich umklammerte den Stiel des Glases wie einen Rettungsanker und hoffte, dass er nicht abbrechen würde.

»Das ist wirklich nett von deiner Putzfrau«, sagte ich, um die fällige Aussprache noch ein wenig hinauszuzögern. »Hoffentlich bezahlst du sie gut.«

Unterhielten wir uns gerade wirklich über das Gehalt von Alexanders Putzfrau? Bevor ich ihn aus lauter Feigheit womöglich noch fragte, wie viel seine Sprechstundenhilfe verdiente, gab ich mir innerlich einen Ruck.

»Also, ich hab dir ja bereits geschrieben, dass ich unbedingt mit dir reden muss«, begann ich ein wenig umständlich.

»Pssst.« Alexander legte seinen Zeigefinger über meine Lippen. »Das hat Zeit bis später.«

»Nein, hat es nicht. Ich muss dir unbedingt etwas sagen …«

»Ich dir auch«, unterbrach mich Alexander eifrig. »Lass mich zuerst.«

Ehe ich wusste, wie mir geschah, ging er vor mir auf die Knie. Genau so musste es sich anfühlen, wenn man einen Zug auf sich zurollen sieht und vor Schreck wie gelähmt ist.

»Alexander, bitte nicht«, flehte ich und konnte nicht verhindern, dass mir die Tränen in die Augen schossen.

Da Alexander bestimmt annahm, dass ich vor lauter Rührung weinte, fühlte er sich in seinem Vorhaben bestätigt und griff nach meiner Hand, die eiskalt war.

»Lizzie, willst du meine Frau werden?«, fragte er mit feierlicher Miene.

Her mit dem Schampus! Auch wenn mir nun wirklich nicht nach Feiern zumute war, hätte ich die Flasche am liebsten ohne abzusetzen geleert. Dabei machte Alexander doch nur das, was ich mir von ihm gewünscht hatte ... Und an seinem Heiratsantrag gab es nichts auszusetzen – ein bisschen altbacken vielleicht, aber ansonsten völlig in Ordnung. Nicht ein einziger Formfehler.

»Ich ... ich würde schon wollen«, stammelte ich.

Alexander, der offenbar immer noch annahm, dass die Emotionen mit mir durchgingen, lächelte verständnisvoll. »Ein einfaches Ja hätte auch gereicht.«

»... aber ich kann nicht«, beendete ich meinen Satz.

»Wie? Du kannst nicht?« Alexander sah ziemlich verwirrt aus, was ich in Anbetracht der Situation nur allzu verständlich fand. »Was stimmt denn nicht?«

Ich würde mich niemals für dich schlagen, hätte ich am liebsten geantwortet. Absurderweise war mir gerade die Frage durch den Kopf geschossen, die Hannah mir am Abend der Weinprobe gestellt hatte. Aber das würde Alexander erst recht nicht verstehen.

»Spielen deine Nerven verrückt?« Er kniete immer noch vor mir. »Ich meine, verwunderlich wäre das nicht, nach dem Desaster vom letzten Mal. Aber ich verspreche dir hoch und heilig, dass ich dich nicht noch mal vor dem Altar stehen lasse.« Nach einem kurzen Zögern setzte er noch hinzu: »Oder bist du vielleicht krank?«

Die echte Besorgnis, die nicht nur in seinen Worten mitschwang, sondern die ich auch in seinen Augen lesen konnte, gab mir den Rest, und ich begann, haltlos zu schluchzen.

Alexander stand ungelenk auf und massierte sich mit schmerzverzerrtem Gesicht das Knie. Wie ich wusste, hatte er seit dem Dorf-gegen-Gäste-Fußballspiel wieder Probleme mit dem Meniskus. Verdammt, was war ich nur für eine grauenvolle Person! Als würde ich ihm nicht schon genug antun, ruinierte ich jetzt auch noch seine Gesundheit!

»Aber ich liebe dich doch.« Alexander machte eine hilflose Geste.

»Ich liebe dich auch ... irgendwie«, stammelte ich. »Aber so ganz vernünftig eben.«

»Was ist falsch an vernünftig?«

»Für die vernünftigen Dinge ist der Verstand zuständig, aber nicht das Herz«, startete ich einen etwas unbeholfenen Erklärungsversuch. »Mein Kopf weiß, dass wir fantastisch zusammenpassen und gemeinsam vermutlich ein prima Leben haben werden, aber mein Bauch und mein Herz ...«

Ich kam mir vor wie ein Medizinstudent im ersten Semester. Hatte ich vielleicht noch irgendein anderes Organ, das an der Entscheidungsfindung beteiligt war, vergessen?

»Willst du das denn nicht? Ein prima Leben haben?«, fragte Alexander verwirrt.

»Natürlich. Wer will das nicht?« Weil mein Mund plötzlich staubtrocken war, nahm ich einen tiefen Schluck Sekt. »Aber nicht um jeden Preis. Nicht, wenn ich dafür auf so vieles andere verzichten muss ...«

Plötzlich verhärteten sich Alexanders Gesichtszüge. »Redest du jetzt von diesem Stadtaffen? Gib's zu, du hast dich in ihn verliebt.«

Es war verführerisch, meine Gefühle für Daniel einfach zu leugnen. Ein kurzes Nein, und das Thema wäre gegessen. Denn wie sollte mir Alexander jetzt, da Daniel aus meinem Leben verschwunden war, auch das Gegenteil beweisen? Aber ich hatte mir fest vorgenommen, ehrlich zu sein, denn das war ich Alexander nach über drei gemeinsamen Jahren ja wohl schuldig.

»Ja, ich habe mich tatsächlich in Daniel verliebt, auch wenn ich es lange Zeit nicht wahrhaben wollte«, gab ich kleinlaut zu und stellte das Sektglas auf dem Tisch ab. »Aber das spielt keine Rolle mehr. Daniel ist weg.«

Alexander schien davon keinesfalls überzeugt zu sein. »Pah, das haben wir schon mal gedacht. Der Typ ist doch wie ein Bumerang!«

»Nein, dieses Mal ist es endgültig. Daniel kommt nicht zurück.« Da ich spürte, dass mir die Tränen schon wieder verdammt locker saßen, versuchte ich mich auf das einzig Positive an der ganzen Misere zu konzentrieren. »Aber durch ihn habe ich herausgefunden, dass wir einen Riesenfehler machen würden, wenn wir heiraten.«

»Na toll.« Alexander reckte ärgerlich sein Kinn vor. »Dann soll ich diesem Schnösel wohl auch noch dankbar sein?!«

Zumindest hoffte ich, dass *mir* das irgendwann gelingen würde. Aber bis dahin war es wohl noch ein weiter Weg. Zum jetzigen Zeitpunkt war ich Daniel nur dankbar, dass er mir seinen Anblick ersparte ...

Kapitel 19

Ich tauchte den Pinsel in die Farbe, streifte ihn am Rand des Eimers ab und machte dann ein paar vorsichtige Probestriche. Irritiert runzelte ich die Stirn. Das sollte Gelb sein? Irgendwie hatte die Farbe so einen merkwürdigen Grünstich. Auf dem Eimer hatte »Sonnengelb« gestanden. Nur aus diesem Grund hatte ich sie überhaupt gekauft. Sonnengelb – das klang so positiv. Nach guter Laune. Frisch und fröhlich eben und nicht eitrig oder schimmelig wie die Striche an der Wand.

Heute Morgen hatte ich mich endlich dazu durchgerungen, die Renovierung des Wohnklos in Angriff zu nehmen. Seit Daniels Abreise und der Trennung von Alexander waren sechs Wochen vergangen. Sechs Wochen, in denen ich alle lebenserhaltenden Maßnahmen wie Essen, Schlafen und Trinken aufrechterhalten hatte. Pflichtbewusst wie ich war, hatte ich brav meine Arbeit erledigt und aus reiner Nächstenliebe sogar geduscht. Aber das war's dann auch schon. Ich fühlte mich niedergeschlagen und total antriebslos.

Es war keineswegs so, dass ich die Entscheidung, mich von Alexander zu trennen, bereut hätte. Vielmehr fragte ich mich, warum ich sie nicht schon viel früher getroffen hatte.

Meine Mutter, als erste Vorsitzende von Alexanders Fanclub, hatte die Hiobsbotschaft, dass ich wohl niemals für irgendwelche Arzneimittel Reklame machen würde, weil ich nun doch keine Arztfrau werden würde, erstaunlich gelassen aufgenommen. Ich war davon ausgegangen, dass sie mir die schlimmsten Vorwürfe machen oder wochenlang nicht mit mir reden würde, aber nichts davon war eingetroffen. Vielleicht hatte sie eine Überdosis Yogi Tee zu sich genommen, oder sie hoffte, dass sich alles schon wieder irgendwie einrenken würde. Vielleicht lag es aber auch daran, dass sie zu sehr mit sich selbst beschäftigt war, denn sie war in den vergangenen Wochen bereits dreimal mit unserem Organisten ausgegangen, der ebenfalls verwitwet war. Ich gönnte ihr das späte Glück von Herzen und tröstete mich damit, dass auch mir möglicherweise im Alter noch der richtige Mann über den Weg laufen würde.

Als ich Finn erzählt hatte, dass ich Alexander nicht heiraten würde – weder jetzt noch zu einem späteren Zeitpunkt –, hatte er die Neuigkeit mit unbewegter Miene und völlig emotionslos aufgenommen. Kurz darauf hatte ich ihn jedoch mit Flocke durch den Garten tanzen sehen, und ich nahm nicht an, dass es sich bei seinen ausgelassenen Luftsprüngen um eine Tanztherapie handelte, mit der er seine Trauer verarbeitete.

Mein Bruder, der in Bezug auf Alexander ja ohnehin nie ein Blatt vor den Mund genommen hatte, beglückwünschte mich zu meiner Entscheidung und zückte sogleich sein Handy, um mir die Telefonnummer seines besten Freundes zu geben, der sich, wie Philipp es nannte, im Übergangsstadium zwischen zwei Beziehungen befand. Ein Zustand, der genau wie bei meinem Bruder nie besonders lange anhielt.

Philipp jammerte zwar nach wie vor, dass er mit Hannah die Liebe seines Lebens verloren hätte, aber es fanden sich immer genug Frauen, mit denen er sich über diesen Verlust hinwegtröstete. Ich rechnete es ihm hoch an, dass er maßgeblich dazu beigetragen hatte, dass Hannah und Robert ihre »Blumenkrise« überwunden hatten. Mein Bruder hatte Robert eine SMS weitergeleitet, in der Hannah ihm seinerzeit nicht nur sehr deutlich mitgeteilt hatte, dass er sich seine Rosen sonst wohin stecken konnte – wohin genau schrieb sie allerdings nicht –, sondern auch, wie sehr sie ihren Mann liebte ...

Als sich die Nachricht, dass Alexander und ich nicht mehr zusammen waren und darum logischerweise auch nicht heiraten würden, herumgesprochen hatte, war ein kollektives Aufatmen durchs Dorf gegangen. Junggesellen jenseits der dreißig waren eben kein natürlich nachwachsender Rohstoff und galten, da die Nachfrage ziemlich hoch war, vor allem in ländlichen Gegenden wie unserer, als Mangelware. Seit Alexander wieder auf dem Markt war, herrschte in seiner Praxis mehr Andrang als bei C&A im Sommerschlussverkauf. Schuld daran war ein heimtückischer Virus, der ausnahmslos ledige Frauen im heiratsfähigen Alter befiel …

Apropos Virus: Der Farbton sah wirklich verdammt ungesund aus und erinnerte mich an den Schnodder, den Finn mir mit einem stolzen »Guck mal, Mami« heute Morgen in seinem Taschentuch präsentiert hatte. Ich rührte den Inhalt des Eimers noch einmal gründlich um, dann wagte ich in der Hoffnung, dass nun endlich die Sonne aufgehen würde, erneut einen Probestrich. Aber der fiese Grünstich war immer noch nicht verschwunden. Vielleicht lag es daran, dass die Farbe nass war und erst einmal richtig trocknen musste?

Während ich noch über diese Frage nachdachte, betrat Hannah das Wohnklo.

»Lizzie, kommst du mal bitte. Unten wartet ein Gast, der sich partout nicht abwimmeln lassen will.«

Das hatte ich doch schon mal gehört. Als Daniel das erste Mal im Sonnenhof aufgekreuzt war, hatte Hannah fast exakt die gleichen Worte benutzt. Und damit hatte der ganze Schlamassel überhaupt erst angefangen …

Heute konnte der hartnäckige Gast sich jedoch auf den Kopf stellen und so viel mit seiner Kreditkarte winken, wie er wollte: Alle Zimmer waren belegt, und das Wohnklo konnte man – nicht nur aufgrund der eitrigen Farbe an der Wand – guten Gewissens als unbewohnbar bezeichnen.

»Du sollst doch nicht so schwer tragen.«

Ich warf den Pinsel zur Seite und entriss Hannah mit einem vorwurfsvollen Kopfschütteln den Korb mit der Bettwäsche.

»Ihr behandelt mich wie eine gebrechliche Oma«, beschwerte sich Hannah, konnte sich dabei jedoch ein zufriedenes Lächeln nicht verkneifen.

Der traumhaft gute Sex nach der Weinprobe, bei dem Hannah und Robert es mit der Verhütung wohl nicht so genau genommen hatten, war nicht ohne Folgen geblieben. Als ihre Periode ausgeblieben war, hatte Hannah das für völlig normal gehalten. Früher oder später – sie halt ein bisschen früher – kam nun mal jede Frau in die Wechseljahre. Auf Hitzewallungen, depressive Verstimmungen oder Schlafstörungen war Hannah vorbereitet gewesen, nicht jedoch auf diese furchtbare Übelkeit. Hannahs Frauenarzt hatte sich geduldig ihre Wechseljahrbeschwerden angehört, sie eingehend untersucht und ihr anschließend zu ihrer Menopause, die in etwa neun Monaten auf die Welt kommen würde, gratuliert. Nach einem kurzen Schreckmoment und ein bisschen Kopfrechentraining – Wie alt würden sie sein, wenn das Kind in die Schule kam? Wie alt würden sie sein, wenn das Kind volljährig wurde? Wie alt würden sie sein ...? – freuten sich Robert und Hannah riesig auf den Nachzügler. Auch Julia und Lea waren begeistert, dass sie noch ein Geschwisterchen bekamen.

Während ich neben Hannah die Treppe hinunterging, versuchte ich mir vorzustellen, wie sie in ein paar Monaten mit dickem Bauch die Stufen runterwatscheln würde.

»Und du versprichst mir, dass ich wieder Patentante werde?«

»Natürlich.« Hannah lachte. »Das ist doch wohl selbstverständlich.«

Als wir an der Rezeption ankamen, konnte ich dort niemanden entdecken. Vielleicht hatte der Gast es sich in der Zwischenzeit anders überlegt und war wieder verschwunden.

Auf meinen fragenden Blick hin wies Hannah mit dem Kopf zur Tür. »Er wartet draußen.«

Als ich ins Freie trat, wurde ich von gleißend hellem Sonnenlicht empfangen, sodass ich einen Moment geblendet die Augen schließen musste. Als ich sie wieder öffnete, traf mich fast der Schlag.

Vor mir stand wie aus dem Erdboden gewachsen Daniel.

Am liebsten wäre ich einfach davongerannt. Aber zum einen wollte ich mir diese Blöße nicht geben, zum anderen wäre das auch gar nicht möglich gewesen, denn mein Körper war bei Daniels Anblick in eine Art Schockstarre verfallen. Meine Beine waren mit einem Mal wie gelähmt, und meine Hände zitterten leicht.

Ich verfluchte Hannah, die mich nicht vorgewarnt hatte. Verräterin! Auch wenn meine Freundin mir vergeblich gut zugeredet hatte, noch einmal mit Daniel zu sprechen – er hatte etliche Male angerufen –, war das noch lange kein Grund, mich einfach so ins offene Messer laufen zu lassen. Na warte, dachte ich grimmig. Hannah hatte sich schon oft genug beschwert, dass wir sie, seit sie schwanger war, in Watte packten. Damit war es jetzt vorbei!

Mein Verstand wusste, dass Daniel ein verlogener Mistkerl war, der mit meinen Gefühlen gespielt hatte, um an den Gasthof ranzukommen. Bedauerlicherweise hatte sich das bis zu meinem Körper wohl noch nicht rumgesprochen. Als ich Daniel so dastehen sah, mit verwuschelten Haaren, die Hände in den Hosentaschen vergraben, wurden meine Knie weich wie Gummi, und mein Herz machte völlig unpassenderweise einen aufgeregten Hüpfer.

Einen Moment standen wir uns schweigend gegenüber.

Ich verschränkte die Arme vor der Brust. »Was willst du hier?«

»Ich musste dich unbedingt sehen.«

»Gut, jetzt hast du mich gesehen. Dann kannst du ja wieder gehen.«

»Außerdem möchte ich dir ein neues Angebot machen«, erklärte Daniel hastig und hielt ein blütenweißes Kuvert in die Höhe.

Wie nobel. Im Vergleich zu seinem ersten Angebot – falls man die Kritzelei auf einem Bierdeckel überhaupt so nennen konnte – war das ein echter Fortschritt. Es war anzunehmen, dass er außer beim optischen Erscheinungsbild auch bei der Summe nachgebessert hatte. Aber da ich mir sein erstes Angebot nicht einmal angeschaut hatte und auch nicht vorhatte, mit dem zweiten anders zu verfahren, würde ich das wohl nie erfahren.

»Ist es so schwer zu kapieren, dass ich nicht interessiert bin?!«, fuhr ich Daniel wütend an.

»Sieh es dir doch wenigstens einmal an. Wenn du danach immer noch nichts von meinem Angebot wissen willst, dann verschwinde ich und werde dich nie wieder belästigen. Versprochen!«

Okay, wenn das die einzige Möglichkeit war, ihn loszuwerden, würde ich einen kurzen Blick auf den Betrag werfen, den er für den Sonnenhof hinblättern wollte, und ihn dann mitsamt seinem blöden Cabrio und seinem Grübchenlächeln zum Teufel jagen. Hauptsache, er verschwand ein für alle Mal aus meinem Leben! Sonst konnte ich für nichts mehr garantieren, auch nicht für seine körperliche Unversehrtheit. Ich hätte ihn am liebsten mit bloßen Händen erwürgt! Was bildete dieser abgebrühte Mistkerl sich bloß ein? Nach allem, was passiert war, hier einfach so aufzutauchen! Und dann auch noch zu einem Zeitpunkt, als ich gerade damit begonnen hatte, mich wieder etwas zu berappeln und nach vorn zu sehen …

»Gib schon her!« Ich entriss ihm den Umschlag und nestelte unwillig ein weißes Blatt Papier daraus hervor.

»Verdammt, hast du eine Sauklaue«, entfuhr es mir, als ich versuchte, die handgeschriebenen Zeilen zu entziffern.

Wirklich eine Zumutung. Wenn er hier schon so ein Tamtam veranstaltete, hätte er – oder von mir aus auch Nathalie – sich wenigstens die Mühe machen können, den Wisch am Computer zu schreiben und auszudrucken.

Ich kniff leicht die Augen zusammen und buchstabierte halblaut wie ein i-Dötzchen: »Ich großer Troffel ...«

Was zum Geier war bitte schön ein Troffel?

»Sorry, mein kleines T ist etwas unleserlich. Das soll Trottel heißen«, kam Daniel mir zu Hilfe.

»Ich großer Trottel«, wiederholte ich und las weiter: »... habe mich in dich, wunderbare Frau, verliebt.«

Es dauerte einen Moment, bis sich die Worte durch das Chaos in meinem Kopf einen Weg zu meinem Gehirn freigekämpft hatten. Und selbst dann hatte ich noch Verständnisprobleme. Von welcher wunderbaren Frau war hier bloß die Rede? Meinte er tatsächlich mich? Ich spürte, wie sich mein Herzschlag beschleunigte, so als wäre ich die Treppe mit dem Farbeimer unter dem Arm einmal hinauf- und hinuntergerannt. Ich war im Moment wirklich nicht so gut in Form.

»Gibst du uns eine Chance?«, entzifferte ich den nächsten Satz im Zeitlupentempo.

Daniel, dem meine Dechiffrierung offenbar nicht schnell genug ging, entriss mir das Blatt. Anstatt die nächsten Zeilen abzulesen, trug er den Text allerdings nun frei vor: »Glaub mir, Lizzie, ich hatte niemals vor, mit deinen Gefühlen zu spielen. Mich hat es doch selbst völlig unvorbereitet erwischt. Dass ich mich in dich verliebe, war nun wirklich nicht geplant.« Als würde er sich selbst zustimmen, nickte er bestätigend mit dem Kopf. »Ja, es stimmt, am Anfang, als ich mir bei euch ein Zimmer genommen habe, ging es mir nur um den Sonnenhof. Aber zurückgekommen bin ich nur wegen dir.« Er holte kurz Luft, bevor er mit Nachdruck hinzusetzte: »Bitte glaub mir: Ich pfeif auf deinen Gasthof. Ich will nur dich!«

Einen Moment lang war ich völlig sprachlos. Mit allem hatte

ich gerechnet, aber ganz bestimmt nicht damit, dass Daniel hier aufgekreuzt war, um mich für sich zu gewinnen.

»Lizzie, ich liebe dich.«

Fassungslos starrte ich ihn an.

»Lizzie?« Daniel, der unruhig von einem Fuß auf den anderen trat, berührte sanft meinen Arm. »Was sagst du denn dazu?«

»Aber ich ... ich dachte ...« So wie ich hier rumstotterte, schien es mit dem Denken eh nicht allzu weit her zu sein, also konnte ich es auch gleich bleiben lassen. »Ich habe angenommen, du wolltest mir ein Angebot machen.«

»Aber das habe ich doch gerade«, sagte Daniel sanft und sah mir tief in die Augen. »Ich will dich, und du bekommst dafür als Gegenleistung mich. Vorausgesetzt, du bist an einem Stadtaffen wie mir überhaupt interessiert. Aber ich habe durchaus auch meine positiven Seiten«, beteuerte Daniel. »Zum Beispiel schnarche ich nicht.«

Das wusste ich bereits.

»Ich kann Akkordeon spielen«, fuhr Daniel eifrig fort.

Okay, das war wirklich ein überzeugendes Argument. Allerdings sprach es meiner Meinung nach eher gegen als für ihn.

»... und ich lasse auch nie meine dreckigen Socken rumliegen ... also zumindest fast nie.«

Als ich immer noch nichts darauf erwiderte, zog Daniel eine verzweifelte Grimasse.

»Gut, ich gebe zu, das klingt jetzt nicht so wahnsinnig überzeugend. Aber ich arbeite an mir. Wenn du das möchtest, tausche ich meinen Mercedes sogar gegen einen Traktor ein.«

»Okay«, sagte ich schlicht.

Wie hätte ich zu einem solchen Angebot auch Nein sagen können? Sein geliebtes Auto durfte er natürlich behalten, aber diesen Trumpf würde ich mir für die nächste Verhandlungsrunde aufheben.

»Jaaa!« Daniel stieß einen erleichterten Seufzer aus.

Und dann besiegelten wir unseren Deal mit einem zärtlichen Kuss. Als sich unsere Lippen nach einer Ewigkeit voneinander lösten, traute ich mich kaum, die Augen zu öffnen. Zu groß war meine Angst, dass alles nur ein wundervoller Traum gewesen sein könnte. Einfach zu schön, um wahr zu sein ...

»Eine klassische Win-win-Situation wie aus dem Lehrbuch«, flüsterte Daniel in diesem Moment ganz dicht an meinem Ohr.

Okay, Entwarnung. Das war garantiert kein Traum, sondern Daniel, wie er leibte und lebte.

»Alle Beteiligten profitieren.« Er schenkte mir sein schönstes Grübchenlächeln. »Oder wie siehst du das?«

»Halt den Mund, du Troffel«, murmelte ich, »und küss mich lieber.«